THE BROKENHEARTED
AMELIA KAHANEY

秘密の心臓

赤毛のアンセム・
シリーズ
I

アメリア・カヘーニ
法村里絵 訳

TCHAIKO

翼を与えてくれた両親と
翼を休める暖かな場所を与えてくれたガブリエルに

血液と脈拍、それに潮の干満を思い描いてみようじゃないか。
潮流、それに脈と鼓動と雑音。
からみあった動脈と静脈をほぐし、
開閉する弁に目を凝らし、
細胞から細胞へと流れるイオンを追ってみる。
海水に含まれるナトリウム、カリウム、カルシウムは、
それぞれ人の魂、人格、特質と言えまいか。

——ブライアン・ドイル

装画　大谷郁代
装幀　高橋千裕

秘密の心臓

終わってみれば

女の子がぽつんとひとり。

立てた膝をぶかぶかの黒いパーカーのなかにもぐりこませて、ベドラム・シティでいちばん高いビルの屋上にある鉄格子の上に坐っていた。警戒心をつのらせている彼女は、ガーゴイル（西洋建築の屋根などに設置され、雨樋または雨水の排水口としての機能をもつ怪物などをかたどった彫刻）のように口も開かなければ動きもしない。はるか下に見えている街は忙しく動いているが、高いビルのてっぺんで聞こえるのは冷たい風の音だけだ。

ビルの名前はフリート・タワー。フリートというのは彼女の名字だ。両親が亡くなれば、この八十七階建てのビルは、そっくり彼女のものになる。どの新聞も彼女のことをラッキー・ガールと呼んでいた。しかし、アンセム・フリートの運はとっくにつきていた。

このすぐ下、ビルの最上階にはアンセムの部屋がある。そこに置かれているものを、かつて彼女は愛していた。壁に取りつけられた、つややかなマホガニー製のレッスン・バーを使って、毎日爪先から血が出るまでバレエの稽古をしていたし、ぐっすり眠れていたころは、毎晩キングサイズのベッドに這いあがるときが楽しみだった。そのベッドの下には、鍵のついたメタル製の箱がある。アンセムは彼からの贈り物をすべてそこに入れていた。しかし、やがて彼は箱に入らないようなものを、女の子が取っておきたがらないものを、くれるようになった。

頭上には、サーチライトだらけのいつもと変わらない空がひろがっていた。ライトの長い指が、紫がかった黄昏の空を探るように撫でていく。赤紫色に見えている湖の上に灰色の入道雲がわきあがり、サウスサイドのそこここで炎があがっていた。そう、あのあたりではいつも何かが燃えている。

アンセムは冷たい金属のボールを呑みこんだような気分になっていた。時限爆弾が鼓動のように時を刻んでいる。苦痛と怒りの大きさは、ほぼ同じ。**チクタク、チクタク。**

彼女はここに坐って日が暮れるのを待ちながら、これまでに聞かされてきた嘘を挙げ連ねていた。

たとえば、**どんな傷も時が癒やしてくれる**という嘘。すべての傷が癒えるわけではないということが、よくわかった。なかには深すぎて癒えない傷もある。立ちなおれないほど傷つくこともあるのだ。

どんな人間のなかにも必ずいいところがあるというのも嘘だ。人に危害を与えるために生まれてきたような者もいる。今のアンセムにはそれがわかっていたが、できるものならそんなことは知らずにいたかった。そういう人間を、反撃できない者たちから——つまり、以前のアンセムのような者たちから——遠ざけておくことが、今の彼女の最大の役目だ。

もうひとつ、**人生は一度きり**だという嘘もある。アンセムは数カ月前に死んだはずなのに、死んではいない。今、第二の人生を生きている。そこには選択の余地などなかった。命と、屋上にあるこの狭いスペースと、猛烈ないきおいで鼓動している心臓……それが、今の彼女が持っているすべてだった。

アンセムは緑色の目を細めて立ちあがると両腕をわずかに振り、ジャンプに備えてバランスをとった。その視線をサウスサイドの暗い通りに向けてみる。ミッドランド川の向こうは、騒然とした非情な地域だ。近ごろでは、この川は犯罪境界線《クライムライン》と呼ばれることのほうが多くなっている。ぎざぎざの傷跡のようなこの川が、街をきらびやかなノースサイドと無法地帯と言われているサウスサイドとに隔てているのだ。

クライムラインをこえたサウスサイドの迷路のどこかで、アンセムは癒えない傷を負った。すべてを約束されていた少女は、あの迷路のどこかで胸に深い傷を持つ打ちひしがれた娘へと変わってしまった。

そのときから毎日、ベドラム・シティもそこに住む者たちも、彼女をさらに傷つけようと挑みかかってくる。アンセムは、倒れた人間をいつまでも蹴りつづける世の中の残酷さを思い知らされた。ベドラムで生きていくなら、負けることを学ぶか、反撃の方法を見つけるかのどちらかだ。

始まりはこうだった

学校、レッスン、宿題、睡眠。バレエで言うなら、それが毎日の振り付けだ。十八歳になるまで、毎日きっちりとそのステップを踏みつづけ、宝石箱のバレリーナのようにくるくるとまわっていれば、きっといつか報われる。決まったリズムを乱さないこと。そうしていれば安全だ。わたしは、そんなふうに信じるよう育てられてきた。

でも今日は、今日だけは、そのステップを踏めない。

わたしは表情をととのえながら、八十七階のペントハウスの玄関ドアをとおりぬけ、痛む肩からバレエバッグをおろしてコート・クロゼットの横に置いた。その脇には、グリュプス（ワシの頭と翼、ライオンの胴体を持つ伝説上の怪獣）の黒い大理石像が飾られている。むき出しになっている鋭い歯と、大きすぎる百ドル札をつかんでいる鉤爪。そのグリュプスがこちらを睨んでいる。

「睨まないで」わたしはそうささやきながら、怪獣のぎらぎらと輝く小さな目を手でふさいだ。

一段低くなっている居間では、夕日を浴びて、白いフラシ天が燃えるようなオレンジ色に染まっていた。ガラス張りの引き戸の向こうにパパの姿が見えている。バルコニーを歩きながらパパが低い声でしゃべっている相手は、右腕でもあり運転手でもありボディガードでもあるサージだ。こちらに背中を向けていても、サージがうなずいているのは見えたし、いつもの黒いスーツに包まれた肩が張りつめているのもわかった。振り向いたパパがわたしに気づいて、笑みを浮かべた。人を引きつけずにおかない、あの笑顔だ。

皺のないハンサムな顔には、ベドラムじゅうの建物を売っている人間らしく、落ち着いた自信がみなぎっている。今夜のパパの出で立ちは、黒い燕尾服に白い蝶ネクタイ。パパが完全なペンギンスタイルと呼んでいる格好だ。

　わたしは首をまわして関節がなる音を聞きながら、長い廊下を歩いて主寝室へと向かった。

「ママ?」両親のがらんとした二間つづきの寝室に怖ずおずと足を踏み入れながら、わたしは呼びかけた。どんなママが待っていても動じないよう、心の準備をととのえなければいけない。安定剤《ヴィヴィラックス》のおかげでおだやかにほほえんでいるママがいるかもしれないし、抗鬱剤《リフティヴィア》でエネルギーに満ちみちたママがいるかもしれないし、健忘の葡萄でつくられたシャルドネで上機嫌になっているママがいるかもしれない。ママの広々としたドレッシングルームに向かいながら、レジーナの大きすぎる肖像画を横目で見た。花でいっぱいの野原に脚を組んで坐っている十二歳のレジーナは、ママにそっくりだった。青い大きな目と、尖った顎と、尊大にも見える唇。白っぽい金色の髪は、背中の真ん中までとどいている。会ったことはないけど、レジーナはわたしの姉だ。そして、ママにとっては今も生きていてほしかった娘だ。

　ドレッシングルームにママの姿はなかった。その代わりに、わたしは自分のドレスを目にすることになった。空気のように軽やかなそのドレスが、ハンガーに吊されてかすかに揺れている。まるで海に映った夕焼けみたいだ。わたしは白と青とピンクと紫に同時に輝いている、プリンセスカットの虹色のドレスを見つめた。そして、これがただのドレスではないことに気づいた。これは約束だ。今夜がどんな夜になるか、わたしの将来がどんなものになるか、このドレスが物語っている。

　でも、これを着ることはできない。

　予定では、バレエのレッスンが終わったらシャワーを浴び、ママが選んだこのドレスを着て、市長の屋敷で開かれるサウスサイドの孤児を支援する会主催の舞踏会に出かけることになっていた。にこやかにうなずき、礼儀正しく慎みをもっておしゃべりをし、半年前から付き合っているボーイフレンドのウィル・ハンセンときらめくシャンデリアの下でダンスを踊る。そのあとウィルとわたしは舞踏会を抜けだして、ベドラム・グランデ・ホテルのスイートで過ごす約束になっていた。ベッドに押し倒されたわたしの長い赤毛は、扇のようにひろがるにちがいない。そうして、わたしはウィルに処女を奪われる。親友のザラによれば、ちょっと痛いらしい。でも、痛くないかもしれないとも言っていた。ふたりは明け方までいっしょに過ごすことになっている。ホテルのロビーでは厳重な警備のもとに、若い慈善家たちのための二次会が開かれているから、パパとママはわたしもその会に出ているものと思うだろう。ベドラムの地平線に日が昇ったら、ウィルが銀色のハントリーでうちまで送ってくれる。わたしは彼にキスをしてさよならを言い、静かに走り去っていく車を見送りながら、地区検事長の息子との輝かしい未来を思って幸福感にひたるのだ。

　そんな場面を思い描きながら、ドレッシングルームの奥にあるメイクルームに足を踏み入れた。その瞬間、頭のなかのイメージは泡がはじけるように消えてしまった。波に洗われたガラスのような色の夜会服を着た、ぴかぴかのママがそこにいた。金色の髪を低い位置にふわりと結いあげたママの骨張った顔が、ピンクがかったライトに照らされて輝いている。

「おかえり、ダーリン」わたしを見てママが言った。ピンクのライトに照らされた金メッキの鏡のなかで、ふたりの目が合った。その鏡の下の象牙色の化粧台には、金の柄がついたメイクブラシや口紅やシャドーが、整列した兵士のようにびしっとならんでいる。そして、そのひと隅に、処方薬が入ったクリスタル製の瓶が五つ置かれていた。今もヴィヴィラックスを飲んでいるのか、灰色の目が半分閉じかかっている。ママが気だるい仕草でドレスのほうを示した。「アイロンをかけさせておいたわ」

「きれいなドレスね」わたしはそう言いながらも、熱いブラシで胸を撫でられたような気分になっていた。

「でも……今夜は行かれそうもないわ。気分が悪いの。レッスンの途中で吐いちゃった」

わたしは顔色が悪そうに見えることを祈りながら、胃のあたりを両腕で抱いて身をかがめてみせた。鏡の向こうから気が抜けた感じの赤毛の女の子が見つめ返している。マスカラがにじんでいるせいで隈ができているように見える目と、ショウガ色のそばかすでおおわれた白い肌。完璧な人間の見本のようなヘレン・フリートとならんでいるわたしは、本物の病人のように見えた。

ママは目を細くして鏡ごしにわたしを見ているけど、心配しているのか、ただ苛立っているのか、わからなかった。ママが近づいてきて、すべすべの冷たい手をおでこにあてた。「熱はないわ」ママがつぶやくように言った。「少し横になっていれば治るでしょう。お水をあげましょうか?」

そのとき、摩天楼をかたどったカフスボタンを手のなかでじゃらじゃらいわせながら、パパがメイクルームに入ってきた。「さあ、愛しい奥方とお嬢さん。あと五分で出かけるぞ」

「アンセムは気分が悪いんですって」眉をひそめてママが言った。ほんとうにがっかりしているみたいで、不機嫌な子供のように下唇を突きだしている。「胃の調子がよくないらしいわ。舞踏会には行かないっていうのよ」

「行かない?」パパの顔から笑みが消えた。振り向いたパパは、その理由を聞こうとわたしに視線を向けた。「いや、もちろん行くさ。しっかりするんだ、アンセム。フリート家の人間は、けっして病気にはならない」

「わかってるわ、パパ」わたしは床を見つめながら言った。舞踏会が始まる前にがりがりに痩せたサウスサイドの孤児たちが行進するのを、十歳のときから見てきた。孤児が退場すると同時に運ばれてくるプライムリブの匂いも、金粉をちりばめたエンドウ豆のピューレの味も、今ここにあるかのように思い出せる。

「でも、やっぱり――」

「ウィルがかわいそうじゃないの」ママがそう言いながら、化粧台の下のボタンを押した。すぐに鏡がすべるようにあがって、スチール製の抽斗《ひきだし》があらわれた。その何十段もの抽斗に、ネックレスやブレスレットが一本ずつ、あるいはイヤリングがふた組ずつ、収まっているのだ。「あなたが行かなかったら、彼は死ぬほど退屈してしまうでしょうね」

ウィルがかわいそう？　わたしは鼻に皺をよせた。今夜、わたしが彼と何をすることになっているか知ったら、ママはなんて言うだろう？「ウィルは子供じゃないわ。わたしがいなくても楽しく過ごせるはずよ」わたしは小さな声で言った。

初めてウィルに誘われたときは、当たりくじを引いたような気分になった。カテドラル・デイ・スクールのなかで、ウィルは王さまのような存在だ。クラス委員で、ディベートのチャンピオンで、学校の催しではいつも先に立って行動する。一方わたしはバレエのことしか頭にない真面目な生徒で、ほんとうは内気なだけなのに、気取ってると思われている。成績がいいという以外に取り柄はないから、誰もわたしの存在になんか目をとめなかった。それがウィルに関心を持たれるようになって、生身の女の子として見られるようになったのだ。だから、彼に花をプレゼントされたり、肩を抱かれて廊下を歩いたりして、わたしは当然ながら有頂天になった。ウィル・ハンセンにそんなことをされて、ときめかない女の子はいない。

でも、そんな感情はだんだんに薄れてきた。そろそろ関係を深めていいころだとウィルにしつこく迫られれば迫られるほど、気持ちが冷めていく。今朝のミサの時間、わたしは祭壇から五列目の真ん中の席に割りこんで、ホテルのスイートで過ごす心の準備はできていないと彼にささやいた。そして、今夜は市長の屋敷のシャンデリアの下で踊るだけにしたいと言ってみた。ウィルは表情をこわばらせ、そのあとにやりと笑った。「きみの代わりならいくらでもいる。ぼくが誘えば喜んでついてくるだろうね」その淡いブルーの目にあらわれた影が、冗談ではないことを物語っていた。でもウィルは、すぐにクラス委員の仮面を着けなおしてほほえんだ。「冗談だよ。その気になるまで待てばいい」

ママが抽斗の横のぴかぴかのパネルにならんだ数字のキーをいくつか押すと、小さなブザー音が聞こえた。ママは下のほうの抽斗を開けて、ペパーミント・キャンディくらいの大きさのルビーが七ついた、プラチナとダイヤモンドのネックレスを取りだした。ママがそれを首にあてると、宝石が鎖骨のあたりに収まった。

「すばらしい」パパがそう言いながらママのうしろに立って、ネックレスを留めた。

「完璧だわ」わたしは言った。去年のバレンタインデーの夜、パパがママに贈ったネックレスだ。五万ドルの掘り出し物だと、あのときパパはわたしにささやいた。「すごくきれいよ」

ママはわたしに弱々しい笑みを向け、抽斗を閉めて鏡を元に戻した。「ありがとう。でも、今夜はいくらきれいにしても意味がないわ。孤児のための舞踏会なんですものね」

もちろん、今夜の舞踏会は単なる孤児のための催しではありえない。両親はこういう機会を利用して、市長を初めとする地元の政治家に話を聞いてもらうのだ。ノースサイドの不動産市場は厳しい状況にあるらしい。開発業を営むヘレンとハリスのフリート夫妻は、最高の敷地を手に入れるために、政治の歯車にこまめに油をさす必要がある。ハンセン地区検事長やマークス市長の機嫌をとるのも、そのひとつなのだ。

「しばらくここで休んでるわ。それで気分がよくなったら、タクシーで追いかける」わたしはそう言ってみた。

「インフルエンザじゃないといいんだけど……」ママが言った。「今、インフルエンザにかかっている暇はないわ。ジゼルのリハーサルが迫ってるし、勉強だってあるし――」

「さあ、アンセムを残して出かけよう。ぼくたち同様、アンセムもすでに頑張りすぎるほど頑張っている」ママをさえぎってそう言いながら、パパがわたしにウインクした。わたしの味方だという証拠だ。

「アンセム、きみのためにウィルに目を光らせておくよ。今夜はのんびり過ごすといい」

ママがため息をついた。「リリィが九時までいてくれるわ」

わたしはうなずいた。リリィというのはうちの料理人だ。彼女なら、たぶん少し早めに帰るように説得できる。パパとママは最後にもう一度、鏡に映った自分たちの姿をチェックした。このライトのおかげで、ふたりとも二十五歳くらいに見える。まるで歳をとるのを忘れてるみたいだ。わたしは両手でカメラの形をつくり、目を細めて想像上のファインダーをのぞいてみた。

「完璧な写真になりそうかい？」ママの腰に腕をまわしてパパが訊いた。

「完璧なカップルだわ」わたしは答えた。その瞬間、自分の言葉を信じそうになっていた。

十八年前にモラス湖で金髪の美少女の溺死体が発見されるという事件さえ起きなかったら、フリート一家は何もかも持っていると誰もが思ったにちがいない。レジーナは琥珀のなかの化石バエであり、オパールにできた傷であり、フリート家の外観に入ったひびなのだ。パパには仕事という慰めがある。ママはそのつらさをチャリティーと処方薬とシャルドネで紛らわしている。

だから、どちらもわたしにはかまわない。

レジーナが亡くなった一年後、わたしが生まれた。そう、わたしは姉の代わりとして生まれた娘だ。代わりの娘ができれば、何もかもよくなると期待されていた。つまり、歩く抗鬱剤だ。今、完璧なカップルは、完璧とはほど遠い娘にふたつの乾いたキスとひとつの冷たいハグを与え、メイクルームをあとに舞踏会へと出かけていった。残されたわたしは、そのあとしばらく鏡に映ったあまりに平凡すぎる自分の顔を見つめていた。

2

十時になるころ、ザラとわたしは忘却橋のすぐ東の倉庫で開かれているはずのパーティに出ようと、河岸地域の暗い通りをいそぎ足で歩いていた。シャンパングラスを重ね合う音がひびきわたる孤児のための舞踏会から遠く離れた、ミッドランド川ぞいのこのあたりは、ノースサイドとはいっても、かつての工業地帯だ。わたしたちはどちらもウールの長いコートにくるまって、二月の終わりの冷気に身を震わせていた。

「なんか、髪の毛が逆立っちゃう感じ」わたしは歯をがちがち鳴らしてそう言いながら、手袋をした手をポケットに突っこんで、キー・チェーンに取りつけてある護身用の唐辛子スプレーの丸くて赤いボタンを人差し指で探っていた。恐れ知らずのザラでさえ、薄暗いあたりの様子に動揺しているのか、爪を嚙みながら道路標識をさがして視線をさまよわせている。

「こっちだと思う」棒のてっぺんで風見のようにぐるぐるまわっている標識に大きなスミレ色の目を向けて、ザラが言った。標識によれば、ここはアーセニック・アヴェニューとトールン・ストリートの角らしいけど、どっちの通りの名前も聞いたことがない。わたしはアッパー・ベドラムからほとんど出たことがないのだ。湖畔とチャーチ・ヒルとマイル美術館とバンカーズ小路があるアッパー・ベドラムは、安全だし整然としている。それでも、うちにいてウィルのことを考えているよりは、街の危険な地域で開かれるザラお気に入りの秘密パーティに出かけるほうがましだった。

「ほらね」角まで来たとき、ザラが勝ち誇ったように言った。彼女がわたしの肘のあたりをつかんで、落書きだらけの工業用倉庫がならんでいるほうに引っぱった。倉庫はどれも、風のなかでうずくまっているように見える。

十三センチはありそうなヒールを履いた酔っ払いの女の子がふたり、ウイスキーの匂いをさせて甲高い声で笑いながら、ふらふらととおりすぎていった。それをのぞけば歩道に人気《ひとけ》はない。手前の四つの倉庫はひどい状態で、窓は割れているか腐った板が打ちつけられているかのどちらかだったけど、いちばん遠くの倉庫からあらゆる色のライトがもれていた。

「いい感じじゃない？」そう言ったザラは、スーサイダル・ステップチャイルドの〈キス・ミー・オン・ジィ・アポカリプス〉に合わせてすでに腰を振っていた。初めて会ったときから彼女はずっとこんなふうだ。ママが開いたチャリティー昼食会にやってきた六歳のザラは、料理が出されてもいないうちにキッチンに忍びこんでプチフールをトレイごと盗みだし、ふたりでそれを食べられるように、わたしの部屋に連れていけと言って驚かせてくれた。ザラは何に対してもどんなときも、恐れを抱いたりしない。一方わたしは、予想がつく安全なものを選びがちで、ほんとうに納得してからでないと新しいものは選ばない。いつもそうだ。

わたしは肩をすくめた。こんなことなら、うちでエプソムソルト入りのバブルバスにつかって、DVDを見ていればよかった。オルガ・インカロヴァの史上最高のバレエを見れば、まちがいなく感動できる。今頃はもう、あしたの早起きにそなえて眠っていたはずだ。土曜の朝は、いつも早めにスタジオに行って、レッスン前に一時間ほどひとりで練習する。今年はベドラム・バレエ団に入れるかどうかが決まる年だ。十三年間の努力が充分だったかどうかが、今年わかるのだ。

ふたりは巨大な倉庫のそばまで来ていた。虹色のライトが頭を撫でてとおりすぎていくのを見て、わたしのなかに疑問がわきあがってきた。このパーティに出たら、あしたのレッスンで思いどおりに動けなくなることはわかりきっている。ほんとうにそれでいいのだろうか？「ねえ、ほんとうにこんなところに来ちゃってよかったのかな？　なんだかちょっと——」

それ以上は言えなかった。わたしたちが来たことを察したかのように、とつぜん階段の上の両開きドアが開いて、ベルベットのシルクハットを被った金髪の痩せた男がすべるようにあらわれたのだ。長細くした黒い星のタトゥーを両方の目の下に入れているその男が、手前にいたザラに手を差しだした。

「やあ、かわいい子ちゃんたち。入りなよ」ほほえんだ男の口元を見ると、歯が一本抜けていた。灰色になっている歯も何本かある。「羽目を外して遊んでいきな」

典型的なサウスサイドの人間だ。わたしは反射的にあとずさり、そのまま凍りついてしまった。変な国に上陸してしまった外国人が浮かべそうな愚かしい笑みが顔に貼りついているのを感じながらも、歯を見た瞬間におぼえた嫌悪感が表情にあらわれていないことを祈っていた。でも、ザラは差しだされた手をつかんで、ためらいもせずに階段をのぼりはじめていた。

「行こう、アンセム」振り向いたザラが尖った顎でドアを示し、顔を輝かせて悪戯っぽい笑みを浮かべた。「今夜わたしたちがいるべき場所はここしかないよ」

それだけ言うと彼女はドアの向こうに消えた。こうなったらついていくしかない。シルクハットの男が痛いほどしっかりとわたしの手をつかんで階段をのぼらせた。そのあと、ぼろぼろになったベルベットのカーテンを二度とおり抜けたザラとわたしは、気がつくと床が白黒のチェッカー模様になっている、ものすごくひろいダンスフロアに立っていた。

そこで飲み騒いでいるパーティ客を見た瞬間、背筋に熱いものが走ってむずむずした。誂えもののスーツや革のパンツでめかしこんだ男たちに、ぴかぴかのヴィンテージドレスにハイヒールを合わせて、肩から羽根や宝石をぶらさげている女の子たち。広い部屋の端に飲み物のコーナーがいくつかあって、それぞれにシルクハットを被ったバーテンダーがひかえている。天井に取りつけられたブランコに乗っている女の子たちは、べとべとしそうなワックスを素肌に塗って、肩胛骨のあたりにぼろぼろの黒い翼を着けているだけだった。

「ねっ、言ったでしょ。今年いちばんのパーティだね」ザラが音楽に負けじと叫びながら、堅苦しいウールのトレンチを脱いだ。引き締まったお尻に貼りつくような金色のホットパンツと、白いコットンのタンクトップと、その襟元からのぞく大きな胸をしっかり支えている赤と黒のシルクのブラ。首には黒いパールの長い五連のネックレスがぶらさがっている。「コートを貸して」

わたしは襟元のボタンをいじりながら、汗と煙とアルコールの臭いに満ちた空気を思いきり吸いこむと、その最後のひとつをはずした。

「どうしてあなたの言うことを聞いて、こんなものを着てきちゃったのかしら?」そう嘆いたわたしの声は、騒ぎのなかでかき消されてしまった。去年のバレエの発表会の衣装を着てくるようにと、ザラはわたしにせがんだのだ。だから今、わたしはオーロラの格好をしている。もちろん、〈眠りの森の美女〉のオーロラ姫だ。

「きれいだよ」わたしを見てやさしい笑みを浮かべたザラが、ちゃんと聞こえるように身を傾けて耳元で言った。

「衣装がきれいなだけだわ」わたしは応えた。ピンク地に金刺繍のクラシック・チュチュ。これを着ていると元々細いウエストがさらに細く見えるし、ありもしない胸の谷間があるように見える。わたしを見てと叫んでいるようなものだ。でも、見られるのは好きじゃない。ひとつひとつの動きを何カ月もかけて練習したあとで、オーケストラが曲を奏でるなか、舞台に立っているならば別だけど、ふつうのときはどこに立てばいいのか、手をどうしたらいいのか、さっぱりわからない。

「コートをどこかに置いて、飲み物を取ってくるね」ふたり分のコートを手にしたザラが、大声でそう言った。

わたしはうなずき、揺れているブランコの天使たちを見つめたまま、曲に合わせて怖ずおずと身体を動かしてみた。気がつくと、女の子がふたり両側で踊っていた。距離があまりに近すぎる。クジャクの羽の襟巻きが右の前腕を引っかいたかと思うと、左のお尻に爪が突き刺さった。踊りながらその場を離れようとしたけど、革のジャンプスーツ姿のずんぐりした三人目の女の子に、行く手をはばまれてしまった。

「バレリーナ」そうささやいた襟巻きをした女の子の熱い息が、わたしの耳に吹きかかる。あとずさろうとしたけど、完全にかこまれていた。襟巻きの女の子の裸の肩には『SYNDI』とタトゥーが入れてある。彼女がその文字を波打たせて手をのばし、値踏みするかのようにわたしのチュチュにさわった。「すごく若いじゃない」右側にいた女の子があざけるように言った。かなり痩せてるのに、たくましくて力がありそうだ。タキシードジャケットに、フリルつきのブルマーに、ハイヒール。ボブスタイルの髪は片側が黄色に、もう片側が真っ黒に、染めてある。

「サイズ的にはちょうどいい感じだね」ジャンプスーツの女の子が、わたしのほうにくるりと向きを変えて言った。セラックを塗ったピンクの髪を高めのポンパドールに結っている彼女の片方の目は、少しだけ左に傾いているみたいだ。尖った小さな歯をむきだして、彼女がにやっと笑った。

どきどきしながら振り返ってみたけど、ザラはこちらに背を向けていた。しかも、奥の壁際にならんだスピーカーのほうに向かって遠ざかっていく。パニックにおちいったわたしは、唇に笑みを貼りつかせてあとずさりをはじめた。

「待ちなよ」襟巻きの女の子が口を尖らせて言った。背が高くて、スタイル抜群で、三人のなかではいちばんかわいいのに、丸坊主にしていて長さが五センチくらいあるオレンジ色の付け睫毛を上下につけている。彼女がわたしの腰を両手でつかんで自分のほうに引きよせた。「あたしたち、あんたみたいないい子が大好きなんだ。そうだよね？」

「あそこに友達がいるの――」そう言ったわたしの声は小さすぎた。こうなったら肘鉄を食らわして逃げるしかない。わたしは息を呑んで心の準備をととのえた。でも、そのときとつぜんジャンプスーツの女の子がわたしから離れ、友達にもそうするよう合図した。「もういいよ、放っておきな」彼女がそう言うのが聞こえた。

三人の視線の先に、ぱりっとした白いシャツにベルベットのジャケットを着こんだ、背の高い男の子の姿があった。くしゃくしゃの髪に、ひょろ長い手足に、尖った頬骨。その男の子は、雑誌のページから抜けだしてきたかのように颯爽としていた。彼がどんどん近づいてくる。目指しているのは、まちがいなく、わたしだ。

「ここにいたのか」彼がほほえみながらそう言って腕をひろげた。唇には期待の色がにじんでいる。「あちこちさがしたよ。さあ、踊ろう」

わたしは恐るおそる彼の手を取った。驚きすぎて、それ以外に何をしていいのかわからなかった。いっしゅん後、わたしたちは部屋のなかをくるくるとまわりながら、堂々とワルツを踊っていた。舞踏会モードで踊りながらも、坊主頭の女の子から目が離せなかった。彼女はわたしにウインクすると、こちらに背を向けて歩きだした。三人の姿は、たちまち人混みのなかに消えてしまった。

「あなた、わたしのことを誰かとまちがえてるみたいだわ」口ごもりながら言ってみた。

「いや、まちがえてなどいない」笑みを浮かべた彼の目尻に皺がよった。「シンジケートの女の子たちにかこまれているのを見て、逃げ道が必要なんじゃないかと思ったんだ。ダンスはボーナスだよ」

シンジケートの女の子たち。ベドラムの犯罪者集団の名前を聞いて、肌がちくちくした。殺人、強盗、ギャンブル、売春。この街で起こる悪いことは、すべてシンジケートの仕業だと言われている。「もうやめてもいいと思うわ」わたしは言った。「あの人たちは行っちゃったもの」

「もう一曲踊らないか？」

わたしは彼を見あげた。えらが張ったその顔は、むっつりとしていた。きれいな目と、太くてまっすぐな眉。下襟に挿した白い花はしおれかかっている。彼の表情のなかに意地悪くさえ思える粗暴な何かを見たような気がしたけど、すぐに唇がほころんで、また感じのいい笑顔になった。

わたしはザラを見つけようと、首をのばして彼の肩ごしに部屋を見まわした。彼女は段の上の飲み物の列にならんでいた。わたしに気がついたザラが顔を輝かせて親指を立て、「おいしそう」と唇を動かした。ハンサムという意味だ。わたしは笑みを抑えて彼に向きなおり、イエスと言う代わりにうなずいた。

彼がわたしを引きよせて、また踊りはじめた。温かい手を背中の真ん中にあてて、悠然とわたしをリードする。シャンデリアの下でターンしたとき、彼の左目の茶色い瞳にブルーの斑点があることに気がついた。そのせいで瞳の一部が消しゴムで消されたみたいに見えるのだ。

「こんな踊り方、どこで習ったの？」わたしは訊いた。竹馬に乗ったパフォーマーの一団にぶつからないように女性をリードして踊りつづけるなんて、ちょっとすごすぎる。

「あちこちでね。きみは？」

「コティヨンは七歳のときから踊ってるの。四歳から毎日バレエを踊ってる」そう言った瞬間、後悔した。彼に高慢ちきな金持ちの娘だと思われたくなかった。

「だったら、こんなこともできるよね」彼がそう言って、わたしの身体を髪が床にふれるくらい反らせた。

窓のほうに行って景色を眺めようと彼に誘われたわたしは、口ごもりながら友達をさがさなければならないと答えた。でもそのとき、まるで魔法のようにザラが背後にあらわれ、わたしは飲み物をわたされて、彼のほうに押しやられてしまった。

ザラが彼にウインクをして、ハネムーンに送りだすかのようにふたりに手を振った。「あとでダンスフロアで会おうね」

彼がジャケットに包まれた腕をわたしの裸の肘にからませた。「ちゃんと送りとどけるよ」彼は笑みを浮かべてザラにそう言うと、わたしを連れてその場をあとにした。

わたしたちは窓を抜けて、タールを塗ったにわかづくりのテラスに出た。何組かのカップルと少人数のグループが、小さな声で話している。ふたりの温かな皮膚から、かすかに湯気があがっているような気がした。

「ギャビン・シャープだ」目にかかった砂色の髪をかきあげながら彼が言った。そのあと彼はお尻のポケットから革のポーチを取りだして、二枚の紙に煙草の葉を振りだしはじめた。

「アンセム・フ――フラッド」最後の瞬間に名前を変えた。今夜はフリート家の娘でいたくなかった。ここでは、彼といる今は、別人になりたかった。

ギャビンはうなずいた。いっしゅんわたしの目を見た彼が、また視線を落として煙草の紙をなめ、二本の巻き煙草を完成させた。「吸うかい?」

「いらないわ」煙草なんて吸ったことがなかった。踊るには健康な肺が必要だ。

ギャビンが銀色のライターでジーンズを撫であげた。指を使わずにライターのホイールを回転させて火をつけたのだ。風に吹き消されてしまわないように、その火を両手でかこっている。優美な長い指だった。ママが見たら、芸術家の手と呼ぶにちがいない。彼がだまって煙草を吸っているあいだ、わたしはザラからわたされたプラスチックのカップを口に運び、苦い緑色の飲み物をふた口で飲み干した。ふたりはならんで立ったまま、夜の街を眺めていた。満月に近い月の下で、街の明かりがきらめいている。

お酒を飲んだおかげで少し落ち着いてきたわたしは、その景色を観察した。ミッドランド川の北側では、ぴかぴかの摩天楼や大きな屋敷が煌々と明かりを放っている。でも、川の南側は何ワット分か暗かった。薄暗い入り組んだ通りと、活気のない低い建物。サウスサイドは別の街のように見えるだけではなく、別の時代の街みたいだ。

わたしはギャビンの横顔をちらっと盗み見てから、東のほうに視線を移してみた。モラス湖のすべらかな寒々とした湖面に、目が引きつけられていく。淡いブルーの氷におおわれているその湖は、街のなかで唯一のさえぎるもののない空間だ。そこには動くものはないし、そこで傷つく者もいない。レジーナの事故があったあと、湖で人が危険な目に遭うことはなくなった。パパとママが資金を出して、湖のパトロールを強化させたのだ。

「あそこ……」ギャビンが目を細めてサウス・ベドラムの迷路のような通りを指さした。そっちのほうに目を向けてみたけど、焼け跡みたいなみすぼらしい建物の集まりしか見えなかった。「あれがぼくの住んでいるところだ。ほら、給水塔が見えるだろ?」

わたしはいくつもの給水塔に視線をさまよわせた。まるでビルのてっぺんに巨大なタランチュラがとまっているみたいだ。心のなかで好奇心がむずむずとわきあがってきた。「どれ?……あの向こうの?」

「南の人間全員が、悪党や犯罪者だってわけじゃない」ギャビンが最後の一服をふかすと、煙草の先を指でつまんで火を消し、吸い殻を革のポーチにしまった。あとでまた、この煙草を吸うのだ。

「もちろんだわ」〈デイリー・ジレンマ〉に書かれていることなど鵜呑みにはしていないと彼にしらせたくて、わたしはいそいで応えた。「ただ、サウスサイドには行ったことが……あんまりないの。だって、ほら……」

「安全じゃないから。やつらはみんなにそう思わせたがってるんだ。そうだろう?」彼の目が輝いた。それは挑戦的な表情にも見えたけど、唇には依然として笑みが浮かんでいた。そのあと彼は肩をすくめた。

「おれには何も問題ないように見える。しかし、比べるものがないからね。他の土地に住んだことがないんだ」

「どこもそんなに変わらないわ」わたしは言った。「それに、どんなところだって、いい日もあれば悪い日もある」でも、ほんとうはそんなふうには思っていなかった。サウスサイドはこの国で有数の殺人多発地区だ。ひとりあたりの逮捕回数の多さは、北半球一と言ってもいいかもしれない。サウスサイドでは毎日が悪い日なのだ。

わたしは自分の白い息を見つめながら、うしろめたさをおぼえはじめていた。毎晩バレエのレッスンが終わると、クリーム色のセラフがわたしを迎えにくる。セラフは注目を集めるほどめずらしい高級車だ。その上、安全な地域に住んでいるにもかかわらず、窓ガラスは防弾仕様になっている。

ギャビンがうなずいた。「たぶんね」

そのあと、ぎこちない沈黙が流れた。わたしはフリート・タワーのほうに視線を向けてみた。目を凝らせば、最上階の自分の部屋のほの暗い明かりが見えるかもしれない。いつも机の上のランプを消し忘れてしまうのだ。

わたしの心を読んだかのように、この近くに住んでいるのかと彼が訊いた。

「ええ、そんなに遠くないところ。でも、ここからじゃ見えないわ」それがほんとうだったらと思いながら、わたしは答えた。

「住んでいる場所も知らずに、どうやってきみをさがしたらいいんだい?」ギャビンがこちらを向いて、わたしの顔をじっと見た。茶目っ気たっぷりの美しい目の上の眉が、吊りあがっている。

わたしをさがす？　わたしは溶けていく氷を見つめながら、両手でカップをにぎりしめた。そうしないと、手が震えだしてしまいそうだった。

「ええと……」わたしは言葉をさがした。真っ赤になっていることは、月の明かりで彼に見えているにちがいない。でも、何を言えばいいのか迷っているあいだに、彼の視線がわたしのうしろにある何かへと移っていった。その表情が見る間に硬くなっていく。ギャビンがわたしのほうに身をかがめた。耳元に彼の唇を感じ、くしゃくしゃの髪に肌をくすぐられて、身体じゅうがざわついた。「パーティはお開きだ。これで鼻と口をおおって逃げろ」ギャビンが淡いグレーのバンダナをわたしの手に押しつけた。

「なんですって？」振り向いて大きな窓ごしに部屋のなかをのぞいてみたけど、パーティの騒ぎしか見えなかった。「どういうこと？」

「あとで必ずきみを見つける」彼がきっぱりとそう言って、わたしを前に押しやった。「さあ、行くんだ。今すぐに」

最初のフィアーガスの缶が、床をかすめて飛ぶのが見えた。

すべてはあっと言う間に起こった。ギャビンに窓から部屋のなかに押しやられたわたしは、人混みのなかにザラのベリーショートの黒い髪を見つけた。彼女はまだ踊っていて、何が起ころうとしているのか、ぜんぜん気づいていないみたいだった。わたしは彼女に駆けよって息をととのえた。あちこちで悲鳴があがりだし、ビルの照明が落ちた。シャンデリアのろうそくの明かりのなか、缶から紫色のガスが噴きだしてひろがっていくのが見えている。ヘルメットの黒いバイザーをおろした機動隊員が部屋になだれこんできた。

わたしはバンダナを口と鼻に押しあて、ザラを引っぱってドアのほうへといそいだ。紫色の煙を吸って咳きこんでいる彼女は、もう幻覚を見ているらしく、ヘビだとかクモだとかゴキブリだとか叫んでいる。「だいじょうぶ。怖いものなんか何もないよ」ヒステリックな泣き声をあげはじめたザラに、そうくりかえしながら、暗い夜の街へと飛びだした。ベドラムでは警察の急襲も度々だし、とつぜんガスやスプレーを吹きかけられるのもめずらしいことではないから、フィアーガスや笑気ガスやシアン化合物やアルセニックオイルを吸ってしまったときにどうすればいいか、学校で教わっている。でも、フィアーガスの効果を目の当たりにするのは初めてだった。

わたしはザラを連れて人混みを抜けると、歩道を駆けだした。そのブロックの先の使われていないふたつの倉庫のあいだに、空き地があった。

「坐って、ザラ」これ以上ないほどおだやかな声で、わたしは言った。地面に倒れこんだ彼女は、髪のなかに質の悪いアリがはびこっているかのように両手で頭を叩いている。わたしは彼女を引っぱって、向き合うように坐らせた。雑草におおわれた空き地に人影はなかった。わたしは深呼吸をして、フィアーガスの別の被害者たちの恐ろしい叫び声を耳に入れまいとした。それでも拡声器を使っている機動隊の声は、大音量で聞こえてくる。こんなに離れているにもかかわらず、鼓膜が破れそうだった。機動隊は、全員外に出ろと叫んでいた。「**写真は撮るな。撮ったら逮捕するぞ**」拡声器を使うのをやめる気はないらしい。「**すみやかに解散しなさい**」

わたしはパニックを起こしているザラの目を見つめ、彼女の肩に両手を置いて言った。「おまじないの言葉をとなえよう。学校で習ったとおりにやってみよう。ねっ?」

ふたりは身をよせあって、何度も何度もおまじないの言葉をくりかえした。「これはすぐに終わる。これはすぐに終わる……」七回で充分だろうか? それとも十回? 念のため、そろって十回おまじないをくりかえすと、ザラの動きがゆっくりしたものに変わった。もう髪を引っぱってもいないし、腕をかきむしってもいないし、泣き声もだいぶおさまっている。そのあと百からカウントダウンを始めると、ザラの肩から力が抜けていった。このあとはザラのなかからフィアーガスの効果が抜けるまで、まわりにあるものに集中するしかない。

「月だわ。月が見える」膝に抱いたザラの頭を撫でながら、わたしはささやいた。

「でも血を流してるよ、アンセム。なんで月が血を流してるの?」

「しーっ」そう言いながらザラの目を見おろしたわたしの背筋に震えが走った。恐れ知らずの彼女の目が恐怖のせいで大きく見開かれている。「血なんて流してないよ。わたしが保証する」

「割れた窓が見える」数分後、ザラがかすれた声で言った。

「そのとおりよ、ザラ。それに草がぼうぼうに生えてる」

ザラがうなずき、そのあと何度か鼻を鳴らしてそれきり泣きやんだ。「タンポポが咲いてる。こんな時季にすごいね」

それからだいぶ経ってザラが歩けるようになると、ふたりして夜の通りへと出た。呼んでおいたタクシーが来るはずの角に向かってふらふらと歩きながらも、ザラはわたしの肩によりかかるようにして手に持ったタンポポをくるくるとまわしていた。警察の急襲で巻き起こった騒ぎも叫び声も、とっくにおさまっている。わたしは、瞳に斑点のあるワルツが上手な男の子――ギャビン・シャープのことばかり考えていた。彼はすてきだと、わたしは思った。あの人は何をするべきかわかっていた。

それでも、彼の無事を祈らずにはいられなかった。でも、なぜ危険が迫っていることがわかったんだろう?　それにあとで必ずきみを見つけるというのは、どういう意味だったんだろう?

3

「プロパガンダと法の支配についての今日の授業は、ここまでにします」政治を教えている年配の元気なタマニー先生が、教卓の端に腰かけて言った。「新聞の記事でも街で見かけた何かでもいいわ。あしたまでにプロパガンダの例をひとつ見つけてくること」

タマニー先生がリモコンを天井に向けてボタンを押すと、スライドショーの最後の写真が消えた。昔に起きたサウスサイドの暴動の写真で、馬に乗った警官から逃げまどうおおぜいの人が写っていた。プラカードを持ったその人たちは、恐怖に顔を引きつらせて大きく口を開いていた。でも、その見出しは写真の印象とぜんぜん合っていない。『野蛮な暴動で警察官二名が死亡』最後の大きな暴動が起きたのは、わたしが三歳のときだった。怒り狂った人たちがフリート・タワーの前の小さな公園に集まっているのを見たのが、わたしの最初の記憶かもしれない。

「このクラスだってプロパガンダのもうひとつの形かもしれない。そうじゃないって言いきれるかな？」うしろのほうから男子の甲高い声が聞こえてきた。みんな笑ったけど、わたしは寒気がした。『ベドラムを安全な街にするのはあなたです』という、ハイウェイでいやというほど見かける看板のことを思い出したのだ。そこには怯《おび》えた女の人が電話をかけている写真が載っていて、下のほうに警察のホットラインを意味する『999TIPS』の赤い文字がある。金曜日のパーティの最中に誰かが電話をしたのだろうか？　拡声器をとおした機動隊員の声は、今も耳に残っている。「**写真は撮るな。撮ったら逮捕するぞ**」

「そうね、言いきれないわ」タマニー先生は平然とそう言ったけど、ピーチ色に染めたボブヘアーをかきあげたとき、耳が赤くなっているのが見えた。そのとき、授業の終わりを告げる鐘が鳴りだした。「それについては、あしたの授業で考えましょう」

タマニー先生が高い鼻の上の眼鏡を押しあげて、わたしにウインクした。「ミス・フリート、おもしろい絵ね」鐘の音がやむのを待って、先生が言った。「今日の授業の内容にぴったりだわ」

わたしはステンドグラス窓のすぐ横のいちばん前の席から、礼儀正しくほほえんだ。幼稚園のときから、どのクラスでもたいていこの席に坐っている。わたしはノートの上端の落書きに目を落とした。顔のないおおぜいの機動隊員が警棒を振りあげている絵だった。いっしゅん、記憶をたどって描いたのだと言おうかと思ったけど、だまっていることにした。不安定度評価のために、カウンセリングを受けさせられる危険を冒すわけにはいかない。もっと悪くすれば、うちに電話をかけられてしまうかもしれない。

教室のなかはランチの前のおしゃべりで騒然となっていた。机に影が落ちたのを見て、わたしは目をあげた。オリーブ・アン・バングと、彼女の子分のクレメンタイン・フィッツとロンダ・ハッチが、ならんで立っていた。ちょうど目の高さに見えている三人のチェックのスカートは、校則で決められているよりも十五センチくらい短かった。むきだしになった彼女たちの脚が、ステンドグラスごしに射しこむ日を浴びてまだらになっていて、オリーブ・アンの膝には聖母マリアの姿が映っていた。

「ごきげんよう」少し経ってから、しかたなく笑みを浮かべて言った。

「口をきくのは久しぶりね」オリーブ・アンがグロスを塗った唇を尖らせて、小さな声で言った。彼女はカテドラル・デイ・スクールの厳格で頑固な校長、ウィニフレッド・バングの末娘だ。親子とも、わたしのことがあまり好きではないらしい。たぶん、九年生のときからずっと、わたしのせいでオリーブがクラスで一番になれないせいだ。このままだと、数カ月後にはわたしが卒業生総代を務めることになる。いつもわたしのことをバカにしてる感じだけど、今、彼女のなかの苛立ちは最高潮に達しているにちがいない。

「孤児のための舞踏会に行かれなかったんですってね」クレメンタインが同情しているふうをよそおって言った。「ひとりで過ごさなくちゃならなかったって、ウィルが言ってたわ」

「具合が悪かったの」わたしは肩をすくめた。

「これをあなたにわたしてほしいって、彼に頼まれたの」許しも得ずにしゃべりだしたクレメンタインを睨みつけながら、オリーブ・アンが言った。「しっかり封をしてあるから、ご心配なく」

「心配なんてしてないわ」オリーブ・アンが、小さなクリーム色の封筒を差しだした。裏側のフラップに、美しくデザインされた『WH』の文字が浮きあがっている。「じゃあ、またね」硬い笑みを浮かべたオリーブの鼻に皺がよった。

「ええ、またね」わたしも、どっちつかずの表情を浮かべてうなずいた。こちらに背を向けた三人は、教科書の入った鞄を肩にかけて横ならびのまま歩きだした。その姿は、ほぼ完璧なシンメトリーになっている。そうして、彼女たちは教室から出ていった。

手のこんだやり方でとどけられたわりには、あっけない手紙だった。


『きみが恋しくてたまらないよ、レッド。チャペルで会おう。待っている。ウィル』

レッドと呼ばれるのは好きじゃない。ウィルにも何度も言っているけど、茶色い髪の人をブラウンと呼ぶ人なんていない。わたしは立ちあがり、防弾チョッキのように教科書を胸に抱えた。この週末、ウィルからの電話には出なかったし、メールも返信しなかった。金曜日に何をしていたか、うっかり口をすべらせてしまったらと思うと恐ろしかったのだ。フィアーガスは記憶障害をもたらすらしく、ザラはほとんど何もおぼえていないみたいだ。でも、わたしのほうは彼女の叫び声をいまだに心から締めだせずにいる。それにギャビン・シャープのことが頭から離れなかった。

ウィルを避けているせいで、自分がひどい人間になったような気がしていた。でも、そんなのは無意味だ。わたしはヘムロック・ストリートとカテキズム・ウェイの交差点に向かって歩きながら、気にすることはないと自分に言い聞かせた。昼休み、怖じ気づいたわたしは、『あした会いましょう』と書いたメモを彼のロッカーに入れてきた。

角を曲がってヘムロック・ストリートに出たそのとき、通りの向こうで何かが日射しを受けて輝いた。見ると、黒い革ジャンを着た男の子がバイクにもたれていた。本を読んでいるみたいだ。わたしは歩道に立ちすくみ、見まちがいではないことをたしかめようと目を凝らしてみた。肩幅の広い引き締まった長身に、目にかかっている砂色の髪。顎のラインはすっきりしていて、先が割れている。

読んでいたページの隅を折って、彼がペーパーバックを閉じた。ずいぶん古そうに見えるその本は〈グレート・ギャツビー〉だった。わたしを見た彼の顔にゆっくりと笑みがひろがった。「そこにいたんだね」

わたしは三歩で通りをわたって彼のそばに立つと、バレエバッグを歩道におろして咳払いをした。期待と緊張が混ざり合って、胸がわくわくした。「本を読んでたの?」そう訊いた声は、自分の耳にもぎこちなくひびいた。

「読み返すたびに、ギャツビーにやられちまうんだ」彼がジーンズのポケットに本を押しこんだ。いっしゅん、ふたりのあいだに張りつめた緊張が流れた。「このおれが悲しい結末に涙してるところなんて、想像できるかい?」

コートを着て髪をおだんごに結った女の子がふたり、横を走りすぎていった。わたしはギャビンの瞳から目を離して、スタジオのドアの向こうに消えていく彼女たちのうしろ姿を見つめた。コンスタンス・クラムとクラリッサ・ベンダーだ。どちらもレベル6の生徒だけど、遅刻を恐れてあわてているせいでわたしには気づかなかった。ふたりがとおりぬけたドアがすべるように閉まると、わたしはついに尋ねた。

「どうやってここがわかったの?」

「ノースサイドでいちばんのバレエ・スタジオはどこだって、何人かの友達に訊いてみたんだ。それで、ここにたどりついた」ギャビンの頬がかすかに染まった。「きみが怒らないでくれるといいんだが」

「怒ったりしないわ」わたしはそう言いながら、セブン・スワンズの三階のスタジオを見あげた。大きな窓ごしに、九つの肩の上で九つのおだんご頭が同時に傾くのが見えた。九本の引き締まった裸の腕が優雅にあげられ、窓のほうにのびて、また上にあがっていく。美しい動きをする巨大なイモムシの脚みたいだ。

「先にレッスンを始めたんだわ」わたしはその光景に釘づけになったまま、つぶやいた。十三年のあいだ、こうして外からレッスンの様子を眺めたことは一度もなかった。

「いっしょに行かないか?」ギャビンが言った。「見せたいものがあるんだ」

百万とおりのことわる理由が心のなかで渦巻きだした。まずなんといっても、バレエのレッスンをさぼるわけにはいかない。でも、それ以外にも大きな理由がふたつあった。わたしがサウスサイドの男の子とバイクに乗ったことがパパとママにばれたら殺されてしまうというのがそのひとつで、毎晩七時にサージがスタジオまで迎えにくることになっているというのがもうひとつ。でもそのとき、わたしをギャビンのほうに押しやるかのように、身を切るような一陣の風が背中に吹きつけた。

彼がやさしい声で言った。「考えすぎるなよ」

わたしは目を細めて最後に一度、スタジオで踊っている女の子たちを見あげた。物心ついたときからくりかえしてきた日常が、安全地帯に戻っておいでと合図をしている。わたしはパパとママのことや、宿題のことや、バレエのことや、サージのことや、ウィルのことを考えた。そして、すべてを頭から締めだした。

「いいわ、行きましょう」

4

わたしは頭のなかで鳴りだした非常ベルの音を無視して、細かいことに集中するよう自分に言い聞かせた。お尻の下から聞こえてくるバイクの音に、顔に吹きつけてくる風に、ギャビンの温かな背中が胸に押しつけられるときのぞくぞくする感じ。

バンカーズ小路を走り抜けると、ベドラム銀行が目の前にそびえてきた。三角のミラータイルを貼り合わせたその表面に、バイクに乗ったわたしたちの姿がいくつも映っている。フリート・インダストリーズのダウンタウン・オフィスは、ここからほんの二ブロックのところにある。通りを歩いているスーツ姿のビジネスマンのなかに、パパやママがいても不思議ではなかった。

テントが二十ほどならんでいる前を走りすぎたとき、けばけばしい大きな上唇と下唇のあいだに『金持ちを食いつぶせ』と書かれた看板が目にとまった。他に『ほんとうのベドラムをふたたび』と書かれたものもあった。この抗議者の野営地は、わたしが生まれる前からあって、いつもみすぼらしい格好をした人たちが正義と平等についてわめいている。二週間ごとに警察がやってきて解散させるものの、次の日には傷を負ったたくましい抗議者が『おまわりこそ法を守れ』と書かれた新しい看板を持ってあらわれる。目をあげると、忘却橋をわたってサウスサイドに入るところだった。

「だいじょうぶかい？」ギャビンがバイクをアイドリングさせて、肩ごしに訊いた。

「うん、だいじょうぶ。ただ、橋をわたることはあまりないから……」そう答えたわたしの声は、風にかき消されてしまった。ほんとうのことを言えば、橋をわたるのは初めてだ。

「危険はないよ。約束する」ギャビンが大きな声で言った。「少なくとも、おれといっしょならね」彼がエンジンを吹かし、ふたりは橋をわたった。

　繊細な石細工を施した欄干に、何百もの錠がぶらさがっている。この橋を歩いてわたったカップルが、ふたりの絆が永遠に切れないことを願って、南京錠をかけて鍵を川に捨てたのだ。川の底にいったいいくつの鍵が沈んでいるのだろうかと、わたしは思った。何百？　それとも何千？　何年ものあいだに、この橋の上で何度ロマンチックな告白がなされたのだろう？

　橋をわたりきると、ギャビンはバイクを道端によせてエンジンを切った。「ここからは歩いていこう」石板色の空に、ピンクとオレンジの筋がかすかに見えはじめていた。川ぞいにりっぱな洪水防壁が築かれているノースサイドとはちがって、サウスサイドには草の生えた土手があるだけだ。そのゆるやかな傾斜をくだれば、石ころだらけの河原に出られる。サーカス・バードと呼ばれる、あざやかな赤と黄色のフィンチが、楽しげな声でさえずりながら、地面を飛び跳ねていた。

　ギャビンとならんで川縁の歩道を歩いているとき、南にのびるフィーバーフュー・ストリートにならぶ荒れはてたタウンハウスや煉瓦造りのアパートが間近に見えた。どこもかしこも落書きだらけで、煉瓦やフェンスには『正義』とか『サウスの人間は恐れない』とか書かれていた。『SYNDIC8《シンジケート》』『シンジケート命』という標識も無数にあった。

　ギャビンに導かれるまま細い泥道を進んでいくと、川に突きだした小さな橋の前に出た。錆びた金属製のアーチに『九番橋』とゴシック体で記されている。初め、なぜこの橋を見たことがないのだろうかと思った。でもよく見ると、三十メートルほど先で橋はとつぜん……終わっていた。誰かが半分に切ってしまったかのように、川の真ん中で橋が終わっている。その途切れた橋の先端には、板がでたらめに打ちつけてあった。「何があったの?」

「こっちでは行きどまり橋と呼ばれている。おれが六歳か七歳のとき、連中が北側の半分を吹き飛ばしたんだ。これはその残骸だよ」

「連中って?」わたしは訊いた。

肩をすくめたギャビンの目から輝きが消えた。ゆうべのパーティが終わる直前と同じ感じだった。「サウスサイドの人間に美術館のあるあたりをうろつかれては困ると思っているやつらのことだ。おれたちを見たら旅行者が怯えるとでも思ってるんだろう。おそらく、ザ・ホープを殺したのもそいつらだ」

わたしはギャビンに探るような目を向けた。最後に誰かがザ・ホープの名前を口にするのを聞いたのは、七年生のときだった。正義の戦士として知られているザ・ホープは、サウスサイドの暴動が始まる直前に、犯罪の波をほぼ抑えたという話だった。でも、たいていの人は都市伝説だと思っている。少なくとも学校ではそう習った。それに、たとえ実在の人物だったとしても、わたしが生まれる前に殺されている。

「事故だったんじゃないの?」わたしは訊いた。頭に浮かんだ別のシナリオのことは口にしたくなかった。そう、暴動の最中にサウスサイドの誰かが破壊したのかもしれないと思ったのだ。

ギャビンが川の向こうに目を向けた。「そうかもしれない。しかし、それならなぜ北の連中は橋をつくりなおさないんだ?」

ふたりはその場をあとにしてジグザグにのびる小路づたいに斜面をくだり、まもなく円形の広場に出た。その真ん中に噴水があった。昔はきれいな噴水だったにちがいない。中央の三人の人魚の像は、尾こそいきおいよく跳ねあがっているものの、頭部は砕けていて、人魚のひとりの顔は顎しか残っていなかった。

ギャビンがわたしの両肩に手を置いた。「うしろを向いてごらん」

目の前に、広場をかこむ壁がカーブを描いてのびていた。その高さ三メートル幅九メートルほどの壁一面に、絵が描かれている。スプレーを重ねて描いたみたいだけど、細かい部分を見ると油絵の具も使われているようだった。下半分には、ブルーとグレーだけで怒り狂った様子のおおぜいの機動隊員が描かれている。壁画の背景になっている無数の機動隊員は、わたしの悪戯描きにそっくりだった。でも、この機動隊員たちは空を見あげている。その視線の先に……。

それを見たわたしは両手で口をおおった。機動隊員が振りあげている警棒のてっぺんにアーチ形に湾曲した足を乗せて、バレリーナがピルエットをしていた。パッセにあげたほっそりとしたもう片方の脚と、頭上にあげてアンオーにした両腕。その赤い髪のバレリーナは、オーロラ姫の衣装を着ている。かすかに傾いた真剣そのものの顔。それはわたしの顔だった。

思わず壁の前に進んで、その絵をまじまじと見つめた。手をあげてバレリーナのチュチュに――わたしのチュチュに――ふれてみる。絵の具は乾いていた。きらめくチュールの襞を描くのに、少なくとも四色のピンクを使っている。

ようやくギャビンのほうを向いたとき、わたしの顔は熱く火照っていた。「あなたが描いたの？」

彼が肩をすくめた。「この壁画をどう完成させるか迷ってたんだ。でも、きみに会った瞬間、その答がわかった」

「こんなことをしてくれた人は、今までひとりもいなかった」わたしは言った。

「ノースサイドには、きみの崇拝者が山ほどいるんだろうね」

「そんなことないわ」わたしは頬が赤くなるのを見られないように、彼に背を向けて絵を眺めた。一度、ウィルがイヤリングをプレゼントしてくれたことがある。添えられた小さなカードには、バカげたメッセージが書かれていた。『アンセム、きみはぼくのものだ。きみを見ていると、ぼくはうたいたい気分になる』というのがそれだ。でもギャビンは、時間と労力を費やしてこの絵を描いてくれた。わたしは彼と向き合った。

「あなたに言わなければならないことがあるの。わたしの名字はフラッドじゃないわ。フリートよ」

ギャビンが髪をかきあげながら片方の眉を吊りあげ、肩をすくめてみせた。「どうでもいいさ」

わたしは彼の横に立って、うちのビルを指さした。「あの尖塔がある高いビルに住んでるの。フリート・タワー。あの最上階にうちがあるの」

「へえ、そうなんだ」ギャビンが関心なさそうにうなずいた。フリートだろうがフラッドだろうが、同じだと思っているかのようだった。わたしがどこに住んでいようと、彼にとっては関係ないのかもしれない。

「あんなところに住んでたら気分がいいだろうね」

わたしは、ほっとしてため息をついた。彼はわたしが嘘をついたことを怒ってはいない。「そうかもね」

「そうかも?」彼がにやりと笑った。「少なくとも、いい感じであってほしいな」

ギャビンが目にかかった髪を払って、おどけた顔でわたしを見つめた。説明しようと口を開いたけど、言葉はすぐには見つからなかった。

「いつもいい感じってわけには……いかないわ」そのぎこちない口調のせいで、それまでの華やいだ雰囲気は消えてしまった。

「そうなのかい?」そう言いながらわたしのほうを向いた彼の顔は、真顔になっていた。

金臭さを含んだ冷たい風を顔に受けて、わたしはコートの襟を立てた。「姉が十七歳で溺れ死んでしまったの。両親はその悲しみから立ちなおっていない。母は特にね」

ギャビンがいっしゅんたじろぎ、そのあとわたしの手をにぎった。

「わたしが生まれる前のことよ」手首のあたりをやさしくつかんでいる彼の指を意識しながら、わたしはつづけた。「両親がわたしを望んだ理由は、ただひとつ。姉の代わりがほしかったから。父は、わたしが母の生きがいになればと思ったんでしょうね。でも、気づいたの。どんなに頑張っても、わたしは姉の代わりにはなれない」

遠くで車のクラクションが鳴っている。ギャビンが、また目にかかった髪を払った。わたしに顔を向けた彼は、悲しげな笑みを浮かべていた。「自分の人生を生きるだけでもたいへんなのに、誰かの人生を終わらせる役割まで背負って生きるなんて、つらいにきまってるよ」

「うん、ときどきつらくなる」癒えることのない悲しみのなかで生きているママのことを思って、わたしはささやいた。ママは前ぶれもなく鬱状態におちいって、それが一カ月くらいつづくことがある。そうなると、家族もいっしょにふさぎこむことになるのだ。ママのようにならないためなら、わたしはなんだって差しだすだろう。すべてを恐れているママは、現実を生きるには悲しみすぎている。

「きみはそのままで充分だ」

「充分?」わたしは大きくまばたきをした。ママのイメージが消え、わたしをじっと見つめているギャビンの顔が目の前にあらわれた。

彼が肩をすくめた。「きみはすごくすてきだ」

ギャビンがわたしの髪をそっとつかんで耳のうしろにかけ、顔を近づけてきた。どちらも何も言わなかった。わたしは背のびをして彼の首に手をまわした。その指を彼の髪がくすぐっている。ふたりの唇がそっと重なった。そしてやさしいキスが激しいものへと変わり、ふたりの距離がさらにちぢまると、身体のなかを欲望の波が駆け抜けた。そのあまりのパワーに膝の力が抜けていく。

ウィルとはかぞえきれないくらいキスをしているけど、こんなふうに感じるのは初めてだった。

ようやくギャビンが身を離した。「ごめん」彼がわたしの肩に腕をまわしたまま言った。でも、ぼうっとなった笑顔が、悪いと思っていないことを物語っている。

「謝る必要なんてないわ」自分の顔にもぼうっとなった笑顔が浮かんでいることを意識しながら、わたしは息をととのえた。ふたりは指をからめあって、丘の上へと戻りはじめた。最後にもう一度、壁のバレリーナに視線を向けずにはいられなかった。

黄昏の空は、グレーがかった紫に変わっていた。川の向こうでは、古めかしい街灯が輝きだすころだ。でも、明かりの少ないサウスサイドでは、薄闇がふたりを繭のように包みはじめていた。

土手の上にたどりつくとギャビンが橋の向こうの空を指さした。つないだ手に感じる熱さと、すぐ近くにある彼の身体が、わたしを温めてくれる。ふたりは、西から東に向かって飛んでいく無数のサーカス・バードを眺めた。暮れゆく空に、その色があざやかに映えている。

5

「ウィル?」翌日、洞窟のような石づくりのチャペルにわたしの小さな声がこだました。一世紀半前につくられた飛び梁とそびえる天井は、神を畏れるベドラムの人々が畏敬の念を抱き、自分を恥じるように設計されている。それがこの建築様式のトリックだとわかっていても、やはりそんな気分にならずにはいられない。

ゆっくりと側廊を歩いていたわたしは、この前ウィルに会ったのもこのチャペルだったと気がついて、金曜日に坐っていた信徒席の脇で足をとめた。ウィルとはどんなパーティだろうと二度といっしょに出かけたくないと気づいたのは、あのときだった。でも、そんないやな記憶はあっと言う間に消えた。告解部屋の臙脂色のカーテンが揺れるかすかな音が聞こえたのだ。わたしはオックスフォード・シューズを脱ぎ、爪先立ちになって大理石の床を進んだ。黒い靴がふたつ、カーテンの下に見えている。反対側の入口から音もなく告解部屋に入ったわたしはカーテンを半分閉め、ふたりのあいだの木製の仕切りについたスクリーンをおろして、暗闇に目が慣れるのを待った。

まず咳払いをして、芝居がかったささやき声で言ってみた。「神父さま、罪を犯したわたしをお赦《ゆる》しください」

ウィルがスクリーンに額をよせると、シダーウッドの香りがした。おそらく彼のシャツは、今朝までシダーウッド製の高価なハンガーに吊してあったのだ。「問題は、きみが充分に罪を犯していないことにある」

「ウィル」わたしは身を硬くしてささやいた。

「わかってるよ。きみは具合が悪かったんだ」ウィルの顔は見えなかったけど、冷たい笑い声が聞こえたような気がした。「きみの代わりならいくらでもいると言ったが、あれはただの冗談だ」彼が仕切りの向こうから言った。「謝罪のメールを三十通くらい送ったはずだ」

わたしはうなずいた。今から自分がしなければならないことを思うとたまらなくて、罪の意識のせいで喉がつまりそうだった。たしかにウィルは鼻持ちならない人間かもしれないけど、こんな目に遭っていいはずがない。

「どんな調子か、翌日に電話をくれてもよかったはずだ」

「ごめん」わたしはつぶやいた。ずっと彼を無視しつづけてきて、今更うまい言い訳なんてできるはずがなかった。「電話するべきだったわ」

「きみは今年最強のガールフレンド候補っていうわけじゃないんだ」ウィルがつづけた。

「だったら別れましょう」そう言う自分の声が聞こえた。

沈黙がおりた。わたしはマホガニーの壁に背中を押しつけ、無意識のうちに鼻から息を吐いていた。

カーテンが開く音がした。ウィルが告解部屋を出たのだ。いっしゅん後、彼がこちら側のカーテンを開いて、わたしの目の前に立った。幅の広い顔に驚きの表情が浮かんでいる。「本気なのか?」

「わからない。でも、なんていうか……」わたしは口ごもった。

背を向けたウィルの視線は、東側の窓の下の大きなフレスコ画に向いていた。そこには裏切り者のユダがイエスの頬にキスをしている場面が描かれている。いそいで目をそむけたけど、裏切りのキスの絵が心に焼きついてしまった。

「他の選択だってあったんだ」ウィルが肩をすくめながら言った。「しかし、ぼくはきみを選んだ。それについては考えてもらいたいな」

「ありがたく思えってこと？　わたしみたいなつまらない女の子が、あなたみたいな人気者に興味を持ってもらえたんだから、感謝しろっていうの？」わたしは耳のなかで血がどくどくいうのを感じながら小さな声でそう言うと、しかたなく告解部屋を出た。

「自分が人生に何を望んでいるのか、考えるべきだと言ってるんだ」彼がうんざりだと言わんばかりの目つきで平然と答え、大きなため息をついた。「ぼくは忍耐強い男だ。自分にとって何が得になるかきみが気づくまで、気長に待ってやるよ。いずれにしても、踊りにいく場所は、もっと慎重に選ぶんだな」

すぐには言葉が出なかった。「どういう意味？」やっとの思いでわたしは訊いた。

「後悔するようなことはするなと言ってるんだ。ここはベドラムだ。忘れたわけじゃないだろう？　みんながきみを見ている」

「みんなって誰？」わたしは押し殺した声でそう訊きながらも、ヒントを求めて彼の顔を探るように見つめていた。これは脅迫なんだろうか？

「そんなことはどうでもいい」悪意に満ちた目を輝かせて彼が言った。「しかし、ぼくはぜひとも知りたいね。あの男は誰なんだ？」

「あの男？」ギャビンのことを知られてしまったのだろうか？

「忘れてくれ。ああ、話す必要はない」ウィルが腕時計を見た。「きみの気が変わったら、またここで会おう」

「気が変わることなんてないわ」わたしはぴしゃりとそう言うと、彼を押しのけて歩きだした。でも、信徒席の先にたどりつく前に手首をつかまれてしまった。振り向きながら彼の手を振りほどいて口を開いたものの、言葉が見つからなかった。

「ぼくには好きなだけ嘘をつけばいい。しかし、自分に嘘はつくなよ」ウィルが革の鞄を肩にかけて、百八十センチの身体をまっすぐにのばした。そして、どう応えたらいいのかわたしに考える間も与えずに、憤然とチャペルから出ていった。

　震える手で襟元の臙脂のネクタイをなおしたわたしは、機械的にチェックのプリーツ・スカートの皺をのばした。そして身をかがめて靴を履くと、少し待ってチャペルの出口へと向かった。歩きながらも、イエスの頬に裏切りのキスをするユダに目を向けずにはいられなかった。ものすごく罪深いことを考えているのに、平然とした顔をしていられる人間もいる。教会の鐘が鳴りはじめていたけど、わたしの耳にはさっきのウィルの声がひびいていた。

　みんながきみを見ている。

6

二時五十五分に、すべての授業の終わりを告げる鐘が鳴りはじめると、わたしはさっと席を立って上級英語の教室から飛びだし、カテドラル・デイ・スクールの正面玄関になっている高さ十二メートルほどのアーチをいそぎ足でとおりぬけた。振り向いてウィルの姿が見えないことをたしかめ、校門の脇にある警備員室の前を横切っていく。そこには午後の警備を担当している武装警備員のブレークとミーチャムが、犯罪者やホームレスが入りこまないよう、かまえの姿勢で立っていた。

ミーチャムがうなずいて挨拶をした。その手は、片方の腕にストラップでとめつけてあるブレットブロワー27の銃身に何気なく置かれている。「ごきげんよう、ミス・フリート」

「こんにちは、ミーチ」わたしはほほえんだ。彼のことは幼稚園のときから知っている。かなりの歳だけど、つい先週、ふたり組のチンピラを追いかけてつかまえた。スクールバスに乗ろうとしていたハイスクールの生徒たちのあいだを走り抜けていった、そのふたりのポケットには、お財布が六つと吸入器が二本入っていたという話だ。

警備員室の先で、臙脂と紺と白の制服を着た子供たちが駆けまわっていた。その子供たちを避けながら歩道をいそいでいると、スカートのポケットのなかでケータイが震えだした。

『今日もさぼれるかな？　会いたくてたまらないよ。ギャビン』

セブン・スワンズのほうに目を向けた。『今日は休めない』と答えるべきなのはわかっていたけど、きのうはものすごく楽しかった。

わたしはすばやく角を曲がって静かな通りに出ると、バレエの先生に電話をかけた。マダム・ペトロフスキーをだますのは驚くほど簡単だった。

わたしは電話に出た先生に、日曜日に練習しすぎて足首を痛めてしまい、きのうはレッスンを休んで病院に行っていたのだと話した。「腫れがひくまで足をあげて休んでいるようにって、お医者さまに言われました」

「まあ、たいへん」マダム・ペトロフスキーは言葉を切ってため息をついた。「どうぞ休んでちょうだい。歩いてはだめよ。よく冷やしてね。でも、わかっているわね？　すぐにでも〈ジゼル〉の配役を決めなくてはならないのよ」焦りが声に出ていた。「少しなら先にのばせるけど……」

先生が眉をひそめているのがわかった。眉間の皺が深くなっているのが目に見えるような気がする。わたしは、少しでも罪の意識を振り払おうとした。自慢ではないけど、レベル6の生徒のなかではわたしがいちばん優秀だ。夜、うちで練習すればいい。わたしは、そう自分に言い聞かせた。主役はわたしのものだ。何日かレッスンを休んだくらいで、十三年の努力が無になるはずがない。

「すみません。タイミングが悪すぎることは自分でもわかってるんです」わたしは街灯につかまって爪先立ちになると、何気なくパ・ド・ブレをした。ギャビンと過ごす午後を思うとわくわくする。そんな気持ちが強烈すぎて、嘘をついたことに対する罪の意識はほとんど消えていた。

ふたりは人気《ひとけ》のないモラス湖のほとりに坐って、水面から立ちのぼる綿菓子のような霧を眺めていた。

手ですくえそうなほど濃い霧だった。ギャビンは、お母さんのこともお父さんのことも話してくれた。お母さんは長いこと病気で苦しんで衰弱したあげく、彼が九歳のときに亡くなったということだった。そのあとギャビンは孤児院に入れられた。彼が赤ちゃんのときに出ていったお父さんは、迎えにきてはくれなかったらしい。孤児院はどんなところなのかと尋ねると、彼は肩をすくめた。「逃げだすためなら、なんだってしてやるっていう気にさせる場所だよ。おれがあそこを出たのは十三歳のときだ。そのあとは自分で働いて生きてきた」

どんな仕事をしているのかと訊くと、ノースサイドの家のペンキ塗りをしているという答が返ってきた。ペンキ塗りの仕事は一年じゅうあるわけではない。だから忙しい夏はうんと働いて、暇な冬は絵を描いているということだった。

「絵はずっと描いている。ここまでのめりこめるものは他にないよ」彼が言った。「昔はキッチンから盗んできた石炭で、古新聞に描いてたんだ。現実の自分から逃れられるような気がしてね。他には慰めなんてなかった。だから今も描きつづけている」

わたしはうなずいた。その感じはよくわかる。何もかも最悪だと感じるときも、一日踊りさえすれば、いいこともあるという事実を思い出せる。スタジオのことを考えて胸が痛んだ。いっしゅんだけど、今ごろレベル6のみんなは何をしているだろうと思わずにはいられなかった。

夕方になると、わたしたちは近くのカフェで紅茶を買ってならんで坐り、テーブルの上で小指をからめながら川を眺めて過ごした。ふたりのあいだの沈黙は心地よかったし、なぜか親密な感じがした。

七時になる十分前、彼がバイクで送ってくれた。わたしは髪についた砂を必死で払いながら、セブン・スワンズのロビーでサージを待った。

この週は、マダム・ペトロフスキーに電話で足首の具合を報告し、そのあとわたしが決めた待ち合わせ場所——セブン・スワンズからほんの数ブロックのところ——でギャビンと落ち合うという毎日がつづいた。こんなにレッスンを休んだのは初めてだった。

ギャビンとのことは、猛スピードで進んでいく感じだった。彼への思いは日を追うごとに強くなっていく。今のわたしは、以前のわたしが最悪だと思っていたタイプの女の子そのものだ。物事の明るい面しか見ずに、恋をしてぼうっとなり、夢を見てバカみたいにくすくす笑っている。ウィルとのことでは、こんなふうにはならなかった。

「もうほとんどよくなってます」金曜日、マダム・ペトロフスキーに電話をかけてそう言った。レッスンを休みはじめて、今日で五日目になる。わたしは先生と話しながらも、知っている誰かがあたりにいないかと、そっとまわりに目を走らせていた。この通りの角まで、ギャビンがバイクで迎えにきてくれることになっている。「今日、理学療法を受けてきます。それでだいじょうぶだったら、土曜日のレッスンに出ます」

「すばらしいわ、アンセム。今度のことでは、あなたはほんとうにりっぱでしたよ。あなたが戻ってくるのをみんな楽しみにしているのよ」

りっぱだなんてとんでもないわ。その反対よ。そう思ったわたしの目に、ギャビンのバイクが近づいてくるのが映った。もうこんなことはやめなくてはいけない。そうでないと、ほんとうに遅れを取り戻せなくなって……。

ヘルメットを脱いだギャビンの顔はくしゃくしゃの髪で半分隠れていたけど、表情にわたしへの思いがあらわれていた。もう何も考えられなかった。「ええ、わたしも楽しみです」先生にそう言って電話を切った。

「どこに行く?」わたしはほほえんだ。

ギャビンはベドラムの南東の奥まったところにある昔の鉄道操車所に、わたしを連れていった。草むらに放置された錆びだらけの二台の列車のあいだに彼がバイクをとめた瞬間、その静けさに気がついた。そのあと、サーカス・バードの声を聞いて目をあげると、すぐ近くの赤錆びにおおわれた車両に巣があった。何メートルか離れたところにある別の列車の屋根の上で、灰色の空に向けた鋭い嘴を開いて、大きな白いカラスが鳴いている。

「マネーだ」ギャビンがそう言って口笛を吹くと、カラスが片方の赤い目をわたしたちに向けた。

「マネー?」

「今日はここにいるが、あしたはもういない」ギャビンがにやりとした。「ここで絵を描きはじめてすぐ、そう名づけたんだ」

彼に導かれるまま、ツタにおおわれたかなり古そうな列車のほうに向かった。ツタはほとんど枯れているけど、夏になれば生きいきとした緑に変わるにちがいない。ギャビンが重そうな南京錠をはずして扉を開けた。そのなかをのぞいたわたしは思わず息を呑んだ。

そこはあらゆる色であふれかえっていた。ペンキが塗り重ねられた壁に、描きかけのキャンバス。なかには、この鉄道操車所からインスピレーションを得たと思われるすごくすてきな絵も何枚かあって、植物が建物や車をおおいつくしている幽霊が出そうな風景が描かれていた。田舎の教会の前に都会の人間たちが立っている三枚つづきの絵もあった。空を見あげているその人たちの顔は恐怖に引きつっていて、叫び声をあげているのか口を開いている。そしてもう一枚、炎のなかから走り出てきた、異様に身体が長いカップルの絵もあった。

「あなたのスタジオなの？」わたしは息をつくと、ゆっくりと弧を描くように足を進めて、すべての絵を見てまわった。部屋のひと隅に大きなペンキの缶が数十缶と、ローラーや防水シートが置いてある。

「ああ。仕事の道具置き場でもあるがね」

「あなたはなぜいつもそんなにきれいにしていられるの？」

「どういう意味だい？」

「わたしだったら絵の具だらけになっちゃうわ」

「ここにいるときはカバーオールを着てるんだ」ギャビンが答えた。「それに、きみに会うときは、好かれたい一心でいちばんましな格好をしているからね。いい感じに見えてるかな？」

わたしは彼の格好に目をとめた。膝に小さな穴があいている着古した黒のパンツに、コンバットブーツ。襟がすり切れたボタンダウンのシャツの上に、革ジャンを着ている。「すごくいい感じだわ」

わたしは彼の前に立ち、キスをしようと背のびした。ぼろぼろの服を着てあらわれても、彼をきらいになったりはしない。ふたりの唇が離れたとき、わたしはそう言いたくなっていた。何を着てたって大好きだ。わたしは咳払いをした。「わたしの前で格好をつける必要なんてないわ」

「きみみたいな女の子がおれみたいな男に目をとめてくれるなんて、信じられないんだ」絵の具で汚れた木の床を見つめながら、ギャビンが小さな声で言った。

「わたしみたいな女の子は、もちろんあなたみたいな人に目をとめるわ」わたしは声をあげて笑った。「でも、目をとめるっていう表現はちょっとちがう」

この会話のなかには、語られていない事実がひそんでいる。それがどんどん大きくなっていく。これまでふたりはこっそり会っていた。どうしてきみの家やお気に入りのカフェに案内してくれないのかと、ギャビンに訊かれたことは一度もない。ふたりがしていることがばれたら、パパやママがいい顔をしないということが――そして、そこにはわたしがバレエのレッスンをさぼっているという以上の意味があることが――彼にはわかっているのだ。

「いい一週間だった」ギャビンがそう言って奥の壁の前に進み、立てかけてあったイーゼルをこちらに向けた。パレットの絵の具はまだ乾いていないみたいで、つややかに輝いている。そして、イーゼルの上の小さなキャンバスには、その半分をうめつくすようにわたしの顔が描かれていた。そばかすさえ――目の下の濃いそばかすも、鼻梁の上の薄いショウガ色のそばかすも――はっきりと描かれている。「今朝早くに描きはじめたんだ」

「記憶だけを頼りに、どうしたらここまで描けるの?」わたしは息をついた。

ギャビンが絵を眺めながら肩をすくめ、自分の記憶の正確さをチェックするかのようにわたしを見た。その答はわかりきっている。彼の映像記憶力は半端ではなさそうだ。「ただきみのことを想って描いたんだ。これがぼくが想い描いたきみの顔だよ」

「今、わたしはここにいる。描きあげたければ……」

「いや、やめておく」ギャビンはそう答えながら、すばやくイーゼルを元に戻した。「ちょっと暗すぎるからね。来週、頼むかもしれない」来週と聞いてわたしは唇をかんだ。もうレッスンを休むわけにはいかない。ギャビンと過ごしたければ夜に会うしかなかった。つまり、パパとママに話す必要があるということだ。でも、サウスサイドの男の子と会っていることを打ち明けたら、もう絶対に外出させてもらえない。たとえ外出禁止令を免れても、どこに行くにもサージがついてくるようになるだろう。それで、ギャビン・シャープとの付き合いは終わりになる。

彼とのことを終わりにするのはいやだった。それだけは、はっきりとわかっていた。

7

月曜日、わたしは教科書をロッカーに放りこむと、生徒でいっぱいの石づくりの廊下に、寝不足の赤い目を向けた。ぱりっとした白いボタンダウンのシャツとチェックのスカートの海がひろがっている。わたしはそのなかを泳ぐように、ゆっくりと歩きだした。ギャビンと一時まで電話でしゃべっていたせいで、喉が痛かった。でも、この疲労感はぜんぜん悪くない。

今日の廊下での女の子たちのおしゃべりは、いつにも増して熱がこもっていた。ゆうべジュニパー・ストリートの自宅前で刺されたというミッドランド・プレップスクールの女の子の話をしているのだ。会話が途切れとぎれに耳に入ってきた。「刺されるなんて最悪」「プロムのチケットは来週から買えるみたい」「今朝早く、バング校長先生が〈ニュースの総括〉に出てたの見た？　子供たちをどうしたら護れるか話してたよ」そのあと誰かが「ドルーピーの取引でもめてたんだって」と言うのが聞こえた。「嘘でしょ」他の誰かが言った。ドルーピーを使うのは、ひどく荒んだ子だけだ。ミッドランド・プレップスクールの女の子だったら、スモークスタックかギッグルピルをやる。

「ラテン語のクラスをさぼっちゃうっていうのはどう？」聞きなれた声が、耳元で言った。

「ザラ！」わたしはそう叫びながら彼女と腕を組んだ。そして、しばらくまともに話をしていないことに気づいて、うしろめたい気分になった。本気でザラを避けていたわけではないけど、いっしょにランチを食べていても、なんとなくはぐらかしてギャビンとのことはだまっていた。彼と過ごす午後は、風船に包まれているような感じだった。誰かに話したら、その風船が割れてしまうような気がして怖かったのだ。

「調子はどう?」

「ウェーニ、ウィーディー、ウィーキー……ラテン語で言うなら、そんなところ。ただし、『来た、見た、勝った』じゃなくて『来た、見た、大あくび』って感じね。ねえ、臨時の報告会をする必要があると思わない?」そう言ったザラの目は、ヴィンテージもののキャットアイ・サングラスのうしろに隠れていた。

「今からどう?」

「いつもの場所で?」

ザラがうなずいた。「何気ないふりをしてて。ウィル・ハンセンのバカとオリーブ・アン・バングがあなたを見てる」

声をあげて笑ってみたけど、自然には笑えなかった。わたしは振り向いてウィルとオリーブ・アンの姿をさがしはじめた。その肘をつかんだザラが眉をひそめている。とつぜんわたしは不安になった。なんだか、スライドガラスに乗せられて顕微鏡で観察されているような気がする。

五分後、わたしたちは古い革とワックスの匂いを嗅ぎながら、学校の図書室の書架のあいだを駆け抜けていた。そして、いちばん広い閲覧室の裏にたどりついたふたりは、足早に螺旋階段をのぼり、卒論タワーの奥へと入っていった。そこにならんだ黒っぽい木製の本棚のなかには、かつてカテドラル・デイ・スクールで学んだ生徒全員の装丁された卒業論文が、ぎっしりとつまっている。それが音を吸収してくれるおかげで、ここは内緒話にはもってこいの場所になっていた。校内の他の場所では、聞かれたくない話はできない。特に石づくりの廊下やホールは、声がひびくことで有名だ。この学校は、秘密や嘘がひろまる構造になっている。

ザラとわたしは九年生のときから、よくここに来てくつろいでいた。ひとりで来ることはあっても、他の子は連れてこない約束になっている。

ザラがようやく頭の上にサングラスを押しあげた。スミレ色の目に表情も浮かべず、値踏みでもするように、わたしの全身に視線を走らせている。ぜんぜん信用されていないみたいな感じだった。

「そんなふうに見られつづけたら、気が変になっちゃうよ」わたしは言った。

ザラが無言のまま眉を吊りあげた。そして、カーブを描きながらくねくねと上にのびている本棚から〈ベドラムにおけるマキアヴェリズム 現在の黒幕たちと彼らの権力の探求〉と題した論文を抜きだし、そのページをめくりはじめた。「あなたがしゃべりだすまで、一日じゅうだって待てるよ。ここにはすてきな読み物が、たっぷりあるんだからね。それにあなたとちがって、わたしは授業をさぼるのも平気」

大きくまばたきをして彼女の視線を受けとめようとしたけど、その頑とした表情に気圧《けお》されて、つい目をそむけてしまった。ザラはわたしがしゃべりだすのを待っているのだ。「いいわ、わかった。たしかにあなたに話してないことがある。でも、知ってるんでしょう?」

「まあね」ザラが硬い笑みを浮かべて卒論を閉じ、それを振り動かしながらつづけた。「でも、いったいぜんたい何が起きてるわけ? この一週間、あなたは雲のなかにいるみたいだった。それに、ウィルと別れたんだって?」

「あなたの言うとおりだった」ウィルがわたしのことを真剣に愛してるとは思えないと、かぞえきれないほどザラに言われていたのだ。本の壁におでこを押しあてて目を閉じると、毒を持つ花にも似た赤い斑点が瞼の裏で躍りだした。考えすぎかもしれないけど、あれからずっと、ウィルは機会さえあれば意地悪な目でわたしを睨んでいる。「カテドラル・デイ・スクールにはいやなやつが山ほどいるけど、ウィルほどいやなやつはいない。彼はわたしのことをゴミかなんかみたいに扱うの。もっと前に別れるべきだった」

ザラが唇を噛んでうなずいた。「ここまで持ちこたえてきたのに、何がきっかけで別れる気になったわけ？」

「知りたい？」わたしはにやりと笑って咳払いをした。ショックなんか滅多に受けない親友にショックを与える機会を楽しんでいたのだ。「実はね、他に好きな人ができちゃったの」

「バンダナの彼？」ザラが悲鳴のような声をあげて、マキアヴェリズムの卒論でわたしのお尻を思いきり叩いた。

「そういうこと」わたしはザラに笑みを返した。ついにギャビンへの思いを誰かに打ち明けられると思うと、ぞくぞくして背筋に震えが走った。

ザラがわたしの両手をにぎった。「どうしてもっと早く話してくれなかったの？　わたしは何だって話してるのに！」

「ごめん。話そうとは思ってた。ただ……」わたしは口をつぐんだ。ただ、これが現実だということをたしかめたかったのだ。

「いいよ。気にしない。少なくとも、今、打ち明けてくれたんだから」

「でも――」わたしはため息をついた。パパとママの耳に入った瞬間、ギャビンとのことは九番橋みたいに壊れてしまうのだと思うと、胃がねじれそうになる。「長くはつづかない」

「どうして？」ザラが訊いた。

「考えてみて」わたしは声を落としてささやいた。「ギャビンはサウスサイドの人なのよ。うちは――」

「たしかに、ベドラムの半分はフリート家のものだよ。でも、だからなんだっていうの？　人は自分とはちがう誰かに惹かれるものなんじゃない」

「でも、パパとママに紹介できないわ」

「そんなことわからないよ」ザラがわたしの不安を消しゴムで消そうとするかのように、手を振り動かしながら晴れやかな声で言った。「あなたのパパは彼を育てようと考えるかもしれない」

「そうだね」そう答えたものの、それはありえないような気がした。

「それに、パパに反対されたって関係ないよ。わかってるでしょう?」ザラがわたしの肩に腕をまわした。

「わかってるって、何が?」

「あなたはあと何カ月かで十八歳になる。永遠に親の言うことを聞く必要なんてないんだよ」

そのとき、正午を告げる鐘が狂ったように鳴りだした。

わたしはザラといっしょに螺旋階段をおりながらも、ギャビンのことを考えていた。彼と別れてから次に会うまでの時間は、写真にたとえればぼやけた背景だ。そして、ふたりで過ごす午後は、何もかもが見たことがないほどくっきりと鮮明に感じられる。あと三時間。わたしは心のなかで言った。三時間したら、またすべてのピントがぴたりと合うはずだ。


「ほら」ギャビンがそう言って、わたしの頭と肩に革ジャンをかけてくれた。ふたりはセブン・スワンズの裏の路地にある、狭い非常階段の下にうずくまっていた。バイクで戻る途中、雷が鳴りだしてどしゃぶりになり、ふたりともずぶ濡れになっていた。

「あなたが濡れちゃうわ」わたしは言った。「いいから着てて!」薄手の白いTシャツが胸とお腹に貼りついているにもかかわらず、彼はわたしに革ジャンを着せかけたまま首を振った。

ものすごい雷が鳴って、ギャビンがわたしを引きよせた。キスを交わすふたりの鼻を雨がしたたりおちていく。わたしは彼の腕のなかで震えた。この瞬間、こんなに幸せになる権利が自分にあるなんて思えないくらい幸せだった。ふたりで午後を過ごすのはこれが最後なのだと思うと、急に堪えられないほど悲しくなってきた。そんなのは、あまりに不公平だ。

療法士に強く言われたということにして、今日もバレエのレッスンをさぼってしまった。でも、あしたはもう休めない。これ以上こんなことをつづけていたら、ジゼルの主役ばかりか、ずっといい役をもらえなくなってしまう。

「アンセム」ギャビンがわたしの手をにぎって、じっと目を見つめた。彼の睫毛は濡れて束みたいになっている。

「ギャビン」そうささやいたとき、見おぼえのある車が表通りにとまるのが見えた。腕時計に目をやると七時になっていた。サージが迎えにきたのだ。「あとで電話する」わたしはギャビンの手から自分の手を引き抜くと、バイクのうしろに載せてあったバレエバッグをつかんで肩にかけた。

「二分だけ待ってくれ。話したいことがあるんだ」

「ごめん」つらかったけど、わたしはそう言って彼に笑みを向けた。「行かなくちゃ」

「今夜、会えないかな?」訴えるような目をして彼が訊いた。「うちを抜けだして、おれに会いにこられないかな?」

わたしはいっしゅん、彼の眼差しを受けとめた。パパとママが留守のときは別にして、夜にうちを抜けだしたことなど一度もなかった。でも、抜けだすのは簡単だ。生まれたときからフリート・タワーに住んでいるわたしは、姿を消す名人になっている。思いきってうなずいたとき、心臓がひっくりかえりそうになっていた。

わたしは大いそぎで路地を抜け、通りの端でアイドリングしているクリーム色のセラフのほうへと走った。「こんばんは、サージ。すごい嵐じゃない?」後部座席に乗りこみながら、わたしは言った。

「ほんとうですね。稽古のあと、なかで待っていてくだされればよかったのに」サージが落ち着いた声で言った。

バックミラーにサージの真っ黒な目が映っていた。皮膚の色のせいで、白目がよけいに白く見えている。うしろめたさと不安をおぼえて、わたしはさっと目をそらした。彼はわたしが生まれる前から、ずっとうちで働いている。気分がいいときのママは、パパに何かあったらサージと再婚すると、冗談まじりに言っている。これまでサージは、ひたすらわたしを気づかい護ってきてくれた。それなのにこの十日ほど、わたしは彼をだましつづけている。

「落とし物をしちゃったみたいで、レッスンのあとさがしに出て……」陳腐な嘘をつきとおすことができずに、思わず口をつぐんだ。

「アンセム、その格好はどうしたんです？　いやでも目にとまりますよ」セラフを発車させてスピードをあげながら、サージが言った。彼はアフリカにある共和国で少年兵として育ち、そのあと世界じゅうの独裁者や政府の高官やＣＥＯのボディガードとして働いてきた。何もかも見つくしてきた彼は、いつも最悪の事態に備えている。セラフのグローブボックスに入っている拳銃には弾が入っているにちがいないし、彼が用意している武器はそれだけではないはずだ。つまり、サージは簡単にだまされるような人間ではないし、嘘をつかれて当然というような人間でもないということだ。

濡れたジーンズと、ベルトを締めたトレンチと、雨靴。わたしは自分の格好を見おろし、いそいで答えた。「上で着替えたの」

サージはうなずいたけど、車内に沈黙がおりたところをみると、信じてもらえなかったみたいだ。

何か話そうと口を開いてみたものの、言葉が見つからなかった。わたしは無言のまま、バレエバッグに手を入れた。あれからずっと、ジッパーつきの小さなポケットにギャビンのグレーのバンダナを入れてある。わたしはそのやわらかさを指先に感じながら、窓の外に目を向けて今夜のことを考えはじめた。何が起ころうとしているのだろう？　そう思うと、うしろめたさを忘れるほどわくわくしてきた。

8

この十日ほどのあいだにわたしが見てきたサウスサイドは、荒れはてていても魅力的な場所だった。でも、真夜中すぎのこの地区は別の顔を持っていた。親和橋をわたってまず驚いたのは、雨に濡れた通りに映っている月の明かりをのぞけば、真っ暗だということだった。このあたりでは、壊れていない街灯は二十本に一本くらいしかないみたいだ。バーの前をとおりすぎたとき、横長の出窓の割れたガラスの向こうで、わたしと同じ年頃の女の子がふたり、だるそうに踊っているのが見えた。どちらもシルクハットとタッセル以外、ほとんど何も身につけていない。それを見ようと、歩道には小さな人だかりができていて、通りには哀愁をおびたアコーディオンの曲が流れていた。

バイクはうなりをあげて脇道から脇道へと走り、最後に『オリアンダー・ウェイ』と書かれた通りを右に曲がった。「このブロックに住んでるんだ」振り向いたギャビンが、エンジン音に負けないように大声で言った。

彼がバイクのスピードを落とすと、煉瓦づくりの焼けたビルの戸口にたむろしている男の子たちの姿が目にとまった。たぶん、ドルーピーの売人グループだ。ぴかぴかの黒い車が何台か、角に向かって通りの端をゆっくりと這うように進んでいく。その一台目の車の窓を目指して、夜の寒さをしのぐには薄すぎる服を着た色白の男の子がふたり、駆けだした。男の子のひとりが紙マッチくらいの大きさの何かを、五センチほど開いた窓から差しいれ、もうひとりが何かを受け取ってポケットにしまった。きっと代金だ。

わたしはギャビンの腰にしっかりと腕をまわしたまま、革ジャンのポケットをさがして手をいれた。すべすべの裏地をとおして彼の腹筋の感触が伝わってくる。恐怖は、たちまち欲望のなかに溶けていった。

このあたりには木も生えていない。ギャビンは、長い通りの真ん中あたりにある建物の前にバイクをとめた。そのずんぐりとしたコンクリートづくりの倉庫みたいな建物は、魚の加工場だったにちがいない。消えかかってはいるけど、正面の大きな鉄格子の上の壁に『サバ、マグロ、イワシ』と書かれた黄色い文字が見えている。

「ここだ」ギャビンはバイクをおりたわたしにそう言うと、つらそうにちょっとほほえんで、通りに目を走らせた。角の一カ所に人が集まっている以外、あたりはがらんとしている。

「そんなに心配しないで」そうは言ってみたものの、彼と自分のどちらを元気づけようとしたのかよくわからなかった。

気がつくと、ギャビンに引きよせられて両腕で肩を抱かれていた。かがみこんだ彼のおでこがわたしのおでこに重なり、ふたりの睫毛がふれあった。わたしは背のびして彼の頬に、顎に、唇に、キスをした。ここがどんな場所かなんて、少しも気にならない。ここは、今わたしがいたい唯一の場所だった。

ギャビンが鉄格子を揺すって両手で引きあげ、金属製のドアに取りつけてあるいくつかの南京錠を開けた。そして、ようやく工場用の重そうなドアが押し開けられると、わたしは彼につづいてなかに入った。コンクリートの床と、ブリキの天井と、金属製の梁。ギャビンの部屋は洞穴のようだった。どの壁にも六枚くらい重ねてキャンバスが立てかけてある。その絵に使われている強烈な色をのぞけば、色のない殺風景な部屋で、家具はほとんどないし、足音を吸収してくれるラグも敷かれていない。

部屋の真ん中に置かれた暗い紫色の擦りきれたソファと、その前に置かれたコーヒーテーブルと、テーブルをうめつくしている溶けだしたたくさんのキャンドル。部屋の片側の天井から吊されている、間仕切り代わりの薄手の白いカーテンをとおして、ベッドの輪郭がぼんやりと見えている。

ギャビンにしたがってソファのほうに向かいながら、腕に鳥肌が立つのを感じて、パーカーの袖を手首までおろした。部屋のなかは外よりも寒かった。

ギャビンがソファの背にかかっていたタータンチェックのキャンプ・ブランケットを手に取ると、クッションに長い裂け目ができているのが見えた。彼がたたんであったブランケットを振りひろげて、肩にそっと載せてくれた。

「たいした部屋じゃないが、おれのうちだ」ケープのようにブランケットでわたしを包みながら、彼が言った。

「すてきだわ」わたしは引きずらないようにブランケットの端をしっかりと合わせて、キッチンへと向かった。あるのは火口がふたつあるホットプレートと、そうとう古い感じの凹んだ薄緑の冷蔵庫だけ。その扉に、『車とバイクの修理およびドレスアップなら、ハリーズ・オート・パーツ』と書かれた、車の形をした長くて平べったいブルーのマグネットがついていて、写真が一枚とめつけてあった。キャンプに行ったときの写真みたいで、砂色の髪をした三歳くらいの男の子を膝に抱いた女の人が写っていた。身を反らせて笑っているその母親らしき女性は、驚くほどきれいだった。

「この男の子はあなた?」振り向いてみると、ギャビンが銀色のライターをジーンズにすべらせていた。そして、ライターの火がつくと、彼はかがみこんでキャンドルをともしはじめた。

「おれと母さんだ」彼が目をあげた。「病気になる前だよ。持ってる写真は、それ一枚だけなんだ。そいつを入れる写真立てを買うべきなんだがね」

わたしはうなずいて、ごくりと唾を呑んだ。彼が乗りこえてきたことを思うと、急に涙がこみあげてきた。

「わたしがプレゼントする」キャンドルの明かりが、ちらちらと揺れはじめている。わたしは、火をともしつづけている彼のほうに向かいながら小さな声で言った。ママのことで自分がどんなに文句を言ってきたかを思い出して、自己嫌悪が熱い波のように襲いかかってきた。「すごくたいへんだったと思う。ひとりで……」なんて言ったらいいのかわからなくて、口をつぐんだ。

「もっとたいへんな思いをしている人間がおおぜいいるさ」ギャビンが最後のキャンドルをともしながら肩をすくめ、きらきらとした目でわたしを見あげた。「プレゼントがあるんだ。ちょっと待ってて」

ギャビンが小走りでカーテンの向こうの寝室に入っていくと、抽斗を開ける音が聞こえてきた。床に置かれた裸電球が、部屋の向こうの壁に彼の影を映しだしている。長くのびたその影は、竹馬に乗った案山子のようだった。ギャビンが戻ってきたとき、わたしはソファに腰かけて、紫色の擦りきれたベルベットに頭をあずけていた。

わたしは目を閉じた。今夜のことは、どんなに小さなことも全部おぼえておきたかった。いっしゅん後、ギャビンがとなりに坐ったのがわかった。

「これだよ」そう言われて目を開くと、膝の真上に緑がかった小さな四角い缶が差しだされていた。女の人のシルエットが印刷された、昔のキャンディの缶だった。女性のカールした髪が、花飾りがついた帽子のまわりで躍っている。その上にアールデコ様式の文字で書かれた『PASTILLES《パスティレス》』の最後のアルファベットふたつは、缶に浮きだした錆のせいでよく見えなくなっていた。

「プレゼントなんていらないのに」そう言いながらも胸が熱くなってきた。

「開けてみて」ギャビンがそう言って身をよせると、ふたりの脚がふれあった。ジーンズをとおして、彼の体温が伝わってくる。わたしは蓋を前後に揺するようにして缶を開けた。なかには両端をひねった黄色いティッシュが入っていて、それをひろげてみると、細い金の鎖がついたハート形の金のペンダントがあらわれた。

「きれいだわ」そうささやきながら、目の前にチェーンをかかげてみた。ハートがぶらさがって左右に揺れている。金を槌で打ってつくられたハマードゴールドと呼ばれるそのペンダントは十セント硬貨よりも薄くて、すごく洒落ていた。ちょっといびつな縦長のハートの右側に、米粒くらいの丸い穴があいている。ペンダントの動きがとまると、その穴からかすかな明かりが射した。

「十四金だよ。一点ものだと店員が言っていた」ギャビンが真面目な顔で睫毛ごしにわたしを見あげた。

それがどんなに高価なものかに気づいて、わたしは首を振った。このプレゼントは受け取れない。

「すごくすてきだわ。でも、こんな高いものは――」

「心配しなくていい」彼が、ぴしゃりと言った。「夏のペンキ塗りは、いい稼ぎになるんだ。きみが思っているほど貧乏じゃないよ」

「ごめん。そんなつもりで言ったんじゃ……」彼を傷つけてしまったのではないかと思うと、怖くてそれ以上言えなかった。

ギャビンが忘れてくれというふうに手を振り、ソファに坐ったまま、身体ごとこっちを向いた。怒ったような硬い表情は、あらわれたとき同様、いっしゅんにして消えた。わたしの目を見つめる彼の瞳のなかで、キャンドルの明かりが揺れている。「アンセム、きみのことばかり考えてるんだ」

ギャビンがわたしの手からネックレスを取りあげた。彼がその留め具をはずして、首にそっとチェーンをまわすと、ハートのペンダントが鎖骨のあいだにぴったりとおさまった。彼がうしろにまわって留め具をとめている。わたしは目を閉じて、髪にかかる彼の息と、うなじのあたりで動く彼の指を感じていた。

「わたしもあなたのことばかり考えてる」

わたしはゆっくりと彼から離れて立ちあがった。背後のテーブルの上で揺らめいているキャンドルの炎と、部屋の隅の裸電球の明かりが、スポットライトのようにふたりを照らしているのを感じながら、頭からパーカーを脱いで彼を見つめた。そうすることが何よりも自然に思えた。

「ほんとうにいいのかい?」恐怖や不安の色をさがそうとでもいうように、ギャビンが探るように顔を見つめている。「そんなことはしなくても――」

「そうしたいの」はっきりと答えた。自分自身を上から見おろしているような気がした。夢のなかにいるみたいな感じだったけど、これは現実だ。

どきどきして胃はひっくりかえりそうになっているし、頭もくらくらする。それでも、わたしはギャビンの手を取ってソファから離れ、ゆっくりとカーテンに――そして、これから起こることに――向かって歩きはじめた。

9

何かが壊れるような音を聞いて、わたしは目をさました。ギャビンの時計に目をやると、『4：08』と数字が赤く輝いていた。それ以外は真っ暗で何も見えなかったけど、その音は、心臓がどきどきするほどわたしを不安にさせた。金属が擦れあうような音がしたかと思うといっしゅん静かになり、そのあと歌声が聞こえてきた。男たちの声と、少なくともひとりの女の甲高いしゃがれた声が、賛美歌の出来の悪い替え歌みたいな歌を囃したてるようにうたっている。

ラ・ラ・ラ・ラブラブのふたり。でもこれで、お・お・お・おしまい。ダ・ダン・ダ・ダン・ダン。

重いウールのブランケットから腕を出して、ギャビンのいるほうを手で探ってみた。彼は枕に腕をまわして眠っていた。わたしは彼の肩を揺すった。こちらに寝返りを打った彼に身体を引きよせられ、抱きしめられそうになった。ほんの二時間前、ふたりはそうして眠りに落ちたのだ。わたしはさらに激しく彼を揺すった。

「どうしたんだ?」そう訊いたギャビンの声は、眠そうでぼんやりしていた。

「起きて」恐怖に身を硬くして言った。「誰かがいる」

そのとき、耳ざわりなキーッという音がひびきわたった。建物の正面にある金属製の防犯ゲートが開いた音だ。わたしはブランケットを蹴飛ばして、ベッドの縁を這いまわり、床に落ちているはずのジーンズを必死でさがした。そしてジーンズをはいたわたしは、パーカーをリビングのソファのあたりに脱ぎ捨ててきたことを思い出して愕然とした。

部屋のドアを叩く音が聞こえてきた。音はどんどん大きくなっていく。ギャビンがベッドサイドのランプをつけると、タッセルがついた真っ赤なシルクのシェードから、不吉な感じさえする仄暗い明かりがもれだした。明かりに映しだされたギャビンの目には、パニックの色があらわれていた。

ジーンズをはく彼の裸の胸を、真っ赤なランプの明かりが照らしている。その胸に手を這わせ、ひとつひとつの筋肉の輪郭を指でたどったのは、つい三時間前のことだった。「パーカーを持ってくるんだ」彼はドアのほうにさっと不安げな目を向けると、ベッドの下から重ねたキャンバスを引っぱりだした。「この下に隠れろ」

わたしはパーカーを取りにリビングへと駆けだした。ドアのほうから、金属がふれあういやらしい音が聞こえている。裸足で走るコンクリートの床は、氷のように冷たかった。わたしはソファの前に落ちていたパーカーを拾いあげると、脇の下の縫い目が裂けるほどのいきおいで乱暴に頭から被った。

唐辛子スプレーがあるはずよ――そう思って、ポケットを探ってみた。でも、ジーンズの右のポケットから糸くずだらけのミントキャンディがひとつ出てきただけだった。ショックなんてものじゃない。ギャビンに会いたいという思いが強すぎて、いつもなら持たずには出かけないたいせつなものを忘れてきてしまったのだ。今、ほんとうに唐辛子スプレーを必要としていた。それなのにあのスプレーは、うちの玄関クロゼットに吊したコートのポケットに入っている。

キッチンの抽斗をかきまわしていたギャビンが、果物ナイフをつかみ、その刃をお尻のポケットに突っこみながら駆けよってきた。「ベッドの下に隠れろ」彼がそうささやきながら、わたしをベッドのほうに引っぱった。「声を出すなよ」

ベッドの下にもぐりこみながらも、心臓が飛びだしそうになっていた。ラ・ラ・ラ・ラブラブのふたり。

でもこれで、お・お・お・おしまい。鍵が開く音を聞いて、心臓がとまりそうになった。

金属製のドアがいきおいよく開くと、部屋は眩しいほどの月明かりに満たされた。恐怖に身をこわばらせながらも、首をのばして戸口のほうに目を向けてみた。五つの影がシルエットになって見えている。その五人が、これからパーティを始めようとでもいうように、ゆっくりとくつろいだ感じで部屋に入ってきた。

ふたりが拳銃を持っていて、全員がガスマスクを着けている。口のあたりにぶらさがっている黒いゴムの管と、髪に巻きついている擦りきれた革のストラップ。目の部分には、カップの受け皿くらい大きなブルー・グリーンのレンズがはめこんである。昔の戦争で使われていたものにちがいないその変なマスクのせいで、侵入者たちは巨大なゴキブリみたいに見えた。ふたりの男が銃口をまっすぐに向けながらギャビンに近づき、その両側に立った。

マットレスと床のあいだからのぞいているわたしの視界に、女の子の姿が映った。マスクのストラップが巻きついたプラチナブロンドの髪はボブスタイルで、前髪はいいかげんに切りそろえてある。彼女が着ているアーミー・グリーンのカバーオールは清潔そうだったけど、左膝の下に指一本分くらいの白いペンキの跡がついていた。身長はわたしと同じくらい。でも、体重は十五キロくらい多そうで筋肉も胸もある。目はブルー・グリーンのレンズのうしろに隠れているせいで、どんなふうかまったくわからなかった。わたしは、彼女がはめている青い手術用の手袋を見つめた。ちょっと大きすぎるみたいで、手首のあたりがだぶだぶだし指先もあまっている。見ると、侵入者全員が同じ手袋をはめていた。まるで狂気のゴキブリ外科医チームだ。

そう思ったとたん、吐き気がこみあげてきた。手袋とガスマスク。ガス・アンド・ダッシュ犯の格好だ。この数年、ベドラムの地下鉄で毒ガスをまいて逃げるという犯罪が多発している。乗客は、死んでしまうかふらふらになってしまって、何を盗まれても抵抗することさえできない。お財布、ベルト、靴、バッグ、宝石。犯人たちはブラックマーケットで売れるものならなんでも、片っ端から手際よく盗んでいく。ガス・アンド・ダッシュがめずらしくなくなったこのごろでは、よほど貧しい人間以外、ベドラムの地下鉄には乗らない。

「おれの部屋から出ていけ」ギャビンが言った。

それを聞いたゴキブリたちが大声で笑いだした。なかのひとりは、ガラスが割れるんじゃないかと思うほどの、甲高い声をあげている。キャビネットが開いたり閉じたりする音が聞こえてきた。誰かがバスルームにいるらしく、ビニール製のシャワー・カーテンが動く音がした。さっさとほしいものを見つけて、おとなしく帰ってくれますようにと、祈らずにはいられなかった。でも、バスルームから出てきた誰かの靴の先は、こちらに向いていた。その靴が、ゆっくりと確実に近づいてくる。**お願い、こっちに来ないで。ほしいものを持って、さっさと帰って。**目の前で靴の動きがとまった。わたしは自分が震えているのを感じながら、毛深い脚が曲がるのを見つめていた。そして次の瞬間、大きな悲鳴をあげた。恐ろしいゴキブリが、こっちをまっすぐに見ている。

「ベッドの下に大きな綿埃がつまってるぞ」ゴキブリ男に足首をつかまれてコンクリートの上を引きずられながらも、手足をばたつかせて抵抗した。

「彼女にさわるな！」ギャビンの怒鳴り声につづいて、誰かの悲鳴が聞こえた。

わたしは大声で叫びながら、マスクを被った侵入者を野生動物みたいにひっかきつづけた。でも、それは脇腹に冷たい銃口を感じるまでのことだった。

「ベッドに坐りな、お嬢ちゃん」その女の子の苛立たしげな声は、おぞましいゴムの管のせいで少しくぐもっていた。

わたしは凍りついた。今、感覚が残っているのは、銃口がふれている脇腹だけだ。

「さあ、早く」ゴキブリ女が言った。パーカーの肩をつかまれて床から引っぱりあげられたわたしが、よろめきながらすばやくベッドの端に腰をおろすと、彼女もとなりに坐った。その距離は三センチと離れていない。膝のあたりでかまえている拳銃の撃鉄は起こしてあるし、引き金には指がかかっているし、銃口はこっちを向いている。ギャビンのほうを見ると、坊主頭のゴキブリ男が前腕から床に血をしたたらせていた。ギャビンが負わせた傷にちがいないけど、果物ナイフはすでにゴキブリ男の手にわたっている。彼は傷ついていないほうの手にナイフを持って、その腕でギャビンの首のあたりを押さえていた。ほんのちょっと手首を動かせば、ギャビンの喉に刃が突き刺さってしまう。

「やめて」わたしは声を殺して叫んだ。「お願いよ」

「彼女を傷つけるな」ギャビンが燃えるような眼差しでわたしを見た。「彼女に銃を向けるのはやめろ、今すぐに」

涙が頬を伝ってパーカーに落ちた。それでもわたしは涙を拭おうとはしなかった。動くこともできないし、息さえできない。

「お願い」わたしはギャビンから視線をそらさずにうめいた。「お金ならあるわ。ほしいものはなんでもあげる。だから、ここから出ていって」

「お金!」嘲るように女の子が叫んだ。「いいよ、あんたがそう言うならさ。ねえ、みんな、そういうことにしようよ。どうでもいいけど、さっさとそいつの口をふさぎなよ」彼女が指を鳴らすと、手術用手袋が音をたてた。

「彼女にふれるな!」そばによったふたりのゴキブリ男を激しく蹴飛ばしながら、ギャビンが叫んだ。「アンセム、こんなやつらに何ひとつ――」彼の声はそこで途切れた。痩せたゴキブリ男がギャビンの口に何かをつめこんで、唇に銀色のダクトテープを貼ってしまったのだ。そのあと彼の手首をうしろにまわして縛ると、ゴキブリたちはようやく満足して、喉にあてていた果物ナイフをおろした。

「そのほうがいい。これでやっとものが考えられるよ」女の子が言った。彼女がしゃべるたびに、ゴキブリみたいなマスクのゴムの管が揺れた。わたしは心のなかで、彼女をミス・ローチと呼ぶことにした。彼女がギャビンのほうを向いて言った。「この子には何もしないよ、王子さま。あんたの歩く銀行口座だもんね。パパのいるおうちに、いそいで帰ってもらうよ」

ギャビンは自由になろうともがいていたけど、侵入者たちの手で床に押し倒されてしまった。彼の顔がコンクリートに激突する音を聞いて、吐き気がこみあげてきた。ゴキブリ男のひとりが黒いブーツを履いた足でギャビンの背中を押さえ、別のひとりが彼の後頭部に拳銃を突きつけて撃鉄を起こした。ギャビンは痛みに顔を歪めている。

「やめて」わたしは叫びながらベッドから跳びあがった。

ミス・ローチもさっと立ちあがって、グリップに真珠の飾りがついた小さな拳銃を、わたしの顔の前で振り動かした。ふたたびベッドに坐らされたわたしは、自分ではどうすることもできないほど震えていた。

「両手をベッドの上に置きな。あたしに見えるところにね。もう大声を出すんじゃないよ。バカな真似さえしなければ、あんたには手を出さないし、ボーイフレンドもこれ以上傷つけない」

わたしは彼女に目を向けながらうなずくと、床に押しつけられているギャビンの顔にいそいで視線を戻した。

「落ち着け、落ち着け」大きなゴキブリ男がそう言いながら、ギャビンの後頭部にあてた拳銃をおろした。わたしを見あげたギャビンの目には、パニックの色があらわれていた。

「ほしいものはなんでもあげる」わたしはささやいた。

「わかってるよ、お嬢ちゃん。わかってる」ミス・ローチが応えた。筋肉もりもりの坊主頭のゴキブリ男が、ギャビンを引っぱって立たせた。

「だから彼を放して」わたしは訴えた。「あなたたちに必要なのは、彼ではなくわたしだわ」そう言った瞬間、はっとした。それが紛れもない真実で、ミス・ローチもそれを知っているのだ。そうでなかったら、歩く銀行口座なんて呼ぶはずがない。たぶん、つけられていたのだ。誰かがサウスサイドに金持ちの娘がいるのを見て、一儲けしようと考えたにちがいない。

ゴキブリ男たちが半ば引きずるようにして、ギャビンをドアのほうに歩かせはじめた。背の高い男がギャビンの頭を狙って、しっかりと拳銃をかまえている。ギャビンは床に目を落としたままだった。それを見て、気がついた。彼は自分を恥じているのだ。無力な姿をわたしに見られて、たまらない気持ちになっているにちがいない。ダクトテープできつく縛られた彼の手が紫に変わっているのを見て、わたしは息を呑んだ。

「とりあえず、こういうこと」ミス・ローチが言った。その声はフライト・アテンダントなみに自然で快活だったけど、身をかがめてわたしの顔から数センチのところまで顔をよせてきたその態度には、すごく迫力があった。彼女は言葉がはっきり伝わるように、下のほうを引っぱってガスマスクを口元から離した。マットな赤い口紅を塗った唇には薄笑いが浮かんでいて、息は煙草と風船ガムの匂いがした。「ボーイフレンドは、あたしたちが知ってる特別な場所に連れていく。金曜の真夜中までに、二十五万ドルとどけさせな。場所は親和橋の南側にあるレストラン、水上のディミトリス。使いの人間は、武器を持たずにひとりで来ること。あたしたちは、そこで待ってる。おまわりがうろついてないか、目を光らせてるからね」

わたしはギャビンの目から視線を離さずにうなずいた。縛られた両腕をねじあげられ、ゴキブリ男に両脇を支えられている彼の表情には、激しい怒りと何ものをも恐れない大胆さがあらわれていた。おでこに青筋を立てて彼が首を振った。そんなことはするなと、言っているのだ。わたしは彼の目を見つめて譲歩する気がないことを伝えた。それで彼が希望を持ってくれることを祈っていた。

「お嬢ちゃん」わたしの脇腹に銃口を強く押しあてて、ミス・ローチが言った。「よく聞きな。これにはルールがあるんだ。警察に行かないこと。二十五万ドル耳をそろえてわたすこと。水上のディミトリスにやってくる人間は、誰も連れてこないこと。そのルールをひとつでも破ったら、ボーイフレンドは死ぬからね」

「彼の代わりにわたしを連れていって」聞き入れられないことはわかっていたけど、いそいで言ってみた。「わたしを誘拐して、うちに連絡すればいいわ。両親はいくらだって出すはずよ。だから彼を放して」

「危険すぎるよ。あんたを誘拐すれば、どの新聞も派手に書きたてるにきまってるからね。連れていくのはボーイフレンドのほうがいいんだ」

「ギャビン！」ドアのほうに引きずられていく彼に、声をつまらせながら言った。「お金は用意する。だから生きてて！」

ゴキブリ男たちはギャビンを連れて部屋から出ていった。ミス・ローチだけが残った。ガスマスクは、元どおりきっちりと顔に貼りついている。彼女がわたしに拳銃を向けたまま、うしろ向きに歩きはじめた。そしてドアの前にたどりつくと、わたしに小さく指を振り、大きな音をさせてドアの外の鉄格子をおろした。ついにひとりになった。わたしは彫像のようにじっとベッドに坐っていた。ついさっき、このベッドの上で処女を失ったのだ。この上でギャビンの腕に抱かれて眠っていたのだ。怒りの熱い波がまわりじゅうから押しよせてきた。そしてそのあと激しい恐怖をおぼえた。もう二度とギャビンに会えないかもしれない。

コンクリートの床の上で黒い靴跡が輝いている。床の血だまりを踏んだ誰かが残した跡だ。わたしは口いっぱいにこみあげてきた苦いものを呑みくだし、するべきことに集中した。ありがたいことに、長年バレエをやってきたわたしは、先生の教えをもらさずにおぼえている。ひとつでもまちがった動きをしたら、それがどんなまちがいでも結果は同じ。

彼は死んでしまうのだ。

10

とにかく歩きつづけた。

午前五時の静まりかえった薄暗がりのなか、わたしはギャビンのバイクで走りすぎてきた道を逆にたどっていた。徒歩ではものすごく時間がかかったし、恐怖のせいで方向感覚も怪しくなっている。二度、道をまちがえて袋小路に入ってしまったあと、やっとのことでノースサイドにつづく幹線道路に出ることができた。こぶだらけの木の幹みたいな顔をした男がひとり、缶をいっぱいに積んだショッピングカートを押して反対側の歩道を歩いていた。腰が曲がっていて、足が腫れていて、ぱっくりと口が開いた靴から青みがかった爪先が突きだしている。「やつらを皆殺しにしてやる！」そう叫んだ男の声は、驚くほど大きくてはっきりしていた。「ひとり残らず殺してやる。街じゅうを吹き飛ばして、初めからやりなおすんだ！」

前方にため息橋がぼんやりと見えてくると、わたしはパーカーのフードを被り、男から目をそらして足を速めた。華麗な橋が、下からのスポットライトを浴びて輝いている。ライト。黒っぽい格子状の飾りがついている壊れた街灯と、見捨てられた建物がならぶなかを歩いてきたわたしの目に、ライトは安全のしるしのようにも、ギャビンを救いだす希望のようにも映った。あの橋をわたれば、良識的で整然とした明るいノースサイドがある。わたしは走りたい気持ちを抑え、その一点を目指して足早に歩きつづけた。

橋の入口まであと二ブロック。一ブロック。**もうちょっとよ。**足音に合わせて、わたしは自分にささやいていた。だんだんと、それがマントラのようになってきた。もうちょっとよ。もうちょっとよ。もうちょっとよ。

オリーブの冠を被った石づくりの女神の頭像が、ため息橋の歩行者用の入口のしるしだ。口を開いておだやかな目で空を見あげているその頭像は、ノースサイドの側にあるものと同じだった。

「薬を持っちゃいないかね？」

胃がひっくりかえりそうになった。哀れっぽい低い声の主は、わたしに尋ねているのだ。陰のなかからものすごく太った男がのそのそとあらわれた。クモの巣みたいな毛細血管でおおわれている胡座《あぐら》をかいた鼻と、変な角度に跳ねあがっている緑がかったもじゃもじゃの髪。古新聞をつなぎあわせてつくっただぶだぶの服は、皺くちゃになっていて、端のほうが破れて汚れていた。その袖が風を受けて、大きな肉食鳥の翼のようにはためいている。男がよろめきながら近づいてきた。目は片方ずつ別のほうを向いていて、新聞紙の裂け目からのぞいているお腹が、月明かりに照らされて青白く輝いている。

首を振って遠ざかろうとしたけど、男はさらに近づいてきた。口元からいろんな方向に歯が飛びだしているのが見える。

「薬を持っちゃいないかと訊いてるんだ」橋とわたしのあいだに立った男が身をかがめ、臭い息がかかるほどわたしに顔を近づけた。

「薬なんか持ってないわ」そう答えながらも、誰かいないかと橋のほうに目を走らせていた。わたしは駆けだした。でも、すぐに足を引っかけられてよろめき、装飾を施した石の欄干におでこをぶつけて地面に倒れてしまった。ねばねばした温かいものが顔に流れてきた。身を起こして顔を拭うと、指が血だらけになった。

男がわたしにおおいかぶさるように立って、別々のほうを向いた目で見おろしている。身をかがめた男が、ブタみたいな甲高い声で笑いだした。

「かわいらしい娘だ」男がわたしの頭を撫で、もつれた髪を汚い手でつかんだ。新聞紙の翼が首にふれている。それでも叫ぶことさえできなかった。十本の太い指を首にまわされてもなお叫べなかった。

「かわいらしい娘だ。おれは病院にいたんだよ。だけど連中に追いだされちまったんだ」首にまわされた指に力がこもりはじめた。

その力がさらに強くなるのを感じて、わたしはようやく我に返り、男の手首を引っかきながら酸素を求めてもがきはじめた。「助けてあげる」そうささやいてみた。「薬をさがしてあげる」でも、苦しくてもうしゃべれなかった。わたしは翼のような男の手首をめちゃくちゃに引っかいた。口に新聞紙が入るのもかまわず、必死でその手を首から引き離そうとしたけど、男のほうがずっと力が強かった。視界がぼやけ、真っ暗になり、白い星がまたたいて、それが消え――。

「手を離せ」

鳥男の力が不意にゆるみ、その衝動でわたしは欄干に背中をぶつけてしまった。またもいやらしい顔がおおいかぶさってきたけど、男のうしろからのびてきた強そうな腕が、新聞紙に包まれた大きな肩をつかんで引き離してくれた。

「その子から離れろ！」

鳥男が振り向いた。わたしは地面に坐りこんだまま、応戦しようと腕を振りまわしている男を見つめていた。でも、もみあったのはほんのいっしゅん。男は眉間にパンチを食らい、笑い声同様の甲高いうめき声をあげ、橋の上に大の字に倒れた。顔を見ると白目をむいていた。その目もすぐに閉じてしまった。

「だいじょうぶかい？」わたしの救い主が目の前に立っていた。月明かりのなか、オリーブ色の肌のせいで、歯がものすごく白く見えている。襟に裂け目ができた黒い長袖のTシャツと、薄手の生地の下の引き締まった広い肩。おでこには汗が光っていて、その粒がすべらかな頬に流れている。どうやらジョギングの途中だったようだ。

「だいじょうぶみたい」地面に坐ったままそう答えたものの、まだ少し震えていた。

「精神病院をなくすべきじゃなかったんだ」小さな声で彼が言った。しゃがみこんでわたしのおでこの傷をそっと調べた彼が、茶色い目の上の眉をよせながら、両手を差しだしてやさしく立たせてくれた。「縫う必要がありそうだ」

「ありがとう」かすれた声でお礼を言いながら、絞められた首をさすった。強く押しつけられた男の指の感触がまだ残っている。

彼がわたしの首をじっと見つめながらうなずいた。ギャビンにもらったハートのネックレスの鎖が指にふれた。ちぎれてしまわなかったなんて、奇跡としか思えない。

「ここは、こんな時間に女の子がひとりで歩いていい場所じゃない」彼が言った。「でも、今きみはここにいる。そして、おれたちはこうして出逢ったわけだ。お礼をしてくれるっていうなら、喜んで受け取るよ」

わたしは首を振った。強欲な人のようにも見えるけど、それがまちがいであってくれることを祈った。

「何も持ってないわ」そうささやきながらも、ふたたびパニックの波が押しよせてきた。

「頼むよ」彼が苛立たしげに、スニーカーを履いた片方の足からもう一方の足に体重を移した。「ほんとに何も持ってないの？」

鼓動が激しくなるのを感じながら、彼を観察した。傷つけるには、背が高すぎるし、がっしりしすぎている。彼のうしろに目を向けてみた。そっちはサウスサイドだ。他に道はない。この橋をわたらなければ北に戻れない。

ふたたびアドレナリンがわいてくるのを感じたわたしは、まともに思える唯一の行動に出た。狭い歩道で踊るように身をひるがえし、駆けだしたのだ。

「嘘だろ?」驚きもあらわに彼が叫んだ。「待てよ! きみを傷つけるつもりなんかないんだ!」

こんなに速く走ったことはなかった。一歩ごとに肺が悲鳴をあげている。自分の荒い息と靴がコンクリートをとらえる音のうしろに、あとを追ってくる彼の足音が聞こえていた。

「待ってくれ!」楽々と追いついた彼が、わたしの手をつかんだ。「落ち着いてくれよ。おれは何も――」

「放して!」必死で身をよじって彼の手を振りきり、欄干のほうにうしろ向きに足を踏みだした。もろくなっていた石がくずれ、欄干のその部分が消えた。気がつくと、わたしは橋の縁に立っていた。「そばに来ないで!」

彼が驚きに目を見開いて、両手を差しだした。「ごめん。怖がらせてしまったんだね」おだやかな声だった。さっきまでのからかうような感じも、苛立たしげな感じも、すっかり消えている。「だけど、そんな端っこにいたら危ないよ。さあ、こっちに来て」

「近づかないで。そうしたら、そっちに行く」身体が震え、もう少しでバランスをくずしそうになりながらも、右手で残っている欄干をつかむことができた。川から腐敗臭が立ちのぼってくる。またも首を振った彼が、傷つけるつもりはないというしるしに手をあげてうしろにさがった。

わたしは橋の縁から遠ざかろうとした。でもその直前、つかんでいた欄干の角が手のなかでくずれてしまった。驚いて下を見たわたしに、前から突風が吹きつけてきた。風に押されるままうしろに踏みだした右足が着地する地面はなかった。身体が宙に傾いていく。

もう一度、欄干をつかもうとしたけど、指先がかすっただけだった。男の子が恐怖に顔を引きつらせて駆けよってくるのが目に映り、そのあと星のない空しか見えなくなった。

彼は遅すぎた。わたしをつかまえようとのばした手が空《くう》をつかみ、ショックのせいで大きく開いた口が丸くて黒い穴のように見えている。
わたしの身体は、もう完全に宙に浮いていた。下には、ミッドランド川の油っぽい灰緑色の激しい流れが見えている。ところどころに浮かんでいる小さなかたまりは氷だ。
わたしは一度だけ、長くて甲高い悲鳴をあげた。
そして
星のない
月明かりに照らされた
夜空を突っきって
下へ
下へ
下へと
落ちていった。

11

わたしは、あえぎながら目をさました。

頭を起こしてみても、見えるのは強烈な白いライトだけ。頭蓋骨に刃物を突き立てられたかのような鋭い痛みをおぼえて、思わず頭を戻した。ベッドは硬くて、しなりもしない。たぶんメタル製のベッドだ。ものすごく寒かった。自分の腕で身体を包もうとしたけど、腕が動かない。手首と肘が、太いストラップで固定されているのだ。

わたしは怯《ひる》み、目をぎゅっと閉じてみた。もう一度、意識不明の暗闇のなかに戻りたかった。あと二、三分でいいから、とりとめのない夢の世界をただよっていたかった。夢のなかのわたしは、凍えるような灰緑色の水のなかを押し流されていた。暗くて、腐った何かが浮いていて、生き物といえば時々片目の魚を見かけるだけだった。自分が生きているのか死んでいるのかもわからなかった。とにかく、痛みなんか少しも感じていなかった。

でも、今はつらすぎる。ちょっと動くたびに新しい痛みが生まれるし、身体じゅうどこもかしこも痺れているか冷たいか痛かった。わたしは息をするたびに大きく上下している自分の胴体の動きに集中した。胸のあたりが、ずっしりと重かった。むずむずするし、ちくちくもする。それに、身体のなかで何かがぶんぶん音をたてている。ディスクが回転しているような感じもするし、身体の内側から百本くらいの小さな針で刺されているような感じもする。パニックがつのるにつれて、ぶんぶんいう音も速く大きくなっていくみたいだ。

薄目を開けて、少しずつ明るさに目をならしていった。初めはぼんやりと影のようにしか見えなかったものが、だんだんに形を成し、質感までわかってきた。そして、ようやく理解した。湿度の高い狭い部屋に寝かされているのだ。目の高さにメタル製の移動式テーブルがあって、その上に小さな鋏とぴかぴかの外科用メスが何本か載っている。灰色の壁の前にならんだ古そうな錆びた機械と、そこからのびている海藻みたいに見えるチューブ。壁にも、機械にも、床にも、黒っぽい何かが飛び散って乾いた跡がある。血だ。そう気づいて、いそいで目をそむけた。

もう一度、そっと頭を持ちあげて自分の身体に視線を走らせてみた。わたしは薄い紙でできた病院用のガウンを着せられて、メタル製の細長いストレッチャーの上に寝かされていた。腕に刺さった点滴の針と、横に置かれたスタンド。そこにセットされた透明な袋から長いチューブを伝って、ピンクの液体が一滴ずつ体内に送りこまれている。

気配を感じて部屋の隅に目を向けてみた。医療機器のうなるような音にまじって、軋るような甲高い鳴き声が聞こえている。見ると、隅に置かれたメタル製のテーブルの上にガラスのケージが四つならんでいた。そのひとつには薄茶色のハムスターが何匹か入っていて、別のひとつのなかではピンクの目をした黒いネズミたちがもつれあっている。いちばん近くのケージには回し車が備えてあって、真っ赤な目のハツカネズミが二匹、猛烈ないきおいで走っていた。

なぜ、こんなところに来てしまったんだろう?

とつぜん、すべてがよみがえってきた。ガスマスクの誘拐団の姿、脇腹に突きつけられたミス・ローチの拳銃の冷たい感触、連れ去られる前のギャビンの怒りに満ちた顔。そして、そのあとわたしはたじろいだ。橋での出来事を思い出したのだ。鳥男に首を絞められたときの感じも、橋の欄干がくずれたときの衝撃も、はっきりとおぼえている。わたしは川に落ちたのだ。脇の下に冷たい汗がたまりはじめた。ここから逃げだす必要がある。今すぐに。起きあがろうとしたけど、ストラップが腕に食いこんだだけだった。

わたしは口を開き、助けを求めて叫んだ。大声を出したつもりだったのに、ささやき声よりちょっと大きい程度のかすれた声しか出なかった。少し待って助けがあらわれないことを知ると、今度は誰かが音を聞きつけてくれることを祈って、メタル製のテーブルに頭をぶつけはじめた。

ゴーグルを着けてブルーの手術着を着た銀髪の女性が、部屋に駆けこんできた。手術用のマスクは顎のあたりにおろしてある。つづいてあらわれたのは、橋で出逢った男の子だった。彼がストレッチャーの片側に、そして外科医らしき女性が反対側に立った。テーブルに頭を打ちつけるわたしのガウンが、ボートの帆のようにうねっている。

女性がわたしの頭に手を置いて、もつれた髪をそっと叩いた。心配そうにひそめられた眉と、ゆたかな銀色のカーリーヘア。皺のない若々しい顔をしているのに銀髪だなんて、変な感じだった。

「さわらないで」わたしは吐きだすように言った。「今すぐ、手を引っこめて!」

「威勢がいいじゃない」彼女は男の子に笑みを向けた。なんだか喜んでいるみたいに見える。彼女は血走った青い目を得意げに輝かせながら、クリップボードに何か書きこみはじめた。「いい兆候だわ」

「ここはどこ?」わたしは訊いた。「なぜ縛られてるの?」

「おれが説明する。すまないと思ってるんだ。だけど、きみが点滴の針を抜こうとするものだからしかたなかったんだよ」男の子がそう言いながら手首のストラップをはずしはじめた。「意識を取り戻してくれるかどうかも、わからないような状態だったんだ」最後のストラップをはずしたとき、彼の耳が真っ赤になった。

「今朝、あのあと何があったの?」わたしはそう尋ねながら、身を起こそうともがいた。部屋がぐるぐるまわるほど目眩がした。気がつくと両手を喉にあてていた。ネックレスはまだちゃんとそこにあって、平べったい金のハートの冷たい感触が伝わってきた。

「あれは二日前のことよ」わたしの胸に聴診器をあてながら、女性が言った。

「二日前？」自分の顔から血の気が引いていくのがわかった。また意識を失いかけている。男の子がわたしを支えようと背中に手をまわしたけど、振り払う力もなかった。

「落ち着いて。いそいではだめよ。また気を失うのはいやでしょう」女性が言った。ぼうっとしながらも、彼女の前腕の内側に大きなタトゥーがあることに気づいていた。DNAの二重螺旋。そのまわりには、複雑な形に組み合わされた五角形や六角形が彫られていて、ところどころに文字や数字がついている。わたしは去年の生物の授業を思い出した。あの授業では、いつもこんな記号を書かされていた。ヌクレオチド。DNAを構成する基本単位だ。そしてもうひとつ、手首の近くに小さなハートのタトゥーがあった。そのハートのなかには、細い線で『Noa』と彫られている。

「川に落ちたことはおぼえてるかい？」男の子が苦しげな顔をして、すまなそうに言った。

忘れてしまえたらどんなにいいだろうと思いながら、わたしはうなずいた。いっしゅんにして手足の感覚を奪ってしまうほどの冷たい水が肺に流れこんできたときの感覚も、油に汚染された川の臭いも、わたしの人生は終わったと確信したときの気持ちも、はっきりおぼえている。

「悪かったよ。お礼がほしいなんて言うべきじゃなかった」彼が口をつぐんだ。茶色い目は澄んでいるけど、縁が赤くなっているし疲れがにじんでいた。「何を考えていたんだか、自分でもわからないよ」

「とにかくさ——」彼はつづけた。「おれはきみのあとから川に飛びこんだ。それで、なんとか救いだして、まっすぐジャックスの研究室に運んできたんだ。ところで、おれはフォード。この人はジャックスだ。彼女がきみの命を救ってくれたんだよ。ジャックス、この子は……」

「アンセムよ」

フォードがちょっと頬を赤らめてうなずいた。「実は……きみの名前はもう知ってる」

わたしはふたりの顔を交互に見た。そのとたん、心臓が壊れたハードディスクみたいに鳴りだした。

「そうなの？」

「新聞に載ってるからね」フォードがわたしの視線を避けながら、不安そうに答えた。「街じゅうがきみをさがしてる」

「ああ、最悪」パパとママが四チャンネルの〈ニュースの総括〉でインタビューを受けている場面が浮かんできた。ふたりとも、わたしは死んでしまったと思っているにちがいない。そう気づいて腕に鳥肌が立った。それから、ふと思った。パパとママは、すでにギャビンのことを知っているかもしれない。誘拐犯が計画を変えた可能性もある。「ニュースで誘拐のことを言ってた？」

　興味深げにこっちを見たフォードが、首を振って答えた。「いや、きみのことしか言っていない」

「わたしが……あんな時間に橋のあたりにいたのは、ボーイフレンドが誘拐されてしまったからなの。助けを呼びにいくところだったの」

「ごめん」フォードが頭をさげた。「何もかもすまなかった。ほんとうに悪かったよ」

「あなたに会えて光栄だわ、アンセム」とつぜんジャックスがそう言い、わたしの手をにぎって上下に振り動かした。そのやり方は、少し力がこもりすぎていた。「フォードはボクサーだったの。でも、何度かまちがった戦い方をしてしまった。それで彼は、無鉄砲なおバカさんになってしまったの。あなたが死んだのは自分のせいだって、あとになるまで言わなかったのよ。頭にくるったらないわ。だって――」

「わたしが死んだ？」目を落とすと、紙のガウンの下で黒い虫のような何かが動いていた。胸のちょうど真ん中あたりだ。ガウンを持ちあげてみようとしたけど、フォードに顎をつかまれて上を向かされてしまった。彼の目が、やめておけと訴えている。

「まだ見ないほうがいい」

「どうして？」喉から声を絞りだすようにして、わたしは訊いた。やっぱり胸のなかでうなるような音がする。何かがぶんぶんいっている。

ジャックスがさえぎった。「川の水はものすごく冷たかった。だから心臓がとまってしまったのよ。フォードが人工呼吸をためしたみたいだけど、遅すぎたのね。あなたは……臨床的には死んでたわ。でも、もちろんわたしが生き返らせたわけだけど」

「生き返らせたって、どうやって？」小さな声でそう訊きながらも、メタル製のテーブルに手をついて自分を支えていた。実験用の動物。外科用メス。それに……ああ、**嘘でしょう？　あの壁を見て。**あそこには血が飛び散っている。わたしはストレッチャーに坐ったまま、紙のガウンががさがさ音を立てるほど激しく震えだした。

「ちょっと横になったほうがいいんじゃない？」ジャックスがそう言って、不安げに唇をすぼめた。彼女が手首のハートのタトゥーの上に、指を二本押しあてた。「あなたは、とても弱ってるのよ。少なくとも、あと二日は様子を見る必要が――」

「ぜんぜんだいじょうぶ」嘘をついた。圧倒的な恐怖のせいで、喉が締めつけられて息もできなかった。

「わたしに何をしたのか聞かせて」

ジャックスがうなずいた。「わたしは、科学と呼ばれるものに片っ端から手を染めてきたの。化学、生物学、遺伝子学、それに物理学もずいぶん学んだわ」彼女は張りつめた様子でくすっと笑った。「実を言うと、ベドラム大学の生体化学部の教授をしていたの。あの若さで教授になった人間は、あとにも先にもわたしだけ。でも、大学にいくつかの実験を禁じられ、研究室に捜査が入った」彼女の顔に表れた怒りの表情が見るみる濃くなっていく。

「言い換えれば、ジャックスは狂った科学者だってことだ」フォードが言った。「FBIに追われてるんだ。だから、ここから出られないんだよ。用事はおれが引き受けてる。実験に使う道具を買いにいったりさ」

ジャックスが顔をしかめてメタル製の車輪つきスツールに腰かけると、彼女とわたしの目の高さが同じになった。「そのとおりよ、フォード。あなたがいなかったら、どうしたらいいかわからないわ。でも、わたしのことはもう充分よ。わかった？」彼女の口から、さっきよりもさらに張りつめた笑いがもれた。そのあと急に真顔に戻ったその表情が、どんどん硬くなっていく。「心臓停止から数分経つと、医者は死亡宣告をするの。あなたの心臓は四十分くらいとまっていた。でも、冷たい水のおかげで低体温症を起こしていたの。それがよかったのよ。手術と川の水が、あなたを救ったということね」

手術？　わたしは、こみあげてきた苦いものを呑みくだした。「人工呼吸器をつけて、しばらく様子をみてみたの」ジャックスが、そう言って大きな機械を示した。六つのダイヤルがついたパネルがあって、その上からアコーディオンの蛇腹みたいなものが入ったガラスのチューブがのびている。「でも、あなたの心臓は動きだしてくれなかった。だから、わたしが手をくだしたわけ」

「手をくだした……」呆然としたままくりかえした。

「この子たちを見て」ジャックスが部屋の隅を指さした。テーブルの上のケージのなかで、白いネズミが回し車を軋らせて狂ったように走っている。「歩けるようなら、もっと近づいて見たほうがいいわ」

わたしはうなずいてゆっくりとストレッチャーからおりると、ジャックスとフォードにしたがってケージのほうへと進んだ。そうするあいだも、点滴のスタンドから離れすぎないよう気をつけなければならなかった。ピンクの液体が、今も血管に送りこまれている。三人はならんでケージの前に立ち、ネズミが走るのを眺めた。回し車に乗ったネズミたちの足はあまりに速すぎて、白い霞のようにしか見えていない。

「一年ほど前、遺伝子組み換えの技術を使ってハチドリの幹細胞を培養し、強力なキメラ心臓をつくりだすことに成功したの。この恐ろしく足の速いネズミたちは、その心臓をそなえている」

ネズミたちの動きを見つめているうちに、あまりのスピードに目が離せなくなってしまった。猛烈ないきおいで走る小さな脚の動きは、ハチドリの羽のそれを思わせた。「キメラ？　あのキメラのこと？」ギリシア神話を思い出してそう尋ねたわたしの頭には、うちの玄関広間に飾られているワシの頭と翼をそなえながらライオンの胴体を持っている、グリュプスの大理石像が浮かんでいた。「グリュプスみたいな？」

「グリュプス？……ああ、そう言えなくもないわね。このネズミたちの心臓は、何種類かの生物の心臓を合成したものですもの」

「でも……それとわたしとどういう関係があるの？」

こっちを向いたジャックスの顔は輝いていた。「あなたもキメラ心臓を持っているのよ」

わたしは興奮気味にしゃべりつづける彼女を見つめていた。唇が動き、銀色のカーリーヘアが弾み、目が踊っている。でも、わたしの耳には、どんどん大きくなっていく変なうなりしか聞こえていなかった。その音を発しているものの正体は、もうはっきりとわかっている。頭のなかに恐ろしい事実が大きくひびきわたった。ビックリハウスの鏡のように部屋が歪んでいく。意識を失いかけているのだ。

「ハチドリにはちょっと負けるけど――」ジャックスが言った。「あなたのキメラ心臓は、一秒間に十回鼓動するの。とても力強くて、とても速く動く。おかげで体温も、もうすっかり戻ってるわ。ほんとうによかったと思ってるの。あなたの脚を切断するようなことになっていたらと思うと……」

ネズミのケージに視線を戻してみた。スピードがさらにあがっているのか、回し車のなかを飛んでいるように見える。でも、もしかしたら自分の視界がぼやけてきたせいで、そんなふうに思えるだけかもしれない。わたしは胸にそっと手をあてた。その下にぎざぎざの線があるのがわかる。さっきガウンをめくってみようとしたとき、フォードに「まだ見ないほうがいい」と言われた。でも見るまでもなく、そこに硬い結び目があるのがわかった。これは縫った跡だ。

その状態を思い描いていると、いよいよ視界の隅が暗くなってきた。脚の力も抜けていく。わたしはうしろによろけて、ストレッチャーをつかんだ。また身体のなかで何かが激しくはためきだしている。でも今は、その正体がわかっていた。元の心臓の十倍の速さで鼓動する、奇妙なハチドリの心臓だ。新しい心臓は一分間に六百回も鼓動する。人間の心臓はそんなスピードで血液を送りだせないし、そんな必要もない。この心臓は使い物にならなくなるその日まで、激しく速く動きつづけるのだ。

「服は？」小さな声でそう訊きながらフォードの顔をちらっと見たあと、わたしは目をつぶった。目眩のせいで部屋がぐるぐるまわりはじめていた。「寒いの」

フォードがうなずきながらドアのほうに足早に歩きだした。「買っておいたよ。すぐに取ってくる」

「わたしはどのくらい生きられるの？」フォードが部屋を出ていくとすぐに、ジャックスに尋ねてみた。

「鈍麻状態を慎重に避ければ、百歳まで生きられるわ。もしかしたら、もっと生きられるかもね」

「何を避けるんですって？」

「あなたの心臓はエンジンみたいなものなの。長いあいだ車をガレージに入れっぱなしにしておくと、エンジンは動かなくなるでしょう。あなたの心臓も同じ。長時間あまり動かずにいると、血液の循環が悪くなってしまう。燃料切れもまずいわね。循環システムの動きが鈍った状態を鈍麻状態と呼ぶの。気をつけないと死んでしまうわ」

「眠ってるときは？」

ジャックスが肩をすくめた。「もう二、三日、様子を見て、あなたの心臓が八時間の睡眠にどう反応するか調べてみるわ。そうすれば、もう少しはっきりするはずよ」

そんな時間はないわ。わたしは、そう叫びたかった。誘拐犯に引きずられるようにして部屋から出ていったギャビンのこと以外、何も考えられない。ここに二日いたのだとしたら、あの人たちにわたすお金を用意するのに四十八時間もないということだ。

ジャックスが点滴のスタンドを軽く叩いた。「これはブドウ糖。血糖値がさがらないようにしているの。点滴をやめたら、前よりも頻繁に食べる必要がある。たぶん自分でもわかると思うわ」

「うちに帰らなくちゃ」そう言ったわたしの声はかすれていた。「両親が……」そのあと心のなかでギャビンが、とつけくわえた。あしたの夜中までに誘拐犯にわたすお金を用意できるかどうかに、すべてがかかっている。わたしは重い気分で、ケージのなかに閉じこめられているネズミを見つめていた。フォードが戻ってきた。手に持ったスエットシャツとジムパンツはきれいにたたまれていて、その上にチューブソックスが載っている。脇に抱えたふたつの箱には、靴が入っているみたいだ。見ると、どれもタグがついたままだった。

「サイズは適当だよ」申し訳なさそうに彼が言った。「合うといいんだけどね」

わたしは彼を見て、そのあとジャックスに視線を移した。「ひとりにしてもらえるかしら？」

「もちろん」ふたりが同時に答えた。

戸口で立ちどまって振り向いたジャックスの目は、涙で潤んでいた。「アンセム、ここまで回復してくれたなんて、ほんとうに驚きだわ。法で認められていたら、これは歴史に残る出来事になったでしょうね」彼女は目を引きつらせながら、こっちに身をかがめるようにしてつづけた。「このことを知ったら、科学者たちはどんな犠牲を払ってでも、自分の研究室にあなたを連れていって調べたいと思うはずよ。でも、今はここだけの話にしておくのがいちばんね」

全身に震えが走った。死ぬまでワイヤーにつながれて、科学者たちに調べられるなんて絶対にごめんだ。

わたしはうなずき、部屋を出ていく彼女に必死で笑みをつくってみせた。

ひとりになると、歯を食いしばって腕に刺さった点滴の針を引き抜いた。刺すような痛みと焼けるような衝撃を同時におぼえたけど、叫び声はあげなかった。少し血が出ている。それを見たわたしは、メタル製のテーブルの上からガーゼを取って腕に巻きつけ、その先を歯で引き裂いて適当に結んだ。ジムパンツをはいて裾を引きずらないようにウエスト部分を折り、そこまで終えたところでそっとガウンの前を開いてみた。当然ながら、ブラが必要だなんて、フォードは気がつかなかったらしい。必要のないときは手元にあるのに、こういうときにかぎってどこにもない。わたしは黒い線のように見えている縫合の跡から目を離し、裸の胸をこすらないよう気をつけながら、だぶだぶの栗色のスエットシャツを着た。

スニーカーの紐を結びおえたわたしは、ゆっくりとドアのハンドルをまわして外の様子をうかがった。この研究室のメインルームらしき部屋が見えている。その奥の隅でジャックスが身をかがめ、でたらめにハミングしながら、大きなビーカーに入った液体をブンセンバーナーで熱していた。

メインルームを見まわしたわたしは、二度吐きそうになった。どの壁の前にもネズミやウサギが入った何十ものケージがならんでいる。胸に白い毛が大きな房になって生えている、やせこけた黒いサルさえ一匹いた。わたしは心臓がぶんぶん鳴っているのを感じながら、足音をしのばせて出口のほうへと歩きだした。玄関のドアが軋みながら開いたとき、ジャックスのカーリーヘアが揺れたのが、視界の隅に映った。でも、彼女がドアに目を向ける前に、わたしは路地を走りだしていた。追ってはこないだろうと思いながらも、足を速めずにはいられなかった。逃げる姿を見られるわけにはいかない。

わたしはケージから逃げだしたネズミのように、走って、走って、走りまくった。

12

初めは、そんなに速く走れなかった。大きな手術を受けた直後に走ったりしていいのだろうかと、不安だったのだ。だいじょうぶかどうかたしかめるために、路端で足をとめてみた。すぐ前で、タイヤが燃えてくすぶっている。倒れそうになっていて当然なのに、そんな感じはぜんぜんしなかった。むしろエネルギーがみなぎっている。筋肉も温まっていて、こわばりも感じない。ぶんぶん音をたてている胸に手をあててみた。**この心臓について、ジャックスはなんて言ってたっけ？　一秒に十回鼓動する？**　あまりに速すぎて、そのひと打ちひと打ちを感じることはできない。それは、まるでひとつづきのうなりのようだった。

わたしはまた走りはじめた。一ブロックごとに、どんどんスピードをあげていく。走れば走るほど、胸のこわばりがほぐれていくのがわかった。そしてすぐに、胸の内側がむずむずする以外、なんの違和感もなくなった。サウスサイドのゴミだらけの通りを走るわたしの歩調はさらに速くなっていった。スニーカーが地面にふれるのはいっしゅんだけ。歩道に爪先がふれるそのリズムと、肺に感じる冷たい空気と、こんなことがあったのにまだ生きているという紛れもない事実。身体のなかに変な心臓がうめこまれていてさえ、わたしは健康だったし、力を感じてもいた。

でも次の瞬間、この状態をあらわすのに健康という言葉はあてはまらないかもしれないと気がついた。スケートボードに乗ったふたりのストリートキッズが、猛スピードで走りすぎるわたしを見て動きをとめたのだ。ボロをまとったその子供たちの口は、ぽかんと開いていた。

スピードに集中していると、闇の手術のことを頭の隅に押しやってしまうことができた。たとえつかのまでも、恐ろしい事実はそこに封じこめ、ドアを閉めてしっかりと鍵をかけてしまえばいい。そう、手術のことは忘れられる。でも、ギャビンのことは——傷ついたまま、どこかの暗い部屋に閉じこめられて、あの人たちにいいようにされている彼のことは——いっしゅんたりとも頭から離れなかった。

夜明けのがらんとした通りをさらに二十ブロックほど走ると、ジャックスの研究室から逃げているという感覚よりも、うちに向かってるという感じが強くなってきた。時間の余裕はたいしてない。あしたの夜中までに身代金をとどけなかったら、あの人たちはためらうことなくギャビンを殺してしまうだろう。

右に曲がり、左に折れ、また右に曲って、ジグザグに進んでいった。ノースサイドの摩天楼が見えてくると、わたしはさらに足を速めた。冷たい風を切るように腕を振り動かし、一歩ごとにさらに高く、さらにいきおいよく足を踏みだしていく。でもそれは、ぴったりと追いかけてくる青い光に気がつくまでのことだった。

わたしは足をとめて身をかがめ、膝に両手をあてて荒い息をついているふりをした。パトカーが横にとまるのを見て、思わず苦笑いがもれた。**必要なときにはあらわれてくれないパトカーが、どうして今——必要のないときに——あらわれるわけ？**

スモークガラスに映った自分の顔を見て、苦笑いが消えた。おでこに四角いガーゼがあててあって、生え際のあたりにブドウの粒くらいの血のしみがついている。橋で鳥男に襲われたときに負った傷だ。それを思い出したとたん、かすかに身体が震えた。赤い髪が肩のまわりで鳥の巣みたいにからまっている。それでも、頬はバラ色に輝いていた。

パトカーの窓が半分ほど開いて、警官がわたしにほほえんだ。「誰かから逃げてきたのかな？」

「ジョギングをしていただけです」

「こんな場所で？　朝の四時半に？　危険だとは思わないのかい？」

「ええと……」口を開いたものの、何を言ったら理性ある正気の人間らしく聞こえるか、見当もつかなかった。警官の口の両脇には深い笑い皺があって、知的な感じの目はブルーがかった灰色をしている。

「おまわりさんのおっしゃるとおりだわ。いい考えではなかったみたいです」そわそわと包帯を撫でながら、そう答えた。

「家まで送ろう」警官が言った。わたしはミッドランド川の向こうの空を見あげた。アッパー・ベドラムのガラスの摩天楼のうしろから日が昇りはじめた今、空は燃えるようなオレンジと赤に染まっていた。それを見た瞬間、胸の緊張が痛みに変わった。

「はい、お願いします」わたしは笑顔をつくってドアを開け、後部座席にすべりこんだ。

警官が運転席と後部座席を隔てている防弾ガラスの小さなドアを開けて、話ができるようにした。「マーロー刑事だ」バックミラーのなかで目が合うと、マーロー刑事はいかにも警察官らしく礼儀正しい笑みを浮かべた。

「乗せてくださって、ありがとうございます」わたしはそう言いながら首をのばし、間近に見えてきたフリート・タワーに目を向けた。

「フリート家のお嬢さんだね？」マーロー刑事が何気ない口調で尋ねた。「みんながきみをさがしている」

わたしはバックミラーのなかのマーロー刑事を見つめ、答える前に大きく息を吸った。言葉も表情も、刑事に負けないくらい淡々としている必要がある。「ええ、そうです」

「何があったのか聞かせてもらえるかな？」通りの先に向いていた視線が、バックミラーのなかのわたしにちらっと向けられた。その眼差しには、感情も苛立ちもあらわれていない。

わたしは一分くらいマーロー刑事の首を見つめていた。ブルーの制帽の下の明るい茶色の髪は、きっちりとすごく短く刈ってある。

「はい、喜んでお話しします」記憶を失った人間らしく、ぼうっとした当惑の表情を顔に貼りつかせて、バックミラーのなかのマーロー刑事と目を合わせた。「でも、実は何もおぼえていないんです」

三十分後、わたしは胃の痛みをこらえながら、ひとりでキッチンのテーブルの前に坐っていた。パパとママとの固いハグは、マーロー刑事が見ている前ですませてあった。刑事は追い払われるようにして帰っていったけど、部屋を出る前に「少し休んだら、お嬢さんを警察本部に連れていらしてください」と言うのを忘れなかった。そして、「お嬢さんの記憶が戻りしだいすぐにお願いします」とつけくわえながら、わたしにウインクした。まるで、記憶喪失についての真実を知っている共犯者同士みたいだ。

パパとママがキッチンに入ってきたのを見て、わたしは大きすぎるスエットシャツの袖を引っぱって包帯を包み、テーブルの下に手を隠した。ふたりがわたしを挟んで両脇に腰をおろすと、部屋に破りがたいほどの重い沈黙がおりた。

「死んでしまったんだと思っていたわ」ようやくママが言った。その不明瞭なしゃべり方を聞けば、薬でぼうっとしていることがはっきりとわかる。青ざめた両方の頰に、ひと筋ずつ涙が流れている。「何よりも堪えがたい悪夢が現実になってしまったと思ったのよ、アンセム。私たち夫婦は、すでにひとり――」ママの声が途切れ、その口から泣き声がもれだした。苦しみが薬に勝ったのだ。パパが椅子ごと移動して、ママを抱きよせた。パパの胸に顔をうずめて震えながら泣いているママの声が、シャツに吸い取られてくぐもって聞こえる。

「子供を亡くしている」ママに代わって言ってあげた。理不尽な怒りが喉のなかで膨れあがっていくのがわかった。いつもなら、ママがレジーナの話を持ちだすと、わたしは罪の意識を感じる。でも、今は怒りをおぼえていた。こんな目に遭ったあとでさえ、死んだ姉と主役の座を争わなければならないなんてあんまりだ。しかも、勝ち目なんてまったくない。

「ごめんなさい」すぐに張りつめた声で謝った。失望させてごめんなさい。完璧な娘でなくてごめんなさい。そんなふりをしてきたけど、わたしは完璧な娘なんかじゃない。薬のせいでぼうっとなったママの顔を見たくなくて、目をそむけた。オーブンの時計が六時二十一分を告げている。時は容赦なく過ぎて、デッドラインにどんどん近づいていく。あしたの真夜中までに、お金をとどけなければアウトだ。パパは冷静だった。目は真っ赤だけど潤んでなんかいないし、声も落ち着いている。「何があったんだ？　記憶を失ったなどという話は、ほんのいっしゅんでも信じるつもりはないぞ」

わたしはごくりと唾を呑んだ。少しでも時間を稼いで考えをまとめる必要がある。ひとたび水門を開いたら、何もかもしゃべってしまいそうで怖かった。誘拐のことだけでなく、鳥男に襲われたことも、川に落ちて一度死んだことも、手術のことも話してしまいそうだった。打ち明けるのは最小限にとどめて、お金のことに話を集中させるのがいちばんだ。

パパの胸から顔をあげたママのブロンドのポニーテールは、ぐずぐずになって片側にゆがんでいた。すごく弱々しく見えるし、かなり苛立っているのがわかる。この数年を振り返っても、最悪の状態だ。生きているたったひとりの娘が実験材料にされてしまったことに気づくには、ママは力を失いすぎている。わたしは深呼吸をすると、話せることを慎重に選んで話しだした。「始まりは、孤児のための舞踏会が開かれた夜だった。ウィルとわたしは――」

「ハンセン夫妻ともターク夫妻とも話をしたのよ」ママがとつぜんしゃべりだした。「だから、あなたがウィルと別れたことは知っているわ。それに、ザラから聞いたんだけど、あなた、サウスサイドの男の子と会っていたんですってね」

わたしは驚いて椅子に深く坐りなおした。ザラがパパとママにギャビンのことを話すなんて、思ってもみなかった。「ウィルと別れたことは、今度のこととなんの関係もないわ」そう言ったわたしの声はかすれていた。ゴキブリ男たちが床に残した赤黒い足跡が心をよぎって、身体が震えた。

「どうしてなの?」ママが言った。「ウィルは、あなたにとって完璧な――」

「もういい」パパがとめた。「今はまず、何が起きたのか知る必要がある。ハンセン家の息子のことは関係ない」

「何もかも、わたしのせいなの」ウィルについてのママの意見は無視することにした。「パパとママにこんな思いをさせてしまった自分を、永遠に赦せないと思う」わたしは深呼吸をして、ギャビンとのことを話しはじめた。うちを抜けだして彼の部屋に行ったことも、恐ろしいマスクを着けた誘拐団のことも、お金を要求されていることも話した。でも、ギャビンが連れ去られたあとに起きたことは何もしゃべらずに、誘拐団のひとりに殴られて意識を失い、翌日に気づいた近所の人が傷の手当てをして、目をさますまで面倒をみていてくれたのだと嘘をついた。

身を反らせたパパとママの顔には、驚きと恐怖の色があらわれていた。ふたりはちらっと視線を交わし、そのあと怒りに満ちた目をわたしに向けた。

「何から訊けばいいのか、わからないわ」また目を潤ませてママが言った。「あなたは怪我をして、見たこともない服を着て、どこかからうちに帰ってきた。わたしはあなたのことを何も知らないみたいだわ」

「ごめんなさい」小さな声で謝った。「ギャビンとのことは、何もかもあっという間に進んじゃった感じなの。パパとママには話せなかった。だって、許してもらえるはず――」

「どうしたらそんなバカな真似ができるんだ?」パパの怒鳴り声を聞いて、わたしは跳びあがった。こんなに怒ったパパを見るのは初めてだった。

「どういう意味？」消え入りそうな声でそう訊きながらも、パパの言葉に傷ついていた。パパならば何があっても冷静な態度でおだやかに対処してくれると信じていただけに、ものすごくショックだった。

「その連中は、きみが誰なのか承知していたということだ」きれいな手を両方ともぎゅっとにぎりしめているところをみると、すごく怒っているにちがいない。「金持ちの娘だと知られていたんだ。おそらくあとをつけられたんだろう」

　わたしはうなずいた。パパのおでこに浮きでた血管が脈打っているのを見たら、怖くて何も言えなくなってしまった。ミス・ローチに歩く銀行口座と呼ばれたことを思い出して、全身に震えが走った。

「そのとおりだと思う。彼がこんな目に遭ったのはわたしのせいだわ」声を絞りだすようにして必死で言った。「あしたお金をわたさなければ彼は殺されてしまう。わたしのせいで殺されてしまうの」

とつぜん立ちあがったパパのうしろで、大きな音がひびいた。暖房のきいた石の床に椅子が倒れたのだ。いつもは日本の石庭よりもきっちりととのえてある髪がぼさぼさに乱れているし、怒りのせいで鼻の穴がひろがっている。「その男がこういう目に遭わされたのは、きみの境遇のせいだ。アンセム、われわれはきみを護るために全力をつくしてきた。それなのに、きみはたいして知りもしない男のために、そのすべてを投げだしてしまった。生きて帰れただけで幸運だ」

　パパが大股に歩いて部屋から出ていった。そのすぐあと、バーのほうからクリスタル製のデカンタが何かにぶつかる音が聞こえてきた。パパがワイン以外のお酒を飲むことはほとんどないし、朝から飲むなんてありえない。わたしはこみあげてきた涙ごしにママを見た。しっかりと手をにぎってくれたママの手は温かかったけど、少しも励みにはならなかった。

「パパの言うとおりよ」そう言ったママの青白い顔には、ものすごくつらそうな表情が浮かんでいた。でもそれは、起きてしまったことを嘆いているせいではない。ママは、これから起きることを思って悲しんでいるのだ。わたしがこれから犯すにちがいない過ちを思って、わたしにがっかりさせられることを思って、ママは苦しんでいる。「二度とバカなことはしないと約束してちょうだい。部屋に閉じこめたりはしたくないけど、今度こんなことがあったらママは堪えられないわ。心臓がとまってしまうでしょうね」

「約束するわ。二度とこんなことはしない」この瞬間、ほんとうにそう思っていた。またこんなことが起きたら、わたしだって心臓がとまってしまう。

でも、そこで思い出した。わたしの心臓は瓶詰にされてジャックスの研究室のどこかに置かれているのだ。

ママは、いつも自分の悲しみを武器にする。記憶にあるかぎりずっと、家族はそんなママに振りまわされてきた。四年前、わたしはママがベッドで意識を失っているのを見つけた。シルクのシーツの上には薬瓶がころがっていて、錠剤が散らばっていた。そのあと丸一カ月、ママはウィーピー・バレー病院の精神科に入院していた。

戻ってきたパパの手のなかのタンブラーには、五センチくらいスコッチが入っていた。その香りは、ジャックスの研究室にただよっていた滅菌剤の匂いを思い出させた。

「お願いよ、パパ」パパを見あげてささやいた。「ほんとうにごめんなさい。たいへんなことをしてしまったと思ってる。わたしはパパとママを失望させてしまった。だから、かわいそうに思ってもらう資格なんかないし、助けてなんてほんとうは言っちゃいけないんだわ。でも、誘拐犯にわたすお金を出してほしいの」

ママがしおれたユリの花みたいにぐったりとなって首を振った。「だめよ。警察にとどけなくてはいけないわ」

「ママ、何をするかわからない人たちなのよ」パパとママに聞こえてしまうのではないかと思うほど、心臓がものすごい音をたてていた。「警察がやってくると知ったら、あの人たちはギャビンを殺してしまうわ」

「でもね、アンセム――」

「いやよ」その声は自分の耳にも荒々しくひびいた。「それで彼が死んだら、ママが引き金を引いたも同然だわ」

背筋をのばしたママは驚いているみたいで、少し怯えてもいた。ママの視線を受けとめたパパが、うなずいてわたしのほうを向いた。「いいだろう、アンセム。それがきみの望みなら警察には知らせない。何もおぼえていないと言いとおせばいい」

パパはスコッチを二センチくらい飲んで、キッチンカウンターの前のスツールにどすんと腰かけた。

「しかしアンセム、きみも理解する必要がある。たとえ金をわたしても、事はそれで終わりにはならない。そういう連中は、さらに金を要求してくる。きみが誰なのか、つまり誰の娘なのか、知っているんだからね。ひとたび金をわたしたら、おしまいだ」

そのおしまいという言葉を聞いて、ぎりぎりのところでたもっていた自制心が吹き飛んでしまった。わたしはくたびれたナプキンみたいにテーブルに突っ伏し、腕に顔をうずめて泣きだした。

パパのしっかりとした手を背中に感じた。その手が、わたしのもつれた髪を撫でている。「しーっ。泣いてはいけないよ」パパがささやいた。十八年のあいだにパパがママにさんざん言いつづけてきた、使い古しの台詞だ。

「お願いよ。このままでは、ギャビンが殺されてしまう。パパにはそれがわからないの？」顔をあげて泣きながら訴えた。パパの顎には髭が生えかけていて、目には心配そうな色が浮かんでいた。

パパが首を振った。わたしは、唾を呑んだパパの喉仏が動くのをじっと見つめていた。「たしかに、今は恐ろしいと思うだろう。しかし犯人どもは、はったりをかけているだけなのかもしれない。自分たちが無駄なことをしていると気づいたら、その青年を解放するという可能性も大いにある」パパの顔には信念の強さがあらわれていた。考えを変えさせるなんて、できっこない。煉瓦の壁にぶつかって、わたしのはかない望みは粉々に砕けてしまった。「とにかく、人を脅かすごろつきの要求に応じるつもりはない」

「お願い、パパ」わたしは何度もそうくりかえした。胸が熱くなるほどの怒りと、ヒステリーを起こしかけてるせいで、全身が震えだしていた。

「きみにもいつかわかる」わたしの視線を避けながら、パパがきっぱりと言った。こうなったら何を言っても無駄だ。

「アンセム」ママがわたしの頭に手を置いて、やさしく髪を撫ではじめた。縁が赤くなった灰色の目で、穴があくほどわたしをじっと見つめている。「パパもママもあなたを護ろうとしているだけなの。わかってちょうだい」

泣きじゃくりたいのを我慢してママを見つめ返した。挑むように唇を震わせていたものの、望みを粉々に打ち砕かれた心のなかには、焼けつくようないやらしい嫌悪感しか残っていなかった。

「わかったわ」そう言ったけど、まったくの嘘だった。

わたしは窓に目を向けて早朝のベドラムを眺めた。霧が出はじめていて、街は白い薄膜におおわれているかのように見えている。そのベールに包まれた街を見おろしながら、ギャビンはどこに閉じこめられているのだろうかと考えているあいだも、胸のなかで強力すぎる心臓がうずき、耳のなかに大きな音をひびかせていた。

13

それから三十分、ママはお医者さまを呼んで診ていただいたほうがいいとか、ウィルに連絡しなさいとか言いつづけ、わたしはそれを片っ端からことわりつづけた。それでも、何か食べなくてはいけないという言葉だけは素直に受け入れて、卵料理をひと皿とリリィ自慢のブレッドプディングをボウルに三杯、味わいもせずに平らげた。そしてそのあと、今のわたしに必要なのは睡眠だけだとママを説得した。

クッキーをひと箱とエネルギー・バーを二本、スエットシャツの下に忍ばせて逃げるように自分の部屋に戻ったわたしは、壁一面のガラス窓にブラインドをおろして日射しをさえぎると、そのままベッドに倒れこんだ。あっという間に熱い涙があふれてきて、喉の奥から耳障りな泣き声がこみあげてきた。わたしはその声を消そうと、シルクのカバーがかかった枕に顔をうずめて泣きつづけた。そしてカバーがぐしょぐしょになると泣くのをやめて、ベッドサイドのテーブルに置いてあったノイズキャンセリング・ヘッドホンをつかみ、ボリュームを最大にして〈ジゼル〉の曲をかけた。それから厚手の白い羽布団を拘束衣みたいにきっちりと身体に巻きつけると、わたしはまた泣きだした。今度は声をあげなかったけど、あまりの悲しさに身体が震えていた。

とにかく思いきり泣いた。言葉を使って気持ちを整理するなんて不可能だし、まともにものを考えることもできなかった。目をつぶるたびに、同じシーンが見えてくる。ギャビンのこめかみに銃口が押しあてられて、引き金が引かれ、ぬいぐるみみたいに彼が床に倒れこむシーンだ。

〈ジゼル〉を二回聴きおわるころには、喉も目も感じとしては叩きつぶされた肉みたいになっていた。そして涙がとまったとき、はっきりとしたひとつの考えが心に浮かびあがってきた。**彼を死なせるわけにはいかない。**

わたしはヘッドホンをはずして、重くただよう静寂に耳をすました。目ざまし時計に目を向ける。『9：23AM』。なんとか起きあがって床に立ち、フォードが用意してくれた服を脱ぐと、壁に取りつけたレッスン・バーにかけてあったグレーのキャミと皺くちゃのジーンズに着替えた。

今、裸足で立っているバーの前のこの場所で、何百時間プリエやピルエットやシャッセの練習をしただろう。ドレッサーのほうに目を向けると、安物のクリスタルの飾りがついたヘアコームがふたつ、ぴかぴか光っているのが見えた。おととしの発表会の〈くるみ割り人形〉の舞台で、雪片を踊ったときに着けたものだ。それを手に取って掌のなかでころがしたとき、計画はすでにできていた。

ゆっくりと静かに部屋のドアを開け、首を突きだして耳をすましてみた。リリィがキッチンで昔のロックのバラードを口ずさんでいる。その歌声に重なって、カウンターの角に卵の殻をあてる音と、セラミック製のボウルのなかで卵をほぐす音が聞こえてきた。キッチンの真下にあるパパのオフィスからは――ほんとうなら遠すぎて絶対に聞こえないはずなのに――ものすごい速さでパソコンのキーを叩く音が聞こえてくる。わたしはその音に意識を集めた。集中すればするほど、音は大きく聞こえてくる。まるで耳元でキーを叩かれているかのようだった。ドア枠におでこをあてて目を閉じてみた。音はまだ聞こえている。いったいどういうことだろう？　ふつうなら聞こえるはずがない。なんだか、耳がスーパーチャージされたみたいだ。

ジャックスは、いったい何をしたんだろう？　両手で耳をふさぐと音は消えた。でも、手をどけるとまた聞こえてきた。わたしは首を振った。何がなんだかわからない。でもパパとママがたてる音が聞こえていれば、ふたりがいる場所はまちがいなく把握できる。

心臓がものすごい速さで動いているのを感じながら、廊下を曲がって主寝室のドアを押し開けると、大きすぎるくらい大きなベッドにママが横たわっていた。口の端からよだれがひと筋流れて、ブロケードのベッドスプレッドに水たまりをつくっている。深い呼吸と、ゆっくりと上下する胸。それを見て、ドリーマダインのコマーシャルが頭に浮かんできた。『夜はぐっすり、朝はすっきり、ドリーマダイン。たった一錠で八時間ぐっすり』食事を終えたとき、ママに無理やりドリーマダインを何錠かわたされたけど、手はつけずにバレエシューズ形のランプの下に置いてある。

すばやく主寝室をとおりぬけるわたしの胸のなかで、心臓がうなりをあげている。ママが目をさます心配はないけど、いつパパが入ってきても不思議ではなかった。

化粧台の前に立ち、その下に手をのばして小さなボタンを押すと、鏡がすべりあがった。でも、目の前にあらわれたパネルを見て、わたしはパニックにおちいった。暗証番号がわからない。**だいじょうぶ、考えるのよ。**

ぴかぴか光るキーの上に指をさまよわせながら考えた。まちがった番号を押したらアラームが鳴ってママが起きてしまう。よくママとここにいたから、暗証番号が六桁だということはわかっていた。うちの郵便番号？　それともパパとママの結婚記念日？　**ちがう。**すぐにひらめいた。**わかりきってるじゃない。ヘレン・フリートが選ぶ番号は、これしかないわ。**

わたしは震える指でレジーナの誕生日を打ちこんだ。毎年九月二十六日をお墓参りに費やしてきてよかったと、初めて思った。小さなブザー音が鳴り、鍵がはずれるかすかな音がした。やっぱりまちがっていなかった。下の広間のドアが開く音が聞こえてきた。

抽斗は何十もあったけど、ぐずぐず選んでいる時間はなさそうだ。不意に孤児のための舞踏会の夜のことを――パパがママに贈った五万ドルのバレンタインのプレゼントのことを――思い出した。他の宝石がそれより高いのか安いのかなんて知らない。だから、あのルビーのネックレスに決めた。

わたしはいちばん下の抽斗を開けて、黒いベルベットの上からネックレスを取りあげると、それをお尻のポケットに押しこんだ。抽斗を閉めてボタンを押す。それで宝石庫は元どおり、鏡のうしろに消えた。主寝室を駆け抜けながら、ママの様子を見てみた。わたしがメイクルームにいるあいだに、壁のほうに寝返りを打ったみたいだ。

いっしゅん後には自分の部屋に戻っていた。パパがキッチンでリリィと話している声が聞こえている。わたしは震える手でこれ以上ないほど大きなルビーを口元にかかげ、学校でシスターたちがロザリオに口づけるみたいに、冷たい真っ赤な石にキスをした。

ベッドの下の箱にネックレスを隠してしまうと、ママにわたされた雲みたいな形の青い錠剤に目が向いた。『夜はぐっすり、朝はすっきり、ドリーマダイン』わたしはそうつぶやきながら、錠剤をまとめて舌の上に載せ、バスルームに行って水で呑みくだした。あしたの夜、ギャビンの命を救うためにネックレスをとどけにいくなら、少し眠っておく必要がある。

薬が効きだす前にバックパックの底からケータイを取りだして、ザラに短いメールを送った。『元気よ。心配しないで。あした電話する。今は疲れすぎてる感じ。X O X《キス・ハグ・キス》』そのあとすばやく電源を切った。たまっているメールやおしらせは見たくなかった。

それから十八時間、薬の効果はつづいた。

一日じゅう、そして夜の大半、寝苦しさをおぼえながら寝てはさめ、また眠った。酸が煮え立っているミッドランド川に落ちて、皮膚がずるずるにむけてしまう夢も見た。誘拐犯がギャビンに灯油をかけてマッチで火をつける夢を見たときは、泣きながら目をさました。

最後に見た夢のなかで、わたしは病院の手術室がのぞける窓の前に立って、ジャックスがギャビンの身体にダチョウの頭を縫いつけるのを呆然と見つめていた。痛がって甲高い声をあげるたびに、ダチョウの不気味な黒い嘴が大きく開いていた。

14

金曜日の朝、わたしは四時六分に胸をかきむしりながら目をさました。Tシャツが汗でびっしょりになっている。いっしゅん何が起きたのか思い出せなかったけど、縫った跡にふれた瞬間、すべてがどっとよみがえってきた。三日前のちょうど今ごろ、ギャビンは誘拐されたのだ。そう思ったとたん、頭のなかは今夜のことでいっぱいになってしまった。緊張と不安のせいで、もう眠るどころではなかった。

わたしはベッドサイドのランプをつけて、日が昇るのを待った。ギャビンがどんな恐ろしい目に遭わされているのか、いやでも想像してしまう。彼は生きているのだろうかとさえ考えた。そんな思いを振り払える方法があったらどんなにいいだろう。今はインターネットもニュースも見ないほうがいい。わたしの失踪はそこらじゅうで話題になっていると、パパとママから聞いている。フリート・インダストリーズの弁護士でPRコンサルタントを務めているリンディ・ナイの強い要望を受けて、パパとママはマスコミ用につくり話を用意した。

「街はずれの従姉妹の家に滞在中に、ひとりで森に散歩に出かけて迷子になったことになっている。携帯電話は電池が切れていた。それで小屋を見つけて従姉妹がさがしにくるのを待っていたというわけだ」ゆうべ、パパがわたしの部屋のドアごしにそう言った。わたしはドアを開けて、そんなことを言ったらわたしがバカみたいに見えると目で訴えた。でも、パパは自分にはどうすることもできないとでも言うように、両方の掌を上に向けてみせただけだった。「すでにそういう話になっている。このつくり話を引きずって生きていくしかないな」

夜明け前、真っ暗だった空が淡い紫がかったブルーに変わったころ、五回目のデートのときにギャビンから借りた〈グレート・ギャツビー〉を手に取り、少しでも気持ちが休まればと、彼が線を引いた箇所をさがしはじめた。そして、黒のボールペンで二重に線が引かれた文章を読んだわたしは息を呑むことになった。


『……そしてギャツビーはふと思った。デイジーの若さと神秘的な魅力は、裕福であるがゆえにたもたれているのだ。会うたびに新鮮な印象を受けるのは、多くの衣装を持っているからに他ならない。デイジーは、あがきながら生きる貧乏人とは別の世界で、危険を感じることなく、誇らしげに銀のように輝いている。その事実に気づいて、ギャツビーは打ちのめされる思いがした』


わたしはその文章を二度読んだ。ギャビンはわたしのことを、ギャツビーがデイジーを見るように見ているのだろうか？　そうは思いたくなかった。お金なんてどうでもいいと考えていることを、何よりも彼に伝えたかった。わたしたちはギャツビーとデイジーみたいにはならないと言いたかった。わたしたちはどこかで人生をやりなおせるはずだ。でも、もしかしたらそんなことはできないのかもしれない。

すべては今夜にかかっている。

七時になるころには、学校に行こうと決めていた。今日一日を少しでも冷静に過ごそうと思ったら、それ以外に方法はない。少なくともあの混雑した廊下を歩いていれば、ミッドランド川の黒い氷のかたまりみたいにぐるぐると心をよぎっていく歪んだイメージから、気をそらしていられる。それにパパの無言の怒りを感じながら過ごすことに比べたら、なんだってましだ。ポケットにカテドラル・デイ・スクールのエンブレムがついた白いブラウスのボタンをかけはじめたそのとき、ドアをそっと叩く音がした。ママが細い指でノックしているのだ。

「ちょっと待って」そう言ったのに、ママはドアを押し開けた。わたしはすばやくドアに背を向けて、震える手でブラウスのボタンを上から順にかけつづけた。

「おはよう、ママ」最後のボタンをかけおえたところで、引きつった笑みを浮かべて言った。

「学校に行くつもりなの？　今朝はスプローグ先生の診療所に行って、診ていただいたほうが――」

「先生のところには二、三日中に行くって言ったじゃない」わたしはそう応えながら、乱暴に煉瓦色のハイソックスを引っぱりあげた。これで制服姿の完成だ。「ほんとうにだいじょうぶ。あの薬のおかげで落ち着いたわ。学校に行けば、いろんなことを忘れられると思うの」

ママがゆっくりとうなずいた。負けを認めた証拠に唇をすぼめている。こんなに簡単に引きさがってくれるとは思わなかった。「そうね、先生はきっと待ってくださるわ。傷を見せて」ママがそう言いながら、わたしの髪を撫であげて顔の右側をあらわにした。

さっき日が昇ったころ、絆創膏をはがしてみたら傷はすっかり癒えていた。生え際にそって白い跡がかすかに残っているだけだ。「ほとんど治ってる」わたしは肩をすくめながら、ママの気持ちが他に向いてくれることを祈っていた。「ほんのかすり傷よ」

「よかったわ。ねえ、あなたメイクを変えたの？」そう訊いたママの灰色の目には戸惑いの色が浮かんでいた。

わたしは首を振った。**メイク？**　おでこの傷を見るためにちらっと鏡をのぞいてはみたけど、顔を見る勇気なんてなかった。

「顔全体が……なんだかちがって見えるわ」ママがほほえんだ。「とてもきれいよ」

しはじめた。じっと見られたくなかったわたしは肩をすくめ、ママから顔をそむけてバックパックのなかをかきまわ

「いいのよ、気にしないで」ママが身をかがめてわたしをぎゅっと抱きしめた。「あなたが帰ってきてくれて、ほんとうにうれしいの。それだけ」

ママの甘いレモンの香りを吸いこみながら、少しのあいだだけ六歳の女の子の――ママの小さなお人形さんの――ふりをしてあげた。不意にお腹が鳴って、短いハグは終わった。びっくりするほど大きな音だった。「リリィはいるの？　パンケーキが食べたくてたまらないわ」

リリィをさがしにいったママの足音が遠ざかっていくのを聞きながら、鏡のほうを向いてみた。ママの言葉は大袈裟ではなかった。目は生きいきとした深い緑色になっているし、唇はピンクだし、いつもは青白い顔がバラ色に輝いている。でも、何よりちがっているのは髪だった。ニンジン色だった髪が、ワインにひたしたみたいなつややかな赤毛に変わって、燃えるように輝いている。驚いたせいで心臓がぶんぶん鳴りだした。わたしはその音を聞きながら身をかがめ、おでこがふれるくらい鏡に近づいてみた。

三十分後、わたしはサージが運転するセラフの後部座席に坐って学校に向かっていた。白い革張りの背もたれに頭をあずけてサンルーフごしに空を眺めているわたしの目の前を、ガラスとスチールでできたノース・ベドラムの摩天楼が流れていく。

チェックのプリーツ・スカートのポケットに手を入れて、ルビーのネックレスにふれ、その石にひとつひとつ指をすべらせてみた。

「ねえ」咳払いをしてサージに言った。「すごい一週間だったと思わない？」

「はい。たいへんな一週間でした。とても……元気そうで、ほんとうに安心しました」サージは感情のこ

もらない声でそう言いながらハンドルを切り、セラフがトールン・ストリートを走りだすとスピードをあげた。

「パパとママから……話は聞いてる?」マスコミ用のつくり話もあるけど、車のなかに沈黙がおりたところをみると、ギャビンのことを知っているにちがいない。

サージがうなずいた。「要求に応じないことに決めたと聞いています」

「そうなの」

「アンセム、ときにわれわれは運命に驚かされることになります」サージがバックミラーごしに、わたしの目を少し長すぎるくらいじっと見つめた。何か訊きたそうだったけど、彼は何も訊かなかった。

サージがカテドラル・デイ・スクールの前に車をとめると、わたしは教科書を抱え、制服の襟を引っぱりながら歩道におりた。そして古い石づくりの階段をのぼりはじめたとき、うなじの毛が逆立つほどの衝撃をおぼえた。不意に気がついた。サージは口にした以上のことを知っている。


学校に着いたときには、朝の鐘が鳴ってから八分が経っていた。わたしはうつむきかげんに廊下を歩き、すばやく教室に入ってすべりこむように席に着いた。ホームルームの受け持ちは、社会科を教えている元兵士のブリック先生だ。教室には、先生が休み時間に膝に塗っているカンフルクリームの、心をなごませる匂いがただよっていた。

わたしがいちばん前の席に腰をおろしたとたん、ざわめきが起こった。そこここからわたしの名前が聞こえてくる。それを感じて、いっしゅんにして顔が熱くなった。

わたしはブリック先生にすがるような眼差しを向けた。

「静かにしなさい!」先生が怒鳴った。教室は静まりかえったけど、集まった視線にさらに熱がこもった

だけだった
わたしは机の上に目を落とし、ポケットに手を入れて、もつれたルビーのネックレスをぎゅっとにぎりしめた。

「ミス・フリート、あなたは死んでしまったのではないかと、みんな思っていたんですよ」ブリック先生が小さな声で――でも、みんなに聞こえるように――言った。その目は不気味なほど大きく見開かれている。「わたしはスピーチを書いていたんです」

死者を称える言葉を書いていたという意味だと気づいて、寒気がした。そのときザラのことを思い出して、うしろめたさに胃がよじれそうになった。ものすごく心配していたにちがいない。連絡がとれなくて、きっと今ごろはかんかんに怒っている。ケータイはバックパックのどこかに入っているはずだった。ゆうべザラにメールを送ったあとは、チェックもしていない。

「死んでなんかいません」小さな声で言った。心臓が新たにものすごいいきおいで動きだした。となりの席のジンジャー・マックジョージにも、たぶんこの音は聞こえている。わたしは立ちあがって、リンディ・ナイがでっちあげた話をそのまま口にした。ジンジャーに視線を向けてみたけど、彼女の目には好奇の色と心配そうな表情が浮かんでいるだけだった。つくり話を披露しおえたわたしは、ジンジャーのやわらかな茶色い巻き毛を見つめ、そこから目を離すまいとした。朝のシャワーの名残で、まだ髪が濡れている。

「とにかく――」教えこまれた感じではなく、傷ついているように聞こえることを祈りながらつづけた。「わたしの不注意としか言えません。無事に戻ってこられてラッキーでした。かまわなければ、これ以上は話したくありません」

「もちろんかまいませんよ、ミス・フリート。われわれはあなたのプライバシーを尊重します。そして、あなたの勇気を称えましょう。学校じゅう、教師も生徒も全員が、あなたが無事に戻ってきたことを喜んでいます」ブリック先生がそう言うのを聞いて、どすんと腰をおろした。先生が出席をとっているあいだも、みんなに見られているのがわかっていた。名前を呼ばれたわたしは、視線を感じながら小さな声で「はい」と返事をした。

数分後、見られることに堪えられなくなると、壁にかけられたトイレのための退室許可証をつかんで教室から飛びだした。

ザラは四つ先の教室でホームルームに出ているはずだった。閉まったドアの前で足をとめ、彼女の注意を引ければと思って、細長いガラス窓からなかをのぞいてみた。どうやらザラはゆっくり登校することに決めたらしい。彼女の席は空いていた。

わたしは苛立ちに拳をにぎりしめて、ものすごいいきおいで走りだした。ラッキーなことに、ロッカーがならぶ風とおしのいい廊下には誰もいなかった。だから、どこをどう走ってもかまわない。なんだか速く走りたくてたまらなくなっていた。脚を目いっぱい前にのばして床をとらえ、腕を狂ったように振りまわす。そんなふうにして角を曲がったわたしは、誰かにぶつかって床に倒れてしまった。

「痛い」尾てい骨をさすりながらそう言うと、お尻を叩いてスカートのポケットにネックレスが入っていることをたしかめた。

「戻ってきたんだね」

ウィルだった。わたしはバックパックから飛びだした教科書をかき集めて立ちあがった。

「見てのとおりよ」何気なさをよそおって答えた。彼のブロンドの巻き毛や、カーキ色のズボンの完璧な折り目には視線をさまよわせたけど、目だけは見なかった。

「ボーイフレンドと楽しんでいたんだろう?」彼の唇が皮肉っぽく歪んだ。

「そういうの、やめない？」今日は——ギャビンが縛られてどこかの暗い部屋のなかで死にかけてる今は——耳を貸す気になれなかった。今日は、わたしがカテドラル・デイ・スクールに来る最後の日になる可能性さえあるのだ。今夜わたしは殺されてしまうかもしれない。そんな危険を前にしているときに、皮肉を言われても痛くも痒くもない。

「みんながきみのことをなんて言ってると思う？」ウィルが一歩、つめよってきた。あまりに近すぎて、髪に彼の熱い息を感じるほどだった。「ドラッグ・ディーラーのボーイフレンドと駆け落ちしたって話になっているようだ。きみはドルーピー中毒で——」

「誰に何を言われようとかまわないわ」わたしは小さな声で言った。「人にどう思われているか、いつも気にしてるあなたとはちがうの」

「それで、ほんとうはどこに行ってたんだ？　森で迷子になっていたわけじゃないことくらいわかっている」抑えてはいるけど、その声には残酷な気配がにじんでいた。「貧乏人のボーイフレンドと危険な場所でご乱行か？」

まわりのすべてが消えて真っ白になった。気がつくと、ウィルの気取った口元をじっと見つめていた。青い目の輝きは内面の醜さのせいで、ほとんど——すっかりではないけど、ほとんど——隠れている。そんななか、自分の足が宙に放り投げられたかのように蹴りあがったのが見えた。その革靴の爪先を下唇と顎にまともに食らって、ウィルの頭が首から落ちてしまったのではないかと思うくらい、がくんとうしろに傾いた。後方によろめいた彼が、ぽかんと口を開いてわたしを見つめている。漫画に出てくるショックを受けた男の子そのものといった感じだった。歯に血がついている。赤いよだれがひと筋流れたかと思うと、ウィルはスローモーションで床に倒れてしまった。

いやらしい笑みはもう消えている。恐怖に大きく見開いた目でわたしを見つめながら、ごくりと唾を呑んだ彼の血だらけの口から驚きのうめき声がもれた。そのあと彼は、傷ついた顔を両手でおおってあとずさりはじめた。

冷静さは戻りはじめていたけど、心臓はまだぶんぶんいっている。わたしは愕然と自分の右足を見おろした。

「狂ってる！　完全にいかれてる」くぐもった声でそう言ったウィルの口から流れ落ちた血が、顎のあたりでてらてらと光っている。わたしは凍りついたまま、その惨状を見つめつづけた。自分がそんなことをしたなんて信じられなかった。

「このツケは払ってもらうからな」ウィルがうなるように言った。そのあと彼は踵を返し、よろめきながら廊下を駆けていってしまった。何を言ったらいいのか、思いつく間もなかった。ひとり残されたわたしは、かすかに震えながら今の出来事について考えた。なんという力を得てしまったのだろう？　自分のなかに、他にどんな力が秘められているのかと思うと、恐ろしくてたまらなかった。

学校の正面の階段に坐ったわたしは、ポケットに手を入れて、宝石の八角形のカットに指を這わせていた。ようやくザラがあらわれたのは、そんなふうにして二十分ほど経ったころだった。校則違反の踵の高いブーツを履いて堂々と歩道を歩いてきた彼女が、いつもどおりにわたしを抱きしめた。彼女のヘアオイルの香りとリップグロスのココナッツの匂いに包まれて、気がつくと震えていた。ザラが髪を撫でてわたしを落ち着かせ、そのあと涙に汚れた顔を拭ってくれた。

「それで……話してくれるわけ？」ザラがささやくように言った。「メールは見たよ。でも、いったいどうしちゃったの？　心配で何も手につかなかったんだ」

「ギャビンがたいへんなの」わたしは小さな声で答えながら、彼女の腕を取って人気《ひとけ》のない庭を横切り、チャペルへと向かった。「彼の部屋に泊まったの。それで――」

「サウスサイドで一夜を過ごしたっていうの?」ザラが足をとめた。ぽかんと開いた口を手でおおっている。

「うん……そうなの」まだ話の核心にふれてもいないのに、ザラは不安のあまり真っ青になっていた。

「だって、ギャビンはサウスサイドに住んでるんだもの」

「ごめん、話をつづけて」ザラが言った。「ただ、あなたがそんなことをするなんて……信じられなくて。よっぽど好きになっちゃったんだね」

わたしは唾を呑んでうなずいた。「その夜、押しこみに入られたの」だいじょうぶだと思わせたくて、声がうわずらないように気をつけながら言った。「それでギャビンが誘拐されちゃったの」

話を聞くうちに、ザラのスミレ色の目は恐怖のせいでどんどん大きくなっていった。そんな彼女を見つめながら、誘拐犯がマスクを着けて拳銃を持っていたことや、ギャビンが喉にナイフを突きつけられたことを話しているうちに、心臓のことも今夜のことも彼女には話せないという思いが強くなっていった。だから、身代金を要求されたところまで話をやめることにした。

「最悪」ザラは大きく息をつきながら、両手でわたしの手をつかんだ。「なんて言ったらいいの? かわいそうに。それで、あなたのパパとママはお金を払ってくれるって?」

わたしは悲しい気持ちで首を振った。「だめだって」

「最悪」そうくりかえしたザラの声にはパニックの色がにじんでいた。「それじゃ、彼はどうなるの?」

わたしはザラの向こうに見えている警備員室に目を向けた。声がとどく距離に、若い警備員が立っている。

「わからない」そうささやきながらも、ポケットにネックレスを忍ばせていることを話したくなっていた。

でも、ザラはいつもわたしを護ろうとする。だから、もし話したら、わたしを助けようとするにきまっている。自分でできなくても、それができる誰かを見つけようとするにちがいない。警察にとどける可能性さえある。

ザラにぎゅっと抱きしめられて、思わず涙がこぼれた。

ギャビンが無事に戻ってきたら、何もかも話そう。今ほんとうのことを打ち明けて、重荷を背負わせる必要はない。アンセムはちゃんとした人間だと──前と少しも変わらないと──思わせておいたほうがいい。彼女が知っている分別のある友達のふりをしていよう。崖から飛びおりたりしない──真夜中に、たったひとりで武器を持った誘拐団のなかに飛びこんでいったりしない──友達のふりをしていよう。

ザラが身を離すと、わたしはブラウスのうしろを引っぱった。襟元がずりさがって、胸の黒い縫い跡が見えたらたいへんだ。

ふたりはがらんとしたチャペルに入り、いちばんうしろの席に腰をおろした。この前ここに来たとき、ウィルと別れたのだ。自分の爪先が彼の顎を蹴飛ばした瞬間の光景がよみがえり、彼の血が飛び散った白い床が目の前に浮かんできた。わたしは首を振って目を閉じた。自分の力が恐ろしかった。自制を失ったら、今度は何をしてしまうだろう？　目を開けると、ザラが不思議そうにこっちを見ていた。

「髪、染めたの？」わたしの髪を指にからめながら彼女が訊いた。「ちょっと暗い色にしたんだね」

「ヘナシャンプーを使ってみたの」嘘をついた。「気分が変わって元気になれるからって、ママにしつこくすすめられて。元気になんか、なれっこないのにね」今夜のことも川に落ちたことも、何もかもザラに話したいと頭では思っていた。でも、翼をケージに叩きつけるようないきおいで、心が警告のうなりをあげている。

15

サウスサイドの川岸にあるレストラン、水上のディミトリスは、今にもくずれそうなほど傾いていた。恐ろしげな触角をもつ巨大なロブスターをかたどったネオンは、明かりがつかなくなって久しいにちがいない。そのロブスターの目は、なぜか疑い深そうにも侘びしげにも見えた。景気がよかったころは、みんな特別な機会にここに来て、すてきなディナーを楽しんだのだろう。でも今は、窓という窓に板が打ちつけられているし、外壁の漆喰もはがれている。

わたしは駐車場の端に生えている枯れかけたオークの木の幹に、身体を押しつけるようにして立っていた。駐車場はがらんとしているけど、レストランの建物の近くに車が二台とまっている。一台は尖った太い文字でサイドに『ＳＹＮＤＣ８《シンジケート》』とスプレーされた白いバンで、もう一台は派手な黄色のジープ。そのバンパーには錆が浮きでていて、緑と黒のヘビがのたくっているようにも見える『Ｓ』の文字がルーフに描かれている。

腕時計を見てみた。十一時四十二分。わたしは睡眠薬で眠っているママの大きな鼾と、パパの安定した寝息が聞こえてくるのを待って家を抜けだし、ここまで駆けてきた。五キロちかく走るのにかかった時間は、たったの十分弱。動揺を抑えようと、こめかみに指を押しあてて軽くもんでみた。一キロを二分で走った計算になる。でも何より驚くのは、もっと速く走れるとわかっていることだ。ディミトリスの木製のスイングドアに向かって駐車場を横切りはじめたわたしは、顔をしかめたまま胸を軽く叩いて、ジャケットの内ポケットにルビーのネックレスが入っていることをたしかめた。傷跡のすぐ脇に、それは入っていた。ドアの前にたどりついたときには、自分が何をしようとしているのか、自分の動きにどれだけのものがかかっているのか、それを思って手が震えていた。とつぜん肩をつかまれたのは、そんなときだった。わたしはすばやく振り向いた。

サージが硬い表情を浮かべて、そびえるように立っていた。

「つけてきたのね」サージの向こうに車の前バンパーが見えている。うちの家族を乗せるセラフではなく、自分の車で来たらしい。黒のモトコセダンが、建物の壁にぴったりよせてとめてある。

「あなたに行かせるわけにはいきません。相手はシンジケートの連中です」サージが食いしばった歯のあいだから吐きだすようにそう言いながら、バンと黄色いジープを示した。フランス系アフリカ人の彼の訛りが、いつもより強くなっている。たぶん怒っているせいだ。「殺されてしまう可能性だってあります」

わたしは首を振り、なんとかわかってもらおうとして言った。「あの人たちに少しでも何かをとどけなければ、彼は殺されてしまう」サージの表情を探りながらも、引きずられて無理やり車に乗せられてしまうのではないかと思っていた。

でも、サージはそうする代わりにうなずいた。「わかっています。しかし、わたしに協力を求めるべきでした」

わたしはあんぐりと口を開いた。**力を貸すためにここに来たっていうの？**

「用意したものは、わたしがとどけます。車のなかで待っていてください。あなたに危険な真似をさせるわけにはいきません」

わたしはだまってうなずきながらも、変更になった計画を理解しようと必死で頭をはたらかせていた。

サージはわたしをエスコートして車の脇まで来ると、うしろのドアを開けて後部座席からタンレザーのブリーフケースを引っぱりだし、それを車の屋根に載せて蓋を開いた。

「いくら用意してきたんですか？」

震える手でジャケットの内ポケットからネックレスを取りだした。サージは無言のまま、わたしを見て眉を吊りあげた。何も言われなくても、彼が呆れていることは怒鳴られたのと同じくらいはっきりとわかった。

「彼の命は、こんな宝石よりもずっと価値があるわ」感傷的な気分とうしろめたさを同時におぼえながら、もごもごと言ってみた。「だけど、パパとママはいくら頼んでも聞いてくれないの」

サージがうなずいて、ネックレスをそっとブリーフケースに収めた。ケースの蓋を閉めた彼は、後部座席に乗りこむようわたしをうながした。彼が犯罪者と取引をするのは、たぶんこれが初めてではない。サージが独裁者のために働いていたのは何年も前のことだけど、動じない態度や人を怯えさせる力は今もしっかり残っている。

「うまくいくと思う？」サージのスーツの袖をつかんで、わたしは訊いた。

「できるだけのことをしてみます」落ち着いた声で彼が答えた。「ああいう連中は、たとえどんなものでも、何も得られないよりはましだと考えるのがふつうです」

車のドアが閉まると、わたしは窓ごしにサージを見つめた。これから会議室に向かうかのように、ネクタイをまっすぐになおして黒いスーツの上着のボタンをかけている。ブリーフケースを手にした彼が角を曲がっていくのを見ていたら、罪の意識が波のように押しよせてきた。そのいきおいは、お腹に突き刺さりそうなほど激しかった。サージはわたしのために自分の命を危険にさらそうとしているのだ。

車の窓ごしに駐車場を眺めながら坐って待っているうちに、掌に汗がにじんできた。割れたガラスがきらめいているアスファルトの地面の上を、ビニール袋がころころ、、、、がり草みたいに飛んでいく。腕時計をチェックした。十一時五十六分。あと四分で真夜中だ。

考える前に手が車のドアを開けていた。少なくとも、ギャビンが生きていることを――あるいは生きていないことを――確認する必要がある。

わたしはレストランの裏に向かって全速力で走り、なかをのぞける場所をさがした。そして、壁際にゴミ箱がふたつ置いてあるのを見つけると、その上に飛び乗って楽々と身体を引きあげ、錆ついた雨樋を伝って屋根へとあがった。

屋根を見わたしてみると、幅一メートル縦三十センチほどの穴があいていた。それだけ大きな穴なら、広いダイニングルームがよく見えるはずだ。わたしはレストランのなかにいる者たちに音が聞こえないよう祈りながら、ぐらつく赤い屋根の上を、その穴に向かって慎重に這い進んでいった。

ダイニングルームの壁には、元々釣り場がテーマの絵が描かれていたようだけど、今はその海の上に、いかにも陽気な感じのカニやロブスターや魚が落書きされている。錨の模様がついた腐った敷物と、その上にころがっているいくつかのテーブル。

安っぽいシャンデリアの電球はほとんど切れていて、残っているいくつかが仄暗い明かりを放っている。戸口を見ると、ブリーフケースを持ったサージが立っていた。頑とした表情を浮かべた彼は、動じるふうもなく、荒れはてた部屋に目を向けている。

視界に入ってきたプラチナブロンドの女の子とその三人の仲間の姿を見て、わたしは息を呑んだ。今夜は全員が、子供用にデザインされた軽量プラスチック製の動物のマスクを被っている。ミス・ローチは大きな目をしたシカ。いちばん身体の大きな男――ギャビンの首にナイフを突きつけていた太った坊主頭――はバニー。背が高くて痩せている男は、笑っているスカンク。そして、もう少し背の低い黒髪の男がリス。でも、そのときわたしは気がついた。部屋の端のほうにもっと人がいる。ひとりはブタのマスクを着けて紫の髪を背中にたらした、少年っぽい身体つきのすらっとした女の子。あとのふたりは、どちらもヒツジのマスクを着けていて、男と呼ぶには子供っぽすぎる体形をしている。どう見ても十四歳以上ではありえない。そのふたりが胸を張ってサージに近づいていった。怯えていたとしても、うまくそれを隠している。手袋をしたスカンクの手のなかで、銀色のハンティングライフルがきらりと光った。

「小僧はどこだ?」サージの歯切れのいい冷徹な声が、部屋じゅうにひびきわたった。

森の仲間たちがざわめきだした。どうしたらいいのかわからずに混乱しているみたいだ。笑顔のスカンクがライフルをかかげて、サージに銃口を向けた。でもミス・ローチに耳元で何か言われて、それをおろした。

心臓がすごいいきおいで動いている。もうすぐだ。もうすぐ、彼らがギャビンを連れてくる。もうすぐ、ギャビンの無事をたしかめられる。

「金はどこだ?」口を開いたのは太った男だった。バニーのマスクごしに聞こえたその声は、まるでうなり声のようだった。

「五万ドルの価値がある宝石を用意した」サージが耳に心地いい低い声で答えた。

お願い。わたしは祈った。**お願いだから、ギャビンを解放して。**わたしは身を起こして、希望橋に目を向けた。くねりながら悪臭を放って流れるクライムラインの上で、尖ったアーチのイルミネーションが星座のように輝いている。

「冗談のつもり?」ミス・ローチの甲高い声を聞いて、皮膚がちりちりした。ふたたび穴に顔をよせたわたしの背筋を冷たい汗が流れていく。

ミス・ローチはサージから四メートル半くらい離れたところに立っていた。わたしは彼女から視線をそらすことができないまま、あのときの風船ガムと煙草が混ざった息の臭いと、脇腹に押しつけられた銃口の感触を思い出して、その場に凍りついてしまった。今、ミス・ローチは両手を腰にあてている。「これがおまえたちの唯一のチャンスだ」早口なサージの声は、さっきよりも大きくなっていた。「これ以上は一ペニーも出さない。今夜を最後に、おまえたちのチャンスのウインドウは閉じられる」

ギャビンのチャンスのウインドウもね。わたしの目から静かに涙が流れ落ちた。

「あんたのボスには、もうちょっと本気になってもらう必要があるかもね」シカのマスクごしに、ミス・ローチの甲高い声がひびいた。「スミッティ、やっちゃいな」ハンティングライフルを持ったスカンクに向かってうなずいた彼女のプラチナブロンドの髪が、ふわりと動いた。スミッティと呼ばれた男が、ライフルを野球のバットのようにかかげてサージに襲いかかっていく。わたしはどうすることもできないまま、息をとめてその動きを見つめていた。サージはすばやく反応し、スーツの上着の懐に手をのばした。でも、身を護るには遅すぎた。スミッティがかかげたライフルの銃身が、彼の頭に叩きつけられた。サージが床に倒れこむのを見て、わたしは息を呑んだ。

「殺しちまうかい？　それとも腕を叩き切ってやろうか？」スミッティがミス・ローチに訊いた。

わたしは屋根に片足を蹴りこんで穴を大きくひろげると、そこから部屋に飛びこんだ。軽々と着地したわたしを見て、動物たちが驚きの声をあげている。でも、自分の耳には狂ったように動いている心臓の音しか聞こえていなかった。

七人とも撃つこともできないほど呆然としていた。こんな事態に対する備えはなかったみたいだ。平常心を取り戻すまで待ってあげるつもりなんか毛頭ない。

わたしは全速力で森の動物たちに突進した。蹴りあげた足先がスミッティに命中して、ライフルが宙に飛んだ。彼はすばやく立ちあがったけど、こっちのほうが速かった。力をこめて、彼の股間を思いきり蹴りあげる。スミッティが身体をふたつ折りにして苦しんでいるあいだに、他の動物たちを見わたした。そして、脂ぎった感じの太ったバニーに狙いを定めたわたしは、彼の手を力まかせに蹴飛ばした。バニーの手からショットガンが落ち、カビの生えた敷物の上をすべって壊れた椅子の山の下に消えていった。

そのとき、ブタと二匹のヒツジがいるほうから破裂音が聞こえ、振り向いたわたしのわずか一ミリ右側を、何かがうなりをあげてとおりすぎていった。もう少しで、耳を撃たれるところだったのだ。アドレナリンのかたまりのようになっていたわたしは、気を失っているサージに駆けより、考えもせずに両腕をまわして彼の腰をつかんだ。サージを抱えあげるなんて、ふつうに考えたらできっこない。だけど、その身体は羽毛枕みたいに簡単に持ちあがった。スローモーションの映像を見ているみたいな気分で、足を前に進めていく。また一発、そして二発、足をかすめて弾が飛んでいく。肩に担いだサージは、まだ意識を取り戻していなかった。揺れている彼の腕が背中にあたっている。わたしはサージを落とさないように気をつけながら、スイングドアを抜けて走った。床に足がついていないかのような走り方だった。車をとめた場所に行きつくまでにかかった時間は、ほんの0・5秒。置いてきたのはネックレスだけだった。

16

意識を失っているサージを支えながら、震える手で彼のポケットに入っているはずのキーを見つけだすのにどれだけ時間がかかるのか、見当もつかなかった。それでも、わたしはなんとかキーを見つけだした。ようやく目をさましたサージが、血だらけになった頭を押さえている。わたしは彼を後部座席に押しこんで、運転席に飛び乗った。

そして車を出した直後、森の仲間たちがまた撃ちはじめた。

駐車場をあとにした車のリアウインドウに弾があたった。そのガラスが割れる音を聞いて、時間と空間の感覚が正常に近いものに戻りはじめた。わたしはすばやく振り向いてサージが撃たれていないことをたしかめると、アクセルを床まで踏みこんだ。親和橋にさしかかったとき、スピードメーターは百十キロをさしていた。

「アンセム」後部座席からサージが言った。「もうスピードを落としてもだいじょうぶです。あの連中には、われわれを追う気などありません」バックミラーのなかでふたりの目が合った。彼は畏れと誇りが入りまじったような表情を浮かべていた。読みちがえでなければ、サージは今夜のわたしを誇りに思っているのだ。八十キロまでスピードを落として深呼吸をした。その息が震えている。アドレナリンの波が引きはじめると、頭のなかが真っ白になった。今起きたことを、サージにどう説明したらいいのだろう？　自分でもどう解釈したらいいのかわからないのに、説明なんてできっこない。

「頭の傷はだいじょうぶ?」通りに視線を戻しながら訊いてみた。

「ほんのかすり傷です」おでこにハンカチをあててサージが答えた。「少し頭痛がするが、問題ありません」

「サージ、ほんとうにごめん――」

「赤信号をふたつ無視しました」スピードを落としもせずに交差点を走りすぎたわたしに、彼が言った。

「少なくとも運転に関しては、それほどパワー・アップしていないようですね」

ちょうど一年前、この車でサージに運転を習ったときのことを思い出した。あのときは、一週間のうちにモトコのサイドミラーをふたつとも折ってしまった。それでも、彼は怒らなかった。わたしには彼にそこまで求める権利なんかないのに、サージはぜんぜん怒らなかった。

「わたしの運転で、ふたりでドライブするなんて初めてね」怖ずおずと冗談を言ってみた。

「今夜は、ふたりでずいぶん初めての経験をしました」

「車のなかで待っていなかったこと、謝るわ」もっと何か言いたかったけど、結局はまただまってしまった。どう話したらいいのかわからなかった。でも、サージは無理に訊こうとはしなかった。

後部座席から身を乗りだした彼が、わたしの耳元に顔をよせて小さな声で言った。「うまく事を進められなくて、申し訳ありませんでした」

「こちらこそ悪かったわ」そう言いながらも、新たな計画を練っているにちがいない誘拐犯たちのことを思って、胃がよじれそうになっていた。

「気づいていると思いますが、要求はエスカレートしていくにちがいありません。理性も分別も持ち合わせていない連中ですからね」サージは余韻を持たせるかのように、その最後の言葉をゆっくりと口にした。マスクを被った誘拐団のことを思ってか、苦々しげに上唇を反り返らせている。

わたしは惨めな思いでうなずきながら、おでこの汗を袖で拭った。この数時間、考えないようにしてきたけど、もう考えないわけにはいかない。「ねえ、彼はまだ生きてると思う?」

バックミラーのなかで、ふたたびサージと目が合った。「生きているでしょう」彼はいったん口をつぐんで、ひとこと言った。「今のところは」

わたしは唇を引き結び、ぎゅっとまばたきをして目の前の通りの動きに集中した。ギャビンがくりかえし殴られている場面や、彼の頭に銃口が向けられる場面を思って、胸に穴があいたような気分になっていた。あの夜、パーティに行かなければよかったと思う気持ちも、どこかにあった。わたしがパーティに行かなかったら、彼がこんな目に遭うことはなかったのだ。でも、ギャビンに出逢わない人生なんて想像もできない。目の端に涙がこみあげてきた。すぐ前のブレーキライトがにじんで、赤い線のように見えている。「今のところは生きているけど、じきに殺されてしまう」わたしはつぶやいた。

いっしゅんの間をおいてサージが答えた。「アンセム、あなたはなんて心が広いのだろうと、いつも感心していたんです。どんなふうに育ったかを考えると、驚くばかりです」

「お金持ちの家に生まれたっていうことを言ってるの?」

「そう、あなたは金持ちの家に生まれた。しかし、常にバレエの稽古に励み、懸命に努力している」

サージが何を言おうとしているのかよくわからないまま、何も応えずにフリート・タワーの地下駐車場に車を乗り入れた。セラフのとなりの空いたスペースに車をとめると、サージが運転席側のドアのロックをかけた。わたしは驚いて身を反らせた。

「しかし、もっと気をつけなければいけません。あなたのような能力に恵まれた人間には、不注意な真似は許されません」

わたしは振り向いてサージと向き合った。

「特に、新たな才能を見いだした今は注意が必要です。身を護る術を持たないまま、ああいう連中に立ち向かうような真似をしてはいけません」サージがダッシュボードに手をのばしてグローブボックスを開いた。そして、わたしがそこにしまわれている拳銃の輝きに目をとめたことを確認すると、無言のまま、またすぐにボックスを閉じた。

「ありがとう」小さな声で言った。今はそれ以上、言うことはなかった。


三十分後、わたしは廊下を走り抜けてそっと自分の部屋に入った。バックパックをかきまわしてみると、今朝入れたブラウン・バーが三本見つかった。最初の一本をなんとか飲みこむと、疲れきった身体に力がよみがえってきた。もう一本、口に押しこむようにしてすばやく平らげ、残りの一本はあとに取っておくことにした。ビニールの包み紙を丸め、壁にそって部屋のなかを歩きながら思った。もう逃げてはいられない。自分がどうなっているのか、たしかめる必要がある。

わたしは壁に取りつけられたレッスン・バーの前に立った。こんなことが起きたあとでさえ、身体がひとりでにバットマンのコンビネーションを踊りはじめた。練習していた〈ジゼル〉の振りだった。何十回かプリエをすると、今度は片手を軽くバーにそえた。四番ポジションから五番に脚を引きよせ、また四番に戻す。その動きをどんどん速めていくうちに、板張りの床に足がふれていないかのように見えてきた。

次に、バーからベッドを目指して、グランジュテで跳んでみた。

物理学の法則から考えれば、無理にきまっている。

でも、跳べてしまった。わたしは音もたてずに軽々とベッドの真ん中に着地した。バーのほうを振り返って、その距離を目で測ってみる。四メートル半以上ありそうだ。

まぐれかもしれない。でも、まぐれでないことはわかっていた。何度ためしても、同じように跳べるという確信があった。

わたしは歯を食いしばって集中し、ベッドから前に向かって跳んでみた。空を切って跳びながらも、カーペットの上に落ちて限界を思い知ることを期待していた。でも、ふらつきもせずにバーの上に軽く着地した。何も履いていない足が、すべらかなぴかぴかのバーを包むようにとらえている。

わたしはバーから飛びおり、フェッテでくるくるまわりながら、部屋の隅の壁に張られた鏡の前に移動した。一メートルくらい離れたところからだと、何も変わっていないように見える。疑い深そうな目をした痩せた女の子のままだ。頑固そうな口も、ショウガ色のソバカスも、少しも変わらない。でも近づいて鏡をのぞきこんでみると、目と髪の色がちがっているのがわかる。くすんだ緑だった目は深みのあるエメラルド色に輝いているし、淡いニンジン色だった髪は華やかな美しい赤毛になっている。

わたしは深呼吸をしてタートルネックのセーターを脱いだ。両腕で裸の胸を抱くようにすると、真ん中にできた傷はほとんど隠れた。細い肩も、筋張った首も、ひょろっとした腕も、以前のままだった。長年のレッスンの賜物というべき完璧な姿勢も変わっていない。わたしは胸を張って腕をおろした。いつもどおりの、ほとんど膨らみのない胸がそこにあった。でも、その上に黒いプラスチック製の糸で縫った跡があるところが、前とちがっていた。

そのぎざぎざの傷に目を走らせたわたしは、飛びだしている糸の端を見つけてそれを引っぱりながら、小さな固い結び目を解きはじめた。目に見えている糸も、皮膚の下に隠れている糸も、すべるように抜けていく。痛みはほとんどなく、ちょっとつねられたみたいな感じがするだけだ。わたしは歯を食いしばって糸を引っぱりつづけた。すっかり糸が抜けると、傷は両端にピンクの点がついた薄いピンクのミミズ腫れのようにしか見えなくなった。どうやら新しい心臓は、わたしに力とスピードを与えてくれただけではないらしい。治癒力も驚くほど高まっている。

傷は胸骨から両方の胸の先端に向かってのびていた。この閉じた傷の向こうに、つまりこの胸のなかに、ちょっと変わった心臓がしっかりと収まっている。その心臓のせいで、最近は激《げき》しやすくなっている。力を得た今、そんな感情にまかせて行動すれば、人に怪我を負わせかねない。飛ぶように走れることも含めて、わたしは新たに多くの能力を得た。そうした能力と怒りは、生涯わたしのなかに――痛みや恐怖や愛情が収まっているのと同じ場所に――ありつづけることになるのだろう。

鏡に映った輝くエメラルド色の目を見つめながら、かつての自分を悼んで悲しい気分でほほえんだ。あのアンセム・フリートはもういない。今のわたしは、大きな鏡の前で完璧なターンをすることに情熱をかけていた、恥ずかしがり屋の小さな女の子ではありえない。誘拐団をやっつける方法を見つけるつもりでいる女の子だ。ギャビンを救いだしたかったら、ぐずぐずしてはいられない。わたしは鏡の前でピルエットをした。最初は右に、それから左にまわってみる。二回転ごとに、ミス・ローチのマスクにおおわれた顔を蹴飛ばすつもりで、裸足の脚を前に蹴りあげた。

頑ななバカげた望みに気分が高まって、心臓がうなりをあげている。

十数回、脚を蹴りあげたあと、傷に手をあててサージの警告について考えた。でも、ギャビンの命が救えるならそれでいい。すべてを危険にさらす用意はできている。

17

筋肉が熱くなっていく感じと呼吸のリズムに集中して、水を切るように泳ぎつづけた。日はまだ昇っていない。わたしは、ペントハウスの下の階にある一コースだけの青緑色の流水プールのなかにいた。このガラス張りの部屋の向かいには、パパのオフィスがある。押しよせてくる流れに逆らってクロールで黙々と泳ぐわたしを駆りたてているのは、恐怖にも似た不安だった。

その不安と疲労感が、泳いでいるうちに怒りに変わってエネルギーがわいてきた。そして泳げば泳ぐほど、ギャビンはまだ生きているという確信が深まってきた。ひとかきするたびに、彼を救いだしてみせるという気持ちが強くなっていく。

気がつくと、あまりのいきおいと速さにプールの水があふれだし、部屋じゅう水びたしになっていた。自分の新しい心臓の力を思い出したわたしは、少し力を抜いて泳ぐことにした。

しばらく泳ぎつづけて、腕が切れたゴムバンドになったような感じになるとプールからあがり、背中に『FLEET INDUSTRIES』と刺繍された黒いタオル地のローブをまとった。手足を投げだすようにして長椅子に寝そべったものの、息はほとんど切れていない。めずらしいほどきれいな日の出だった。その朝日が壁一面のガラスをとおして部屋に射しこんでくる。赤紫色の日射しを浴びたベドラムの街は、かなりいい感じに見えた。これはきっとギャビンが生きている証拠だ。

わたしはメッシュの長椅子に頭をあずけて目を閉じた。どうやってあの誘拐団を見つけるか、どうやってやっつけるか、朝食がすんだら考えよう。あの人たちを見つけてやっつけるためなら、なんでもするつもりだった。ミス・ローチに忍びよっていく場面を想像してみた。髪をつかんでしゃべらせ……。そのときケータイが鳴って、一気に現実に引き戻された。メールがとどいたのだ。

ローブで手を拭いてポケットから電話を取りだした。たぶんギャビンのことを心配しているザラか、上でわたしをさがしているママからだ。

でも、画面にはおぼえのない番号が表示されていた。0と4ばかりがならんでいる。そのメッセージを読んだ瞬間、胃のなかで恐怖が熱い風船のように膨らみはじめた。

『おはよう、プリンセス。ゆうべは会えてうれしかったよ。あんたは思ったよりバカだね。残りの$$$を日曜の真夜中までに用意しな。ちょっとでも足りなかったら、生きてるボーイフレンドには二度と会えないからね。ふざけた真似はするんじゃないよ』

つづいてとどいたメールを見た瞬間、息がとまった。それはギャビンの写真だった。砂色の髪が乱れて顔に落ちている。カメラのフラッシュに片目を細めているところを見ると、長いこと明かりも日の光も浴びていないのかもしれない。顔の半分にできている黄色い痣と、腫れあがって黒っぽいものがこびりついた目。カメラから身を遠ざけるようにして、下半分が血だらけになった〈デイリー・ジレンマ〉をかかげている。わたしは画面にふれて写真を拡大した。新聞の日付は今日になっている。ギャビンはまだ生きているのだ。

震えはじめた手からケータイがすべり落ちた。「やだ、最悪!」わたしは自分を罵りながら、長椅子の下の水たまりに落ちたケータイを拾いあげ、ローブの端で拭った。

頬の内側をかんで、鼻から息を吸いこんだ。日曜日までに残りのお金を用意するなんて絶対に無理だ。要求以下の額だってそろえられない。パパの言ったとおりだった。あの人たちは、際限なくお金をせびりつづけるにちがいない。信託財産を使えたらと思ったけど、十八歳になるまでは引きだせない。つまり、あと七カ月は使えないということだ。

わたしは目まぐるしく頭をはたらかせながら、ローブの前をきつく合わせて、震える脚で立ちあがった。ギャビンを見つけだすしかない。気がつくと、にぎりしめた掌に爪が食いこんでいた。彼を見つけだして、力づくで救いだしてみせる。でも、どうやって？　サージの顔が浮かんできた。彼とは無言のうちに理解し合える仲になっていた。でも、わたしがひとりで誘拐団に近づくことをサージが許すとは思えないし、彼の命をふたたび危険にさらすわけにはいかない。ゆうべはなんとか彼を担いで逃げられたけど、今度もうまくいくとはかぎらない。

プールをあとにしたわたしは、パパのオフィスの前で足をとめた。半開きになっているドアの向こうに、壁一面に貼られたベドラムの拡大航空写真が見えていた。ノース・ベドラムはどこも緑色に写っている。再開発と希望とお金の色だ。そして、残りはさえない灰色。ハトとコンクリートと拳銃の色だ。

パパの地図の曲がりくねった通りを見ているうちに気がついた。サウスサイドにいる人間を見つけだすには、サウスサイドの誰かの助けが必要だ。ミス・ローチのもとからギャビンを力づくで救いだすつもりなら、その誰かは汚いことも平気でやれる人間でなくてはならない。

その条件に合う人間をひとりだけ知っていた。

一時間後、わたしはタクシーに乗ってため息橋をわたろうとしていた。傍らにはセブン・スワンズのバレエバッグが置いてある。パパには、調子を取り戻すためにスタジオで練習してくると言ってきた。パパはたいして気にもとめずに、わたしの頭を軽く叩いて「いいぞ。努力してこそ報われる。昔から言われていることだが、パパはこの言葉が大好きだ」と言った。幸い、今週はママのお昼まで寝坊をする週だった。

「ほんとうにこっちでいいのかい？」運転手が訊いた。前歯が二本とも抜けていて、身分証明書の名前の欄には『イシュマエル・グリーン』と書かれている。わたしは目の前のもつれるようにのびている通りに目を向けてうなずいた。どうすればフォードを見つけられるかなんてわからなかったけど、ジャックスの研究室に行く道はおぼえていた。彼女に頼めばフォードの居場所を教えてくれるかもしれない。でも、あの研究室に行きたいわけではなかった。あそこに戻ることを思うと、身体がこわばってしまう。

フォードの姿が目に飛びこんできたのは、橋をわたって数ブロック走ったころだった。袖に白いパイピングが入った黒いビニール製のウインドブレーカーと、そろいのパンツ。見おぼえのあるトレーニングウエア姿の彼は、メガマートに入っていこうとしていた。

「とめて」わたしはそう言って、くしゃくしゃになったお札を運転席との仕切りになっているプレキシガラスのスロットに押しこんだ。「お釣りはいらないわ」タクシーから飛びおりたわたしは、メガマートのガラス扉に向かってダッシュした。

店に入ってすぐのところに、わたしより年上には見えないニキビだらけの警備員が、胸からサブマシンガンをぶらさげて立っていた。たぶん、ウージーだ。彼はわたしの頭のてっぺんから足先まで目を走らせてあくびをしたあと、本日のお買い得品が載ったチラシを差しだした。

「メガマートにようこそ」面倒くさそうにしか聞こえなかった。「立ちどまらないでください」わたしは掌の汗をパンツで拭いながらうなずき、洞窟のような通路へと足を踏み入れた。フォードを見つけたら、なんて言えばいいのだろう？　メガマートの通路は細くて煤けている上に、何もかもがうっすらと埃を被っていた。大量の商品が入った木箱がつめこまれた棚に、言い争いをしながら歩いている家族。そのカートには、チーズの大きなかたまりやビールのケースや石油缶みたいに大きな豆の缶詰が積まれている。腰の曲がったおばあさんが引っかきまわしているチューブソックスが入った大きな箱には、『三足三ドル 五足四ドル』と書かれていた。

メガマートのコマーシャルや看板は見たことがあった。サウスサイドに次々とできているチェイン・ストアーだ。でも、これまでは近づいてみたこともなかった。通路という通路の端に警備員が立っていて、不自然なほど大きなサブマシンガンをかまえている。

通路の先を曲がって、ハウンド・ヘルシー印ドッグフードの二十三キロ入り袋がピラミッドのように積まれた横をとおりすぎたところで、フォードを見つけた。彼は薬の売り場の近くで、壁のように積まれたバフシェークの缶を眺めていた。わたしは慎重に少し距離をおいて、彼のとなりに立った。

「筋トレの効果は上々?」わたしは尋ねた。

振り向いたフォードの顔にはタフガイの仮面が貼りついていたけど、わたしに気づくと表情がゆるんだ。「アンセム!」そう言った彼の顔には笑みがひろがっていた。「戻ってきたんだね! おれがきみを見つけたって知ったら、ジャックスは大喜びするよ」

「わたしがあなたを見つけたのよ」彼のまちがいを正してあげた。

「どっちでもいいよ」フォードが肩をすくめた。そのあと彼の表情が少し暗くなった。「あんなに早くジャックスのところから出ていっちゃいけなかったんだ。危険だよ。もちろん、きみにとってね」わたしの胸に視線を落としながら、彼が気まずそうに手をくるりと振りまわした。「ほら、こういう……状況だからさ」

「わかってる。でも、わたしはだいじょうぶ。生まれ変わったみたいに元気よ」小さな声でそう言いながらも、顔が紫色に変わっているのがわかった。

警備員が近づいてきて言った。「立ちどまらないでください」サブマシンガンに目を向けてフォードがうなずいた。立ちどまるなというのがメガマートのスローガンらしい。

「ここは最悪だ」フォードが小声で言った。「あいつらときたら、客はシェービングクリームやツナをめぐって喧嘩をするものと思いこんでるんだ」

「ねえ、聞いて。話したいことがあるの——」

「ここではだめだ」フォードがさえぎって、わたしの腕をつかんだ。「そこらじゅうにカメラがあるし、あのバカどもは大喜びで引き金を引く。まず、これを買ってしまうから待ってて」彼はそう言ってシェービングクリームの缶をかかげてみせた。「そのあとどこかに行って話そう」

彼といっしょにレジに向かった。レジ係は警備員よりもさらに若く見えた。代金は二十三ドル五十九セント。フォードが一ドル札と小銭を数えながら支払いをしているあいだ、わたしは待っていた。ふたりしてようやく店の外に出ると、フォードが大きく息を吐き、何歩か軽く走って首をまわした。まるで、トレーニング後のクールダウンみたいだ。「ここは好きじゃないんだけど、すごく安いからね」

「あのね——」メガマートのドアの上に取りつけられた四台の防犯カメラに映らないよう、顔をそむけて言った。「知りたいことがあるの」

「ここではしゃべるな。いい場所を知っている」フォードがウインドブレーカーのジッパーをあげながら小声で言った。「すぐその先だ」

「研究室はいやよ。あそこには行きたくない」

フォードがうなずいて足早に歩きだした。ついていくしかなさそうだ。通りをわたり、二度右に曲がると、傷だらけの緑のドアの前で彼が足をとめた。

「大人っぽく見えるように気をつけて」フォードがそう言って肩でドアを押し開けた。「それに、もう少し不細工に見えるようにね」

誰に顔を見られるっていうの？　敷居をまたいだ瞬間、わたしは思った。なかはかなり暗かった。まだ朝の十時だというのに、少なくとも十二人の酔っ払いが大きなカウンターにおおい被さるように坐っている。歩きながら、この薄暗がりに目をならすしかなさそうだ。わたしはフォードにコートの袖を引っぱられるまま、カウンターをとおりすぎて奥の仕切り席へと向かった。エチルアルコールとビールと煙草の臭いが、どんよりと重くただよっている。

ブルーの髪をふくらませたニキビの目立つ胸の大きなバーテンダーの女の子が、フォードに輝くばかりの笑みを向けた。彼女がわたしを見て顔をしかめたのはわかっていたけど、知らん顔で歩きつづけた。

「きみが無事でよかったよ」店の奥の木製の仕切り席に腰をおろすと、フォードが言った。「エネルギー・フィズかなんか飲むかい？　おごるよ」

「ううん、いらない」わたしは息を吸って話す準備をした。「お願いがあって来たの」

「何でも言ってくれ」

「ギャビンがつかまったままなの」

フォードはうなずいて髭の生えかけた顎を撫でたけど、茶色い目にはなんの表情も浮かんでいなかった。

「そいつは何者なんだ？」

「ギャビンのこと？　わたしのボーイフレンドよ。あの夜、わたしは彼を助けたい一心で、走って橋をわたろうとしていたの。これは彼からのプレゼント」首にかかったペンダントをかかげて最後にそうつけたし、じっとフォードを見つめた。

「ねえ、落ち着きなよ。その話はちゃんとおぼえてる。誰につかまってるのかって訊いたんだ」フォードが腕組みをして言った。

「そうなの？　ごめん」わかっていることなんてほとんどなかったけど、誘拐団についてできるだけくわしく話してみた。どんなしゃべり方をしていたか、サージにどんなふうに反応したか説明し、拳銃やライフルのことも車のこともマスクのことも話した。

すべて話しおわると、フォードが身を反らせた。薄暗さにすっかりなれたわたしの目に、彼の顎の右側にある小さな傷が映った。おそらく喧嘩をして棒か何かで殴られたのだ。「誰なのかはわからないが、そういうことになれているシンジケートの連中だろうな」フォードが言った。「どうすることもできないかもしれない。そういう可能性については考えてみたのかい?」

「毎日、いやっていうほど考えてるわ。でも、そんなふうに思いたくないの。相手が誰だって関係ない。わたしのボーイフレンドを解放してほしいの。ねえ、力を貸してくれる?」

フォードがため息をついて、ぎゅっと唇を引き結んだ。まっすぐな太い眉のあいだに皺がよっている。

「金を賭けるとしたら、ハデスのどこかにいると言うだろうね。だけど、力を貸すとは言ってないよ」

「どうして?」わたしは訊いた。「ハデスってどこのこと?」

「スタジアムの先にある、古いモールの呼び名だ。一階は、闇の商人たちが使っている。ベドラムの最下層と言われている集団と関わりを持っている者たちが、出入りする場所だ。アンセム、きみがひょっこり行けるようなところじゃないんだ」

「行けるわよ」そう言ってみたものの、自分の耳にも頼りなげに聞こえた。「あなたのことだって見つけられたんだもの。そうでしょう?」

「きみは自分が何を言っているのか、ぜんぜんわかっていない」フォードが頑として言った。「きみみたいな女の子が? 連中に生きたまま食われちまうよ。あんなところに行ったら、十分と命がもたないだろうね」

「わたしみたいな女の子に何ができるか、あなたにはぜんぜんわかっていない」身を乗りだして言ったその声は、大きな金切り声になっていた。「わたしはだいじょうぶよ。あなたがいっしょに行ってくれるなら、なおさらね」

「いっしょには行かないよ」フォードが小さな声で言った。「シンジケートとは、できるだけ距離をおいていたいんだ」彼の視線はわたしのうしろにあるカウンターのほうを向いていて、唇は一本の線のように引き結ばれている。

「シンジケートとは……いろいろあったんだ。いやなことがいろいろとね」

「お願い。他に頼める人なんていないわ」

フォードが凝りをほぐそうとするかのように、首のうしろをつかんだ。そのあとため息をついた彼を見て、これはいい兆しだと思った。「よほどそいつのことが好きだったんだね」ようやく彼が言った。

「うん、好きだった。ああ、今も好きよ」ふたりのあいだに沈黙がおりた。「だまって坐ってるなんて、できないわ。彼を死なせるわけにはいかないの」わたしは静かな声で言った。「愛する誰かを助けたいのに、どうすることもできない。そういう状況におちいった経験はないの?」

フォードが大きく息を吸いこんだ。口いっぱいに空気をためこんだせいで頬がふくらんでいる。そのあと彼は風船の空気を抜くように、ゆっくりと息を吐きだした。「あるよ」

「だったらわかるはずよ」今度はやさしい声で言ってみた。

「きみのボーイフレンドは幸せだな」そうつぶやきながらわたしを見つめた彼の目には、読み取りがたい表情が浮かんでいた。「本人がそれをわかっているといいんだがね」

仕切り席から出てわたしの横に立ったフォードが、手を差しだした。わたしは、関節にできている大きなたこを見おろし、ためらいながらもその手を取った。

「ありがとう。わかってるの。こんなことほんとうは――」

「おれの気が変わらないうちに行こう」彼がそう言って、わたしを立たせた。

18

店を出てフォードのうしろを歩きはじめたわたしは、走りすぎるゴミ収集車の臭いをさえぎろうと、スカーフで口元をおおった。サウスイーストに向かうふたりに、風が吹きつけてくる。顔を伏せるようにして歩いていたけど、肌は霧のせいですっかり湿っていた。

フォードの一、二歩、うしろを歩くわたしの目には、彼の後頭部が見えていた。グレーのビーニー帽に包まれた髪は短く刈ってあって、肩幅はかなり広め。フォードの助けを借りられて、ほんとうによかった。でも、彼の言うとおりだったらどうしよう？　ほんとうにどうすることもできなかったらどうしよう？　わたしはそっとケータイを取りだして、ギャビンの写真を見た。顔の半分にできている黄色い痣と、腫れあがって黒っぽいものがこびりついた目と、血だらけの新聞。何度見ても、たじろがずにはいられない。

他に選択肢なんかない。他の解決策なんかない。とにかく、ギャビンを死なせるなんて絶対にいやだった。**今の状態だってつらすぎる。**わたしは心のなかでそう言いながら、斜めがけにしたバッグのストラップを胸の前できつく締めなおして、フォードに追いついた。とにかく、やるしかないのだ。

フォードのあとを十ブロックくらいだまって歩きつづけたころ、彼が咳払いをした。「どんな感じなのか、訊いてもいいかな？」

「どんな感じって、何が？」

「新しい心臓だよ！」声が大きすぎてひやっとした。首をすくめてそっとあたりを見まわし、誰かに聞かれなかったかたしかめてみた。幸い、そのブロックに人気《ひとけ》はなかった。野生のように見えるジャックウサギが、見捨てられたビルのまわりで背の高い草をかじっているのをのぞけば、動いているものは何ひとつない。

「すごく変な感じ」わたしは漠然と答えた。「つまり、メスを持ったジャックスが近づいてきたら、逃げたほうがいいってこと」

「きみが路地を駆け抜けていくのを見たんだ」わたしに身をよせて彼がささやいた。「ほら、研究室から出ていったときにさ。すごいスピードで……脚なんか見えなかった。そのくらい速かったってことだよ」

頬が赤くなったのがわかった。彼に見られていたなんて、思ってもみなかった。「あんなふうに走っても、少しも苦しくないの。不思議なことだらけだわ」シャツの上から胸骨にふれると、傷のまわりの皮膚が少しもりあがっているのがわかった。

「もっと聞きたいな。ああ、無理に話す必要はないけど、きみが走ってるところを見てからずっと思ってたんだ……なんて言うか……きみは半分ハチドリになってしまったんじゃないかってね。だとしたら、ちょっといいよね」

わたしはまだ火照っている顔に硬い笑みを浮かべた。「半分も何も、わたしはハチドリになんかなっていないわ。この心臓はほとんど機械でできている。たぶん、ハチドリの何かがそれを包んでるっていうだけの話よ。絶えずハードディスクのうなりみたいな音が聞こえてるの。緊張したときや速く動いたときは、特に音が激しくなる。使いすぎで、いつか動かなくなるんじゃないかって思わずにいられないわ」

「そういうことはないって、ジャックスが言ってたよ。それについては、しつこく尋ねたんだ」急に照れたようになって、フォードが言った。

「そんなことを訊いてくれたの？」彼がそこまで心配していてくれたなんて、驚きだった。

「不安だったんだ」彼が肩をすくめた。「ジャックスの助手として、手術中にあってはならない失態を演じてしまったあとは特にね」

「嘘でしょう」ジャックスがわたしの胸を切り開いたときに、フォードがその部屋にいたことを知って、思わず小さな悲鳴をあげた。「ねえ、なんていうか、その話はしなくても――」

「気絶しちまったんだ」きまり悪そうに顔を歪めて、彼が言った。そのときの場面がよみがえってきたのか、青い顔をして吐きそうになっている。「ジャックスがメスをかかげたとたん、床に倒れたらしい」

「それじゃ、あなたは何も……？」

「ああ、何も見ていない」怖ずおずと彼が答えた。

そのあとふたりは曲がりくねって流れるクライムラインの岸をだまって歩きつづけ、ベドラム最南端の橋、平和橋のあたりまで来た。ここブラザーフッドは街で最も荒れた地域で、〈デイリー・ジレンマ〉の犯罪を報じる欄に他のどこよりも多く名前が載っている。

橋を過ぎて南に数ブロック歩いたところで、フォードにうながされるまま右に曲がり、フリーウェイの高架下の道に出た。雨なんか降っていないのに、何週間も雨降りがつづいたみたいに緑色の水がたまっている。とにかく寒々とした陰気な場所だった。

「速く走れるだけじゃないわ」そう言った自分に驚きながらも、わたしはゆうべのことを話しはじめた。飛んできた銃弾をよけられたことも、必要に迫られたときにバカ力としか言えないような力がわいてきたことも話した。そして、アドレナリンが噴きだすとすべてがスローモーションみたいに見えると言うと、彼の歩調がゆるみ、足がとまった。

「弾をよけた？　すごすぎるな」フォードがささやくようにそう言って、わけがわからないとでも言いたげにかぶりを振った。「そんなことができるようになれるなら、何を犠牲にしてもいいよ」

「バカなことを言わないで。犠牲にできないものは山ほどあるわ」たとえばギャビン。他にも犠牲にできないものはたくさんある。

フォードが太い眉をひそめてうなずいた。「たしかにね」

「こんなことを話したのは、あなたが初めてよ」わたしは小さな声で言った。「ありがとう。聞いてくれて感謝してる」

「心配ないよ。誰にもしゃべらない。ワンルームのアパートに四人で住んでれば、口も硬くなるさ」彼はそう言うと、目の前にあらわれた巨大な建物を示した。「ここだ」

わたしはその場で足をとめ、思わず笑ってしまった。その「あはっ」という情けない感じの短い笑い声が、灰色の駐車場を満たしている静けさのなかに消えていった。フォードが言ったとおり、それは古いモールで、かつてはヒルサイド・パリセーズという名前がついていたようだ。今、看板の文字はほとんど剝がれ落ちていて、最初と最後の数文字をのぞけば、文字の痕跡がかすかに残っているだけだった。くずれた要塞のようにも見えるその建物は、二ブロックがすっかり入ってしまうくらい大きくて、まわりを人気《ひとけ》のない駐車場が壕のようにかこんでいる。

駐車場の奥のほうまで来ると、ふたりの歩調がゆるんだ。わたしは建物のなかから何か聞こえてこないかと耳をすましていた。でも、聞こえてくるのは近くのフリーウェイをとおる車の音と、ホットドッグの破れた袋をだるそうにつついている数羽のハトの鳴き声だけ。午前十一時の灰色の明かりに照らされた広い駐車場は、不気味なくらい静かだった。廃車同然の車が五十台くらいまばらにとまっているその風景は、のどかにも見えるけど、今から足を踏み入れようとしている恐ろしい場所のことを思うと、見え方がちがってくる。

入口の前まで来ると、フォードが足をとめて両開きドアに手をかけた。ドアの上には、『　ーズケーキ』

と、ひと文字欠けた看板がかかっている。

「ほんとうにやるつもりかい?」茶色い目にくっきりと不安の色を浮かべて、彼が訊いた。「今なら、まだ引き返せるよ」

やるつもりだというしるしに、わたしはうなずいた。すごく怖くて胃のなかから酸っぱいものがこみあげてきたけど、なんとかそれを呑みこんでドアのハンドルを押しさげてみた。鍵がかかっているものと思っていた。でも、驚いたことにドアはなんの抵抗もなく開いた。

外は人気がなくて静かだったのに、なかは混み合っていてにぎやかだった。モールの真ん中に大理石張りの荒れはてた中庭があって、そこにならんだ簡単なつくりの露店に人がたくさん集まっている。六、七歳くらいの子供も何十人もいるようだった。洞穴のような空間にひびきわたっている、客引きの大きな声と、笑ったり言い合ったり値切ったりしている人の声。電気はとおっていないみたいだけど、映画の撮影に使うようなライトがふたつ、発電機につながれて強烈な明かりを放っている。それでもフロアの隅のほうは真っ暗だ。コートの前をきつく合わせずにはいられなかった。

フォードがぴったりと身をよせてきた。彼がいてくれてほんとうによかった。「つけられてるみたいだ」彼が指を少し下向きにして、うしろを示した。見ると、くるくるに髪がカールしたカラメル色の肌の七歳か八歳くらいの男の子が立っていた。両方の耳にブルーの補聴器がかかっていて、背は頭のてっぺんがわたしの肘にとどくくらい。フォードが挨拶のしるしに笑みを浮かべてうなずくと、男の子はあっという間にすぐ横に近づいてきた。

「スモークスタック、ドルーピー、ギッグルス――」男の子がにやりと笑いながら言った。車の部品や食べ物やドラッグや銃弾を売っている大人たちとはちがって、深刻な顔はつくれないらしい。適当に角を曲がって別の通路に出たわたしたちは、フェルトを敷いたテーブルのまわりに人だかりができているのを見て、足をとめた。あたりには紙巻き煙草の煙が、もくもくとただよっている。ディーラーがダイスを投げ、大袈裟に腕を振りながら「七のゾロ目」と言うと、集まった者たちのなかから怒りの声があがった。そのあと、小さなステージに立っているシルクハットを被った女の人が、三人の若い女の子を怒鳴っているのが目に入った。シースルーのネグリジェに、黒いレースのガーターに、きらきらの安っぽいハイヒール。女の子たちのそんな姿を見てわたしは思わず目をそらし、そのまま歩きだした。「ひとり六百ドルは稼いできてもらわなくちゃ困るよ。それができないなら、あしたから来なくていいからね」それを聞いて、ぞっとした。稼ぐために女の子たちが何をしなければならないかは、わかりきっている。

男の子は観察でもするみたいに、わたしたちをじっと見つめている。「情報とか臓器がほしくて来たわけじゃないみたいだね。それにあんたはレンタルガールとかでもないよね……」

わたしは男の子に顔を向けた。「臓器?」

男の子がすっと背筋をのばした。「身体改造したいんだね。心臓かなんか? 三ドルくれたら、店に連れていってやるよ」彼はそう言って、ひろげた掌を差しだした。

心臓かなんか? 全身に震えが走った。「臓器はいらないんだ、ぼうず。今日のところは間に合ってる」フォードが答えてくれた。

わたしは彼の腕をつかんで、歩くスピードをゆるめさせた。「見てみたいわ」見る必要があると思った。ジャックスみたいな誰かがここにいて、彼女と同じように人の身体に手をくわえているなんていうことがありえるのだろうか?

「本気かい?」フォードが不安そうに訊いた。

わたしは彼にうなずき、それから男の子に言った。「一ドルあげる。そこに連れていってくれたあとにね」

「二ドルまでしかまけられないよ」男の子が交渉の腕を誇るかのように、顔を輝かせた。

「それで決まりね」男の子の連れらしく見えないように気をつけながら通路を右に曲がり、茹でたピーナツやブラッドソーセージやビールを売っている屋台の前を過ぎてまた角を曲がると、長くのびる薄暗い通路に出た。消毒剤の匂いが強烈にただよっているけど、腐った肉と血の臭いは隠せていない。わたしは即座に身がまえた。心臓が警戒をうながすかのように、胸のなかで激しく鳴っている。

　漫画や連ドラが流れているテレビの前に、古びた汚いリクライニングチェアがいくつか置かれていた。その椅子に横たわっているおばあさんと子供とギャビンくらいの年頃の若者の腕は、点滴のスタンドにつながれていた。

「輸血とか化学療法なんかを受けてるんだ」男の子が小さな声で教えてくれた。「あんたも、そういうのが受けたいわけ？　だったら、頼めるやつを知ってるよ」

「けっこうよ。わたしは健康なの」これ以上、不法な臓器なんて必要ないと、言ってやりたかった。ひとつだって多すぎる。少し先に窓を板でふさいだ店が見えてきた。元はカフェだったようだけど、今は簡単なつくりのクリニックになってる。キャンディみたいなピンクの髪をくるくるに巻いた女性が、いかにも退屈そうにカウンターに坐っていた。その上にあるボードには、かつてはカフェのメニューが書かれていたにちがいない。でも今は、こんなメニューが書かれていた。

『チョップ・ショップ
　腎臓　：　片方二万五千ドル＋手数料
　義足／義手：　片方九千ドル＋手数料

人工心臓　…　十万ドル＋手数料
肝臓　　　…　一万五千ドル＋手数料
膵臓　　　…　二万ドル＋手数料
目　　　　…　片方六千ドル＋手数料
豊胸　　　…　二千ドル＋手数料
その他の臓器をご希望の方は、どうぞお尋ねください』

「その他の臓器？」そうつぶやきながらも、気を失いそうになっていた。わたしは倒れないようにフォードの腕をつかんだ。さっさとこの場から離れなければ、気絶してしまうかもしれない。「これってほんとうなの？　目？　誰かの目を買って、それを自分の目として再利用するっていうこと？」

「先に言っておこうと思ったんだけどね」チョップ・ショップをあとにして、ロビー付近の賑やかなマーケットのほうに戻りながらフォードが言った。「あの店はジョークでもなんでもない。さあ、することをして、さっさとここから――」

「二ドルくれたら、もっとすごいものを見せてあげるよ」フォードをさえぎって男の子が言った。薄暗いなか、補聴器についているブルーのライトのせいで頭全体が輝いて見えている。「上に比べたら、この階なんてなんでもないよ」

「人をさがしてるんだ」フォードが足をとめて片膝をつき、男の子のほうに身をかがめて言った。一人前の大人に接するように真剣な顔を見せている彼を見て、家に小さな弟か妹がいるのではないかと思った。

「だけど、おれたちふたりで見つける。悪いやつらなんだ」

「ここにいる悪いやつなら全員知ってるよ」男の子が得意げに言った。「そういうやつらの使い走りをしてるからね」

目を細めて上の階に視線を向けてみると、筋肉むきむきの男が何人か歩きまわっているのが見えた。鍛えすぎた感じの胸に大きなライフルをかけてる者もいる。わたしはジーンズのポケットから、くしゃくしゃになった一ドル札を二枚取りだして男の子にわたしした。

「人さがしを手伝ってくれるなら、あと五ドル出すわ」わたしは言った。「若い女の人なんだけど、金髪で、真っ赤な口紅をつけていて、グリップに小さな真珠がついている小さな拳銃を持ってるの」

男の子は細い指を一本頰にあてて、しばらく考えていた。「何をしてる人?」

「わからない。でも殺人も犯すし、誘拐もするし、盗みもはたらく。スミッティっていう名前の友達がいるわ。坊主頭の大きな男の人よ」その名前がヒントになることを祈って、そう言ってみた。

男の子が荒れた唇の剝がれかけた皮をかみとって、考え深げに口のなかでもぐもぐやりだした。「三階に行ってみよう。あの階には坊主頭のでっかい男がいっぱいいるんだ」

わたしたちは男の子のあとにつづいて、レールが片方はずれている、とまったエスカレーターを階段のようにのぼりはじめた。身軽にすばやくのぼっていく男の子に追いつくには、駆けあがるように進まなければならなかった。二階に着くと、ぐるっとまわってまた動かないエスカレーターのステップをのぼった。三階にたどりついたわたしは、大きく息を吞んだ。静かだし、空気が張りつめている。どの店も元の店とは別の目的に使われているみたいで、それぞれの入口の前には改造しまくった感じの身体つきをしたしかめっ面のボディガードが立っていた。その全員が、こっちを見ている。

口のなかが糊でいっぱいになったような気分になりながら、ランジェリー・ショップふうの店の前をとおりすぎた。ショーウインドウに飾られているのは、マネキンではなく、フェザーとレースをまとった本物の女たちだった。戸口の赤いカーテンを揺らめかせて、ビジネススーツを着た男女がなかに入っていいった。男の子は荒れ放題になっている感じの本屋があるほうに、どんどん歩いていく。

本屋の窓ガラスは、コミックブックのページや新聞紙ですっかりおおわれていた。紙はかなり古そうで、茶色くなって端が丸まっている。その下のほうに十センチ四方くらいの隙間ができていた。男の子がその隙間を指さしている。のぞいてみろと言っているのだ。

フォードは渋ってうしろにさがったけど、わたしは中腰になってのぞいてみた。まちがいない。この大きな坊主頭はスミッティのものだ。彼は床に坐って壊れた本棚にもたれ、コミックブックを読んでいた。その横には本が積みあげてある。わたしの視線が店の奥にあるメタルドアをとらえた。そして、そのドアを見つめているうちに指が痺れてきた。あの向こうにギャビンがいるのだろうか？

「あいつかい？」男の子が小さな声で訊いた。

わたしはうなずいた。光っている頭の形も、青白い皮膚の色も、そこにできているV字形のくぼみも、記憶のままだ。

だらだらとコミックブックのページをめくっているスミッティを見つめていると、メタルドアが開いて金髪のナイスバディがあらわれた。いつものボブスタイルのプラチナブロンドではなかったけど、あれはウィッグだったにちがいない。今、本物の髪が美しい金色の波のように、彼女の顔のまわりで躍っている。全体の雰囲気は記憶にあるよりもかわいくてやさしそうだったけど、煉瓦色の口紅をこってり塗ったあの唇は、まちがいなくミス・ローチのものだ。彼女が本棚に置いてあったキャンバス地のバッグをつかんで、そのなかをかきまわしはじめた。胸のなかで心臓がジェットエンジンなみにうなっていてさえ、彼女が古いフォークソングを口ずさんでいるのが聞こえた。


ベドラムの悪党たちのなかで　わたしがほしいのはあなただけ

ベドラムの悪党たちのなかで　わたしに勇気を与えてくれるのはあなただけ
でもねハニー　あなたはずるくてとても嘘つき
だからあなたを葬ってあげる

悪夢のなかで聞いたとおりの甲高い声だった。わたしはぎゅっと目をつぶって、気持ちを抑えた。このままでは、計画もないまま店に飛びこんでしまいそうだ。目を開けたわたしは、フォードに手招きをしてささやいた。「彼女だわ」彼が身をかがめてなかをのぞいた。わたしの頭のすぐ上に彼の顔がある。もう一度よく見ようと窓に顔をよせたそのとき、彼女がバッグを肩にかけた。出かけるつもりにちがいない。「出てくるぞ。行こう」フォードがそう言いながら、わたしを乱暴に通路に押しやり、本屋の出口とわたしのあいだに入って歩きだした。「きみもだ、ぼうず。さあ、行こう」

よろけてころびかけたわたしを、フォードが肩を抱くようにして引っぱりあげてくれた。そうして三人は、モールのはずれのオシッコ臭い暗い通路を駆けだした。通路の先のほとんど真っ暗な場所まで来ると、フォードが男の子にいそいでお礼を言い、お札を何枚かにぎらせた。

「おれたちがここに来たことは誰にも言うなよ。約束だ」そう念を押した彼の声はやさしかったけど、厳しくも聞こえた。

「いいよ、約束する」うなずいた男の子の顔が、補聴器のブルーのライトに照らされて輝いている。「また来る?」

わたしが「たぶんね」と答えたのと同時に、フォードが「もう来ない」と言った。驚きの目を向けた彼に、わたしはただ肩をすくめてみせた。ギャビンがこの近くにいることはたしかだ。だったら計画を練って引き返してきて、救いだすしかない。

「名刺をあげるよ」男の子がそう言って、手書きの名刺を差しだした。

『ルーファス・ミッツ
ハデスのツアー・ガイド、ビー玉チャンピオン
小さな手で大きな仕事』

「また来るなら、おれの助けがいるんじゃない？」ルーファスが言った。

「ありがとう」ほんとうにありがたかった。この子がいなかったら、本屋を見つけることは絶対にできなかった。くるくるにカールした髪を撫でようと手をのばしたけど、よけられてしまった。

「いい出口を教えてあげるよ。ただでね」そう言ったルーファスのあとについて、わたしたちは裏階段をおりた。そこにはルーファスくらいの歳の子供たちがおぜいいた。みんな孤児なのだろうか？　それとも親はこのモールのブラックマーケットで働いているのだろうか？　この子たちはドラッグを売っているのだろうか？　いつもお腹を空かせているのだろうか？　ここで眠るのだろうか？　次々と疑問がわいてきたけど、何も訊かなかった。答なんか知りたくもない。

外に出るとフォードが険しい顔で言った。「絶対にだめだ」

「だめって、何が？」

「わかってるはずだ。二度とここに来てはいけない。軍隊を引き連れてくるなら別だがね。それより、どこか別の場所で待ち伏せしたほうがいい。とにかく、ここはだめだ。この建物のなかで人が死んでも誰も気づかない。それに、あの本屋のつくりが気にくわない」フォードがそう言ってアスファルトを踏みしめながら、風をよけようとフードを被った。「出口はたった一カ所。ひとたび店に足を踏み入れたら、閉じ

こめられてしまう」

うなずいたものの、半分しか聞いていなかった。フォードがどう思っていようと、何を言おうと、わたしは戻ってくる。ひとりで。

午後三時、わたしはキッチンでリリィがパンプキンスフレをつくるのを見ながら、貪るようにパスタを食べていた。ボウルに山盛りのパスタには、砂糖が振りかけてある。リリィといると気が楽だった。なんでもないふりなんかしなくていいし、無理にしゃべる必要もない。でもパパとママが帰ってきた音を聞いたとたん、わたしは輝くばかりの笑顔をつくり、ふたりがコートをかけてキッチンに入ってくるのを待った。リリィがスフレから顔をあげてウインクするのを見て、わたしも片目をつぶってみせた。フリート・インダストリーズの黒い野球帽を被った彼女の顔は、いかにもやさしそうでふっくらとしている。その大きな緑色の目を見れば、彼女がこの家にただよっている張りつめた空気を感じていることは、はっきりとわかる。感じないでいるなんて不可能だ。公表された話が嘘だと気づいていることもわかっていたけど、まだほんとうのことは打ち明けていなかった。

ママがキッチンに入ってきて、芝居がかったやり方でわたしの両頰にキスをした。外にいたママの顔は、冷たかった。わたしとならんでカウンターのスツールに腰かけたママが、上品に咳払いをして静かに言った。「アンセム、パパと話し合ったのよ——」戸口に姿をあらわしたパパがドア枠にもたれ、わたしにうなずいて気が抜けた笑みを浮かべた。「きみの……ええと、友達……について何も耳に入ってこない。そろそろ警察にとどけたほうが——」

だめよ。わたしは身体がこわばるのを感じながら、何を言うべきか必死で考えた。警察にとどけるなんて絶対にしてほしくなかった。警察が誘拐団の居所を突きとめて、すぐに行動を起こしたりしたら、ギャビンは殺されてしまう。ひとりでなんとかできそうなところまできたこのときに、警察に邪魔をさせるわけにはいかない。

「話そうと思ってたの」カウンターに目を落としたまま、ほっとしているようにも悲しそうにも見える雰囲気をつくって、小さな声で言った。

ママがわたしの背中を撫でながら訊いた。「何を話そうと思っていたの?」

「ギャビンが帰ってきたの。今朝、解放されたみたい。彼から電話がかかってきたわ。パパの言ったとおりだった。うちがお金を出さないってわかって、誘拐団はあきらめたんだわ」わたしはうつむいたまま、目の端に涙を浮かべようとした。「でも心配しないで。終わりにしたから。初めからうまくいくはずがなかったのよ」

リリィがスフレの生地から目をあげたのがわかったけど、視線は合わさなかった。パパやママに嘘をつくのは平気でも、相手がリリィだと話がちがう。

「そうだったの」それだけ言ってママはだまった。どう応えたらいいのか迷っているみたいだった。心を読もうとするかのように、じっとわたしの顔を見つめている。「よかったわ。つらいときは終わったのね」

「それは今日のことなのか?」パパが訊いた。

「今朝のことよ。バレエのレッスンのあと、彼に会ってさよならを言ってきた」感情をこめずに、わたしは答えた。

「あなた、だいじょうぶなの?」ママが訊いた。

「だいじょうぶ。悲しいけど、だいじょうぶ」

うなずいたパパとママは、すごく心配しているみたいに見えたけど、どちらもすぐに口実を見つけて、パパはオフィスに、ママは横になるために寝室に、行ってしまった。

残されたわたしに、リリィがスフレバターのボウルを差しだした。十歳のころ、彼女はよくこうしてつまみ食いをさせてくれた。

「アンセム、ほんとう？」リリィがささやくように訊いた。

わたしは首を振り、スフレバターをすくいとってその指をなめた。

「だいじょうぶなの？　だいじょうぶそうには見えませんよ」

「すごくいい感じっていうわけじゃないけどね」わたしは涙をこらえながら言った。子供のころは、リリィになんでも話していた。だけど、もうそういうわけにはいかない。「でも、なんとかするわ」

心配そうにリリィがうなずいた。「わたしはいつでもここにいますからね。何でもおっしゃってください。わたしのアドバイスなんて、役には立たないでしょうけど――」彼女が言った。「女が時間を費やす価値のある男は、そうそういるものじゃありませんよ」

「彼はその数少ない男のひとりよ」わたしは言った。「いつか紹介する。会えばわかるわ」

夜の八時二十七分。オフィスにいるパパとリンディ・ナイは、臨時の広報会議と称して前途多難のスタジアム建設プロジェクトについて話し合っているようだった。サージもそこにいることはわかっていた。わたしはその隙を狙って駐車場におり、息をとめてセラフのドアハンドルのキーパッドを親指で押した。ロックが解除される小さな音を聞いて、胃がひっくりかえりそうになった。それでもわたしはジーンズのポケットに手を突っこんで、パパの机の抽斗から持ちだしてきたグローブボックスの小さなキーを取りだした。

サージがグローブボックスに拳銃を入れていることは、十歳のころから知っていた。わたしはキーをまわしながら、後部座席で眠っていたあの日の記憶をよみがえらせた。目をさましたわたしが見たのは、なれた手つきで悠然と拳銃の手入れをしているサージの姿だった。弾を抜いて分解し、部品を磨いてまた組み立てる。それが終わると、サージはグローブボックスに拳銃をしまった。あのときは怖くて眠ったふりをしていたけど、大人になるにつれて安心感をおぼえるようになった。犯罪だらけのベドラムに住んでいても、少なくともこの車には拳銃がある。そして、すべてを心得ているボディガードがいる。わたしはこんなにしっかり護られていてラッキーだと、先週まで思っていた。それが幻想だったことが今はよくわかる。危険を免れることは誰にもできない。この街では無理なのだ。

拳銃にふれるだけでも恐ろしかった。でも、もう他に方法はなかった。これ以上、ママの宝石は盗めない。ネックレスがなくなっていることにママが気づいていないなんて奇跡だ。だから、誘拐団にわたせるものは何もない。頑固なラバをおだてるニンジンがなくなったら、鞭を使うしかないということだ。

グローブボックスの鍵を開け、そのなかに手を入れて側面を探ってみた。そして、そこにある蓋を見つけると、それを開けた。艶を消した冷たいプラスチックが手にふれた。拳銃は見た目よりも重かった。弾が入っていることはたしかだけど、撃ち方はわからない。でも、相手をまちがえずに突きつければ、それだけで事は足りるかもしれない。そう祈るしかなかった。**だけど、やられたらやり返す**。そう思いながらも、腕に鳥肌が立っていた。**必要に迫られたら撃つしかない**。

ジーンズのうしろに拳銃を押しこんだわたしは、自分を撃ってしまわないように短い祈りを捧げ、グローブボックスを閉じて、できるだけ音をさせないように車のドアを閉めた。ウールのジャケットのフードを被って震える脚で歩きだしながらも、歩みをとめずにいるためには、自分に向かってあらゆる嘘をつきつづける必要があった。**この計画は完璧だわ。わたしなら絶対にできる……**。気が変になりそうなほど怖かった。こうなったら、絶対にやり遂げるという気持ちに頼るしかない。わたしにあるのはその気持ちと、使い方を知らない拳銃だけだった。

19

夜のハデスの三階は人でいっぱいだった。下のマーケットほど騒々しくはないものの、そこここに人が集まって、小さな声でしゃべったり、カードをしたり、紙袋に入れたボトルから何か飲んだりしている。ほとんどは男の人だけど女の人も何人かいた。その全員が黒っぽい服を着ていて、日に焼けた用心深い顔をしている。荒れた感じの店から店へと封筒や包みを運んでいるのは、さっき裏階段にいた子供たちだ。本屋に向かって歩いているうちに、緊張のせいで心臓がものすごい音をたてはじめた。

本屋に近づくと歩調をゆるめた。細胞のひとつひとつが、ミス・ローチやその仲間たちがいないかと警戒している。あの人たちが全員ここに集まっていたら、また出なおしてくるしかない。店の前にたどりつくとドアが開いていた。おもての部屋には誰もいない。さっき見たとおり、カーペット敷きの床に本のタワーができている。スミッティが読んでいたコミックブックが開いたままカウンターの上に載っていた。かつてはそこにレジが置かれていたにちがいない。でも今は、口紅がついた吸い殻でいっぱいの灰皿と、ブラックアウト・ウォッカの空瓶が何本か載っているだけだった。奥の壁の向こうから何か聞こえてこないかと、しばらく戸口にたたずんで、スーパーチャージされた耳をすましてみた。そして、人の気配がないことをたしかめるとカウンターに向かって足を踏みだした。コミックブックのタイトルは〈キラレラ〉。ぴちぴちの服に、顔の半分くらいを占める大きな目。そこに描かれた女の子は、人間とイカが合体したような海の生き物に大きな拳銃を突きつけていた。**拳銃を持った女の子**。そう思ったとたん、サージの拳銃がふれているあたりに汗が噴きだした。わたしは背筋をのばして、部屋の奥のメタルドアに目を向けた。

何かが動く気配がした。そして、そのあとうなり声が聞こえたかと思うと、わたしのうしろで本のタワーがくずれた。

振り向いたわたしに向かって、二十代くらいの痩せた強そうな男が突進してきた。汚い金色の髪と、黒い革ジャン。その男は、手にしたライフルの床尾をかかげていた。いっしゅんにしてアドレナリンが噴きだし、耳のなかで血がどくどくと鳴りだした。空っぽの本棚がならんだ荒れはてた本屋の風景が、男のまわりで消えて真っ白になっていく。そして次の瞬間、すべての動きがスローモーションのように見えてきた。走っている男の足がどこに着地するかわかるし、つやのない金色の髪の動きも見える。時がすごくゆっくり過ぎていく。だから、攻撃に備える時間は充分にあった。

わたしは敵に駆けより、フレックスにした足を思いきり蹴りあげた。ブーツのヒールが男の頭に命中するはずだった。でも、相手は戦い方を心得ていた。横によけられたせいで、わたしはよろめいて無様に床にころげてしまった。つかのま呆然となったわたしの頭にライフルの床尾を向けて、男がまた襲いかかってくる。

わたしはすんでのところでそれをかわし、立ちあがって跳んだ。気がつくと、重力の法則では考えられないくらい高く跳んでいた。その位置からの体当たりを食らって、男が仰向けに倒れ、ライフルがメタル製の本棚にぶつかって音をたてた。

男の上半身にまたがって両腕を左右の膝で押さえこんだわたしの胸のなかで、心臓が痛いほどのいきおいで動いている。いっしゅん、ガラスの破片を突き刺されたような痛みが走るのを感じて、もうおしまいかと思った。ジャックスの発明品は、いちばんしっかりと動いてほしいときに動きをとめてしまうのだろうか？　でも、痛みはすぐに消えてくれた。わたしは自分の下でもがいている男に、ふたたび集中した。

男がわたしの目をまっすぐに見つめて、薄い唇に冷笑を浮かべた。

「やあ、プリンセス。まったくすごいことをやってくれるじゃないか」彼が目をぎらぎらと輝やかせて、猫撫で声で言った。わたしは男をにらみつけた。できるものなら目をくりぬいてやりたかった。でも、そんなことを思っていたら指がこわばってきた。男は、そのいっしゅんを逃さずに、片方の腕をわたしの膝の下から引き抜いた。束ねた赤い髪をつかまれたわたしの口から、人間の声とは思えないような怒りに満ちた叫び声があがった。気がつくと、ジーンズの腰から拳銃を抜いていた。親指で撃鉄を起こし、男のおでこに銃口を押しあてる。不思議なことに、そのやり方を知っていた。

「床に両手をついて。ギャビンを返してもらいにきたの」声は落ち着いていたけど、身体じゅうの細胞が恐怖に悲鳴をあげていた。

「ロージィ」男が口だけを動かして誰かを呼びながら、不気味な笑みを浮かべた。「出てきてくれ。お客さまだ」

どちらもそのまま動かなかった。男にまたがったわたしは、拳銃をにぎった手が震えないように、必死で気持ちを抑えていた。

おでこには汗が噴きだしているのに、彼はふてぶてしくも笑っている。しかも、わたしを見あげる目には、嘲るような表情が浮かんでいた。

一分後、奥のメタルドアが軋りながら開いた。気がつくと、彼女が目の前にそびえるように立っていた。床に倒れた男にまたがっていてさえ、彼女がかんでいるガムがグレープ味だということも、かみはじめたばかりだということもわかった。ミス・ローチだ。**ロージィですって？** わたしは心のなかで嘲笑った。かわいらしい花の名前なんて、ぜんぜん似合わない。彼女の顔は、ゆるくウェーブのかかった髪に縁取られていた。厚塗りにしたクロムアイシャドウと、どぎつい色の口紅。攻撃的なメイクをしているにもかかわらず、プリーツドレス姿の彼女は女らしい感じでなまめかしく見えた。思っていたよりずっと若いにちがいない。その事実はメイクでは隠せない。どう見ても二十代前半だ。低い鼻と大きな青い目が、彼女を無邪気な子供のように見せている。ミス・ローチのあとからあらわれたスミッティがドアを閉めた。彼女は拳銃を、そしてスミッティはライフルを持っている。

「この人を殺すわよ」男のおでこに銃口をきつく押しつけて、わたしは言った。脚の下から彼の緊張が伝わってくる。「あなたたちの撃った弾がわたしにとどく前に、この人の頭を撃ち抜くわ。武器を床に置いて」

　奇跡としか思えなかったけど、ふたりはわたしの言葉にしたがった。まずスミッティがゆっくりとライフルを床に置いた。ミス・ローチは鼻を鳴らして目をぐるりとまわしたものの、結局は身をかがめてわたしの前に拳銃を置いた。

「ギャビンを返してもらいにきたの」そうくりかえしたわたしの声はかすれていたけど、残忍さと狂気のあらわれだと思ってくれるよう祈るしかなかった。「ひとりでは帰らない。さあ、うしろにさがって。さっさとギャビンを連れてきてくれないと撃つわよ」

「そのかわいらしい頭に理性ってものは入っていないのかな」スミッティがそうつぶやきながら、ライフルから離れた。二重顎にレタスの切れ端がついているところをみると、タコスでも食べていたのかもしれない。ミス・ローチは何も言わなかった。落ち着き払った様子で腿まであるブーツの位置をなおし、輝く青い目でわたしの目を見つめながら何歩かうしろにさがった。そして、細い眉を片方だけ吊りあげたかと思うと、わたしを哀れむかのように、ローズレッドの唇を引きつらせてかすかにほほえんだ。

　そのあと肩をすくめたミス・ローチが、ようやくスミッティに合図した。「言われたとおりにしなよ」彼女がぼそっと言った。「あいつを穴から出してやりな」

床を踏みならしてカウンターに近づいたスミッティが、ボタンをいくつか押した。彼はカウンターを見つめていたけど、何も起こらなかった。

「どうなってるんだ?」彼がミス・ローチに言った。

「いいかげんにしなよ、スミッティ。バカすぎるよ」彼女はぴしゃりとそう言って、自分で番号を打ちこんだ。カウンターの天板がスライドして、そこに大きな穴ができた。ミス・ローチがカウンターにのしかかるようにして、穴のなかに向かって何かつぶやいた。耳をそばだててみたけど、何を言ったのか聞き取れなかった。彼女の声が穴のなかでこだましている。たぶんこの床の下に、彼らが人を閉じこめておくのに使っている広い空間があるのだ。

「うつぶせになって」わたしはカウンターにあいた穴に注意を向けながら、金髪の男に大きな声で命じた。

「両手を頭の上に載せるのよ」

男がうつぶせになると、わたしはロージィの真珠の飾りがついた拳銃とスミッティのライフルを自分のうしろに蹴飛ばした。そうしているあいだも、彼におおい被さるように立ったまま、両手でにぎった拳銃をその頭に向けていた。

何も起こらないまま時が過ぎていく。本屋の外から音楽が聞こえてきた。さっき下で演奏されていたブラスバンドに、アコーディオンとドラムがくわわったみたいだ。踊るような足取りで床を踏みならす音が、曲といっしょに近づいてくる。ラッキーだと、わたしは思った。人混みに紛れてしまえば、目立つことなくギャビンをここから連れだせる。でも、待って。ギャビンは、ほんとうにここにいるのだろうか? 本屋のカウンターの下に彼がいるなんて、ありえるだろうか? これは罠かもしれない。最悪の事態に備えておいたほうがよさそうだ。なんといっても、野獣のような連中だ。

でもそのとき、ふたつの手がカウンターの縁をつかむのが見えた。そのあと頭のてっぺんが、砂色の髪が、見えてきた。そして次の瞬間、そこにギャビンの顔があらわれた。

「やあ、アンセム」ギャビンがわたしに力なくほほえんでため息をつき、身体を押しあげて穴から抜けだした。たったひとつついている電球の薄暗い明かりにも眩しそうに目をしばたたいているし、立っているのもやっとという感じだった。

「ギャビン！」そう叫びながらも涙がこみあげてきた。今朝まで、彼はすでに殺されてしまったのではないかという恐ろしい思いから逃れられずにいた。でも今、ギャビンがすぐそこに立っている。少し黄色くなっている目の下の痣と、腫れて黒っぽくなっている下唇。痛みのせいか、彼の顔には怯むような色が浮かんでいた。それでも、見たところ他に怪我をしている様子はなかった。髪はぼさぼさでもつれているものの、服はきれいだし、さほど痩せたようにも見えない。わたしの身体のすべての部分が、彼を抱きしめたがっていた。その手をつかんで逃げだしたかった。でも、スミッティとロージィがすばやく動いて彼の両側に立った。ふたりが薄笑いを浮かべているのを見て、何かが変だと感じた。

「だいじょうぶなの？」バカなことを訊いてしまった。だいじょうぶでないことはわかっている。

「おれはだいじょうぶだ」ギャビンが答えた。「しかし、アンセム、きみはここにいてはいけない。逃げろ」彼が訴えるようにわたしを見つめた。

「ふたりでここから出ていくのよ」武器を持っているのはわたしだということが、彼にはわかっていないのだろうか？　彼を連れだすためにここに来たのだということが、わかっていないのだろうか？　でもそのとき、彼の靴に何かがとめつけてあることに気がついた。左斜めうしろを振り向いたギャビンの視線を追ったわたしは、彼がつながれていることに気づいた。細いメタル製のバンドが彼の足首に巻きついていて、そこからのびている太いケーブルがくねりながらカウンターの穴のなかに消えている。その先は、ギャビンがさっきまでいたどこかにつながれているにちがいない。

「彼を自由にして」そう怒鳴りながら、銃を持つ手に力をこめた。「言うことを聞いてくれないなら、あなたたちの友達を撃つわよ」

「もっといい考えがあるよ」ロージィがほほえんだ。歯に口紅がついている。彼女の手元に視線をおろしたわたしは、恐ろしい事実を知った。彼女が別の拳銃をにぎっている。古い型の銀色のリボルバーだ。

「今すぐに、あんたの愛しいボーイフレンドを殺したっていいんだ。撃てるのはどっちだと思う？　あたし？　それともあんた？」

「わたしよ！」叫びながら、目を閉じて引き金を引こうとした。衝撃に備えて身がまえる……。でも、わたしはその場に凍りついたかのように、ただ立ちつくしていた。頭蓋骨が吹き飛んで、そこらじゅうに血が飛び散って、この男の生涯が——情けない生涯であったとしても——終わるところを思い描いてみた。

腕が震えはじめて、ためらいが大きくなっていく。ロージィの言葉もはったりであることを祈るしかなかった。

「ああ、きっとそうだね」彼女のしわがれ声が、ただようように聞こえてきた。目を開けると、彼女のリボルバーがギャビンの胸に向けられていた。彼はもがかなかったし、命乞いもしなかった。ただ、じっと彼女の目を見つめて待っている。「このゲームは、もうおしまいにしたほうがよさそうだね。だんだんつまらなくなってきた」

「だめよ！」わたしは叫んだ。「拳銃を捨てるわ」でも、彼女は挑むような笑みを浮かべただけだった。そのあと、彼女が息を吸う音が聞こえた。

そして次の瞬間、時がとまった。耳を聾するような銃声がとどろき、部屋の空気が震えた。床に倒れたギャビンのグレーのTシャツに血がにじみだし、それがどんどんひろがって上半身を黒く染めていく。

「やめて、やめて、やめて」わたしは震えながら、喉が焼けるほど叫びつづけた。現実とは思えないそんな流れのいっしゅんをついて、ふたりがわたしをとらえた。スミッティに両手で口をふさがれたわたしの手から、ロージィが拳銃を取りあげた。捨てられた弾が、カーペットの上にジェリービーンズみたいに落ちていく。

わたしはふたりの手を振りきってギャビンに駆けよった。ここから連れだして病院に連れていけると、思っていた。下の階にあったクリニックでもいい。どこかに彼を治せる誰かがいるはずだ。でも、その顔は灰色に変わっていて、目は——小さな救いのひとつと言えるかもしれないけど——閉じていた。左胸の真ん中、つまり人間の心臓があるあたりから血がもれだしている。冷静に考えれば、はっきりとわかる。もうおしまいだ。

わたしはギャビンの頭を両手に抱いて髪を撫でた。そうしているあいだも、誰かが耳をつんざくような甲高い声で叫びつづけていた。「嘘よ、嘘よ、嘘よ」その声は、ロージィがわたしの頬をひっぱたくと同時に消えた。

「だまりな！」背の低い彼女が目の前に立っていた。真珠の飾りがついた拳銃を両手でにぎっている。「終わったんだよ。だから出ていきな、プリンセス。ここから出ていって、二度と戻ってくるんじゃないよ。あんたまで殺さなくちゃならないような羽目にはおちいりたくないからね。おまわりに気づかれずに死体をうめるのはむずかしいんだ」

彼女がしゃべっているあいだじゅう、目の前で拳銃が揺れていた。口のなかが唾でいっぱいになってきた。わたしはそれを集めて、彼女に吐きかけてやった。

「この子をあたしの前から連れていきな」おでこについた唾を拭いながら、ロージィが静かに言った。

「あんたたち、そこにいるんだろう？　さっさと出てきなよ！」彼女が怒鳴った。

男たちに両脇を抱えられてカーペットの上を引きずられていきながらも、目は床に倒れているギャビンに向いていた。シャツは袖まで血で黒く染まっている。彼の横には、そこにひざまずいて自分がどんな傷を負わせたかたしかめているロージィの背中が見えていた。

今のわたしは強いのよ。ありえないくらい強いの。こんな男のふたりくらい、軽く振り払えるはずよ。

手足を振りまわすと、スミッティが吹っ飛んだ。でも、そのとき奥のドアが開いて、双子らしき男の子がふたりと紫色の長い髪をした女の子がひとり、わたしに飛びかかってきた。小柄で骨張っているオリーブ色の肌をした双子と、身長百八十センチくらいの女の子。三人ともディミトリスで見たおぼえがある。ロージィのチームの二軍部隊だ。

折り重なるようにのしかかってきた彼らに、手足を押さえこまれてしまった。その力は、あまりにも強すぎた。三人が相手では、どんなに力を振り絞ってみても逃れようがない。

気がつくと、太い指をブラックアウト・ウォッカのボトルの首にからませて、スミッティがそこに立っていた。彼がそのボトルをわたしの頭の上に振りかざした。それが、最後に見た光景だった。

そのあと、すべてがギャビンの血のように真っ黒になった。

これでおしまいだ。この世界からも、この世界がもたらした苦痛からも、これで解放される。

意識を取り戻したとき、わたしはハデスの一階のタイル張りの床に横たわっていた。コートの下のサージの拳銃が、脇腹にあたっている。傍らにはルーファスがひざまずいて、小さな手でわたしの肩を揺すっていた。「ねえ、起きて」彼は泣きそうになっていた。「やつらに見つかる前に起きてよ」ロビーは、お祭りのような騒ぎだった。アップテンポの悲しげな曲をドラムとテューバとアコーディオンが奏で、それに合わせて誰かがうたっている。葬送曲だ。

きっとギャビンのために演奏しているのだと、意味もなく思った。みんなギャビンが死んだことを知っているのだ。でも、ちがう。彼が死んだことは知られていない。人に知らせる気なんて、ロージィにはないはずだ。

ルーファスに耳と頬をつねられた。「ねえ、立ってよ」

わたしは彼を見た。やわらかそうなカラメル色の肌と、ベビー・ピンクの頬。仄暗い明かりのなかで補聴器が輝いている。

「オーケー」そう答えたものの、何も感じなかったし何も見てはいなかった。できるものなら、人混みに駆けこんでサージの拳銃を振りまわしたかった。そうすれば、誰かがわたしを殺してくれるかもしれない。ギャビンといっしょに次の世に旅立てるなら、喜んで死ぬ。でも、ルーファスのために思いとどまった。それでなくても、この子が正気をたもったまま大人になれる確率はわずかしかないのだ。わたしはルーファスに引っぱられるままブラスバンドの輪から離れ、裏階段があるほうへと向かった。どうしようもないほどの挫折感をおぼえながらも、一歩、また一歩と、彼のために歩きつづけた。

「あんたに必要なのはキャンディだよ」裏階段がある建物の横手の出口を抜けながら、ルーファスがシナモンキャンディのセロファンをむいて、ものすごく貴重な宝石をわたすみたいに手ににぎらせてくれた。「キャンディを舐めれば、いつだって元気になれるよ」

わたしを元気にしてくれるものなんて、もう何もない。救いなんてない。ここにも、他のどこにも、そんなものは存在しない。それでも、わたしはキャンディを口に入れ、舌の上でそれが溶けていくにまかせた。

「ありがとう」小さな声で言った。「ルーファス、お願いがあるの。聞いてくれる?」

「ただじゃだめだよ」彼がそう言うのを聞いて、遠い昔のように感じられるあの日、ため息橋でフォードがわたしのネックレスをじっと見つめていたことを思い出した。ただで手に入るものなんて何もない。首にかけたハートのペンダントにふれながら、悲しい気持ちでそう思った。何かを求めれば、必ず大きな代償を払わされることになる。

でも、ルーファスはまだ知らなくていい。彼は子供だ。過酷な環境に生まれた子供ではあっても、まだ知る必要はない。ルーファスには、ここから離れてほしかった。列車かバスに乗って、他のどこかに行ってほしかった。でも、彼がここにいつづけることはわかっている。ルーファスには、ハデスがすべてなのだ。

わたしは彼に二十ドルわたして、そのきつくカールのかかったやわらかな髪を撫でた。「もう三階にはいかないで。あそこは子供が行く場所じゃないわ」

ルーファスが渋々うなずいた。「たぶんね」

そのあと、心が痺れたようになったまま彼に別れを告げると、ハデスの裏の漆喰の壁に身をあずけて、涙が涸れるまでひとりで泣いた。そして、ふたたび歩きはじめたわたしは、大きすぎるモールをなぜか振り返らなかった。ギャビンの身体は、そのなかで石のように硬くなろうとしているはずだった。

照らされるに値しないこの世界を三日月が照らすなか、わたしはうちに向かって歩きつづけた。

セラフのグローブボックスに拳銃を戻しにいくと、サージがそこで待っていた。よほどひどい姿をしていたにちがいない。サージが車から飛びおりてきて、大きく両腕をひろげてくれた。その腕に飛びこんだ瞬間、自分の身体が震えていることに気がついた。

「何があったんです?」片方の手でわたしの頭のてっぺんを包みこむようにして、彼が訊いた。「血が出ているじゃないですか」

頭の上でボトルが割れたことはおぼえているけど、痛いのは胸のあたりで、頭はなんでもない。

「ギャビンが死んじゃったの。わたしの目の前で、あの人たちに殺されたの」平坦で虚ろで、別の誰かの声みたいだった。

サージは何も言わなかった。ただ、彼が大きく息を吐く音が聞こえた。

わたしは彼から身を離し、ジーンズのウエストから拳銃を抜き取った。「だまって持ちだしたりしてごめんなさい。でも、使わなかった」

サージが拳銃を受け取ってスーツの上着の内ポケットにしまった。「謝らなければならないのは、わたしのほうです。いっしょに行くべきでした」

「ひとりで行く必要があったの。誰かを巻き添えにしたりは……」歯ががちがち鳴って、最後まで言えなかった。

「アンセム、あなたはショック状態にあるようだ。車のなかでしばらく坐っていましょう」

サージがエンジンをかけてヒーターをつけてくれたけど、二十八度くらいになっても、まだ寒くてたまらなかった。彼がトランクを開けて古い制服のセーターを見つけてきてくれた。それを着てしばらく無言のままサージと坐っていると、震えがとまって歯も鳴らなくなった。

「アンセム、ボーイフレンドのことは残念でした。しかし、あなたは元気だ」彼が言った。「ご両親は何も気づかないでしょうね」

凍える指をヒーターの吹き出し口に押しつけた。「元気になんて、もう一生なれない」わたしはつぶやいた。「絶対になれないわ」

「まずは今日のことを考えてください」サージが言った。「一日一日乗りこえていくしかありません」

20

上に戻ったわたしは、玄関広間の時計に目をやった。十時十五分。夜の外出から帰るにはちょうどいい時間だ。それにしても、これしか時が経っていないなんて信じられなかった。今朝から今までのあいだに、何十年分も歳をとったような気がする。礼儀正しい話し声とボーンチャイナのカップが受け皿にふれる音が、リビングルームから聞こえていた。パパとママがお客さまを迎えているのだ。わたしはまず頬をつねってから鏡をのぞいて、頭のてっぺんにこびりついた血が隠れるように手早く髪を結いあげた。正気を失いそうだったし死んだような気分だった。それでもそんな顔に、いかにも図書館から帰ってきたばかりに見える疲れきった表情を貼りつかせた。

「図書館で眠ってしまったの」小さな声でリハーサルをした。「もう、くたくた。ベッドに直行するわ」でも、リビングルームのアーチ形の戸口の前まで来たところで、わたしは凍りついた。パパとママとお茶を飲んでいたのはウィルだったのだ。どうしたらいいのかわからないし、どう考えたらいいのかもわからない。口を開いてみたものの、咳の真似をするのが精一杯だった。

パパとママのあいだに坐っていたウィルが、さっと立ちあがってわたしに駆けより、頬に熱っぽくキスをした。そのあと彼は、わたしの耳に口をよせてきた。あとずさらずに我慢するには、自分のなかにある意思の力をすべてかき集めなくてはならなかった。

「力を抜いてほほえむんだ」ウィルがささやいた。「きみは図書館に忘れてきた体育の教科書を取りにいったと話してある。ふたりとも、それを信じている」

言い訳をしておいてくれたわけだ。わたしはわかったというしるしにかすかにうなずくと、歯を食いしばりながら笑みを浮かべ、ウィルにうながされるままパパとママのほうへと歩きだした。彼の汗ばんだ指に、手首をしっかりとつかまれていた。わたしはパニックのせいで胸がざわつくのを感じながら、誰かが話しだすのを待った。

「ただいま」何気なさをよそおって言った。

パパもママもほほえんでいる。わたしの失踪以来、ふたりがこんな満足げな顔を見せるのは初めてだ。

「きみとまた付き合えるようになってすごくうれしいって、ご両親に話していたところなんだ」ウィルがうれしくもなさそうな笑みを顔に貼りつかせて言った。

わたしもその偽物の笑顔に見合った最悪の笑みを浮かべて彼を見た。

「いつかそうなるにちがいないと思っていたんだ」パパがそう言って、わたしにウインクした。「うまく行きだすと、すべてうまく行く。ちがうかな？」

部屋を満たした神経質な笑い声は、たじろがずにいられないほど大きすぎたし嘘っぽかった。

「この何年かのあいだに聞いたなかで、最高のニュースだわ」そう言ったママの舌は、飲みすぎたワインのせいで少しもつれていた。「ふたりが……なんていうか……うまくいっていないって聞いたときは、とっても悲しかった……」ママは感傷的になって目を潤ませながら、ゴブレットに少し残っているシャルドネを揺すった。

「わたしたちは、まだ若いし……」なんとか話を戻そうとして口を開いた。ふたりの仲が復活したなんて、パパとママに思ってほしくなかった。

でも、手首をつかんでいるウィルの指に力がこもったのを感じて、それ以上は言えなくなってしまった。

「ぼくたち、失礼していいですか?」彼がそう言って、パパとママにハンセン家の人間特有の笑顔を向けた。上下の歯をのぞかせた、写真を撮ってくれと言わんばかりの笑顔だ。「ちょっとアンセムをさらっていきたいんです」彼がパパにウインクした。

「もちろんだよ、ウィル」パパが笑みを浮かべてウインクを返した。「さらっていってくれ。アンセムの部屋でおしゃべりをするといい。またこうしてきみが訪ねてくれるようになって、ほんとうによかった」

「ぼくもよかったと思っています」パパとママにそう言って背を向けたとたん、ウィルの笑みは消え、目に感情の激しさを物語る不気味な光があらわれた。「また近いうちに……」彼が振り向いて言った。「行こう、アンセム」わたしは彼に引っぱられるようにして廊下を歩いた。

「放して」パパとママに聞こえないところまで来ると、小さな声でそう言いながら手首をひねって彼の指を振りほどいた。「いったどういうつもりなの?」

「きみの部屋で話すよ」彼が鼻を鳴らした。「ああ、すっかり話してやる。はっ、はっ」

部屋のドアを閉めたときには、皮膚がちくちくするほど熱くなっていた。わたしは腰に手をあて、少し距離をおいて彼と向き合った。「どういうこと?」鼻をふくらませ、歯を食いしばって訊いた。「どうしてここにいるの? なぜパパとママに嘘をついたの?」

「ああ、かわいいアンセム!」ウィルはそう叫ぶと、両手をひろげていきおいよくベッドに仰向けになった。「まず、ちょっと抱き合おう。それから説明するよ」

「ウィル」

「冗談だよ、アンセム。相変わらずだな。皮肉を言ってもつうじない。最近、きみがぼくに少しも魅力を感じていないことはわかっている。バカじゃないからね」

「だったら、なぜここにいるの?」

「なぜだと思う？」ウィルは、たっぷり間をとってつづけた。「きのう、きみがちょっとばかり感情を爆発させたときに、ぼくの歯を折ったってことに気づいているかな？　これは仮歯だ。インプラントを入れることになるが、時間も費用もずいぶんかかる」彼はそう言うと、犬歯を指で叩いて引き抜き、それを目の前にかかげてしげしげと眺めた。「歯医者の椅子に坐って折れた歯を抜かれたり、根の治療を受けたりしているときに、考えはじめたんだ。あのアンセムが、なぜあんな蹴りを入れられるほど強くなったんだ？……ってね。どう考えても、体重四十五キロのチビにできることじゃない。ああ、気を悪くしないでくれよ。しかし、きみがチビだっていうのは事実だ」彼が青い目を輝かせてわたしの反応をうかがいながら、言葉を切って息をついだ。たぶん一気にしゃべりすぎたのだ。

「ベッドからおりて」やっとの思いで言った。

「すぐにおりるよ、ぼくのかわいいアンセム。いや、だめだ。おりたくない。きみのベッドに寝ていると、なんていうか……とても心地がいいからね！」彼が甲高い笑い声をあげた。こんな声を出すなんて、ぜんぜんウィルらしくなかった。これは歯が一本抜けているせいだけではなさそうだ。

「とにかく――」ウィルが言った。仰向けにベッドに横たわっている彼は、頭のうしろで手を組んで、これ以上ないほどくつろいでいる。「理屈に合わないと思った。だから、その謎を解いてやることにしたんだ」

「それで、何をしたわけ？」小さな声でそう訊いたものの、答なんか知りたくなかった。

「きみはちょっときれいになった」ウィルがあくびをしながら言った。「ああ、この前までは七歳くらいにしか見えなかったのに、今は十歳くらいに見える」

「不思議ね。しゃべればしゃべるほど、あなたが醜く見えてくる」怒りに声をつまらせながら、わたしは言った。

「ぼくはただ、あの傷跡がすっかり消えることを祈ってるんだ」ウィルがバカみたいな声で笑いだした。

わたしは凍りついた。気を失ってしまうのではないかと思うほど、心臓がぶんぶん動いている。**ウィルは知ってるの？**

「なんの話？」わたしはそう言いながら、オックスフォード・シャツの襟をつかんで彼をベッドから引っぱりあげ、目の前に引きよせた。パパとママが彼に食べさせたアーモンドクッキーの匂いがする。ふたりの顔は、もう三センチと離れていなかった。**彼を蹴飛ばしたときに、シャツがはだけてしまったとか？それとも、なんらかの方法で彼はわたしを観察していたの？**

「何もかも知ってるんだ。見世物小屋のスターになれるよ。ああ、きみに何ができるか、ぼくは知っている。すべてコンピュータに入れてあるんだ。さあ、手を放してくれ」

「あなた、何をしたの？」ささやくようにそう言うと、シープスキンのラグの上に彼を投げだした。かつてのふたりが何時間もいちゃいちゃして過ごした場所だ。

わたしはドアまで走って鍵をかけ、すぐに戻って彼の前に立った。戦ってめちゃくちゃにしてやりたくて、身体がうずうずした。

でも、そんなことはしない。できない。ここでは絶対にだめだ。

「今、ぼくに下手な真似をしないほうがいいんじゃないのかな」ウィルが顔をしかめて言った。これからヨガを始めるみたいに、脚を組んで背筋をのばし、両手を膝に乗せている。その青い目が得意げに輝いた。なんだか知らないけど、とんでもないことを言おうとしているのだ。「きみを撮った動画があるんだ」

「嘘でしょう」小さな声で叫んだ。急に力が抜けてしまったわたしは、ウィルから少し離れたところに坐りこみ、がっくりと肩を落とした。ギャビンは死んでしまった。他のことなんて、もうどうでもいい。

「ああ、アンセム。動画を撮るのがどんなに簡単だったか、きみには想像もつかないだろうね。きのう、きみがバレエのレッスンだかなんだかに行っているあいだに、カメラを仕掛けたんだ。花を持ってきみのママを訪ね、アンセムと仲直りしたいとか、心を取り戻したいとか、いろいろ話したわけだ。そして、ぼくがまだきみを愛していることは誰にも言わないと約束させた。きみの両親は、ぼくたちが付き合いつづけることを望んでいる。そんなことはわかりきっている。それで、トイレに行くと見せかけてこの部屋に忍びこみ、小型カメラを仕掛けた」彼が肩をすくめた。「ぼくは、人が何をしているか知っておきたいタイプの人間だからね」彼が目の前で鍵束をぶらつかせた。そのキー・リングにぴかぴかの赤いUSBフラッシュ・メモリーがついていた。

「どこにカメラを仕掛けたの?」耳のなかで血がどくどく鳴っているのを感じながら、小さな声で訊いた。怒りのせいで手が震えている。

「だいじょうぶ、人に見せるつもりはないからね。ひとりで楽しむよ。きみは狂ったバッタみたいに、部屋じゅうを跳びまわっていたな。ああ、誰にも見せない。その代わり、ぼくのためにひとつだけしてもらいたいことがある」

「カメラはどこなの?」吐きだすようにそう訊きながら、ウィルに飛びかかった。くるりと身をかわした彼が、ちょっとたじろぎながらもベッドの足側にまっすぐに立った。

「今度そういうことをしたら、ネットに動画を流す。〈見世物小屋のスター——アンセム・フリート〉っていうタイトルはどうかと思ってるんだ。いい感じだろう?」

「何が望みなの?」わたしはどすんとしゃがみこみ、窓の外の暗い夜空に浮かんでいる三日月を見て、ぐっと涙をこらえた。

「学校ではみんな、ぼくがきみに振られたと思っている。知ってるかい?」ウィルの口元が歪み、しかめた顔が真っ赤になった。学校での屈辱的な出来事を思い出しているにちがいない。

「知らないわ。でも、それがどうしたっていうの？」

「どうもしない。ああ……もうどうでもいい」ウィルがむしり取ったカーペットの毛を丸めながら小さな声で答え、わたしの視線を避けてつづけた。「きみの両親に話したとおり、ふたりの仲は復活したんだからね」

「でも、復活なんか――」

「いや、復活したんだ。いいかい、それが脅しというものの効果だ。きみは、またぼくのガールフレンドになったんだ。おとなしくぼくのとなりに立っている、かわいらしいバレリーナに戻ったんだよ。人前に出るときは手をつなぐこと。授業のある教室に向かう前には、名残惜しそうにキスをする」

「でも、なぜなの？」叫び声になっていた。「なぜそんなことがしたいわけ？　あなたはわたしのことがきらいなはずよ」そう指摘したあとで気がついた。そこがポイントなのだ。彼の狙いを知って、心に動揺が走った。ウィルはわたしをコントロールしたいのだ。つまり、支配したいのだ。

「なぜ？　なぜなら、ウィル・ハンセンと別れることも、ウィル・ハンセンを蹴飛ばして歯を折ることも、誰にも許されないからだ。しかし、もっと大きな理由がある。そう、ぼくにはそれができる。だから、そうするわけだ」

「ことわったら？」訊いてはみたものの、答はわかっていた。

「うちに帰って動画を流す。何をしたかは知らないが、どこかに隠れ住んでいる狂った医者が、きみに不法な何かをしたことはたしかだ。その行為に興味を示す人間がいるはずだ。きみは生涯、医者たちに観察されつづけることになるだろうね。それで人生はだいなしだ」床に坐って壁によりかかったウィルが、気味の悪い笑みを浮かべた。

「カメラを持って、さっさと出ていって」気がつくと甲高い声をあげていた。

「その前に、言うとおりにするのかしないのか聞かせてもらおう」

長い沈黙が流れた。見つめ合うふたりのあいだには憎しみ以外、何もなかった。先に目をそむけたのはわたしだった。もう勝ち目はない。

「わかった、言うとおりにするわ」

「すばらしい」ウィルはそう言って、ベッドの上の壁にかけてある額入りの写真のほうに歩きだした。ふたりのダンサー――身体を曲げているひとりと、のばしているひとり――が、跳びながら宙で手をからませている白黒写真だ。彼がその白い額縁の上部から、白いプラスチック製の小さな何かをもぎとった。

「きみが服を脱ぐところを見られなくなると思うと残念でたまらないよ」ウィルはにやつきながらそう言うと、わたしの横をかすめるようにしてとおりながら、皺くちゃになったベッドに目を向けた。「しかし、そう待たずにまた見られるかもしれない」

ウィルがドアに手をかけたところで足をとめた。「ぼくたちにはやりかけたことがある。そうだろう?」

ふたたびベッドに目を向けた彼がわたしに視線を戻し、ゆっくりと身体じゅうを眺めまわした。

「出ていって」小さな声で言った。

彼を廊下に押しだして力まかせにドアを閉めたわたしは、ドアに背中をすべらせるようにして、その場に坐りこんでしまった。そのいきおいで、結った髪が落ちてきた。頭のてっぺんにふれてみると、髪に乾いた血がこびりついているだけで、傷はすっかり癒えていた。どこを切ったのかも、もうわからない。

膝を抱えて涙が出てくるのを待ったけど、そんなものは一滴も出てこなかった。ただ、どうしようもなく虚しかった。胸のなかにある、この氷のような冷たいかたまりが溶ける日はけっして来ないだろう。

21

わたしは睡眠も食事もろくにとらずに、何日も部屋のなかで過ごした。
眠っても休まるどころか悪夢にうなされるだけだとわかったあとは、ただ暗闇に横たわって天井を見つめていた。部屋の真ん中にある照明の固定具から壁際までのびている漆喰のかすかなひびを目でたどり、時計の赤く光っている数字が朝、昼、夜と変わって、また朝になるのを眺めるだけ。リリィが一日に三度、運んでくる食事も、ほんの少し口にするだけで、あとは押しやっておいた。胃が食べ物を受けつけなくなっている。何を食べても土と血の味しかしない。唇や指先が青くなったり、燃料ぎれで鈍麻状態とやらにおちいったりするのは避けたかったから、必要最低限は食べたけど、それ以上は口にする気になれなかった。

毎朝ママがやってきてベッドに腰かけ、心配そうに顔を引きつらせておでこをさわっていく。「まだ熱いわ」ママは不思議そうにそう言うと、まるで火傷を恐れているみたいに、いつも大いそぎで手を引っこめる。新しい心臓は、熱を出してもくれるらしい。うんと集中して少し息をとめ、手をぎゅっとにぎりしめるだけで、身体が熱くなる。

わたしはママが余分に三枚かけてくれた毛布に深くうもれた状態で、ママを安心させる言葉をつぶやくことになる。スプローグ先生に往診を頼むほどのことではないけど、学校は休んだほうがいいと、ママに思ってもらう必要があった。ナイトスタンドに置いてある汗をかきはじめたグラスの水で、ママが持ってくる解熱剤をいやがりもせずに呑みくだし、力のない笑みを浮かべて「ありがとう、ママ」とささやいて目をつぶる。インフルエンザを治すには、眠るのがいちばんだ。それをのぞけば、パパもママもほとんど部屋にやってこなかった。二時間ごとに様子をみにきてくれるリリィにすべてまかせて、どちらもたいていオフィスにいる。夜遅く帰ってきて、顔を見にこないことさえあった。

　夜のあいだにウィルが送ってきたメールを削除するのが、一日の始まりになっていた。初めのうちは『きみの顔が見たくてたまらない』とか『また手をつなげる日が待ち遠しい』とかいうのがほとんどだった。でも、四日目になるとさすがに飽きたようで、午前二時に送られてきたいちばん新しいメールには『今はそうやっていられても、永遠に隠れていられるわけじゃない』と書かれていた。

　リリィがおかゆ《ライスポリッジ》を持ってきたとき、わたしはかなりひどい姿をしていたにちがいない。「アンセム――」彼女が緑色の目に気づかわしげなやさしい表情を浮かべて、おだやかな声で言った。「お風呂に入りましょうね。ラヴェンダーのオイルを入れてあげますからね。それで、少し気分がよくなるかもしれません。もし話したいことがあるなら――」彼女は声を落として言った。「どんなことでもうかがいますよ。わたしはいつもここにいますからね」

　わたしは首を振って壁のほうを向きながら、つぶやいた。「いいの、かまわないで」リリィの思いやりに満ちた目を見ることができなかった。

　それでもリリィはお風呂の用意をしてくれて、部屋はラヴェンダーの香りでいっぱいになった。髪はべたついていたし頭も痒かったけど、窓ガラスと網戸のあいだから出られなくなっているハエのように、ただそこに横たわっていた。起きあがってお風呂に入るエネルギーなんてどこにもなかった。そんな意思はさがしても見つからない。ギャビンの死の重みのせいで、わたしはベッドから出られなくなっていた。そのあまりの重さに、泣くエネルギーさえ呼び起こせなかった。

学校を休みはじめて五日経った金曜日、ザラから『お見舞いに行くよ』というメールがとどいた。この数日は連絡をもらっても、電話に出るエネルギーも長いメールを返す気力もないまま、一日に一度か二度、簡単なメールを返していた。

『まだ病気みたい』

何かあったのかと尋ねてきたときは、

『ううん。ひどい病気なだけ』

そんなメールを受け取って、当然ながらザラは怒ったようだった。はっきりしたことが何も書かれていないし、くわしい説明もないし、ごまかしもいいところ。何か隠しているのは見えみえだ。隠し事はやめてほしいと、ザラはきっと思っている。何もかも打ち明け合っていた、以前のままのアンセムでいてほしいと思っているにちがいない。前は、どんな些細なことでもザラに話していた。わたしがタンポンを持たずにどこかに閉じこめられてジーンズを汚してしまったなんていうことになったら、ザラはその染みの大きさまで知りたがっただろう。とにかく、以前のふたりはそんなふうだった。でも、今のわたしはほんとうのことは半分しか話さずに嘘をついている。シャワーを浴びたり、食事をしたり、ブラインドをあげて窓の外を眺めたりすることができないように、今のわたしは彼女の友達でいることができないのだ。

来ないでほしいと返信する前に、紫のダリアの顔が隠れるほど大きな花束を持って、ザラがやってきた。「すごい速さ」わたしはしわがれ声で言った。ビルの前からメールを送ったにちがいない。

ザラがベッドに寝ているわたしの横に大きな花束を置いた。死体に最後のお別れを告げに来たみたいに、わたしを見おろしている。「いつから窓を開けてないの?」鼻に皺をよせて彼女が訊いた。

ザラはバルコニーにつづくガラスの引き戸の前まで行くと、木製のブラインドをあげ、引き戸を二枚とも開けた。「このほうがぜんぜんいいよ。あなたには新鮮な空気が必要みたいだもの。気を悪くしないでほしいんだけど、その感じ、ひどすぎるよ」

わたしはとつぜんの明るさにたじろぎ、目の前に両手をかざして身を起こした。「わかってる。でも、病気なんだもの」ほんとうは死んでしまいたいと思っていた。

「ふーん。たしかに、そう聞いてる。だけど変だよ。病気で学校を休んだことなんて一度もなかったじゃない。それなのに、急に何日も休んじゃってさ。七年生のときの綴り字競技会のことをおぼえてる? あなた、舞台の上で気絶しちゃったんだよね。四十度くらい熱があったのに、それを隠して競技会に出たりしてさ」

わたしは大きく息を吐いた。「うん。あのころより大人になったってことだと思う。でも、もしかしたらあのときより病気がひどいだけかもね」

「ふーん」ザラがまたもうなるように言った。短い髪を撫でたりひねったりしながら、じっとわたしを見つめている。納得していないのは一目瞭然だ。「あのさ、ギャビンがどうしてるのかわからないまま、そうやって待ってるのがどんなにつらいか、わたしには想像もつかないよ。でもさ、話してくれてもいいいんじゃない」

ふたりのあいだに沈黙が流れた。わたしは頰の内側をかんで、すべて打ち明けてしまいたいという衝動と闘った。ほんとうのことを話しだしたら、きっととまらなくなってしまう。必死で隠しとおしてきたことを何もかもしゃべってしまうにちがいない。ひとりでサウスサイドに行ったこと。ハデスでの出来事。

新しい心臓のこと。わたしがウィルに脅されていることを知ったら、ザラは絶対に放っておかない。「あんたがしてることをみんなにばらしてやる」と言って、彼を脅すかもしれない。そうなったら、ウィルはわたしの秘密をばらす。**ああ、ザラ。**彼女に力なくほほえみながら心のなかで言った。**お願い、わたしを赦して。**

「なんでもないの、ザラ」そう言ったわたしの声は、思ったよりも冷たくひびいた。「言ってるでしょう。病気なだけ」

ザラがベッドを見た。坐ろうかどうか考えているのだ。でも、彼女は坐らなかった。「話してくれなきゃ、力になれないよ」彼女が気が抜けたような声で言った。「でも、もしかしたら……もうわたしなんか必要ないって思ってるのかもね。最近、そんな感じだよね」

カーペットに目を落としたザラが、いっしゅんこっちを見たあと、窓の外に視線を向けた。わたしが話しだすのを待っているのだ。

「もちろん話すわ」そう言って、嘘をならべはじめた。「なんていうか……いろいろあったから。それに、考えちゃったの。自分にとって何が正しいのかって。だって――」そこまでで、言葉を切った。

彼の名前は言っちゃだめ。心のなかで自分に命じた。彼の名前を口にしたら、心が張り裂けて二度と立ちなおれなくなってしまう。でも、気がつくと言っていた。「だって、ギャビンと別れたから……」喉が、つまった排水管みたいになって、それ以上言えなかった。

「別れた？」ザラがわたしのほうに身をよせた。「それじゃ、彼は解放されたの？」

わたしはうなずいた。「だまっててごめん。とにかく……頭がごちゃごちゃになっちゃって。土曜日のことよ。彼から連絡があったの。元気だった。でも、うまくいくはずがないって思ったの。パパとママが……」わたしはそう言って手を振り動かした。これ以上、嘘をつくのはつらすぎる。

心配そうにわたしを見おろしているザラは、唇をかんで眉間に皺をよせていた。「でも、うまくいかないとはかぎらないよ。もう少し経てば、親だっていちいち干渉できなくなるもの」

わたしはうなずいて、目をぎゅっとつぶった。うまくなんかいかない。ギャビンとうまくいくことなんて、もうありえない。そう叫びたかった。でも、そうする代わりに嘘を重ねた。

「もしかしたら、いつかね。でも、今は……他に目を向けることにしたの」部屋を満たした自分の言葉を聞いて頬が熱くなった。ギャビンとの思い出を汚しているような気がして、恥ずかしくなったのだ。

「他に目を向ける?」ザラは驚いているみたいだった。

彼女の顔を見られなかった。「実は、またウィルと付き合おうと思ってるの」ささやくような声で言った。腐ったミルクを飲んだみたいに、酸っぱい味が口にひろがった。「あなたが賛成しないことはわかってた。ちょっと距離をおいていたのは、そのせいもあるかもしれない」

でたらめもいいところだ。わたしは惨めな気持ちでちらっと天井を見あげ、そのあと思いきって彼女の目を見つめた。こんな話、ザラが信じるはずがない。

でも、ザラは信じた。わたしにひっぱたかれたかのように怯んでいる。「考えてることが、めちゃくちゃだよ」ザラがつぶやいた。「すごく変だよ。ねえ、アンセム、それって典型的な依存症じゃない? 依存症っていうのはね——」ザラが手を振りまわしながら、部屋のなかを歩きまわりはじめた。「朝起きたときに自分がどんな気分なのかさえ、ボーイフレンドの顔を見ないとわからないような状態のことをいうんだよ」

「あなたの言うとおりかもね」そう言ったわたしの声は、虚ろでかすれていた。

「カテドラル・デイ・スクールにはいやなやつが山ほどいるけど、ウィルほどいやなやつはいない」涙をこらえて首を振りながらザラが言った。「ちょっと前に、アンセム・フリートがそう言ったんだよ。彼はわたしのことをゴミかなんかみたいに扱うって、そう言ったよね？　忘れたの？」

「考えを変えたの」そう答えながらも心が痺れたようになっていた。怒って出ていってほしかった。そうすれば嘘をつくのをやめられる。わたしは彼女の足下を見つめた。腿まであるレースアップのがっしりとしたコンバットブーツを履いている。「わたしが、まちがってたみたい」

「帰るよ」ゆっくりとザラが言った。もう言葉もつうじないと、あきらめたような口調だった。「わたしが知ってるアンセムに戻ったら連絡して。期待はしてないけどね。だって、これだもの」彼女がそう言って、手振りでわたしを示した。食べられない料理が盛られたお皿や、だいなしにされた絵や、染みのついたドレスを示すようなやり方だった。「ここにいるのは、わたしの知らない子だわ」

あなたの言うとおりね。怒りもあらわに戸口に向かうザラを目で追いながら、悲しい気持ちで思った。ドアが大きな音をたてて閉まった。わたしが何になったのか、彼女には知るよしもない。だけど自分が何になったのか、わたしにもわかっていなかった。

22

その夜、肩をそっと揺すられて目をさましたわたしは、驚ろいてベッドから跳ね起き、大いそぎでドアへと走った。**誘拐団が、やりかけた仕事を終わらせにきたんだわ。**

でも、心の声はちがうとささやいていた。

それでも、とりあえず床に落としたままになっていた革のベルトを拾いあげて、もう片方の手をドアにあてた。

「アンセム。おれだよ」そこにいる誰かが小さな声で言った。

暗闇に目がなれると、わたしはベルトを持った手を脇におろした。ベネチアン・ブラインドのよじれた羽根の隙間から射しこむ月明かりのなかで、フォードの歯が輝いている。噴きだしたアドレナリンのせいで戦うか逃げるかという気持ちになっていたのに、急に緊張が解けて怒りがこみあげてきた。

「どうやって入ったの?」ささやくように訊きながらも、まだ心臓が飛びだしそうになっていた。わたしはドアの鍵を閉めた。物音を聞きつけて、パパかママが様子を見にきたらたいへんなことになる。

簡単すぎてわざわざ話す価値もないと言わんばかりに、フォードが肩をすくめた。「忍びこむのは得意なんだ。だけど心配ないよ。ロビーをとおってきたわけじゃないからね。誰にも見られていない」

わたしは男物の短パンにキャロットスープが飛び散ったタンクトップという姿で、口をあんぐりと開けて立っていた。この要塞のようなビルに忍びこむ方法を見つけた彼に、ほんの少し感心してもいた。でも、それをのぞけばものすごく怒っていた。

「いったいどういうこと、フォード？」そう言いながらも、低血糖の症状があらわれだしていることに気づいていた。目眩がして視界がどんどんぼやけていく。このままではまちがいなく倒れてしまう。わたしはよろけながら机の前に行き、シリアルを隠してあるいちばん下の抽斗を開けた。ダンサーがするべきことではないとわかっていたけど、新しい心臓と鈍麻状態におちいる恐怖のせいで、このところ食習慣が変になっている。わたしはシュガークリスプの箱を取りだして、そのなかに手を突っこんだ。すくいあげたシリアルが、手からあふれて汚れた服の山の上に雪のように落ちていく。

「たいへんだ」こっちを見つめながらフォードが言った。「唇が真っ青じゃないか」

わたしはシリアルを口に押しこみながらうなずいた。

「指先もよ」そう言って、フォードに見えるように片手をあげてみせた。指先が淡いブルーのインクにひたしたみたいになっている。

わたしはシュガークリスプの最後のひとすくいをかみくだき、その小さなかけらが喉を引っかいて食道におりていくのを感じながら、フォードに向かってまばたきをしてみせた。**いいから帰って**。心のなかでそう言っていた。ベッドに戻りたかった。朝が来るまでひとりそこに横たわって、何も考えずに眠れない夜を過ごしたかった。

フォードが月明かりに照らされた部屋を見まわし、そのあとわたしに視線を戻した。「アンセム……なんていうか……ちょっと……」

「ひどすぎる」彼をさえぎって、しわがれ声で言った。「わかってるわ」机の角に腰かけて少しだけ待ってみたけど、フォードは口を開かなかった。「なぜここに来たの？　わたしの様子を見にきただけ？」

「何が起きたか聞いたよ」ベッドの端に腰をおろしてフォードが言った。白いカバーを背景に、彼の姿が黒い影になって見えている。「きみが姿を見せないから、ハデスに行ってみたんだ。それで、あのルーファスという子を見つけた。何もかも話してくれたよ。もちろん、七ドル五十セント払わされたあとでね。きみがだいじょうぶかどうか見にきたんだ」

「ありがとう。だいじょうぶじゃないわ」シュガークリスプの箱が落ちて、カーペットにシリアルの残りかすがこぼれた。それでも、わたしは何もしなかった。拾い集めようという気にもなれない。「ルーファスはどんな感じだった?」

「あの子は変わらないさ。かわいい子だよね」

「たぶんあそこで死ぬことになるのよね。そうでなくても十二歳になる前にドラッグの中毒になってしまう。そんなのってひどすぎるわ」わたしは苦い思いで言った。

「それがどんな気持ちか、よくわかるよ」

「それって?」

「親しい誰かを亡くしたときに、どんな気持ちになるものかわかるって言ってるんだ。望みなんかなくて、ものすごく腹が立って、とにかくいやっていうほど孤独なんだ」

「あなたには、いっしょに暮らしてる人が三人いるんでしょう」わたしは気が抜けた声で言った。

「そうだよ。叔父と、そのふたりの娘と暮らしてる。両親ともドルーピー中毒だったんだ。最後には、それで死んだ。叔父が引きとって育ててくれなかったら、たぶんおれも死んでいた」

「そうだったの、ごめん。つらかったでしょうね」何も知らずにひどい言い方をしてしまったことを悔やんで、自分の指先に目を落とした。だいぶ色が戻っている。

窓の前に行ってブラインドを少し開けると、部屋は月明かりに満たされた。大きな三日月が出ていた。手をのばしたら、ぽきっと先を折れるのではないかと思うほど近くに見えている。わたしはその景色に背を向けた。きれいなものなんか何も見たくない。

「きみはあそこに行くべきじゃなかったんだ」フォードがうなるように言った。「まして、ひとりでなんて行ってはいけなかったんだ。そう言ったよね」

「もう遅いわ」疲れすぎていて、立っていられなかった。わたしは散らばったシリアルの横に坐りこんだ。「彼は死んでしまった。今になって何を後悔しても、起こったことは変わらない。ねえ、もうくたくたなの」


しばらくどちらも何も言わなかった。**早く帰って**。わたしは心のなかでそう言いながら顎の下に膝を引きよせ、その上に頭をあずけた。ベッドに戻って、天井のひびを見つめていたかった。動く物のない、静寂に満ちた小さな泡のなかに閉じこもっていたかった。「またね、フォード。何もかも終わったのよ」


フォードがかぶりを振り、ベッドから立ちあがって近づいてきた。目の前に立った彼が両手を差しのべている。カーペットに目を向けたわたしは、毛羽にくっついたシュガークリスプをむしりとって箱に放りこんだ。「さあ、立って」彼が言った。「何も終わってなんかいない。きみはまだ生きている。そうだろう？　今は死んでるみたいな感じだけどね」

「元気におしゃべりをする気分じゃないの」わたしはつぶやいた。「とにかく帰って」

「いやだ」フォードがひとことそう言った。目の前に差しだされたままの手の関節には小さな切り傷がたくさんあって、親指にはたこができている。**フォードはボクサーだったの。でも、何度かまちがった戦い方をしてしまった**。たしか、ジャックスがそう言っていた。小さく首を振ってみたけど、彼は動いてくれなかった。フォードは戦士かもしれない。でも、わたしの闘志はロージィの拳銃から弾が発射された瞬間、すっかり失せてしまった。

「こういうとき、ひとりでいるのは何よりも避けるべきだ」ようやく彼が言った。言うとおりにしなかったら、わたしを肩にでも担ぎかねない感じだった。

「おやじがドラッグのやりすぎで死んでるのを見つけたときは――」フォードがつづけた。「そのあと一カ月、誰とも話さなかった。おふくろはまだ生きてたけど、完全にハイになっててさ。おふくろは、おやじが死ぬまでいっしょに地下鉄のトンネルで暮らしてたんだ。そんなふうだったから、葬式に出るには叔父にきれいにしてもらわなくちゃならなかった。式の最中、おふくろはおれの肩に手を置こうとした。だけど、おれは逃げだして、式が終わるまで墓石のうしろに隠れてたんだ。何でもいいから、とにかくおやじといっしょに死んじゃいたくてさ」

フォードに腕をつかまれたわたしは、引きあげられるまま渋々と立ちあがった。「だけど時が経って、また口をきくようになった。叔父がボクシングを教えてくれたんだ。それで、おれは生きることに決めた」

「わたしは、もう生きたくなんかない」錆びた蝶番《ちょうつがい》みたいなしわがれ声で言った。「今は喪に服してるところなの」

下の通りを走っている車がバックファイアを起こした。わたしはすごすぎる聴力にうんざりしながら、耳をふさいだ。

「これが彼の喪に服する、きみのやり方なの？　何もせずにこうしていることが？」

「どうしろっていうの？」きつい口調になってしまった。

「戦って敵をとってやればいいじゃないか」思わず耳を疑った。「時速百六十キロで走れるなら、特にね。おれだって、少しは力になれるかもしれないよ」

「もう戦ったわ」胸と耳が燃えるように熱くなってきた。月明かりで傷が見えてしまうだろうかと思いながら、胸のあたりを手であおいだ。「がっかりさせて悪いけど、これ以上は無理」

フォードが深いため息をついてドアのほうに歩きだしたのが、音でわかった。

「いいかい――」そう言う声を聞いて顔を向けてみると、彼の目の表情が険しくなっていた。「心の折れた女の子なんて、世界はこれ以上――もう、ひとりも――必要としていない」

フォードはそう言うと、わたしの反応も待たずに部屋から出ていった。**世界が何を必要としているかなんて、知ったことじゃないわ。**わたしはそんな無意味な反論の言葉を呑みこんだまま、ぽかんと口を開けてドアを見つめていた。そのあと、身がまえていた気持ちがゆるんだせいか、床に倒れていたギャビンの姿が頭のなかによみがえってきた。シャツがどんどん赤く染まり、わたしの腕のなかで彼の手から力が抜けていく。それを見おろしているロージィは笑っていた。でも、ほんとうに彼女は笑っていたのだろうか？

わたしは頰の内側をかんで息をしようとあえいだ。そんなイメージは振り払ってしまいたかった。フォードのことは忘れてリラックスしたかった。それができれば今夜は眠れるかもしれない。でも、気がつくと手をぎゅっとにぎっていた。

23

「よく戻ってきましたね、アンセム」バング校長先生が大きな机の向こうからわたしを見据えてそう言い、背の低い太った身体を机に乗せるようにして顔を近づけてきた。さっきまでの校長らしい笑みは、もう薄らいでいる。

「ありがとうございます」わたしは身がまえながらそう言って、バング先生が話しだすのを待った。なぜ復帰第一日目のホームルーム中に呼びだされたのか、理由が知りたかった。シャワーも浴びたし、もつれた髪もとかしてきた。ただ、こけた頰は洗ってどうにかなるものではなかった。口のなかが砂利でいっぱいになっているような感じだったけど、その不快感を呑みこんで、バング先生の右瞼の上にあるほくろに視線を向けた。ほくろなら安全だ。でも、ずんぐりとした顔にうずもれている小さな黒い目を見てはいけない。その探るような眼差しには、少し力がこもりすぎている。

バング先生はマットを敷いた机に両肘をつき、顎の下でぽっちゃりとした手を合わせて唇を尖らせていた。そのうしろにあるのは、カテドラル・デイ・スクールの権力の壁だ。そこには開校以来二百年のあいだに、この神聖なる校舎で学んで卒業した成功者の写真が額に入れて飾られている。政治家、ＣＥＯ、トークショーのホスト、それにスポーツ選手もいる。「すっかり元気になったようには見えませんね」バング先生が嘲笑うような口調で言った。「学校に出てきて、ほんとうにだいじょうぶなのですか？」

元気になんかなっていない。でも、フォードが訪ねてきたあと、もうたくさんだという気になってきた。

きのうママに「治った」と宣言し、それから丸一日かけて部屋を掃除した。広い部屋の隅から隅まで、狂ったように磨いたり掃除機をかけたりして、すっかりきれいにした。そして今日、鉛のように重くのしかかる悲しみをまといながらも、早い時間にベッドから起きだして、朝の鐘がなる一時間前に学校にやってきた。

「だいじょうぶです」そう言った自分の声が、水のなかで聞いているかのように虚ろに、そして遠くに聞こえた。坐り心地の悪い椅子に腰かけて前屈みになっていたわたしは、咳払いをして姿勢を正した。笑顔らしく見えることを祈って、口角をあげてもみた。そんな顔をするのは久しぶりのことだった。

「あなたには不安定度評価を受けてもらう必要があるのではないかという話が出ています」

それを聞いて、怯まずにはいられなかった。「質の悪い風邪をひいただけです。おだやかだし、冷静だし、精神は……」わたしは頭の横を軽く叩きながら言葉をさがした。「とにかく安定しています」一日じゅう保健室に閉じこめられて、何人もの精神科医から質問を浴びせられたり観察されたりするなんて、絶対にごめんだ。

バング先生が小さな目を細めて首を傾けた。「最近、あなたが体験したことを思うと……」身を乗りだした彼女の顔に、すべてわかっていると言わんばかりの笑みが浮かんだ。「ムードイーズの助けを借りたほうがいいのではありませんか?」

わたしは、あんぐりと口を開いて校長先生を見つめた。大人が声もひそめずにそういう種類の薬の話をするなんて、聞いたことがなかった。しかも、度々10チャンネルに出演して街に出まわっている不法なドラッグについて派手にまくしたてている大人がそんなことを言うなんて、信じられなかった。わたしのまわりで部屋がちぢみはじめた。細長い窓にかかっている重苦しいベルベットのカーテンが、這うように迫ってくる。バング先生は、わたしに無理やり不安定度評価を受けさせるつもりなのだろうか?

不安定度評価は問題のある生徒が受けるものだ。オリーブ・アンより成績がいいというのはバング先生にとって問題かもしれないけど、それをのぞけばわたしはなんの問題も起こしていない。ムードイーズを飲んでいる生徒はすぐにわかる。自己満足してる感じが顔に出ているし、急に性格がおだやかになるのだ。この学校には、そういう生徒が何十人もいる。最上級生の少なくとも四分の一は、ムードイーズかコンセントラかスタビリンを使っている。どれもニューロンと脳内の化学成分に作用する薬で、それを飲んだ生徒は気分がやわらぎ、集中力が高まり、問題を起こさなくなる。

そんなものを使うのはいやだった。不安定度評価を受けることになれば、ストレス診断テストも含めて、丸一日質問攻めに遭わされることになる。そんな状況におかれたら、割れた花瓶から水がもれるように、何もかもしゃべってしまうにちがいない。それに、薬で気が抜けたみたいになるのもいやだった。苦しいにはちがいないけど、これはわたしの苦しみであって、わたしの一部だ。

「ご心配、ありがとうございます」短く切りすぎた指の爪を見おろして、ささくれをいじりながら、きっぱりと言った。「でも、わたしは絶対にだいじょうぶです。あしたからバレエのレッスンも再開するつもりです」

「授業は？　どうやって遅れを取り戻すつもりですか？」心配なんかしていないくせに、眉間に皺をよせてそれらしい表情をつくっている。心のなかではオリーブ・アンが卒業生総代になれるチャンスだと思って喜んでいるのだ。卒業生総代なんて、もうどうでもよかった。「薬を飲めば、ストレスに――」

「どうやって遅れを取り戻すか、今日のうちに先生方と話して計画を立てます」声がどんどん高くなって、最後のほうは金切り声みたいになっていた。「ほんとうに、わたしはだいじょうぶです」声を落としてつけくわえた。

「いいでしょう、アンセム。今週の終わりに、もう一度話しましょう。それまでは何もせずにおくことにします」

わたしは机に置かれたサソリ入りの琥珀のペーパーウエイトを見つめながら、そっけなくうなずくと、立ちあがって教科書が入ったバックパックを肩にかけた。いっしゅん目の前が暗くなったけど、それは低血糖のせいだ。もっと食べなければいけない。一日じゅうベッドに横たわっていたきのうまでとはちがうのだ。そのとき、校長先生をだまらせる方法がひとつあることを思い出した。「父は不安定度評価に大反対しています」わたしは嘘をついた。年に一度の不安定度評価をパパがどう思っているかなんて、ぜんぜんわからない。そんな話をしたことは一度もなかった。「このことを知ったら父は怒ると思います」

もともと赤かったバング先生の頬が、さらに赤くなった。パパはカテドラル・デイ・スクールに誰よりも気前よく寄付をしている。パパに悪く思われたら、校長でいることがむずかしくなるかもしれない。

「わたしたちは生徒が健康でいられるように気を配っているだけです」バング先生が苛立たしげにため息をついた。「今週の終わりに、あなたがどんな様子か見せてもらいます。そして、評価を受けたほうがよさそうだということになったら、みんなで話し合って、ご家族にも同意をいただくことにしましょう」

話を聞いているあいだ、校長先生のうしろの壁を見ていた。左の下のほうにママの写真があった。となりに写っているのは、若き日のモーリス・ドッジだ。10チャンネルの調査リポーターをしている今の彼は、二重顎で青白い顔をしていて、いつも「マニー・マークスは犯罪に甘すぎる！」とわめいている。ハイスクール時代のママは、すごく魅力的だった。金色の髪はふわふわで、ぷっくりとした唇にはかわいらしい笑みが浮かんでいる。無邪気な十七歳だったとき、ママの名前はヘレン・フリートではなくヘレン・ハークニスだった。

「わかりました。それじゃ、今週の終わりに」

「そうしましょう」別れの挨拶代わりに、バング先生がうなずいて電話を取った。ランプが三つついている。

あの女の子に何があったんだろう？　校長室をあとにしながら、わたしは思った。最上級生だったときのママは希望に満ちて見えた。苦悩にさいなまれて薬づけになっている今のママとは大ちがいだ。

わたしは板張りのメイン・オフィスの受付のあたりで足をとめた。このままでは自分もああなってしまう。なんとかして今の状態から抜けださなければ、感情を失ったままなんの喜びもない一生を送ることになる。でも、廊下につづく重いドアを開けたとたん、そんな考えは跡形もなく消えた。彼がそこでわたしを待っていたのだ。

「やっと出てきたな、レッド」ウィルが歯を見せてにっこりと笑った。でも、目は笑っていない。カメラを前にしているみたいな笑顔だった。「ずいぶんと時間がかかったな。きみが気絶でもしたんじゃないかと思いはじめたところだよ。それで、ばあさんはなんだって？」

授業の遅れをどう取り戻すか話し合っていたのだと言いかけたわたしを、彼がさえぎった。「答える必要はない。そんなことはどうでもいいんだ。それより時間がない。ふたりがどういう関係にあるか、わかっているだろうな？」

惨めな気分でうなずきながら、彼に肘をつかまれて歩きだした。力が抜けて、ぼろ巾にでもなったみたいな感じだった。ウィルのひねくれた芝居に付き合う心の準備なんか、ぜんぜんできていなかった。

「慎重にやるんだ」一時間目の授業の教室がある東棟に向かって歩きながら、彼が声を落として言った。あまりに小さな声だったから、それを聞くにはそばによらなければならなかった。まわりの目には、すごく仲良く映ったかもしれない。

「笑えよ、レッド！」やる気のないわたしの様子に腹を立てて、ウィルが肘で脇腹をつついた。「ぐずぐずしてる余裕はないんだ。わかっているとは思うが、言うとおりにしないとあれがネットに流れることになる」食いしばった歯のあいだから吐きだすように彼が言った。

「わかった」殴りたい気持ちを抑えて、わたしは応えた。

「声をあげて笑えよ。ボーイフレンドを取り戻したくて必死で頑張ってる、けなげな女の子のふりをするんだ」

他にどうすることもできないまま、わたしは口を開けて笑った。咳きこんでいるみたいな笑い声しか出なかったけど、ほほえみさえ浮かべてみせた。みんなこっちを見て、手を振っている。戻ってきたわたしを歓迎し、ウィルとわたしがいっしょに歩いているという事実を頭に刻んでいるのだ。

一分ごとに、心が死んでいく。

ザラを見かけたわたしは、足をとめて彼女のほうに手をのばした。でも、肘をつかんでいるウィルに引っぱられてしまった。「ザラ……」しゃべりかけたところで、彼女の顔に浮かんだ紛れもない嫌悪の色を見て口をつぐんだ。お腹を殴られたような気分だった。学校になんか来るんじゃなかった。ウィルのお芝居に付き合う体力なんかどこにもないし、こんなふうにひとりぼっちでいるのは寂しすぎる。

物理実験室の近くまで来ると、廊下にいるみんながささやく声が聞こえてきた。百人くらいの視線が、まっすぐこっちに向いている。ウィルもそれを感じたにちがいない。彼が立ちどまってわたしの手をつかみ、耳元で言った。「やつらの顔を見たか？　また完璧なカップルを拝めることになって、みんなほっとしているんだ。連中にはぼくたちが必要なんだ。小作人に王族が必要なようにね」

「あなたって最低」そう言いながら、彼の手を振り払おうとした。

でも鼻を鳴らしたウィルに、血の流れがとまってしまうのではないかと思うほど、強く手をにぎりなおされてしまった。わたしは彼の手を引きちぎるところを想像しながら、手に力をこめはじめた。瓶の蓋を開けるようにひねってやったら、きっと骨も腱もまっぷたつに……。

「痛いっ！」ウィルが叫び、床に倒れそうになりながら手を引っこめた。廊下に意識を戻してみると、みんながこっちを見ていた。「いったいなんの真似だ？　やっぱりきみはふつうじゃない」手を振ったり指を動かしたりして骨が折れていないことをたしかめながら、彼が小声で毒づいた。

「あら、失礼」わたしはほほえんだ。このときばかりは、注目をあびているという事実を楽しんでいた。

「まだ力のかげんがよくわからないの」

「授業のあとでまた会おう。今度こんなことをしたら、ネットに動画を流すからな」吐きだすようにそう言うと、小作人たちにまじって廊下を歩きだした。

わたしは歯を食いしばるようにして実験室に入った。不安でたまらなかった。ウィルのことも恐れていたけど、すぐに暴力に走りそうになる自分が怖かった。わたしは誰にも視線を向けずに最前列のいつもの席に着くと、ノートを取りだして前回書きこんだページを開いた。


『ニュートンの運動の第一法則の復習』

『静止している物体は、外部から力をくわえられないかぎり、静止しつづける』

『運動している物体は、外部から力をくわえられないかぎり、同じ速度で運動をつづける』

シュラム先生が黒板に公式を書きはじめた。抜き打ちテストをするつもりのようだけど、合格点なんかとれるはずがない。わたしはペンをかみながら、ノートに書かれた法則について考えた。

心の折れた女の子なんて、世界はこれ以上――もう、ひとりも――必要としていない。わたしの部屋から出ていく直前、フォードは戸口で足をとめ、目に絶望の色を浮かべてそう言った。

「これでよし。さあ、始めて」シュラム先生がそう言って、ノートを閉じるようわたしにうなずいて合図した。

何も書いていない紙を一枚取りだして、他のものは全部バックパックに戻した。そして、紙のいちばん上に名前を書いた。それから日付も書いた。でもそのあとは、ただその紙を見つめていた。青い罫線がにじんで見えてきても、まだニュートンの法則のことを考えていた。

そして気がついた。**もう静止している物体ではいたくない。**だったら、動きだす方法を見つける必要がある。

24

　真夜中を十五分過ぎたころ、わたしはサージのモトコの助手席からおりて、看板も何も出ていないバーに入っていった。前にフォードと来た店だ。スピーカーから哀愁をおびた古い歌が流れていた。弦楽器と、ゆっくりとリズムを刻むドラムをバックに、女の声が哀しげにうたっている。『身も心も傷だらけ。哀しい世界にふたりだけ。それでも、あなたはわたしのものだった』煙草の煙と、ドラッグ特有の甘い香りと、隅のボックス席に陣取っているグループが吸っているパイプから立ちのぼっている、靄《もや》のような淡いピンクの薄煙。そうしたものが混ざり合って、店の空気は重く濁っていた。

　仄暗い明かりに目がなれると、わたしはバーテンダーに視線を向けた。ふくらませたブルーの髪に、赤いニキビさえなければきれいなはずの顔。あのときと同じ女の子がいるのを見た瞬間、身体の緊張がゆるむのがわかった。わたしはカウンターに向かって足を進め、三つのショットグラスに茶色い液体を注いでいる彼女の前に立った。目をあげた彼女はわたしに気づいたようだったけど、そのままグラスを持ってカウンターの端のほうに行ってしまった。首に巻いた厚手のグレーのスカーフをゆるめて、正面の鏡に映った自分の姿に目を向けてみた。目深に被った黒いキャスケットの下に見えている顔は痛々しいほど痩せていて、くぼんだ目には警戒の色が浮かんでいる。何かにとりつかれているような顔だった。

　わたしは戻ってきたバーテンダーに、茶色い液体が入った何も書かれていないボトルを指さしてみせた。「これをお願い」このわたしがそんなことを言うなんて驚きだ。

彼女はそっけなくうなずくと、それをグラスに注いで言った。「九ドル」

わたしは十ドル札をカウンターに置いて、一気に飲み干した。コーヒーみたいな味がしたけど、ためらわなかった。胸のあたりが、いい感じに熱くなっていく。「もうひとつ注文があるの」しゃべれるようになると、わたしは言った。

「何？」

「フォードをさがしてるの」

彼女がカウンターの下から濡れたパイントグラスを取りあげて、布で拭きはじめた。「なんで？」

カウンターに載っていたぼろぼろのコースターを手に取ってみたけど、『ブラックアウト・ウォッカ』という文字を見て、すぐに投げ置いた。ギャビンが死んだあと、本屋で気を失う直前に見た光景を思い出したのだ。わたしの頭の上に振りあげられたスミッティの手ににぎられていたのは、ブラックアウト・ウォッカのボトルだった。

「フォードの助けが必要なの」

彼女がちらっとわたしを見た。信用していいか見定めようとしているにちがいない。彼女の手首に、自分で入れたような小さなタトゥーがあることに気づいた。『われわれは立ちあがる』

「彼をひどい目に遭わせるようなことをしたら――」伝票に何か書きこみながら、彼女が表情のない声で言った。「人に頼んで、あんたをひどい目に遭わせるからね」

この子とフォードにはどんな過去があるのだろうと思いながら、わたしはゆっくりとうなずいた。「彼は友達よ。ひどい目になんて遭わせない。約束するわ」

「どうでもいいよ」彼女はそうつぶやきながら伝票をはぎとり、ふたつに折って差しだした。「夜、よくここに行ってるみたいだよ。ここにいなかったら、あとは知らない」

わたしはお礼を言ってバーをあとにした。アルコールのせいで少しふらついていた。伝票をひろげてみると『ジミーズ・コーナー――ベルガモットとヴァインの角』と書かれていた。

　モトコに戻ったわたしが行き先を告げると、サージはだまってうなずいた。「付き合ってくれて、ありがとう」車内の沈黙に堪えきれずに、お礼を言った。ほんとうはひとりで来るつもりだった。でも、業務用エレベーターからおりると駐車場にサージがいて、車で送ると言い張ったのだ。

「礼など言う必要はありません」

　わたしは咳払いをした。「何をしてるのか気にならないの？」

「だいじな用事だと信じています」サージが言った。まっすぐ前に向けられた彼の眼差しは鋭くて、こんなに遅い時間にもかかわらず少しも眠そうではなかった。「しなければならないだいじな用事にちがいありません」

「そう……たぶんね」わたしはそうつぶやくと、窓の外に視線を戻した。流れる風景を眺めながら、車に乗っていられてよかったと思った。こんなところを歩きたくはない。

　ベルガモット・ストリートは老木がならぶ広い通りで、かつては商店街だったみたいだ。今はどの店も正面に板が打ちつけられ、『SYNDC8《シンジケート》』と書かれた札がぶらさがっていて、壁にスプレーで『黒いマリファナ』とか『毒　立入禁止』と書かれている店もあった。その二、三階部分はアパートのようだったけど、そこにも板が打ちつけてある。ジミーズ・コーナーを見つけるのは簡単だった。ベルガモット・ストリートを見わたしてみても、電気がついているのは低い丘の上に建っている一軒のビルの二階だけ。そこがジミーズ・コーナーだった。

　時間がかかるかもしれないから先に帰ってほしいと、わたしはサージに言った。

「待っています」彼はひとことそう言った。

「サージ」

じっとわたしを見つめる彼の視線が揺らぐことはなかった。決意が固い証拠に、大きな鼻の穴が動いている。何を言っても勝てるはずがない。わたしは目をそらしてうなずいた。「わかったわ」


わたしは人気《ひとけ》のない歩道に立って、サンドバッグを叩く「バシッ、バシッ、バシッ」という音を聞いていた。叩いているのはフォードなのだろうか？

それをたしかめる方法はひとつしかないわ。わたしは心のなかでそう言うと、二番のブザーを押した。サンドバッグの音がやんで、階段をおりる足音が聞こえてきた。誰かがのぞき穴に顔を近づける気配がした。でも、それだけだった。なんの動きもない。

「フォード？」ためらいながらも言ってみた。

返事はなし。

「ああ」ようやく彼の声が聞こえた。

「ねえ、ドアを開けてくれない？」

「さあ、どうしようか？」彼が言った。「開けたほうがいいのかな？　まだ迷ってるんだ」

「寒いわ。それに、暗すぎる」一連の洪水のあと、ほとんど電気がとおらなくなったせいで治安が悪化して度々新聞に載っているローランズは、ここベルガモットのすぐとなりだ。「わかった、わかった。ちょっと待っててくれ」音から察するに、少なくとも四つの鍵を開けている。

ドアが開くと、フォードがにやりと笑った。汗をかいていて、上半身は裸だった。

「ごめん。ずっと外で待たせるつもりはなかったんだ」彼はそう言ってわたしを狭い廊下に引きいれると、ドアの外に首を出して左右に目を走らせた。「ひとりで来たのかい？」

「もちろんよ」彼がドアを閉めるあいだ、身体がふれあわないようにちぢこまっていた。「誰を連れてくるっていうの？」

「さあね」フォードがそうつぶやきながら鍵をかけた。そして、シャツを着ていないことに初めて気づいたかのように、胸の前で腕を組んだ。「どうしてここがわかったんだ？」

「この前のバーに行って、バーテンダーに訊いたの。あの子、あなたのことが好きみたいね」

「ああ、ミシェルか。七年生のときに、ちょっと付き合ってたんだ。ただの古い友達だよ」

またぎこちない沈黙が流れた。

「ねえ、聞いて。あなたに言われたことを考えてみたの」彼の腹筋に目が向かないようにまっすぐ顔を見ながら、わたしは咳払いをした。「それで、そのとおりだって思った」

「おれが言ったこと？」頭上の裸電球がまたたいて消え、彼に軽く叩かれてまたともった。「ごめん。ジミーのやつ電気を盗んでるものだから、こんな具合なんだ」

「ジミーズ・コーナーに、ほんとうにジミーっていう人がいるわけ？」

「ああ、ふたりいる。ジミー・シニアとジミー・ジュニアがね。シニアのほうが、夜のあいだ、おれにここを使わせてくれてるんだ。人に会わずにトレーニングしたくてさ」フォードがちょっと間をおいてつづけた。「ええと、おれが何を言ったのか話してくれるところだったんだよね？」

「力になれるかもしれないって言ってくれたわ。わたし、思ったの……戦い方を学ぶときが来たのかもしれないって」

フォードがうなずいて、たっぷり一分わたしを見つめた。その表情は真剣そのものだった。「つまらない言い訳をやめて、戦う準備を始める気になったってことなのかい？」

彼がわたしの両腕に手を置いて二頭筋をぎゅっとつかんだ。

また顔が熱くなってきた。気がつくと、彼の胸を見つめていた。

「だったらおいで」フォードはそう言うと、二段抜かしで狭い階段をのぼりはじめた。振り向いた彼が手招きをしている。「おれのオフィスを見せるよ」

25

「もう一度！」フォードが怒鳴った。わたしはジミーズ・コーナーの天井の真ん中からぶらさがっている百八十センチのサンドバッグを叩きながら、鏡ごしに彼を見た。安全な位置に陣取って軽やかに足を動かしている彼が、わたしの動きに合わせて拳を突きだしている。汚れたソックスの内側みたいな臭いがするし、古くてがたがたではあるものの、このボクシング・ジムはけっこういい感じだった。壁に張られたプロボクサーの写真と、百種類くらいありそうな様々な用具。これを使って、パンチやキックや連打の練習をするのだ。ここにあるものは少なくとも百年前からありそうなものばかりだけど、これまでこういう場所に身をおいたことがなかったわたしにとっては、すごく新鮮だった。「ロー、アッパー、腹に蹴りを入れろ。そいつを敵だと思え、グリーン！」

顔をしかめたいのを抑えて、わたしはサンドバッグを叩きつづけた。赤いビニール製のバッグを見据えて、グローブをはめていない拳で敵の腹部を攻撃する。容赦ないキックとパンチを受けて、ついにサンドバッグがほんの少し揺れた。一週間前にトレーニングを始めたとき、フォードは手に白いテープを巻いてくれながら、わたしのことをレッドと呼んだ。それを聞いたわたしは、大きらいな人間にそう呼ばれているのだと話して、その呼び方は二度としないでほしいと頼んだ。彼はにやりと笑い、それ以来わたしをグリーンと呼んでいる。「夢中になったときのきみの目の色だ。それに、きみが持っているドル紙幣の色でもある」

気に入っているわけではないけど、フォードにそう呼ばれるたびに、やる気が増してくる。自分がここで何をしているのか、なぜギャビンを死なせるようなことになってしまったのか、その呼び名が思い出させてくれるのだ。今のわたしの使命は、彼を殺した連中を裁きの場に引きずりだすことだ。

「それが全力か？」フォードが吠えるように言った。振り向いてみると、彼の顔にからかい半分の期待の色が浮かんでいた。

「お手本を見せて」荒い息をつきながら、わたしは言った。ランニング、ウエイト、そして今やっているサンドバッグ打ち。テクニックを身につけるための練習もした。トレーニングを始めて一時間半が経っていた。今日で連続八日、真夜中すぎにサージの車でここに通っている。そして連続八日、上にあがるようにと誘っているにもかかわらず、サージは車のなかでトレーニングが終わるまで待っている。

学校は相変わらず最悪だった。それができない状況にあるとき以外は、いつもウィルにしがみついていなくてはならなかったし、ザラが口をきいてくれるのはこっちからしつこく話しかけたときだけで、それもほんの二言三言だけだった。ふたりの仲を見せびらかすようにウィルと廊下を歩いているときや、ランチのテーブルに着いているときに、わたしを見ているザラと目が合うことがあった。そんなときの彼女は自分の目が信じられないとでも言いたげな、悲しみと混乱に満ちた表情を浮かべている。でも、その悲しそうな顔を見ると、理解はしてもらえなくても、どこかで赦してくれているような気がして少し希望がわいてきた。何もかも打ち明けさえしたら、ふたりはまた元どおりになれるかもしれない。それでも、わたしが彼女を見ていることに気づいたウィルに、あのくだらないUSBメモリーをちらつかされると、嘘の壁のうしろに隠れるしかなくなってしまう。

ウィルがわたしにかまわなくなったら、すぐにザラにすべてを話そうと心に決めていた。

学校でのあれこれや、心のうちにある苦悩や罪の意識。そうしたすべてを忘れさせてくれるバレエのレッスンをのぞけば、フォードとのトレーニングは苦しい日々のなかの唯一の明るい時間だった。

「よし、わかった」フォードが笑った。「見て学んでくれ」

フォードの動きはすばらしかった。彼がコンビネーションをスピンキックで締めくくると、わたしは鏡に向かってボビングとダッキングをくりかえしながら、左ジャブの練習を始めた。フォードによれば、それがわたしのいちばんの弱点らしい。目はいまだにとりつかれているみたいな感じだけど、身体は一週間前よりずっとたくましくなっている。何時間もかけてスパーリングやウエイトトレーニングに励んだり、技を学んだりしているうちに、バレリーナらしいほっそりとした強い手足に、引き締まった筋肉がついたのだ。バレエのおかげで元々お腹は出ていなかったけど、そこにもトレーニングの結果がはっきりとあらわれていた。腹筋が六つに割れて、少し動いたあとは特にそれが目立った。その上、毎日トレーニングが終わるころには、二頭筋が石のように硬く盛りあがっている。

「よし、もう一度だ」鏡ごしに目を合わせてサンドバッグを顎で示しながら、フォードが言った。彼の顎の横から汗の滴が落ちていく。「こいつを打ちのめすつもりでやるんだ。ボーイフレンドを殺した相手だと思えばいい」

サンドバッグを打ちのめせるはずがないじゃない。そう思いながら、最大限の力を出せるように何歩かうしろにさがった。フォードがわたしを狂気のポイントに追いやり、わたしが力のすべてを出しつくす。それが、いつものトレーニングの締めくくり方になっていた。フォードが狂気のポイントという言葉を初めて使ったとき、彼は何もわかっていないと思った。わたしのなかの狂気はポイントとして存在するわけではない。全体が狂っているのだ。

わたしはスピンしながら、ひとまわりごとにいきおいをつけてサンドバッグに近づいていった。どっしりとしたサンドバッグの真ん中を狙って足を振りあげる。足の甲がしっかりと標的をとらえた。これまでのどのキックよりも強烈だった。どこかで金属が鋭い音をたてている。そう思った次の瞬間、自分が何をしたのか気づくより前に、サンドバッグが宙に浮いて部屋の向こうに飛んでいった。百キロ近くあるサンドバッグがどすんと音をたてて、十三メートルくらい先にあるバーベルにのしかかるように落ちた。

「なんてこった！」フォードが叫んだ。「すごいぞ、グリーン！　きみのキックでチェーンが切れちまったんだ！」

両手を腰にあてて、サンドバッグが吊してあった場所を見あげてみた。スチールの輪がひとつ、錘《おもり》を失って宙で揺れている。「嘘でしょう」

フォードがぽかんと口を開けてわたしを見つめていた。「だいじょうぶ、朝までになおしておくよ」彼がつぶやくように言った。「サンドバッグを相手にスパーリングするのは、今日でおしまいだ。もう人と戦える」

「あなたと戦うの？」フォードはテープを巻いた手でジャブを打つ真似をしながら、わたしのまわりでステップを踏みはじめていた。

「他に誰がいる？　さあ、かかっておいで、グリーン」彼がそう言って自信たっぷりの笑顔を見せた。わたしは自分の手に目を向けた。小指は傷ついているし、白いテープを巻いた掌にはたこができている。ここに初めて来た日、グローブは着けないのかと訊いた。グローブはいらないというのが、彼の答だった。**素手でいい。おれたちは報復のために戦うんだからね。**

あのとき、フォードの案内でジムのなかを見てまわりながら、**どうでもいい**と思ったことをおぼえている。身体のどこが痛もうと、手の骨が折れようと、心の痛みに比べたらなんでもないし、むしろ心地よく感じるだろうと思ったのだ。

でも今、鼻にパンチを食らうのは困る。顔が腫れあがってしまったら、パパとママにいろいろ訊かれて何週間も監視されることになる。バング校長先生は、大好きな不安定度評価を受けろと迫るだろう。でも、それよりも怖いのは、誤ってフォードを殺してしまうことだった。ふたりが互いのまわりを円を描くようにまわりはじめると、わたしは頭をかばって身を低くした。

耳のなかでどくどくと音がする。わたしは心臓が激しく動いて身体に血を送りだしているのを感じながら、フォードのシャッフルに合わせてボール・チェンジのステップを踏みはじめた。

「ねえ、お願い。こんなことしたくないわ」

互いに何発かスイングをくりだしたあと、両手を肩に置いて彼を倒しにかかった。「先に床に倒れたほうが負けだ」フォードが顔をしかめて言った。張りつめた二頭筋をつかんでいるわたしの手は、彼の汗ですべりそうになっている。怪我を負わせるのが怖くて、わたしは力をゆるめた。でも、それが過ぎたのか、彼に押しやられてうしろから脚をからめられてしまった。身体が傾いて前方に倒れていく。それでも最後の瞬間になんとか体勢を立てなおし、くりだされたパンチをかわすことができた。フォードはわたしの顔にもボディにも、ジャブを入れようとはしなかった。その戦いぶりは見事としか言いようがない。たぶん女の子を殴りたくないのだ。わたしは踊るようなステップで彼に近づいて脚を蹴りあげた。そして彼が距離をつめてくると、身を低くして胃のあたりにすばやくストレートをくりだし、突きだした右肩を彼の腹部に沈めた。フォードがうしろ向きのまま、マットの縁をこえて吹っ飛んでいった。でも、彼がショックからさめるのに時間はかからなかった。わたしは跳ね起きた彼を組み伏せて喉に前腕を押しあてると、教わったルールにしたがい、半ば彼の上に横たわるようにして身体を押さえこんだ。

鏡張りの壁にちらっと目を向けてみると、自分の倍くらい大きな男を組み敷いている、たくましい腕をした黒いタンクトップ姿の女の子が映っていた。それがわたしだなんて信じられなくて、夢を見ているような気がした。夢でなければ映画だ。でも、腕には確実にフォードの首のぬくもりが伝わってくる。自分を抑えなければ、彼を死なせてしまう。

わたしは腕の力を少しゆるめて、カウントをとりはじめた。ワン、ツー、スリー……。そのとき、フォードが何か言おうとしていることに気づいて、はっとした。必死でわたしの腕をもぎはなそうとしている彼の顔が、紫色になっている。わたしは首を押さえていた腕をあわててどけた。人を傷つける力を持ってしまった自分が恐ろしかった。自制がきかなくなる瞬間があることが、怖くてたまらなかった。

「ごめん、ごめん、ごめん」そうくりかえすわたしの顔は、いくぶん赤みの引いた彼の顔よりも赤くなっていた。

フォードが首をさすった。「おれの首だからね」しわがれ声でそう言いながら、変な目でわたしを見た。「絞められたからって、どうってことないよ」

首をかしげてわたしを見つめている彼の表情を見て、心臓がさらに激しく動きはじめた。その不思議そうな顔には、もうひとつ別の表情が浮かんでいる。「何?」そう尋ねてみたけど、彼が何を考えているのかはわかっていた。**ほんとかよ?** 言葉はちがったとしても、そう思っているにちがいない。

「なんでもないよ」そう答えてわたしから何センチか離れながらも、まだ首をさすっていた。「ただ、生まれて初めて女の子を相手に恐怖をおぼえた」

裸を見られたような気がして、さらに顔が赤くなった。ウィルは別にして、わたしの危ない力を見た人間は彼が初めてだ。「初体験に乾杯!」

フォードの豪快な笑い声が部屋じゅうにひびきわたった。「きみはすばらしいファイターになるよ。ああ、すでになっている」

「どうかな?」そうつぶやきながら、彼に背を向けて冷水機のほうに歩きだした。鏡には目を向けなかったし、胃のなかで蝶々が羽ばたいているみたいな感じも無視した。フォードに見られていると思うと落ち着かなかった。でも、自信が持てるのはうれしかった。学んだ技を使って、ロージィと彼女の仲間をやっつけられるかもしれない。

トレーニングが終わって、あと何時間かしたら、眠りに就くことになる。そうしたら、ギャビンを殺した連中を見つけだして叩きのめす夢を見るにちがいない。

とにかくフォードに教わったことをしっかり理解し、ロージィを罰するだけの力が自分に備わっていることを祈るしかない。彼女には、ベドラム刑務所の重警備棟に一生入っていてほしかった。おおぜいの犯罪者を閉じこめてあるベドラム刑務所は街から離れたデッドマンズヒルに建っている。そのメタル製の黒いタワーのような建物には、壁の裂け目みたいな細長い窓しかなくて、敷地全体が先の尖った電気柵にかこまれている。

わたしは冷水機におおいかぶさるように身をかがめ、ちょろちょろとしか出ない生ぬるい水を飲みながら、ロージィに襲いかかって彼女の首に手をまわすところを思い描いて……。

とつぜん噴きあげた水が目に入って、わたしははっとした。

あわてて手を放したけど、メタル製のコックが片側に曲がっていた。

うそ!……わたしがやったの? すばやくあたりを見まわしてみたけど、フォードはさっきまでぶらさがっていた場所を目指して、脇目も振らずにサンドバッグをころがしていた。もっと注意しないと、このジムを破壊するだけではすまなくなる。冷水機をよく見ると、側面のわたしがつかんでいたところが凹んでいた。

わたしはごくりと唾を呑んだ。ロージィは刑務所行きにならないかもしれない。ほんとうにこんな力が備わっているなら、自分を抑えられなくなって、彼女を殺してしまう可能性もある。

26

翌日、ランチの時間を告げる鐘が鳴ると、それに合わせるようにわたしの胸のなかで楽観的な何かが声をあげた。いつもならランチは最悪の時間だ。ちょっと冷たいけど忠実なガールフレンドの役を演じて、ウィルや彼の仲間たちと過ごさなければならないなんて、苦痛以外の何ものでもない。でも、今日はひとりでいられる。ウィルは生徒会のミーティングがあるらしい。

わたしは教科書をいっぱいにつめこんだバックパックを肩にかけて、カフェテリアに入っていった。湿気を含んだ部屋のなかに、マリナーラ・ソースとミートボールの香りがただよっている。春の訪れを期待させるような暖かな日で、霧さえ出ていた。大聖堂の前庭をのぞむパティオで、コートのボタンをはずして食事をとっている生徒も少なくとも五十人くらいいる。だからカフェテリアのなかは、いつもより静かだった。下級生も同級生もいたけど、百人ほどがアルミニウム製のテーブルのまわりにぱらぱらと散らばっている。

ザラはすぐに見つかった。彼女は、奥の壁際の隅に置かれたいつものテーブルに坐っていた。身をかがめてケータイをいじっているザラが着ている臙脂のウール・ベストは、七年生のときから着ているものでかなりくたびれている。それでも、身体にぴったりフィットしているせいか、わたしが着るよりもずっとお洒落に見える。顔をあげた彼女と目が合った。わたしはくしゃくしゃになったランチの袋を振って、彼女のテーブルに向かって歩きだした。ザラは気づいたしるしに眉を吊りあげてみせたけど、表情も変えずにすぐにケータイに目を戻してしまった。**さあ、ここからが勝負よ。**わたしはそう思いながら歩きつづけた。

何かというと群れたがる下級生の男の子たちが、前のほうのテーブルに集まってロールプレイ・ゲームに興じていた。その脇をとおりすぎると、ふたつのテーブルに陣取っている下級生の女の子たちの姿が目に入った。ザラは、香水の香りをぷんぷんさせているその女子グループをチーム・アイスと呼んでいる。わたしたちが卒業したら、彼女たちがオリーブ・アンやクレメンタインに代わって、カテドラル・デイ・スクールの女王蜂の地位に就くことになるのだろう。高価なアクセサリーを着けて登校することを禁じている校則を無視して、小さな国なら一年間サポートできそうなダイヤモンドや何かを、これ見よがしに着けているような女の子たちだ。そのリーダーのマーサ・マークスはマニー・マークス市長の娘で、背が高くて、すきっ歯で、ブルネット。幼稚園のころから乗馬を習っている彼女は、馬が大好きだ。マーサのことは小さいころから知っているけど、わたしにはいつも感じがよかった。パパとママに連れられてチャリティー舞踏会に行くようになったころから、赤いベルベットのサッシュがついたふわふわのドレスを着た小さな女の子たちのなかに、必ずマーサがいた。わたしが十一歳で彼女が十歳のとき、ある催しで会ったふたりは、夜のあいだずっと市長の屋敷のテーブルの下に隠れていた。分厚いテーブルクロスに護られて、マーサがピンクのランチボックスに入れてきたプラスチック製のポニーで遊んでいたのだ。

今、マーサは友達とそこに立って小さな声で話している。その視線は、五つか六つ先の窓に近いテーブルに向いていて、そこには高学年向きの応用物理学のクラスに出ている唯一の下級生、ダフィー・ドゥーリトルが坐っていた。目の下にしっかりと引いたアイラインと、頭のてっぺんで結んだポニーテール。あまり高い位置で結んでいるせいで、頭から水が噴きあげているようにも見える。その近くのテーブルに着いているドラッグをやっているグループのひとりが、彼女のいるほうに身を傾けていた。ロデリック・ドッジだ。彼に向かって、ダフィーが怒鳴っていた。ふつうなら、遠すぎて聞こえるはずがないのに、「百っていう約束で前払いしたのよ。五十じゃないわ！」と言うダフィーの声が耳にとどいた。

野球帽を目深に被ったロデリックがダフィーから身を遠ざけ、何かつぶやきながら肩をすくめた。

「ふざけないでよ、ロデリック！」ダフィーが興奮していることは、はっきりとわかった。

ロデリックが返した言葉は聞き取れなかったけど、それを聞いたダフィーは激怒し、下襟をつかんでロデリックを立ちあがらせた。彼女はトラックを何周も走ってきたみたいに汗をかいている。ふたりのまわりには、野次馬が集まりだしていた。マーサ・マークスとチーム・アイスの面々も、椅子の上にあがりはじめている。わたしも彼女たちの横に移動して、野次馬の隙間から争っているふたりを眺めることにした。

ロデリックはダフィーを殴ろうとしたものの、考えなおしたらしく手を引っこめた。「もう行かせてもらう」彼はそう言うと、野次馬のあいだをぬって出口へと向かった。

「逃げ場なんてないからね！　どこに隠れたって必ず見つけてやる！　わたしたちは取引をしたんだからね！」彼を追いかけながら、ダフィーが金切り声で叫んだ。

そのとき、制服を着た警官がふたり、戸口から様子を見ていることに気がついた。その警官が、とつぜんダフィーのほうに足早に歩きだした。いつも血色のいい彼女の顔が、怒りのせいで真っ赤になって引きつっている。

「この子ですね？」警官のひとりがバング先生に尋ねた。校長先生がうなずくと、警官がおきまりの台詞を口にした。「きみを逮捕する。これからきみが話すことは法廷できみに不利な証拠として用いられることがあるからそのつもりで。きみたち、写真を撮るのはやめなさい。カメラを没収するぞ」

ダフィーはしわがれ声をあげて逃げだしたけど、すぐに捕まって、うしろ手にプラスチック製の手錠をかけられてしまった。彼女は床に身を倒し、脚をばたつかせて抵抗した。でも、無駄だった。警官がダフィーを立たせて耳元で何かささやいた。それを機に、彼女はふたりの警官に挟まれて歩きだした。うなだれたダフィーのポニーテールが、アンテナみたいに前に突きだしている。

彼女の姿が見えなくなると、カフェテリアはとつぜん騒がしくなった。ケータイでこっそり動画を撮っているザラのほうに歩きだしたわたしの耳に、「ゼニシン」という声が何度も聞こえてきた。

「ゼニシンって何?」彼女のテーブルの前にたどりつくと、わたしは訊いた。録画を終えたザラが、わたしに鋭い目を向けた。

「何も知らないんだね」いっしゅんの間をおいてザラが言った。**まだすごく怒ってるんだよ。気をつけて**、と言われているような気がした。「アキュソルブよりも強い違法なドラッグのこと」

「集中力が高まって、勉強ができるようになるっていう薬?」

「ロデリックがシンジケートの売人から大量に買いこんだんだって。ダフィーはそれが少しほしかったんだと思う」ザラはそう言っているあいだも、誰かにメールを打っていた。彼女の意図は伝わった。わたしなんて、もうどうでもいいのだ。

「あの子、物理のクラスでものすごく優秀なのよ」わたしはそう言いながらも、そこに立っていることにぎこちなさをおぼえ、椅子を引きだす決意を固めようとしていた。「先生が質問しおわる前に答えちゃうの」

「ゼニシンは人をマシンに変えるっていうからね」ケータイで撮った逮捕の場面を再生しながら、ザラが言った。「自分は天才で無敵だって思っちゃうらしいよ。でも、効果がきれたときは最悪なんだって。眠れなくなって、怒りも抑えられなくなる。わたしはためそうなんて思わない」彼女は肩をすくめてつづけた。「そんなものやらなくても、最高に頭にきてるんだからね」ようやく目をあげたザラは薄笑いを浮かべていた。

彼女が睫毛エクステンションをしていることに気づいて胸が痛んだ。かつてのふたりがどんなだったか思い出したのだ。九年生のころのふたりは、特別な催しがあるたびに、接着剤でエクステをつけあったりした。わたしはそういうすべてをだいなしにして、彼女を失ったのだ。

「ところで……なんでここにいるの？　あの傲慢な殿下とならんで、えらぶった連中のテーブルに着いてなくていいの？」

わたしは手に持った皺くちゃのランチの袋を見おろした。急に食欲がなくなった。「ごめんね、ザラ。そのことを話しにきたの。ウィルとのことをあなたが変に思ってるのはわかってる。でも……でも、あなたとこんなふうになっちゃって、さみしくてたまらない」

ザラがためらいがちにうなずいた。硬く引き結んだ唇がわたしもさみしくてたまらないと言っているように見えた。

今しかない。とつぜんそう思った。ウィルに脅されていることも、心臓のことも、何もかも彼女に話してしまおう。

わたしは坐ることに決めて、震える手で椅子を引きだした。ついにすべてを打ち明けるときが来たのだ。でも、腰をおろそうとしたそのとき、背後からウィルの声が聞こえた。「ここにいたのか、アンセム。ぼくたちのテーブルにおいで」

彼がわたしの両肩に手を載せてぎゅっとつかんだ。叫び声をあげずにいるだけで精一杯だった。

「生徒会のミーティングは？」わたしは肩の上の手を振り払って、ウィルと向き合った。他のどこかを見ていたかったけど、しかたがない。

「延期になったんだ。副会長がスキーかなんかで脚を折ったらしくてね」ウィルが答えた。

「それはたいへんね」感情もこめずに、わたしは言った。ほんとうにがっかりだ。

「来いよ」ザラに見られていることに気づいて、ウィルは苛立ちはじめていた。

「今日はここに坐るわ」ザラのほうを向いて言った。彼女はうんざりしているらしく、誰かのおならをかがされたみたいな顔をして、ちょっと不快そうにわたしたちを見ていた。

「アンセム、ぼくたちはよりを戻したんだよね？　そうでないなら、ぼくはこの場から消えるよ。コンピュータ室で昼休みを過ごしてもいいな。古い映画をアップロードしたりしてね……」ウィルはくすくす笑っているけど、こんな脅しがおもしろいわけがない。オリーブ・アンとクレメンタインを含めた数名が、こっちを見ている。それに気づいたわたしは、うなじの毛が逆立つのを感じた。

「いいわ」冷たい声で応えた。「いっしょに行く」

「本気なの、アンセム？」ザラが信じられないと言いたげに、鋭い目を向けた。

「本気なの、アンセム？」ウィルがザラの真似をした。「あなた、わたしを捨ててウィルを選ぶつもり？」女の子っぽい高い声で彼がつづけた。ザラのほうを向いた彼の目は、突きだしているようにさえ見えた。

「ひとりでそこに坐って、好きなだけ的外れな妄想を楽しんでろよ、ザラ。きみの意見に耳を貸すやつなんて、ひとりもいやしない」

「ザラにそんな口をきくのはやめて」小さな声で言ったつもりだったのに、ウィルの崇拝者がさらにおおぜい振り返った。わたしの顔は真っ赤になっていたにちがいない。「謝ってよ、ウィル」

「謝らなかったら？　ぼくと別れる？」ウィルが声をあげて笑った。「いいけど、きみが困るんじゃないのか？」

惨めな気分で床を見つめているうちに、黒と白のタイルがにじんで灰色に見えてきた。顔をあげると、驚きと苦痛の色をたたえたザラの目がそこにあった。

「わぉ、アンセム。かばってくれてありがとう」硬い口調でザラが言った。「どっちみち、もう行こうと思ってたところ」テーブルから椅子を遠ざけて立ちあがった彼女が、ウィルの肩にぶつかりながら横をとおり、パティオのほうに歩きだした。

「一件落着！」ウィルが甲高い声で言った。「おいで、アンセム」

「すぐに戻るわ」わたしはそうつぶやくと、ザラのあとを追った。

パティオで彼女に追いついた。でも肩にふれただけで、振り向いた彼女に手を振り払われてしまった。

「何？」硬い声でザラが言った。

「二分だけちょうだい」わたしは言った。「さっきのことは、わたしもすごく頭にきてる。ひどいなんてもんじゃないわ。ほんとうにごめん」

「謝られたって赦さないよ。ねえ、なんであんないやなやつといられるの？」近くのテーブルからこちらを見ている下級生を意識して、ザラが小さな声で言った。

「どう見えるかはわかってる」わたしも声をひそめてそう言いながら、彼女の手をつかんだ。それは、幼稚園のときに初めてつないだ手だった。遠足でベドラム科学博物館に行ったとき、ふたりはペアになったのだ。「でも、少しだけ我慢してて。もうすぐちゃんと説明——」

「もう待ちくたびれたよ」ザラはぴしゃりとそう言うと、毒から逃れようとでもするように、腕をひねってわたしの手を振り払った。その目には苦悩の涙が浮かんでいた。あとずさるように遠ざかりながら、彼女が言った。「楽しめばいいじゃない。あいつに、それだけの価値があればいいけどね」

ザラは背を向けて、庭のほうへと立ち去っていった。

フラストレーションをおぼえながらも、うなりたいのを抑えてウィルがいる場所へと歩きだした。そして、呼吸を荒らげながら歩いていたわたしは、空いている錬鉄性の椅子にぶつかってころびそうになった。

「最悪！」そうつぶやきながら椅子を押しやったものの、力のかげんがわからなくなっていたせいで強く押しすぎたらしい。その力は半端ではなかったみたいだ。重い椅子がひっくりかえって吹っ飛び、パティオと庭の境に生えている枯れかけた芝生の上に着地した。距離は、ほぼ三メートル。そこにいた全員が振り向いた。みんな会話をやめて、じっとわたしを見つめている。

「何よ?」わたしは怒鳴った。「あなたたち、椅子を見たことがないの?」

カフェテリアの入口に向かって足早に歩くわたしの心臓は、跳ねまわるピンボールみたいになっていた。そのときとつぜん厚い黒い雲が太陽を隠して、大粒の雨が降りだした。わたしはその場で足をとめて、鎖骨のあたりにぶらさがっているハートのペンダントを指で探りながら、心臓の音を聞いていた。まわりにいた生徒たちが、雨に濡れまいと、わたしを押しのけるようにしてカフェテリアに駆けこんでいく。不意に起こった大騒ぎのおかげで、注目の的から背景に戻れてほっとした。

もう決定的。ついにすべてを失った。親友さえも失ったのだ。

27

「初めから」マダム・ペトロフスキーが訛りの強い英語で言った。しなやかな細い腕を頭の上に振りあげる先生の黒いスカーフが、磨きこまれた床に流れ落ちるように揺れている。「アン、ドゥ、トロワ、カトル！」先生のカウントに合わせて、レベル6の十二人が〈ジゼル〉のむずかしいシーンの始まりの位置についた。愛するアルブレヒト公爵を護ろうと、ジゼルが飛びだしてくる場面だ。

わたしたちは、いつものように音なしで踊った。先生は、自分のなかで音を聴くべきだと信じている。ヴァイオリンの音の盛りあがり具合で判断して動くのではなく、筋肉の記憶にしたがって踊れということだ。聞こえるのはポアントがこつこつと床にふれる音と、静かな吐息のシンフォニーだけ。

何週間か前まで、わたしは主役を踊っていた。でも、あんなにレッスンを休んだことを思えば、どんな形でも踊れるだけでラッキーだ。捻挫したりひどい風邪をひいたりしたけど、コール・ド・バレエなら踊れると必死で先生を説得した。だから、先生の気が変わらないように、すべての動きを完璧にこなす必要がある。新しい心臓がそれを助けてくれた。以前よりもうまく踊れるくらいだ。

レッスンに戻った最初の日、みんなとオープニングアクトを踊るチャンスを与えてほしいと先生に話し、なんとかそれをうまく踊ってみせた。先生は不思議そうにわたしを見つめてゆっくりとうなずき、ためらいがちにほほえんだ。「なぜ、こんなに踊れるのか不思議ですよ、アンセム。とてもきれいです。コール・ド・バレエを踊ってもらいましょう。ただし、主役はコンスタンスのままですよ」以前なら、主役を奪われてくじけるところだけど、また踊れるというだけで、とにかくうれしかった。

発表会まで一カ月弱となった今、激しいレッスンのせいで、みんな爪が割れたり筋肉痛に悩まされたりしていた。でも、わたしの身体は前よりも早く回復してくれる。

「ポアント。パ・ド・ジャンブ。トゥール。ルルベ。トゥール。ルルベ」先生の落ち着いた声に合わせて、十二人全員がそろって跳んだりまわったりして輪をつくり、回転しながら一列になり、また輪に戻った。耳のなかで血がどくどくと鳴り、心臓が激しく動いている。手足は温かく、その動きはしなやかだった。バレエを辞めると言ってパパとママを驚かせたくないというだけの理由でレッスンを再開したのに、何日か経つうちに肉体が解き放たれるいつもの感覚が戻ってきて、また夢中になっていた。踊っているときと夜フォードとトレーニングしているときだけは、ほんの少しだけど、以前のわたしが自分のなかに生きていることを実感できる。厚く重なった痛みの下に、以前のアンセムがうもれているのだ。

わたしはニーナ・チェイスとリバティ・スーエルの手をつかんで輪になり、ポアントで立ってグランルベ、フェッテをくりかえしてグループから離れた。ピルエットをトリプルでまわって次の位置についたときには、風に乗っているような気分になっていた。

「アンセム、速すぎますよ。それに高すぎます！」着地したわたしを不思議そうに見つめながら先生が言った。「みんなと合わせてちょうだい。ええと……なんて言ったらいいのかしら？　そう、華々しさは必要ありません」

わたしはうなずき、また鏡を見ながら踊ることにした。そこに映る姿を見ていれば、みんなと速さや高さを合わせやすくなるかもしれない。この心臓のおかげで、ありえないくらい速く動けるし、信じられないくらい高く跳べる。でも、その力を生かして思いきり踊るわけにはいかない。少なくとも、今はだめだ。

みんなの呼吸の音と、そっと着地する音と、ポアントが小さく床を踏みならす音だけを聞いて踊っているうちに、わたしの思いはまずザラへと、それからフォードへと移っていった。初めて彼を床に組み伏せた日以来、毎晩スパーリングをしているけど、いつも簡単に彼を打ちのめしてしまう。ゆうべ彼は段ボールでできたダミーと飛びだしナイフを持ってきて、ナイフの投げ方を教えてくれた。その手首と腕の振り方は、バレエの動きとそんなにちがわなかった。何度かためしたあと、わたしが投げたナイフがダミーの真ん中に刺さった。そして、そのあとのスパーリングでは、またも難なくフォードをマットに沈めてしまった。負けるたびに彼は声をあげて笑い、**グリーン、きみはまるでマシンだ**と言って、わたしとハイタッチする。

マシンの心臓を持ったマシンっていうことね。最後のトリプル・ピルエットをまわって、思った位置から三センチと離れていない場所におりたわたしは、この部屋にいるふつうの心臓を持ったダンサーと同じように踊れて満足していた。

そのとき、部屋の向こうで骨が折れる音がして、大きな悲鳴があがった。コンスタンス・クラムがひどい格好で床に倒れこんで、痛そうに右の足首をつかんでいる。

他の女の子たちにまざってわたしも彼女に駆けよった。先生がみんなを押しのけるようにして、自分のオフィスへと駆けこんでいった。小型冷蔵庫からアイスパックを取りだして戻ってきた先生が、つぶやくように言った。「また怪我だなんて信じられないわ。なんて運が悪いんでしょう」

「アンセム！」アイラインを引いた先生の目がこっちを向いた。何を考えているのか、疑いの余地はない。**だめよ、やめて、お願い。**わたしはそう言いたかった。目が大きくなっているのも、顔が真っ赤になっているのもわかっていた。**そんなの公平じゃないわ。他の誰かを選んで。誰でもいいから、わたしはやめて。**

近づいてきた先生が、身をかがめて耳元でささやいた。

「元の役に戻ってちょうだい。当面は、あなたにジゼルを踊ってもらいます。それで、コンスタンスの様子を見ることにしましょう」

「いやです！」足首が二倍くらいに腫れあがっているにもかかわらず、何が起ころうとしているのかを察して、コンスタンスが叫んだ。「あしたにはよくなります。絶対にだいじょうぶです」足首にそっとアイスパックを押しあてながら、彼女が涙声で訴えた。

「お医者さまがなんておっしゃるか、聞いてから決めましょう」先生がなだめるように言った。「さあ、アンセム、とりあえずジゼルを踊れるようにしておいてください」

コンスタンスにつらそうな目で見られても、その気持ちを思いやる以外にできることはなかった。この役を得ることだけを望んでいたときもあった。でも、それは過去の話だ。

「怪我が治ったら、役はお返しするわ」彼女の気持ちが楽になればと、言ってみた。コンスタンスは床を見つめたままむっつりとうなずいたけど、信じていないのはあきらかだった。


レッスンのあと、スタジオに残ってソロのパートの練習をした。人気がなくなったビルのなかは寒々としていたから、身体が冷えないように、ぼろぼろのスエットパンツをはいていた。皮肉なことに、ジゼルは心臓の弱い娘だ。彼女はお姫さまと婚約している男性、アルブレヒト公爵と恋に落ちてしまう。ふたりは情熱的に愛し合い、やがてジゼルは死んでウィリと呼ばれる精霊になる。でも、他の精霊たちがアルブレヒトを殺そうとするので、ジゼルの魂は安まらない。**ジゼルは公爵を護りきったわ**。わたしは鏡を見つめながら心のなかで言った。**それで初めて魂が安まったのよ**。

最初と二番目のソロをそれぞれ数回とおしてみた。高く跳びすぎないよう、速くまわりすぎないよう、以前の限界を頭においてカを抑えて踊った。でも、それにはかなりの集中力が必要だった。

ギアが入ったエンジンみたいに心臓が鼓動して、もっと速く、もっと速くと、わたしを駆りたてる。ふと動きをとめて、あたりを見まわした。太陽はとっくに川の向こうに沈み、星のない曇った夜の暗闇がスタジオを包みこんでいる。先生が帰ってしまった今、わたしを見ている人間は誰もいない。

フォードと練習した回し蹴りのことを考えた。パンチを繰りだして相手に一撃を与えるやり方も習ったし、ナイフの投げ方も教わった。わたしはジゼルの踊りの練習を中断して、ピルエットで部屋を横切りはじめた。最初はダブルで、それからトリプルでまわり、さらに速く速くまわってみる。心臓がうなりをあげているのがわかった。もう足が床にふれている感じが、ほとんどしない。鏡に目を向けたわたしは、思わず目を大きく見開いた。ほんとうに宙に浮いていた。床から六センチか七センチのところで、くるくるとまわっている。でもそのすぐあと、そんなことはありえないと思った瞬間、両足を前に投げだして尻餅をついてしまった。

わたしは鏡を見ながら首を振った。

「信じられない」声に出して言った。「こんなこと、ありえない」

「おれも心のなかでそう叫んだところだよ」背後から、そう言う声が聞こえてきた。鏡のなかに、部屋の隅の陰からあらわれたフォードの姿が映っている。スニーカーを履いた足でぴかぴかの床を踏みならしながら、彼が近づいてきた。

「ここで何をしてるの?」驚いたわたしは彼のほうを振り向いて言った。「何かまずいことでもあったの?」

「男がたまにふらっとバレエ・スタジオに忍びこむっていうのは、なしかな?」それから、彼が声の調子を落として言った。「今夜はトレーニングに付き合えないって言いにきたんだ。ジャックスにとどけ物を頼まれてね」

「メールをくれればよかったのに」

「ここの前を時々とおりかかるんだ。それで明かりがついてたから、ちょっとのぞいてみようかと思ってさ。来てみてよかったよ」

「いつから見てたの？」

「きみがどんなにすごいかがよくわかるくらい前から見てた」そう言って首を振ったフォードの顔には、かすかな笑みが浮かんでいた。「ああ……きみがっていうより、きみの踊りがね」そう言いなおした彼は、ちょっと赤くなっていた。

「ありがとう」悪いことをしているところを見られてしまったような気がして、急に頬が熱くなってきた。でも、ある意味では、そのとおりなのだ。宙に浮くなんてありえない。悪いことではないけど、やっぱり変だ。わたしはバーの前まで行ってタオルをつかみ、汗なんてかいてもいないのに眉のあたりを拭った。それが終わると、もうすることはなかった。

「移植がきみに与えたものは、速く走ったり、おれを打ちのめしたりする力だけじゃなかったんだな」フォードがおだやかな声でそう言いながら、バーに近づいてきた。

「さあね。でも、そうかもしれない」鏡のなかで彼と目が合ったけど、すぐに視線をそらした。「気がついたのは今が初めて。こんなふうに……できるなんて」

「飛べるって言っていいと思うよ」フォードがバーに足をかけ、バレエダンサーのストレッチを真似て、ぎこちない仕草で前屈をはじめた。頭の上に手をあげて、ころびそうになるまで身を倒しながら、彼が言った。「すごいことだよ、グリーン。喜ぶべきだ」

「どうでもいいわ」わたしはつぶやいた。「見世物小屋のスターに、もうひとつ売り物ができただけよ」

「彼は飛べたって言われているのを知ってるかい？」

「彼って？」

「ザ・ホープだよ」バカなことを訊くなと言わんばかりの口調だった。「彼のどえらい話を聞いたことがないなんて、言わないでくれよ」

「でも、よくは知らないわ」わたしは正直に言った。サウスサイドの男の子たちやザ・ホープのことなんて、よく知ってるはずがないでしょう？ 「でも、わたしの場合は飛べるっていうのとはちがうわ。ザ・ホープとはぜんぜんちがう。希望なんてないもの」

「グリーン、きみは自分を過小評価しすぎている」反対の足をバーに乗せながらフォードが言った。「バレエについては何も知らないけど、きみの踊りがすごいってことはわかる」

いっしゅん涙が出そうになった。「前は、そういうことがほんとうにだいじだった」わたしは言った。

「プロのバレリーナになるために、すべてを賭けてた感じ」

「ああ、わかるよ」

「でも今は……そんなの、どうでもいい」わたしは足下に目を落とした。何年も踊りつづけてきたせいで、たこができ、親指の付け根の骨が飛びだし、爪が割れている。「ギャビンが生きてくれるなら、どんな才能だってためらいもなく差しだすわ」

「そんなふうに思っちゃだめだ」フォードがバーから足をおろして、わたしに近づいてきた。「せっかく頑張ってきたのに、あきらめるなんてもったいないよ。何を得るためであっても、たいせつなものは簡単に手放すものじゃない」口をつぐんだ彼は、言葉を選んでいるみたいだった。「信じてくれていいよ。だいじな何かをあきらめたら……そのあと歩む道は楽しいものじゃなくなる」

わたしは彼の顔を見つめた。もっと話してほしいと迫るべきなんだろうか？ 「ボクシングをあきらめたことを言ってるの？」

「そんなようなものだな」フォードが答えた。「だけど、その話は今度にするよ。ギャビンの件だが……計画を練るべきときが来たのかもしれない」

「計画？」

「連中をさがしだす計画だよ」鏡ごしにわたしを見ている彼の目は、真剣そのものだった。「そのためにジムで頑張ったんじゃないのかい？　連中に法の裁きを受けさせるためにさ」

法の裁き？　その言葉にわたしは怯んだ。「自分が法を信じてるのかどうかもわからない」

「人が飛べるなんて、おれは今まで信じていなかった」フォードがほほえんだ。「なんて愚かだったんだ」

わたしは顔をしかめた。「フォード、わたしは飛べるわけじゃないわ」

「そうかな？　飛んでるみたいに見えたけどね」彼が太い眉を片方だけ吊りあげた。「もう一度ためして、たしかめてみるっていうのはどうかな？　三十秒は確実に宙に浮いてたよ」

「ためしてもいいけど――」ほんとうにそんなことができるのか、すごく知りたかった。でも、その気持ちを認めるのはいやだった。「はっきり言っておくわ。飛べるかどうかためすなんてバカげてる」

「ああ、かなりバカげてる。しっかりメモしておくよ」フォードはそう言って手に何かを書くふりをすると、わたしに期待の目を向けた。喉の奥から苛立ちの声を絞りだしてみたけど、彼は動じなかった。

「いいわ、わかった」わたしは胸を張って五番ポジションで立つと、頭の上に手をあげて、さっきと同じように踊りはじめた。

何度もくりかえしてピルエットをまわってみる。フォードを目印にして、まわるたびに彼の顔に目を戻した。身体が浮いてきたような気がする。もう床を蹴っている感覚はなかった。

身体が上へとあがっていく。気がつくと完全に床から足が離れて、空中でくるくるまわっていた。そう、わたしは飛んでいた。

フォードがケータイのボタンを押して、こっちを見あげた。拳を振りあげ、口だけ動かして無音の歓声をあげている。

それから、さっきと同じことが起こった。自分が何をしているかに気づいたとたん、恐ろしくなって、床に落ちてしまった。今度は仰向けだった。「痛い！」

「なんてこった」そう言ったフォードの目は輝いていた。「グリーン！　二十二秒、飛んでたよ！」わたしは身を起こして、ふくらはぎのストレッチを始めた。心臓がジェットエンジンなみに動いている。

「スピンしないで飛べるかな？」フォードが訊いた。彼がわたしのまわりを歩きながら、二度かがみこんで、腕の筋肉をつかんだ。なんだか恥ずかしくなって、自分を抱きしめるように腕を組んでみた。そして、そんな気持ちになった自分に腹が立ってきた。**だって、フォードなのよ。**

「やってみようかな」わたしはそう言って立ちあがり、隅のほうに移動した。鼓動はほとんど元に戻っていて、かなり集中しなければ聞こえないくらいになっている。壁に背を向けて大きく息を吸うと、わたしは走りだした。そして、六、七歩走ってスタジオの真ん中まで来ると、両腕をしっかりうしろに振って右足で床を蹴り、思いきり前に跳んでみた。

気がつくと宙に浮かんでいた。心臓がプロペラになったみたいな感じだった。

ありえないほど高く跳んでいる自分の姿が鏡に映っている。床よりも天井に近い位置に信じられないほど長くとどまったあと、わたしはゆっくりと前方の床に向かって落ちはじめた。もう重力が許す長さの三倍か四倍、宙に浮いている。

鏡は見ずに、目の前にいるフォードに視線を定めた。**考えちゃだめ。**わたしは自分に言った。**考えすぎたら、またみっともない落ち方をしてしまう。**

今回は音もたてずに優雅に着地できた。そっと床におりたったわたしは、一度前によろけたものの、そのあとしっかりとポアントで立っていた。望みどおりに動けたからか、心臓も変な音をたてることなく、いい感じに動いている。わたしは胸に手をあてながら、自分の能力に怯える代わりに、なんていうか……

誇らしさを感じていた。こんなことは初めてだった。

わたしはフォードに笑みを向けた。「すごいと思わない？」

「すごいなんてもんじゃないよ」首を振りながら彼が言った。「とにかく……ああ、信じられないくらいすごいよ」フォードが顔をそむけた。なんだか急に落ち着かなくなったみたいだ。それを見て、わたしも落ち着かない気分になった。ふたりきりでここにいることを、とつぜん意識しはじめたのだ。しかも、ふたりはこんなにそばにいる。どちらも何を言ったらいいのか、わからなくなっていた。

ありがたいことに、フォードが沈黙をやぶってくれた。

「頑張れば、おれもバレエダンサーになれるかな？」両腕をひろげて適当にくるくるまわりはじめた彼のうしろで、スエットのフードが浮きあがっている。

「不可能なことなんて何もないわ」彼の冗談に救われた気がして、わたしはにやりと笑った。「すごく頑張るって約束するなら、プリエを教えてあげる。ほら、バーをつかんで」

「そいつは役に立つかもな」フォードが言った。「ローランドあたりで質の悪い連中にからまれたときにさ」

「きっと驚くわよ」わたしはほほえんだ。「正しく使えば、バレエは相手をすごく怖がらせることができる。さあ、まっすぐ立って」片手を彼の腰に、もう片方の手を鎖骨にあてて、前屈みの姿勢を正しながら言った。

「はい、先生」

鏡に映ったわたしの目は、深い緑色になっていた。ジャックスの手で胸にこの心臓をうめこまれた直後と同じ、明るいエメラルド色をしている。フォードの言うとおりだと思った。どうやってロージィをさがしだすか、そろそろ計画を立てたほうがいい。

28

「来てくれたのね！」その夜、一時を過ぎたころに玄関前の階段の上にフォードとならんで立ったわたしを見て、ジャックスが喜びの声をあげながら荒れた手を打ち合わせた。まるで、山と積まれた誕生日プレゼントの包みをあけようとしている子供のような反応だ。彼女がぎゅっとわたしを抱きしめて言った。

「元気そうで、ほんとうによかったわ。だいじょうぶだっていうことはわかっていたのよ。ええ、あんなに速く走れるんですものね。ここから逃げ去っていくあなたのうしろ姿を見ていたら、ラッタッタを思い出したわ。あの子は、移植を受けたわたしの患者のなかでいちばん足が速いの」

「ああ、逃げたりしてごめんなさい」わたしはもごもごと謝りながら、彼女の腕から抜けだした。ネズミと比較されたことについては、気にしないことにした。「そうなの、かなり足が速くなったみたい」

「ちゃんと動いて、しっかり食べてる？」

「朝起きたら指と唇が真っ青になってたことが二度あったけど、食べていればだいじょうぶ」

「いいわ、いいわ、すばらしいわ」ジャックスがそう言いながら机の上のクリップボードをさっと取りあげ、Tシャツのポケットから読書用の眼鏡を引っぱりだした。Tシャツには、周期表と『SCIENTISTS DO IT PERIODICALLY』の文字がシルクスクリーンでプリントされている。眼鏡をかけて彼女が言った。「移植を受けると、どうしてもそういう症状が出てしまうの。それで……どういうものを食べるといいみたい？」

「砂糖」わたしは答えた。「前は甘いものなんて絶対に食べなかった。でも今は――」

「いくら摂取しても足りない。避けられない副作用だわ。ハチドリは蜜が大好きなんですもの」ジャックスはそこでいったん口をつぐみ、クリップボードに象形文字にしか見えないような乱暴な字で書きこみをした。そして、ようやくそれが終わると、ひとまとめにして頭のてっぺんで丸めてある銀色の巻き毛にペンを突き刺した。「それで、どうしてここに戻ってきたの？」今度はわたしの腕に血圧計のカフを巻きつけ、ゴム球をぷしゅぷしゅ押しはじめている。「ああ、気にしないで。データを集めているだけなの。もちろんわかってくれるわよね？」

「ええ、もちろん」わたしは腕に圧迫感をおぼえながらフォードに目を向け、唇を読んでくれることを期待して「本題に入ろう」と唇を動かしてみた。

「データといえば――」そのきっかけをとらえて、彼が言った。「あなたがたまに警察のデータセンターに侵入してることを、アンセムに話したんだ」

「あら」ジャックスの顔が赤くなった。「アンセム、わたしのことをとんでもない人間だなんて思わないでね。居所が知られていないかどうかをたしかめるために、何週間かに一度、ちょっとのぞき見をしているだけよ」

わたしは首を振った。他人の胸に侵入して勝手に心臓を移植するのに比べたら、データセンターに侵入するなんてなんでもない。でも、それは言わないでおいた。「わたしたち、人をさがしてるの――」

「誘拐事件の話はフォードから聞いてるわ」血圧を測りおえたジャックスが、わたしの腕に巻いたカフをはずした。「なんだか面倒なことになりそうね」

「ええ、たぶん」わたしは汚れた床を見つめながら言った。手助けはできないという意味なのだろうか？

「そんな顔をしないで、アンセム。もちろんできるだけ協力させてもらうわ。あなたはわたしの最高傑作なんですもの。いやだなんて言えるはずがないでしょう」ジャックスがにやりと笑って、ファイルキャビネットの前に移動した。

「ジャックスは何をしてるの?」わたしはフォードに尋ねた。ケージのなかのサルが、白い毛が生えた胸を叩きながら、小さな鋭い歯をむきだしにして叫びだしていた。

「だまれ、ミルドレッド」わたしの質問に肩をすくめて、フォードがサルに怒鳴った。

「ミルドレッド?」わたしは鼻を鳴らした。「それが、この獣の名前?」

「叔母の名前をもらったの」ジャックスがそう答えながら抽斗を閉め、別の抽斗をさらにふたつ開けた。彼女の白衣の背中には、『ベドラム大学病院』と書かれている。なぜジャックスはこうなってしまったのだろうと、あらためて思った。今の彼女はテープでつなぎあわせた眼鏡をかけ、水もれするパイプがとおった恐ろしいほど暑い部屋で、狂ったように叫びまくるサルたちと暮らしている。「頭が変なの。ああ、サルじゃなくて叔母よ。あははっ」彼女の神経質な笑い声が広い部屋にひびきわたると、またもサルが騒ぎだした。

「追われてるんじゃないかって、ジャックスは病的なほど恐れてるんだ」フォードが小声で言った。「コンピュータは十台を使い分けてるし、必要に備えて抽斗には盗聴器がどっさりつまってる」

数分後、三人はジャックスのノートパソコンのまわりに集まって、黒い画面に映しだされた黄色い文字を見ていた。いろんな事件の犯人についてのくわしい情報だ。画面の右上には写真が表示されている。監視カメラがとらえた写真もあれば、逮捕後に撮られたものもあった。ジャックスが警察のデータベースに侵入するのは、今週初めてではなさそうだ。

「いいわ、シンジケートのメンバーに絞ってみるわね」ジャックスがつぶやくように言った。「でも、最近ではほとんど全員がシンジケートと関わりを持ってるわ」

該当者が四千二百六十三人もいた。わたしはジャックスが出してくれた車輪つきのスツールに坐ったまま、身を反らせた。「これじゃ、さがせないわ」フォードに言った。

「さがしてるのは女だ。ジャックス、性別で絞ってみてくれ」彼が提案した。

「すごい」椅子の上で彼女が跳ねるたびに、銀色の巻き髪が上下する。「たった三百十四人になったわ！」

「歳で絞れる？　彼女は二十代前半よ」わたしは言った。「それにブロンドなの」

ほとんど瞬時に、監視カメラがとらえた不鮮明な写真が画面にあらわれた。隅のほうに、一年半前の日付が表示されている。ロージィかもしれないけど、その髪は今の彼女よりも短くてつんつん尖らせてあった。写真がぼやけているせいか、薄笑いを浮かべているその女の口元はものすごくかわいらしく見える。となりに立っている背の高い黒髪の男の顔は、頭の向きのせいでよく見えなかった。写真の隅に写っているものに気づいて、わたしは寒気をおぼえた。リノリウムの床に、子供が両手で頭をおおうようにしてうつぶせに倒れている。ジャケットにミトンがとめつけられているところをみると、かなり幼い子供にちがいない。胸が痛くなる光景だ。袖口にぶらさがっているミトンで顔をかばっているようにも見える。すぐ横にミルクのパックがころがっていて、そのまわりにミルクが流れだしていた。

それなのに、そこにいる彼女は笑っている。

ローズ・ソーン：女、ブロンド、身長一六二・五センチ、体重五四・四キロ。
右肩にタトゥーあり。

別名：カトリーナ・ケニッキー
シャデラ・ブラック

グウィンドリン・グッドウィン

罪状：暴行、軽窃盗、重窃盗、共同謀議、麻薬密売、殺人の共謀。犯行現場（サウスイースト郊外のティディーズ・ワンストップ・ショッピング）から黄色のジープ（ナンバー　ＳＨ００４５１２）で逃走中にスピード違反で逮捕。

逮捕歴：一

有罪判決数：〇

司法取引：警察の情報提供者五六一一号として活動中。

わたしは最後の部分を指さしながら、フォードを肘でつついた。「これって、彼女が警察のために働いてるっていうこと？」

フォードが肩をすくめた。「たぶんね。情報屋が人を殺したと知ったら、警察はどう思うだろうな」

わたしは身体が震えるのを感じながら、画面に視線を戻した。警察にすべてを話したら、彼女を捕まえてくれるだろうか？

共犯者および仲間：

スミス・マーコム――指名手配被疑者：重窃盗、共同謀議、暴行。

カール・スモール――指名手配被疑者：武器を用いた襲撃、麻薬密売。
エメット・キャスク――指名手配被疑者：共同謀議、窃盗、武器を用いた襲撃。
ルス兄弟（マクシミリアン・ルスとオーガスタス・ルス）
――指名手配被疑者：暴行、麻薬密売、共同謀議。
ジェサ・スコーピオ――指名手配被疑者：売春、人身売買、共同謀議、暴行。

わたしたちはだまって読みつづけた。サルがメタル製のスプーンをケージの柵にこすりつける音だけが聞こえている。

髪は今のロージィよりも短いし、色も濃い金色をしているけど、真っ赤な唇も高い頬骨もよく似ているし、立ち方さえもそっくりだ。まっすぐにふんぞり返って立っている彼女は、実際よりもずっと背が高く見える。それに、ローズ・ソーンという名前。これは偶然ではありえない。わたしは水上のディミトリスの外にとまっていた黄色いジープのことを思った。

「彼女よ」わたしはささやいた。「車も名前も一致する。まちがいないわ」

「しかし、それだけでは意味がない」フォードがむっつりと言った。「住所がわからないと……」

「でも、いい手掛かりがあるじゃない。この車を見つけだせばいいのよ」ジャックスが言った。「たいしてむずかしくはないはずよ」

「三年間、外に出てない人間がよく言うよ」フォードが鼻を鳴らした。

ロージィと彼女の共犯者および仲間が燃費の悪いジープで街を走りながら、盗んだり、誘拐したり、食い物にしたり、傷つけたりする相手をさがしているところを思い描くうちに、アドレナリンが噴きだしてきて心臓の動きが激しくなってきた。あの人たちをとめることができたら、この世界で起きている強姦や殺人や理不尽な暴力がどれだけ減るかわからない。

わたしはジャックスのマウスをつかんで、ロージィの顔を拡大した。この薄笑い。これは、まんまと罪を逃れてきた人間の表情だ。人を傷つけて逃げ去るなんて、なんでもないことだと思っているにちがいない。

彼女の顔からこの薄笑いを奪ってやる必要がある。

「何か方法を考えるわ」わたしは誰にともなくそう言うと、さっと立ちあがって部屋のなかを行ったり来たりしながら、車をさがしだす方法を考えだそうと頭を絞った。

もうギャビンのことだけではすまない。これはみんなの問題だ。この街で生き残ろうとしている人たち全員の、この街で自分の人生を生き抜こうとしているすべての人間の、問題だ。髪に寝癖がついたままミルクを買いに出た子供が無事に家に戻ってこられないなんて、まちがっている。一生びくびく怯えて暮らすなんて、絶対におかしい。

ジャックスの机の上にメモ帳があった。上端に『ヴィヴィラックス錠 おだやかな毎日のために』と印刷されている。わたしはそのメモ帳をつかみ、いくつかの名前を書きとめた。

スミス・マーコム
カール・スモール
エメット・キャスク
マクシミリアン・ルス
オーガスタス・ルス
ジェサ・スコーピオ

ローズ・ソーン

その下に、黄色いジープのナンバーと型を書き入れた。

29

次の日の夜は、めずらしくパパとママが先にうちに帰っていた。ふたりはビルトイン・スピーカーからバッハのカンタータが静かに流れているダイニングルームのテーブルに着いて、コーニッシュ・チキンを食べていた。ガラスの壁の外は雷雨に見舞われていて、紫色の夜に時折稲妻が走っている。

「先に始めてしまったわ」わたしが部屋に入っていくと、ママが笑みを浮かべて言った。白っぽい肉を突き刺したフォークが、口に運ばれないまま宙でとまっている。「お腹がぺこぺこだったの。朝からミーティングの連続でね。このあとも警察本部長のお宅でお酒をいただくことになっているのよ。赦してね」

「もちろんよ」わたしは言った。「顔が見られてよかったわ」

「やあ、アンセム。ぼくのプリマ！」パパが陽気な声で言った。「元気そうでよかった。ずいぶん力がついたようだ。このところ、ずっと入れちがいで会えなかったからね」

わたしはローズウッド製の長いテーブルに着いた。枝つき燭台に立てられた六本の蠟燭が、きれいな明かりを投げかけている。

「ほんとうね。バレエや何かですごく忙しかったの。パパとママもスタジアムのことで、ずいぶん……」なんて言ったらいいのかわからなくて、口をつぐんでしまった。リリィがわたしのチキンのお皿を運んできた。つけあわせのワイルドライスが山盛りになっている。わたしの新しい食習慣に気づいたリリィは、炭水化物をたっぷり用意してくれる。それはありがたかったけど、脚を縛られて、取りだされた内臓の代わりにローズマリーを差しこまれた小ぶりのチキンは、見ているだけで気分が悪くなってきた。「ありがとう、リリィ」

「どういたしまして」リリィはそう言ってわたしに笑みを向けると、さっさと片づけて家に帰ろうと、足早にキッチンへと戻っていった。

「学校の勉強は追いつけたかい?」パパがそう訊きながら、チキンの骨を引き抜いて肉にかぶりついた。わたしはその光景に吐き気をおぼえて目をそらした。

「あとひとつ、プロパガンダと政治について調べてレポートを書けばいいだけ」わたしはワイルドライスを食べることに集中した。「それが終わったら、すっかりみんなに追いつける」

「それで、ウィルとのことはどうなの?」ママがシャルドネをすすりながら、楽しげに訊いた。

「どうしてそんなことを訊くの?」わたしは小さな声で言った。そして、すぐに後悔した。**うまくいってるわ。すごくいい感じ**と答えて終わらせればいいのに、なぜそれができないのだろう?

「ただ訊いてみただけよ」いっしゅんママの目が輝いた。でも、そこにあらわれた感情が、苛立ちだったのか、怒りだったのか、痛みだったのかは、わからなかった。いずれにしてもその表情はすぐに消え、見ている間に元の仮面のような顔に戻った。

「ママはきみを応援しているんだ」パパがわたしに鋭い目を向けた。その目が**ママを悲しませるんじゃない。ママがどんなふうかはわかっているはずだ**と言っている。「パパもママも、ウィルのことをすばらしい若者だと思っているんだよ」

すばらしい人格異常の若者よ。ママからパパへと視線を移したところで、急に怒りがこみあげてきた。ふたりが気にかけているのは、わたしとウィルの関係が自分たちにどう関わってくるかということだけなのだ。フリート家とハンセン家につながりができれば、ビジネスの上で好都合だ。野心家のマニー・マークスが、そのころ警察署長をしていたブランフォード・ブレット・ジュニアの娘、ベリンダ・ブレットと結婚して以来の、最強の取り合わせになる。

「がっかりさせて悪いけど、ウィルと生涯をともにしようなんて思ってないの」わたしは冷たく言った。

「アンセム、わたしたちはあなたの幸せを望んでいるのよ。ウィルと結婚してほしいなんて、誰も言ってないわ」ママは不安げな声でそう言うと、マニキュアをした手をひろげてプレースマットの両脇に置き、食べかけのチキンを見おろした。

「よかった」わたしは固い声で言った。そのとき稲妻がナイフのように空を切り裂き、ほんのいっしゅん、パパもママも不気味な青白い影に変わった。「ごめんなさい。変なこと言っちゃって」

パパがとなりの椅子に置いてあった〈デイリー・ジレンマ〉の夕刊を手に取って、読みはじめた。

「誰かにとめてほしいよ」パパがチキンを頬張りながら言った。「何度読んでも、また読んでしまう。見てごらん、ヘレン」

ママが新聞を折りたたんで、自分のお皿の横に置いた。

『フリート・スタジアム計画に揺れるウォーターフロント』見出しが逆さまに見えた。

ママが目をぎょろりとさせて言った。「いやだわ。また反対運動?」

新聞をつかんでひろげてみると、『スタジアムではなく学校を』とか『取り壊しではなく再生を』とか書かれたプラカードを持った何百人もの群衆をとらえた写真が載っていた。

「南の人間どもめ」パパが椅子の背にもたれて、ブロケード織りのナプキンをチキンの骨が残ったお皿の上に投げ置いた。「何を与えられても、けっして満足しない。そういう連中だ」

「何を与えられたっていうの?」そう言った瞬間、後悔した。

わたしはパパをじっと見つめた。ふたりのあいだを何かが静かに流れていく。ふたりは挑み合っていた。

っている。

「いいか、アンセム。そのひとつが新しいスタジアムだ。それに、仕事」パパの小鼻がふくらんで白くなっている。

わたしはうなずきながら、テーブルに目を落とした。磨きこまれたぴかぴかのローズウッドに、赤い髪がぼんやりと映っている。新聞を取りあげて記事を読んでみた。「スタジアム建設のために家を取り壊されたくないって、この人たちは言ってるみたいだわ」

「アンセム、パパを信じなさい。あんな家に住みつづけるよりも、われわれが建てている低所得者用のアパートに入るほうがずっといい」パパが鼻を鳴らした。「何もかも新品。カビも落書きもなしだ。セキュリティも万全で、犯罪から護られている。その上、スタジアムで大好きなキルボールが見られるんだ！感謝してほしいね」

「感謝してるようには見えないわ」新聞の写真にさらに目を凝らしながら、つぶやいた。何百人もが横断幕をかかげて腕を組み、鉄球をぶらさげたクレーンの列の前に立ちはだかっている。その端のほうに目を向けたわたしは、後方にいる年配のグループの五人が、組んだ指を心臓のあたりに押しあてていることに気づいた。

「これは何？」その年配のグループを指さして訊いてみた。

「ああ、なんでもないわ。あなたが生まれる前に流行ったの」ママがため息をついた。「ザ・ホープがサウスサイドの人たちをひとり残らず狂わせてしまったあのころにね」

ザ・ホープ。この前の夜、スタジオでフォードが言っていたことを思い出した。**彼は飛べたって言われているのを知ってるかい？** 彼はそう訊いた。それに、ギャビンとの初めてのデートのとき、ザ・ホープは何かの陰謀で殺されたのだと聞かされた。

「どういう意味なの？」わたしは写真を見つめながら尋ねた。組んだ指を胸に押しあてている人たちは、おだやかな表情を浮かべて、まっすぐカメラのほうを向いている。

「Vサインと幸運のおまじないを合わせたようなものだと思うわ」ママが答えた。「一時期は、そこらじゅうで見かけたものよ。そんなふうに指を組んで、大きな声をあげていた」

「『われわれは立ちあがる』ってね」小さな声でそう言いながらわたしたちを見あげたパパの口元には、うっすらと悲しげな笑みが浮かんでいた。また雷が鳴った。「レジーナもその言葉を壁に書いていた。おぼえているかい、ヘレン?」

わたしは口を開き、また閉じた。レジーナ? 家族写真に写っているブロンドのレジーナは、フリート家の完璧な娘にしか見えない。そのレジーナが大衆主義者だったっていうの? ザ・ホープや彼の運動に、どうしてレジーナが興味を持ったりしたの? わたしはまばたきをした。不意に、あのバーテンダーの手首のタトゥーを思い出した。彫られていた文字は、まさにそれだった。

ママが灰色の目を光らせて椅子を引き、ナプキンをお皿の上に投げた。「忘れるはずがないでしょう」ママが立ちあがって出ていくと、天井にキューピッドが描かれたダイニングルームの空気は、いっしゅんにして気まずいものに変わった。

ワイングラスごしにパパににらまれて、胃がひっくりかえりそうになった。パパのおでこには、また青筋が立っている。誰かがレジーナの名前を口にすると、いつもこうだ。傷口に塩を塗るような真似はするなと、その目は言っている。わたしは眉を吊りあげて肩をすくめてみせた。亡くなった娘の話を持ちだしたのはわたしではなくパパだと、無言のうちに思い出させてあげたのだ。

またも大きな雷が鳴って、ふたりは跳びあがった。「こっちにもらおう」パパはそう言ってわたしから新聞を取りあげると、ママを避けるように別の戸口をとおって部屋から出ていった。二分後、オフィスのドアが閉まる音が聞こえた。

壁にサウスサイドのスローガンが書かれた姉の部屋を想像してみた。レジーナは、わたしよりも自由に街を歩きまわることを許されていたのだろうか？　レジーナが壁にスローガンを書いたとき、パパとママは何も言わなかったのだろうか？　それとも罰を与えて、すぐにそれを消させたのだろうか？　わたしは誰もいない部屋に坐ったまま、まばたきをした。低い音で流れているクラシック音楽も、かき乱された心を鎮めてはくれなかった。わたしは立ちあがり、手もつけていないチキンを捨てにキッチンへと向かった。

驚いたことに、大理石のカウンターの前にサージが立っていた。彼が皮をむいているタンジェリンが、大きな手のなかですごく小さく見える。

ふたりは硬い笑みを交わした。誰かの足音が近づいてこないかと耳をすましてみたけど、何も聞こえなかった。リリィはもう帰ったし、ママはメイクルームにこもってヴィヴィラックスを二錠口に含みながら、警察の資金調達パーティに出かける準備をしているにちがいない。

「そろそろ行動を起こす頃合いでしょう」慎重なサージが、いつもどおりの口調で言った。温かくて愛情たっぷりだけど、彼は詮索なんか絶対にしない。

わたしはうなずいた。「二週間くらいのうちにね」

「準備はできているんですね？」

肩をすくめて答えた。「日を追うごとに強くなってるわ」それはほんとうだった。少なくとも肉体的には、これまでにないほど強くなっている。

サージがわたしの頭のてっぺんに手を置いて、じっと目をのぞきこんだ。そのあと彼は、やっと聞き取れるくらいの小さな声でささやいた。「捜索はまかせてください」

驚きの目を向けずにはいられなかった。ゆうべジャックスのパソコンで何を調べだしたか、車のなかで彼に話したのはたしかだけど、ただのおしゃべりのつもりだった。

「あの人たちを……さがしてくれるの？」ささやき声で訊いてみた。

サージが落ち着き払った顔で、ほとんどわからないくらい小さくうなずいた。なんと言っても世界じゅうの独裁者や政府の高官やCEOを護ってきたという過去の持ち主だ。サージ以上に計略にとむ人間はいない。この街から情報を絞りだす方法を知っている誰かがいるとしたら、それはサージだ。

「わかった。ありがとう」わたしは電話のそばの抽斗からメモ用紙を取りだすと、そこに『黄色のジープ。SHOO4512』と書いた。

それを胸ポケットに入れてサージが言った。「もう見つけたも同然です」

うなずくしかなかった。彼が手伝ってくれるなんて驚きだった。「ありがとう、サージ」

「いつでもそばにいます」それで満足したのか、サージはパパのオフィスにつながる階段のほうへと向かい、姿を消した。

キッチンのシンクは、汚れた食器でいっぱいになっていた。わたしはやっと堪えられるくらいの熱いお湯を出すと、今夜がローズ・ソーンを街の通りから追いやる夜になるのだろうかと思いながら、手際よくお皿を洗いはじめた。

30

二時間後、ケータイが鳴ってサージからメールがとどいた。

『ラークスパー・レーン四番地　（気をつけて）』

さあ、始まりだ。わたしは手の震えを必死で抑えながら、ケータイをしまって自分のクロゼットに向かった。着替えには時間をかけた。フードつきの黒いパーカーを着て、ブラックジーンズをはき、念のために髪をまとめて黒いビーニー帽にたくしこむ。黄色いジープがとまっている場所に行くということが何を意味するのかは、深く考えないよう自分に言い聞かせた。

部屋を出る前に、フォードに簡単なメールを送った。

『ごめん。すごく疲れちゃって、今夜のトレーニングは無理みたい。早めにベッドに入ることにする』

それらしく見えるようにベッドの上に枕をいくつかならべて上掛けをかぶせ、ドアを閉めた。カメラがついていないのは業務用のエレベーターだけだ。わたしはそのエレベーターに乗りこんで駐車場におりると、『通用口』と書かれた裏口から外に出た。フリート・タワーととなりのビルを隔てている低いフェンスを跳びこえると同時に、ケータイが鳴った。

『了解。おやすみ、グリーン』

なんだかうしろめたかった。でも、わたしがしようとしていることは危険すぎる。そんなことにフォードを巻きこみたくはなかった。誘拐団にネックレスをとどけにいったときはサージに怪我をさせてしまったし、次にはギャビンを死なせてしまった。この上、フォードに何かあったら、生きていられない。銃弾なんかものともしない力が彼にそなわっているなら別だけど、これはひとりでやる必要がある。

わたしは光を放つケータイの画面に表示された地図に目を向け、青い点をたどって街のサウスイーストにあるその場所を確認すると、全力疾走で忘却橋をわたった。

肺が燃えるようだった。もう、足はほとんど地面にふれていない。

走れば走るほどスピードが増していくのがわかった。

列車の窓から眺めているみたいに、橋のメタル製の欄干が、にじんだ黒い線のように見えている。時折、車が追いこしていくのをのぞけば、このあたりの通りはがらんとしていて、サウスサイドの他の地区に比べると、シンジケートの影響も少ないように見えた。煉瓦づくりの家と簡素なアパートがならんでいて、垣根は生い茂ることなく、ほとんどきちんと手入れされている。リビングルームのテレビがついているところを見ると、まだ起きている人たちも少しはいるようだ。でも、全体としては静まりかえっていて、葉っぱを燃やしたような匂いがただよっていた。わたしは人気のない通りの曲がり角に立ちどまって、ケータイの地図を見た。そして、目的地の近くまで来ていることがわかると、ゆっくりと走りだした。

その場所に着いてそこが袋小路だと知ると、不安になった。逃げ道はここしかないということだ。その一本道の行きどまりにずんぐりとした感じの大きな小学校が見えている。ジャクソン・ジョーンズ小学校。十年生のときの歴史の授業で、ジャクソン・ジョーンズについて調べて発表したことを思い出した。ザ・ホープが街から悪を一掃しようとしていた当時、彼はベドラムの市長を務めていた。でも、ザ・ホープは消え、市長はオフィスの窓から投げこまれた火炎瓶のせいで命を落とした。それを最後に、念入りなボディ・チェックなしには誰も市長のオフィスに近づけなくなってしまったし、警察も行きすぎたやり方をひかえようとはしなくなった。事件のあとにできたジャクソン・ジョーンズ法が、警察に犯罪に対する新たな基準を与えたのだ。あの発表をしたとき、わたしはジャクソン・ジョーンズ法に夢中になっていた。でも、今は疑問だ。あの法律が実際に何になったというのだろう？　ベドラムの犯罪組織は、当時よりもずっと大きくなっている。

わたしは冷たい空気を吸いこむと、旗の立っていない旗棒の横をとおりすぎて校舎へと向かった。ぼんやりとではあるけど、明かりはついている。正面の駐車スペースに車がとまっていないのをたしかめると、窓から見えないように身を低くして校舎の脇にまわりこみ、裏のほうをのぞいてみた。

あった。どうやってさがしだしたのかは知らないけど、サージはやってくれた。目の前に黄色いジープがとまっている。

わたしは茂みに飛びこみ、ジープに目を向けて待った。誰も乗っていないようだった。校舎にそってすばやく走るネズミ以外に動くものは何もない。何分か茂みにうずくまっているうちに、両開きのドアを開けて校舎に入る勇気がわいてきた。歯ががちがち鳴らないように頬の内側をかみながら、ドアハンドルを押しさげてゆっくりとなかに入っていく。少し荒れてはいるけど、そこにはどこにでもありそうな夜の小学校の薄暗い廊下があった。リノリウムと、各教室の前にある生徒の作品を飾るための掲示板。そこに貼られた海の生き物のコラージュに目をとめたわたしの耳に、ガラスが割れる音と男の怒鳴り声が聞こえてきた。「おまえのせいで一万ドル損をしたんだ！」

　怖くてたまらなかったけど、声のほうに向かって足を進めた。廊下の先の教室のドアが開いていて、そこから明かりがもれている。わたしは壁に貼りつくようにして歩きつづけた。いつ教室から誘拐団のひとりが出てきても不思議ではないとわかっていたし、そうなったらこの程度の陰では身を隠せない。腕はこわばっていても、走る準備はできていた。

　教室の開いたままのドアの前まで来ると、消毒剤の匂いがした。その匂いを嗅いだ瞬間、ハデスのコーヒー・ショップを思い出し、腎臓や膵臓の値段が書かれたメニューがよみがえってきた。聞こえてくる声は、どちらも男のものだった。ひとりはまちがいなくスミッティだ。こんな滑舌の悪いバカみたいなしゃべり方をする男は他にいない。まるで口に石ころが入っているみたいな感じだ。「それで、全部おれたちのものになるのか？」スミッティが訊いた。

「やつらが持っているものは、なんだっておれたちのものだ」もうひとりが答えた。声の大きさから察するに、ふたりは教室の奥にいる。わたしは息をひそめてなかをのぞきこんだ。

　黒い実験用の長テーブルが何列かならんでいて、そのまわりにスツールが置かれている。教室の正面ではためいている折りたたみ式の周期表と、隅のほうに気をつけの姿勢で立っている骸骨。壁際のテーブルには、灰色のどろどろしたものが入った金属製の平たい鍋が置いてある。その上の壁にぶらさがっている札には『入室禁止』とか『解剖中』とか書いてあって、文字の下に小さな笑顔のマークがついていた。

　いちばん前のテーブルに、大きなビーカーとブンセンバーナーが山のように重ねてある。そして、その横に色のちがう液体が入ったプラスチック製のボトルが数本と、淡いブルーとグリーンの粉がつまった広口瓶がそれぞれひとつずつ置かれていた。『器具室』と書かれたドアが半分開いている。

　わたしは身をすべらせるようにして教室に入り、テーブルのうしろにしゃがみこんだ。でも、完全に身を隠す前に、スミッティではないほうの男に姿を見られてしまった。黒い髪のずんぐりとした若い男。たぶん、あのときマスクを被っていた誘拐団のひとりだ。

「動くな」そう言った彼は、すでに拳銃を抜いていた。でも、もう片方の手には大きなビーカーがにぎられているし、脇には淡いブルーの粉が入った広口瓶を抱えている。**動くのよ**。わたしは自分に言った。**あなたのほうが速く動けるんだから**。一秒とかからずに解剖台の前に移動したわたしを、ホルムアルデヒド漬けのカエルが出っ張った目で見あげている。望みどおり、金属製のお皿の上に外科用のメスが何本か載っていた。考える時間なんてない。男が怒鳴っていたけど、聞いてはいなかった。わたしが振り向くと同時に、男の拳銃がカキッと鳴った。もう、いつ撃ってきても不思議ではない。スミッティが動く気配がする。ずんぐりした男を見つめていたわたしは、いっしゅんスミッティに目を向け、鼻から息を吐くと同時に手首を振り動かしてメスを投げた。

わたしはそのメスが回転しながら飛んでいくのを、スローモーションを見るように眺めていた。メスが男の手首に刺さり、拳銃が床に落ちてかたかたと鳴った。でも、その前に男は引き金を引いていた。いっしゅん、何が起きたのかわからなかった。スミッティが身体を二つに折って叫び声をあげている。

わたしは解剖台の上の顕微鏡を両手でつかむと、ふたりのいるほうへと走った。ずんぐりした男の傷口から流れでる真っ赤な血が、リノリウムの床を派手に汚していた。男は反対の手で手首をにぎりしめていて、間抜けなスミッティは哀れっぽい声をあげて足を押さえている。わたしはほんの少しためらったあと目をつぶり、死にかけた鳥を苦痛から解放してやるように、重い顕微鏡の台の部分でずんぐりした男の頭を殴った。

男は気絶しただけで息はしていた。スミッティに視線を移したわたしは、ベルトのまわりに垂れさがった贅肉の下に拳銃が隠れているのを見つけ、それを抜き取って遠くのテーブルにそっと載せた。彼の足からもかなりの血が流れている。革のブーツの爪先に銃弾があけた穴が見えた。わたしが目の前に立ちはだかると、スミッティが哀れなうなり声をあげた。「やめてくれ。頼むから殺さないでくれ」

わたしは器具室に走ってロープを見つけた。そして、無言のままふたりをヒーターに縛りつけた。

「お友達に撃たれるなんて、ほんとうにかわいそう」スミッティの前に立って、そう言った。

彼はいっしゅんわたしを見あげたけど、すぐに目をそむけてつぶやいた。「ああ、さぞ同情してくれてるんだろうな」

「ドラッグ？　それとも臓器？」尋ねても答が返ってこないのを知ると、スミッティのぶよぶよの腿を軽く蹴った。足先をつかんでうなっている彼のだらりと垂れた頭が左右に揺れている。「答えなさいよ、スミッティ・マーコム！」

「買ってくれる男がいるんだ」彼がようやく口を開いた。「そいつには何も訊かないことになっている」

雑魚だ。スミッティもうひとりの男も、シンジケートという食物連鎖のいちばん下にいる、取るに足りないちんぴらだ。ロージィがどういう地位にあるのか知らないけど、絶対に突きとめてやるつもりだった。

「この男はカール・スモール？」

スミッティがうなずいた。

「彼女はどこ？」

「ひとところにはいない」彼がたるんだ腕を振った。「おれに行き先なんか言わないよ」

大きな頭をしたスミッティがタマネギ臭い息を吐いた。「逃げるしかないぜ」ヒステリックになった彼が、わたしの目を見て言った。「おまえは自分で自分の首を絞めてるんだ。誰もおまえみたいな小娘を殺したいとは思わない。だけど殺さなくちゃならない状況に、おまえがおれたちを追いこんでるんだ」

「わたしはとっくにあなたたちに殺されたわ」そう言ったわたしの声はかすれていた。「ここにいるのは幽霊よ」

「見つけても無駄だよ。ロージィはボスの言うとおりに動いてるだけだ」

しばらくだまったまま彼を見おろしていた。そして、訊いた。「ボスって？」

「ボスは……」言葉が不明瞭になっていて目の焦点も合わなくなっている。救急車を呼んだほうがよさそうだ。

わたしはロープがヒーターに何重にも巻かれていることをたしかめた。そして、ナイフを使っても歯をたてても、警察が来る前にロープを切ることはできそうもないと判断すると、立ち去る準備を始めた。メスや拳銃も含めて、自分がふれたものをすべてシャツの裾で拭っていく。それが終わると、実験用のエプロンを使って二丁の拳銃と薬品らしきものをテーブルに置き、花瓶に花を一輪さすように、薄いガラスのビーカーにメスを入れた。

外に出てふたたび夜気を吸ったわたしは、震える手でケータイを取りだし、ベドラムじゅうの看板に書かれている番号をタップした。『ベドラムを安全な街にするのはあなたです。999TIPS』
「ジャクソン・ジョーンズ小学校に強盗が入っています」震える声で言った。電話を切る直前、セラフに乗ったサージがあらわれた。わたしは安堵の波に満たされるのを感じながら、車に向かって走った。「行こう」車に乗りこむなり言った。「いそいで姿を消す必要があるの」
サージがうなずいた。「シートベルトを締めてください。助けがいるんじゃないかと思って来てみたんです」車は思いがけないほどのスピードで走りだした。
しんとした暗い空を引き裂くように激しいサイレンの音が聞こえてきたときには、すでに小学校から二十ブロックほど離れた橋の近くまで来ていた。

今夜、わたしは小学校になんか行っていない。あそこにいたのは幽霊だ。

翌朝は早起きをした。パパが持っていってしまう前に、〈デイリー・ジレンマ〉に目をとおしたかったのだ。スミス・マーコムと、カール・スモールが捕まったというニュースは一面に載っていた。誰が自分たちを縛りあげたか、あのふたりはきっとしゃべってしまう。急にそんな気がしてきたわたしは、震える手で新聞を持ちながらその記事を読みはじめた。

『両名ともに、共同謀議、窃盗、暴行、麻薬密売などの罪で指名手配中の被疑者であることが判明。ブーレット警察署長は次のように声明を出している。「小学校に盗みに入ったふたりの犯罪者を警察にプレゼントしてくれた方は、こちらが礼を述べられるよう、ぜひ名乗り出ていただきたい」』

新聞から目をあげて、廊下の向こう側の壁紙に描かれたイチハツの花を見つめた。あのふたりは、わたしのことを特徴さえ話していないみたいだ。自分たちで仕返しをするつもりで、警察にだまっているのだろうか?

わたしは新聞をたたみ、元どおりドアの前の床に置いた。いつもとちがうと、パパに気づかれてはいけない。これからは、ますます気をつける必要があった。それに、あのふたりの仲間に追われはじめる前に、こっちが彼らを追いつめる必要がある。

わたしは部屋に戻ってサージにメールを送った。

『いくつかわかってることがあるの。残りのメンバーをさがすのを手伝ってくれる?』

そのあとベッドの下に隠してある鍵のついた箱からリストを取りだして、ふたりの名前を消した。

『スミス・マーコム
カール・スモール』

真夜中、わたしは業務用エレベーターで駐車場におり、サージのモトコに乗りこんだ。

そっと彼に視線を向けてみると、その横顔にはいつもどおり冷静を絵に描いたような表情が浮かんでいた。「新聞は読んだ?」

うなずいた彼の口元に笑みらしきものが浮かんでいる。

「ふたりのどっちかが、わたしの正体を警察にしゃべってしまったらどうしよう? それにスミッティとカール・スモールをあんな目に遭わせたのはわたしだって、仲間たちにはわかってるにちがいないわ」

「しゃべりませんよ。シンジケートには掟があります。やつらは警察には何もしゃべりません。それにこの場合、あなたのことを警察にしゃべったら、殺人の罪であなたに訴えられることになる。いろんな罪で指名手配されているようだが、殺人罪となると話がちがいます」

わたしはそれについて考えながらうなずいた。サージが運転するモトコは、クライムラインにかかる平和橋の上を走っていた。

サウスサイドを一時間ちかく走って、工場が建ちならぶ通りにあるファームコーン社の製造場にたどりついた。サウスサイドの南の縁にそって街を包みこむようにのびるこの通りには、煤で黒くなった大きなビルばかりが建っている。こんな時間でも、いくつかの建物のなかには動きが感じられた。発電所、廃棄物処理所、鉄くずのリサイクル工場、バズビールの製造所などがそれだ。そうした建物にのしかかるように、てっぺんに赤いライトがともる原子力発電所のドームがふたつ見えている。その建物は見たことがあったし、青白い蒸気や黄色い煙を吐きだす煙突なら、わたしの部屋からでも見える。小さなころから見なれた風景だ。

サージが車をとめた。通りの反対側に、けっして忍びこめそうもない高さ六メートルほどの白い煉瓦の壁が見えている。その壁に周囲を護られて、ファームコーン社のものすごく大きないくつもの施設が建っているようだった。数分に一度、監視ヘリコプターの耳をつんざくような音が聞こえてきて、サーチライトが通りをぐるりと照らしていく。今、わたしは車のなかから、白い壁についている門を見つめていた。

「マクシミリアン・ルスとオーガスタス・ルスは、上に命じられて毎週ここに来ています。数名の守衛が勤務中に盗みだした薬を買って、それをブラックマーケットで売っているんです」

「どうしてそんなことを知ってるの？」わたしは助手席に坐ったまま身を低くした。サーチライトが上から車を照らし、また遠のいていった。

「様々なつてがありますからね」サージが答えた。「知り合いがいろいろと教えてくれるんです。そういう世界に友達がいるということです」くわしくは教えてくれなかったけど、それ以上訊こうとは思わなかった。わたしは車を降りて、できるだけ音をたてないようにドアを閉めると、陰に向かって歩きだした。あそこに身を潜めれば、通りの向こうにちょうど門が見える。

期待どおり、午前一時に医者らしい格好をした男がふたり、『ベドラム大学病院』と書かれたダッフルバッグを持って門から出てきた。細身の体形と瓜二つの顔。双子のルス兄弟、マクシミリアンとオーガスタスだ。わたしはサーチライトがもう一度あたりを照らして遠ざかっていくのを待った。これで、あと三分は暗いままだ。

助走をつけてグランジュテを二回飛び、軽やかに壁の前に着地した。ふたりとも、近づいてくるわたしを見てはいなかった。

ふたりが気づいたときには、すでにひとりを地面に倒して、その両手と両足首を腰のあたりで縛りはじめていた。そっくりな顔をしたもうひとりが襲いかかってきたけど、フォードに左フックのコンビネーションを教わっておいたおかげで、三十秒足らずで打ちのめすことができた。床で身を丸めている彼が、うなるように言った。「もうたくさんだ、やめてくれ！」

わたしは双子をひとまとめに縛りあげ、ダッフルバッグをプレゼントのおまけのようにふたりの横に置いた。一分もしないうちに、またサーチライトがめぐってくることはわかっていた。

「彼女はどこ？」わたしは訊いた。

「誰のことだ？」双子が同時に尋ねた。

「ローズ・ソーンよ」

「なんでおまえなんかに言わなくちゃならないんだ？」ひとりが言った。

「言わないなら、あなたの兄弟を病院行きにしてあげる」本気だというところを見せるために、もうひとりのコートの襟をつかんで引っぱりあげた。いっしょに縛られているのだから、足が床から離れたのはひとりではなかった。

襟をつかまれているほうが、恐怖に目を見開いて哀れっぽい声をあげた。彼の鼻と分厚い唇は、すでに血だらけになっている。

「ダブルX。ベルガモット・ストリートのはずれだ」彼が言った。

サーチライトが近づいてきた。わたしは双子を地面に落とし、いっしゅんにしてサージの車に戻って999に電話した。そのあとポケットからリストを取りだし、ダッシュボードに入っていたペンをつかんで、ふたりの名前を消した。

『~~マクシミリアン・ルネ~~
~~オーガスタス・ルネ~~』

十五分後にはダブルXに着いていた。ほとんど真っ暗なそのバーは、シンジケートの女たちであふれていた。たっぷり一時間半、そこでスパークル・コーラをちびちび飲んでいるあいだ、男の姿はひとりも見かけなかった。

わたしは、ずっとドアに目を向けていた。でも、ロージィはあらわれない。

あきらめてもう帰ろうかと思いはじめたころ、部屋の奥のカーテンの向こうから、長い髪を紫に染めた背の高い痩せた女があらわれた。ジェサ・スコーピオだ。ヒールが十五センチくらいあるプラットフォーム・ブーツに、ナプキンにしか見えないような短いスカートに、大きすぎる襟がついた黒いレースのタンクトップ。頭の上には、ベルベットのシルクハットが載っている。カーテンの前に立った彼女のまわりに、あっという間に女たちが集まった。みんなジェサから蛍光ピンクの粉が入った小瓶を受け取って、代わりにお札をわたしている。その場を離れた女たちが、小瓶の蓋を開けてピンクの粉を歯茎にこすりつけているのが見えた。

ジェサ・スコーピオが、カーテンの向こうに姿を消した。

わたしはスツールからおりて、フロアを横切りはじめた。これから起こることを思うと、恐怖のせいで胃がどうにかなりそうだった。

カーテンを持ちあげると、暗い廊下がのびていた。その先にジェサがいて、キー・カードを使ってオフィスらしき部屋の鍵をあけている。ふたりのあいだにはかなり距離があったけど、わたしは音もたてず瞬時にドアの前に移動した。そして、ジェサにつづいてオフィスに入ると、そっとドアを閉めた。

「こんばんは、ジェサ」

彼女が振り向いた。そして、わたしに気がつくと信じられないと言いたげに鼻を鳴らした。「嘘でしょう！」

部屋を見まわしてみると、大きな金庫の上の棚に百ドル札の束が積みあげてあった。ジェサが散らかった机に手をのばして紙の下を探ろうとしたけど、わたしのほうが速かった。

気がつくと、紙の下に突っこんだ指が、飛びだしナイフの柄をつかんでいた。

そのナイフを開いて、ジェサの胸に刃の先をあててみる。このまま、彼女の肉に刃をうずめたらどんな感じがするだろう？

でも、いっしゅんでそんな気持を抑えて、慎重にナイフをたたんだ。「あなたを傷つけるつもりはないの。ロージィの居場所を教えてほしいだけ」

ジェサは鼻を鳴らして言った。「怖くもなんともなかったよ。あんたが刺すわけないからね」

壁に写真がならんでいた。女たちの写真だ。十三歳くらいにしか見えない女の子もいれば、四十歳くらいの女性もいる。わたしは、部屋の隅に取りつけられた、天井から床まである金属製のポールに目をとめた。「ここはどういう場所なの？」

「あんた、そこまでバカなわけ?」ジェサがそう言って、机の上に置かれた開いたままのバインダーを指さした。露出度の高い派手な衣装を着けた女の子の写真が、いっぱいにならんでいる。「みんなコンパニオンだよ」

わたしは、ぽかんと彼女を見つめた。

「時間決めで買われる女の子ってこと?」

ああ。息を呑みながらも、自分の愚かさを感じていた。

「ロージィはどこ?」わたしはもう一度尋ねながら、バインダーを閉じた。そうすることで、ジェサがお金のためにコンパニオンをしているという事実が消せると思いたかったのかもしれない。

「なんで、あたしが知ってると思うわけ? ねえ、ロージィのことなんか忘れちゃいな。彼のこともね」ジェサが言った。「あんた、いいコンパニオンになれるよ」彼女が長い指にわたしの髪をからませた。

壁の写真の女たちは、お金のためにしかたなく身体を売っている。そう思った瞬間ひどい耳鳴りをおぼえ、思わずポールのほうにジェサを突き飛ばした。そして、気がついたときには、ポールに両手を叩きつけていた。何をしたかったのかは……わからない。ただ、自分の力でポールを曲げられるなんて思ってもみなかった。

でも、金属製のそのポールは、やわらかい素材でできているかのように、いっしゅんにして曲がった。わたしは天井からはずれたポールをジェサのほうに両手で押しやった。曲がったポールが彼女の細い腰をとらえ、その動きを封じてくれた。「いったいどういうこと?」壁を背にしたまま、彼女が恐怖の叫び声をあげた。いくらもがいても無駄だ。ポールがしっかりと腰をとらえている。

ジェサが叫ぶのをやめてわたしを見つめた。目に見えるほど震えている彼女の頭から、シルクハットが落ちていく。

わたしは自分を落ち着かせながら、肩をすくめてみせた。「あなた、自分の職業について考えなおすべきだと思うわ」立ち去る前に言ってやった。「そんなことをしてるから、ひねくれてしまうのよ」

わたしがどういう人間なのか気づいたにちがいない。ジェサの顔に浮かんだ表情を見て、苛立ちをおぼえた。恐怖と哀れみの色。哀れんでなんかほしくない。わたしは部屋を出てドアを閉めると、暗い廊下を歩きながら警察に電話をかけた。

サージが待つ車に戻ったわたしは、リストを取りだして、またひとり名前を消した。

『ジェサ・スコーピオ』

残るはふたり。ひとりはもちろんロージィで、もうひとりはエメット・キャスクだ。

それから一週間、わたしは待った。

新聞には記事が載りつづけていた。捕まって街じゅうの人に事実を知られたらと思うと、怖くてたまらなかった。誰かがわたしの写真を撮って、〈デイリー・ジレンマ〉に売る可能性は充分ある。そんなことになったらおしまいだ。パパとママはわたしを一生うちに閉じこめておくにちがいない。おそらく学校も休ませ、卒業まで家庭教師をつけて勉強させる。そのあとは、うちから一歩も出ずに暮らしつづけるか街を離れるか、どっちかだ。でも、もっとひどいことになるかもしれない。このキメラ心臓が研究材料にされてしまう可能性もあるのだ。

それでも、黄色いジープを見つけたとサージから連絡を受けたわたしは、追うしかないと心に決めた。

今夜がロージィを見つける夜になりますようにと、祈らずにはいられなかった。

黄色いジープは、先のない橋の真下の土手にとまっていた。わたしは橋の下側の凝った鉄細工部分に這いのぼって、様子をみることにした。しばらくするとジープのすぐとなりに黒いＳＵＶがとまって、サングラスをかけた男がおりてきた。ロージィがあらわれることを期待して、胃が硬くなったけど、ジープのドアが開いたとき、そこにいたのはエメット・キャスクだった。やわらかそうな金髪に、がりがりの身体。ギャビンが殺される前に、わたしを捕まえたのはこの男だ。

エメットがサングラスの男にスーツケースをわたして、その代わりに紙袋を受け取った。

今いるこの場所は、ギャビンの壁画がある広場から二十メートルと離れていない。

エメットとサングラスの男は、延々と話している。わたしはふたりの話し声に耳をすましてみた。

「来週も同じものを同じだけほしいとボスに伝えてくれ。クラブに集まるガキどもは、この新しいやつが気に入っているようなんでね」サングラスの男はそう言うと、ようやくＳＵＶに乗りこんで走り去っていった。わたしはエメットに飛びかかろうと身がまえた。でも、そこで足をすべらせ、古い鉄細工のかけらを地面に落としてしまった。

音を聞きつけたエメットが、橋の陰をまっすぐに見あげた。

「楽しんでるかい、プリンセス？」彼はそう言うと、橋のたもとに向かって駆けだした。

心臓がものすごいいきおいで動いているのを感じながら、どうするべきか考えた。聞こえてくるミッドランド川の水音が、あまりに近くに感じられる。わたしはいきおいをつけて、橋の上にのぼった。その体重を支えてくれるかどうかも怪しいほど、板が腐っている。川から立ちのぼってくる灯油臭い冷たい風が、顔に吹きつけてきた。エメットを待つわたしのすぐうしろで、橋はくずれて消えている。

近づいてくるエメットは両手で拳銃をかまえていた。ふたりの距離が三メートルにまでちぢまると、わたしは彼を目がけて跳んだ。その速さと距離は、重力の法則が許す範囲をこえていた。驚いた彼は撃つのも忘れている。着地したわたしは彼の手から拳銃を叩き落とした。でも、エメットは強かった。彼に突き飛ばされたわたしは、よろめいて橋の先に戻ってしまった。そのあたりの板は腐っている。しかも、橋は川の真ん中のそのあたりで終わっている。

エメットが迫ってきてわたしを打ち倒した。身体の半分は、すでに宙に浮いている。折れた板の先がコートを貫いて、背中に突き刺さった。もう落ちるしかない。そう思って息を呑んだ瞬間、フォードから逃れようとして橋から落ちたあの夜のことがよみがえってきた。わたしは悲鳴をあげた。

でも、落ちなかった。すんでのところでエメットに両腕をつかまれ、橋の上に引き戻されたのだ。彼の唇には相変わらずいやらしい笑みが浮かんでいる。「簡単に落ちてもらうわけにはいかないぜ」

身をよじって彼の手から逃れたそのとき、橋の先端にゆるんでめくれあがっている板があるのが見えた。わたしはそれをひねって引きはがすと、つかみかかろうとする彼をかわしながら、安全な場所へと這い戻った。

エメットのまわりが真っ白になり、すべてがスローモーションのように見えてきた。もう慌てる必要はない。わたしはゆっくりと両腕をあげ、狙いを定めて彼の頭に板を叩きつけた。その衝撃で板はまっぷたつに折れたけど、エメットはまだしっかりと立っている。今度は上着をつかんで、力まかせに彼を投げ飛ばした。宙に飛んだ彼が頭から橋の欄干に激突するのを見て、そばによってみた。気を失っているだけで、息はしているようだった。

ジャケットのポケットからロープを取りだし、十五分かけて彼を縛りあげた。満足できるまで、何度も何度もロープを結んだ。そして、その先を橋の下のセメントの支柱に縛りつけると、エメットを放り投げた。橋からぶらさがった彼が、オーナメントみたいに揺れている。

　999に電話をかけたあと、橋の下の鉄細工に足をかけて身を隠し、駆けつけた警察がエメットを調べるのを眺めていた。彼の上着のポケットからは、ドラッグを売ったお金が入った分厚い紙袋が出てきたようで、車のキーも見つかった。間もなく警察はエメットをひきずって護送車に乗せ、走り去っていった。


　地面におりたってサージの車に駆け戻るわたしの耳に、拍手が聞こえてきた。誰かが喧嘩か賭けトランプでもしているのだろうと思って振り向いてみると、清潔とは言いがたいティーンエイジャーがふたり、ドラム缶の焚き火の横にうずくまっていた。手を叩いているふたりの視線は、まっすぐこっちに向いている。エメット・キャスクとの対決を見られていたことに気づいて、わたしはしかたなく手を振った。女の子が真顔で立ちあがり、胸の前で指を組んだ。ザ・ホープのサインだ。

　どうしたらいいのかわからないまま、とりあえず彼女にサインを返した。『われわれは立ちあがる』そう言っているのだ。わたしはすばやく前を向いて、また走りだした。サージの車のナンバーを見られるわけにはいかない。エメットに殴られたり、橋から板を引きはがしたりしたせいで、身体のあちこちが痛かったし、背中からはまだ血が出ているみたいだ。それでも、なぜか気分は悪くなかった。胃のあたりが妙にぞくぞくする。たぶん希望《ホープ》に似た何かを感じているのだ。

32

サージがフリート・タワーの駐車場に車をとめたときには、午前二時十分になっていた。おやすみの意をこめてふたり短くうなずき合うと、わたしは車をおり、走り去る彼に手を振った。

空気は、じっとりとしてよどんでいた。駐車場を横切って業務用エレベーターのボタンを押しながらも、ゆっくりと唇に笑みがひろがっていくのがわかった。確実にロージィに近づいている。地下二階におりてきたエレベーターがかすかに揺れ、チンという音とともに扉が開いた。

「こういう会い方はやめるべきだと思うな」

いっしゅんにして笑みが消えた。ウィルだった。

わたしは薄笑いが浮かぶ彼の顔を見つめたまま、あとずさった。金色の巻き髪はぼさぼさになって跳ねているし、充血して真っ赤になっている目の下にはくままでできている。エレベーターからおりてきた彼が両手をひろげて、わたしを引きよせようとした。

冗談じゃないわ。「さわらないで」すばやく身をかわして、わたしは言った。

「アンセム」ウィルが横目でわたしを見た。宿題を忘れてきた手に負えない生徒を見るような目つきだ。

「きみもわかっているはずだ。そろそろ約束していたものをくれてもいいんじゃないのかい?」

「約束なら、全部はたしたわ」怒鳴り声になっていた。「くだらない約束ばかりだけどね。おかげで、ザラはまだ口もきいてくれない。あなたはさぞ満足でしょうね」

また彼が近づいてきた。ミネラルっぽい何かを含んだ、強い汗の臭いがする。

「ああ、まったくね」ウィルが何か考えこみながら手をのばし、熱い指でわたしの頬を撫でた。「満足してるよ。あの女は最低だ」

「そんなことはないわ。あなた、変よ」そう言いながらも、彼にふれられてたじろいでいた。思いきり背筋をのばしてみたけど、ウィルよりずっと小さいことに変わりはない。「出ていって。さもないと守衛を――」

「きみは誰も呼ばない」ウィルが言った。「呼べば両親を起こすことになるからね。かわいい娘が、なぜ――」そこで彼は、地区検事長の父親から贈られた、気取ったアンティークの懐中時計を取りだした。

「午前二時十七分に駐車場なんかにいるのだろうと不思議がるにちがいない」

わたしは唇を引き結んで、何ができるか頭をめぐらせた。腕ずくでねじ伏せられる心配はないけど、彼をあまり怒らせたくはなかった。動画をネットに流されたらおしまいだ。

「ああ、ぼくも不思議だ。アンセム、なぜこんな時間にここにいるんだ？　何時間か前に、きみがここから出ていくのを見たんだ。もちろん、ものすごく足が速いから、あとを追うことはできなかった。だから、ここで帰りを待っていたんだ」ウィルが声をあげて笑った。「それに、シャツに血がついているのはどういうわけなんだ？」

いそいでコートのボタンをはめた。エメット・キャスクは、わたしを相手によく戦った。橋の下のセメントの支柱に彼を縛りつけたとき、シャツに何滴か血がついてしまったにちがいない。

「ウィル」わたしは小さな声で言った。「今すぐ出ていって。傷つけられたくなかったら――」

「アンセム、きみはぼくを傷つけたりはしない」彼がいやらしい声でそう言いながら、またも近づいてきた。「化け物として生きるだいじな新しい人生をだいなしにするわけにはいかないからね。さあ、上に行ってきみのベッドに横になり、何カ月か前にしていたはずのことを──」

そのとき、業務用エレベーターの扉が開いた。ウィルと同時に振り向いたわたしは、サージの厳めしい顔を見てたまらなくうれしくなった。

「アンセム」深みのある低い声でサージが言った。「ベッドに入りなさい。ウイリアム、お宅まで送りましょう」

「やあ、ミスター・ラフォージ」そう言ったウィルの声はひびわれていた。「ぼくたちは、ちょっと──」

「こんな時間です」サージの目は怒りに燃えていた。彼がしっかりと護るようにわたしに腕をまわし、ウィルとのあいだに大きな身体をすべりこませた。「あなたがここにいるべき時間ではない。アンセムは休む必要があります」

「たしかにね。だけど、ぼくはただ……ああ、わかったよ」

「お送りします」

「その必要はないよ」

「いいえ、お送りします」サージはそう応えると、ウィルの腕をつかんでセラフのほうに歩きだし、こっちを振り向いて言った。「あなたは部屋で眠っていると、ご両親は思っています。すぐに部屋に戻ることをおすすめしますよ」

犯罪者を留置場に送る警官みたいに、サージがウィルの頭を押さえて後部座席に押しこんだ。それを見た瞬間、アドレナリンの波が引きはじめたのがわかった。わたしは深呼吸をして、震える息を吐きだした。走り去る車の窓ごしに、怒りを絵に描いたようなウィルの顔が見えていた。

33

翌朝、わたしはパパとママと同時にうちを出た。「いっしょに乗っていきなさい、アンセム」エレベーターに足を踏みいれながらパパが言った。わたしは制服を着ていて、ママは濃紺のパンツスーツに淡い青紫のシャツという格好で、パパはいつものスーツにネクタイを締めて〈デイリー・ジレンマ〉を脇に抱えている。

「そうね」わたしは慎重に答えた。

三人がそろってフリート・タワーの正面玄関にとまっていた車に乗りこむと、パパとママのあいだに坐ったわたしに、運転手の帽子を被ったサージがうなずいて挨拶をした。でも、バックミラーごしにいっしゅん目を合わせただけで、彼はすぐに視線をそらしてしまった。胸に感じた熱いものが、首にまで這いのぼってきた。雇い主であるパパとママにわたしのことをだまっているのは、どんなにつらいだろう？　サージにとってパパとママは、誰よりも親しい人間なのだ。

となりに坐ったパパが、喉の奥から変な音をもらした。「信じられない」小さな声でパパがつぶやいた。見ると、パパの手に第一面を表にした新聞がにぎられていた。その大見出しを見て、わたしは凍りついた。

『ザ・ホープの再来か？』

その下に、橋からぶらさがっているエメットの写真が載っていた。血だらけの顔をして、カメラのフラッシュに目を細めている。

短い記事だったけど、パパに気づかれないように読むのはけっこうたいへんだった。それでも学校に着くまで、わたしは記事を読みつづけた。


『この二週間で六人、指名手配中のシンジケートのメンバーが犯行中に縛りあげられ、匿名の通報により警察にプレゼントされた。現場でインタビューを受けたアリエル・シーゲルは一部始終を目撃したと話している。「今夜はすごいものを見たわ。あの人は、信じられないくらい速く動けるし、ものすごく強いの。人間とは思えないくらいよ。ザ・ホープは消えちゃったけど、街を変えるチャンスはきっとまた来るって思ってたの。そのチャンスが来たのよ」ミス・シーゲルは、この人間とは思えない人物の特徴を話すことを拒み、どんなに尋ねても「ノー・コメント」とくりかえして――』


「アンセム」ママに腕を揺すられて、わたしは新聞から目を離した。「学校に着いたわよ」

「ごめん」そう言いながら思わず胸に手をあてた。心臓が激しく肋骨を打っている。わたしはいそいで車をおり、門に向かって歩きだした。大聖堂の灰色をした大きなタワーが、朝の白い空にそびえている。新聞の見出しが網膜に焼きついてしまって、どこを向いても目の前に浮かんでいた。もうほんとうにマスクを被るべきなのだ。

「パパのボディガードに護ってもらってるわけだ」ロッカーの扉の陰から、ウィルの声が聞こえてきた。

雑に積みあげてあった本の山のてっぺんから、物理とラテン語の教科書がすべり落ちた。できるものなら、彼の顔にロッカーの扉を思いきりぶつけてやりたかった。でもそうする代わりに、そっと扉を閉めて彼の前から足早に歩き去ることにした。

その歩調に合わせて、ウィルがぴったり横についてきた。肩をそびやかしてホームルーム前の混雑した廊下を進む彼の金髪の頭は、まっすぐ天井に向いている。

「今は時間がないの」とにかくコンピュータ室に行って、すべての新聞に目をとおし、わたしの写真や特徴が載っていないことをたしかめたかった。でも、とりあえず図書館に向かった。コンピュータ室とウィルの組み合わせは危険すぎる。彼があのUSBを持っているあいだは、コンピュータに近づかせたくない。

「きみに時間があるかどうかなんて関係ないね」ウィルが怒りのこもった声で吐きだすように言った。「ゆうべは最悪だった。きみからパパの下男に出しゃばるなと言ってもらう必要がありそうだ」階段をのぼるとき、彼は目をむいて荒い息をついていた。

わたしは図書室のドアを押し開けた。ウィルをどうにかして、ひとりで卒論タワーに向かいたかった。でも、彼はぴったりとついてくる。足をとめると、彼が腰に手をまわしてきた。

わたしはそれを振り払うようにして、机の向こう側に移動した。これで、棚に返す本が積みあげてある机が、ふたりを隔ててくれる。「彼は下男じゃないわ。それにわたしの言うことなんか聞かない」

「ああ、やめてくれよ、アンセム」ウィルが声をあげて笑った。「あいつは、きみのためなら喜んで死ぬにちがいない。あいつがきみに恋をしているとしても、驚かないね」彼は身をふたつに折って、震えながら笑いつづけている。もうたくさんだ。

「あなたは思っていた以上に変だわ」声を荒らげてわたしは言った。

「なんてこった、アンセム。当たらずとも遠からずって感じかい？　まさか、大男のサージと付き合ってるとか?」ウィルはいくら吸っても酸素が足りないのか、あえぐように浅い息をしている。

怒りのせいで視界の隅が暗くなってきた。わたしは目の前の机に置かれた分厚いハードカバーを手に取ると、ウィルの頭を目がけて力まかせに放り投げた。本は彼の頬をかすめて六メートルほどうしろに落下した。

「本気かよ?」大声でそう言ったウィルの顔は、十段階くらい赤みが増していた。

そのあと、多くのことがいっしゅんにして起こった。

まず、ウィルがわたしの両肩をつかんで、ありえないほどの力で書棚の脇に押しつけた。その衝撃で棚の本が何十冊もカーペット敷きの床に落ち、それと同時にわたしに押しのけられた彼がよろめいて椅子に倒れこんだ。

「まずいことになっても知らないぜ」ウィルが声も荒らげずに言った。「さらし者にされる気分を楽しめるといいがね。愚かなくそ女め」

彼の前に立ちはだかりながらも、身体が震えだしていた。**やめて、ウィル。**そう言いたくて口を開いたけど、声を出すチャンスはなかった。

「ここから見るかぎり、この部屋には愚かなくそ野郎がひとりいるだけだと思うけど」耳なれた声がそう言った。卒論タワーにつづく奥の壁際に置かれた書棚の陰から、ザラがあらわれた。安全ピンを何百本もとめつけてある制服のカーディガンと、毛先のほうを驚くほどあざやかなオレンジに染めた黒い髪。いっしゅん後、わたしは前に突きだした彼女の両手に、小さな黒い缶のようなものがにぎられていることに気づいた。「椅子の上でちぢこまってるやつが、そのくそ野郎だよ」

今わたしは、他の誰にも感じたことがないほどの愛をザラに感じていた。

ウィルが椅子に手をついて立ちあがり、そのままあとずさった。「そんなものを使ったら退学だ」彼がつぶやくように言った。

「このわたしが退学なんか恐れてると思う?」彼との距離をつめながらザラが言った。両手でかかげているのは唐辛子スプレーだ。「それに、その価値はあると思う。あんたが泣き叫ぶところを見られるならね。いやっていうほど唐辛子スプレーを浴びせてやるよ」

「やめて」そう言ったわたしの声は、興奮のせいでしわがれていた。「ザラ、愛してるわ。わたしのせいで、あなたの人生をだいなしにさせるわけにはいかない」

こっちを向いたザラの目には、なんの表情も浮かんでいなかった。「あなたのためだなんて、誰が言った?」彼女がそう言って力なくほほえんだ。

ふたりがそんな遣り取りをしているあいだに、ウィルがドアに向かって走りだした。ザラのスプレー攻撃は始まる前に終わったのだ。「アンセムにかまうのはやめな。さもないと、次は逃がさないよ」ザラがそう言うと同時に、彼がすばやくドアをすり抜けた。

「ザラ」わたしは彼女に駆けよった。「あなた最高。映画を見てるみたいだったわ」

「でしょ?」ウィルとの戦いに勝ってほっとしたのか、ザラの顔が輝いた。でも、その輝きはすぐに消えてしまった。彼女はわたしに背を向けて書棚に置いてあったバッグをつかむと、ジッパーつきのポケットに唐辛子スプレーをしまった。

「何もかも、ほんとうにごめん」そう言いながら、彼女に抱きつこうとした。でも、ザラに身を遠ざけられてしまった。

「わかってる。でもね、アンセム、わたしたちの仲は最悪のままだよ。いつまでウィルにこんなことをさせておくの? いいかげん終わりにしな」ザラが口をつぐんで、まっすぐわたしを見た。「あいつと別れないかぎり、わたしたちはぜんぜん元どおりにはなれないよ」

「ただ……」そうつぶやきながら床に目を落とした。何もかも話してしまえたら、どんなにいいだろう。ザラには事実を知る権利がある。助けてもらった今はなおさらだ。「もう少しだけ時間が必要なの」

「時間なんて、もうないよ！」ザラが怒りもあらわに怒鳴った。「あいつは怒り中毒にかかってる。それがどんどんひどくなってるんだ。あなたがあんなやつの言いなりになってるところなんて、見ていられない」

そのとき、耳の遠い年老いた図書館員、ミスター・デックルが図書室に入ってきて、朝の鐘が鳴りだした。ザラはわたしの反応も待たずに背を向けた。

そしてウィルに負けないほどのすばやさで、ドアの向こうに姿を消した。カビ臭い図書室に残されたわたしは、なぜ五十冊もの本が床に落ちているのかミスター・デックルに説明しなくてはならなかった。肩からバックパックをおろして本を拾いはじめたわたしのまわりで、ミスター・デックルが鼻歌をうたいながらカーテンを開けたり電気をつけたりしている。

ザラの言うとおりだ。ウィルは怒り中毒にかかっている。狂ってるとしか思えないし、無謀だし、常軌を逸してる。そんな症状が、日を追うごとにどんどんひどくなっていく。まるで、時限爆弾だ。

わたしは「棚に戻しなさい」とミスター・デックルに言われないよう祈りながら、床から拾い集めた本をカートの上にならべていった。そうしているうちに、数週間前に見たダフィー・ドゥーリトルの逮捕劇のことが頭に浮かんできた。あのときの彼女は、汗をかきながらロデリックに向かって大声で怒鳴って……。

最後の一冊を床から拾いあげ、書棚と書棚のあいだにカートを運んだところで、わたしははっとした。ついにウィルの尻尾をつかんだのだ。それは、わたしの秘密同様、彼にとって命取りになりかねないものだった。

34

ハンセン一家は湖の近くに建つ屋敷に住んでいた。その通りには、美しい芝生の角ごとに古めかしい石油ランタンが灯されている。まだこんなに寒いのに、どの庭の木々も青々としていて、彫刻のようにきれいに刈りこまれていた。

水曜日の午後七時三十分。ウィルはまだ学校にいて、卒業前に催されるダンスパーティについて話し合う会議に出ているはずだった。バレエのレッスンのあと、学校に駆け戻ってたしかめてきたからまちがいない。明かりのついた講堂の窓からのぞいてみると、提案された平面図についてオリーブ・アンが説明しているところだった。ウィルは隅のほうに立って、すごいいきおいでケータイに何かを打ちこんでいた。そのおでこに汗が光っているのを見て、わたしはにやりとせずにいられなかった。

ハンセン家の玄関前に立ったわたしは、手袋をはめた指でベルを鳴らし、息をとめて待った。**笑顔を浮かべて！**　わたしは自分にそう言った。応対に出たのは、大きく襟が開いた黒いカクテルドレスを着たウィルの継母、リディアだった。手術でふくらませた小麦色の丸いゆたかな胸が、ちょうど目の高さにあった。わたしはその深い谷間を見てまばたきをし、それからにっこりほほえんだ。いぶかしげな表情を浮かべた彼女のやつれた顔のまわりで黒い髪が渦巻き、そのてっぺんにダイヤモンドのティアラが載っている。

「アンセム」リディアが、唇がふれないように気をつけながらわたしの両頰にキスする真似をし、なかに入るよう手を振り動かした。「またお目にかかれてうれしいわ」彼女はそうつぶやきながら、注射で形づくった唇が許す範囲で最高の笑みを浮かべてみせた。

「こんばんは、リディア」わたしは挨拶をしながら手袋をはずし、手を温めようと指を組み合わせて息を吹きかけた。「こんなふうにお邪魔してすみません。電話をしてからお訪ねしたほうがいいことはわかっていたんですけど……」

「ウィルは留守よ……ええと……まだ学校にいるんじゃないかしら」リディアがぎこちない様子でそう言って、引き締まった肩をすくめた。

「ええ」わたしはうなずいた。「実は、あなたと地区検事長にお話があってうかがったんです」

「あら」リディアが眉をひそめた。「わたしたちがうちにいて、あなた、ラッキーだったわ。オペラに出かけるところなのよ」

「話はほんの一分で終わります」わたしは言った。彼女は何度かまばたきをくりかえしたあと、ルパート・ハンセン地区検事長を呼びにいった。塵ひとつ落ちていない広々とした部屋を裸足で駆けていくそのうしろ姿は、ものすごく若く見えた。ルパート・ハンセンの三人目の奥さんは、夫よりもわたしとのほうが歳が近いのかもしれない。

地区検事長は数分でやってきた。

「こんばんは、地区検事長」

「これは、これは、アンセム。何カ月か見ないうちに、またずいぶんときれいになったようだ」

そんな挨拶が終わると、広い部屋の戸口に立ったハンセン夫妻とわたしのあいだに、ぎこちない空気が流れだした。暖炉の炎がうなりをあげ、ベルベット張りの壁の上で三人の影が揺れている。地区検事長のウェーブがかかった金髪は、耳に近いあたりで分けてスタイリング剤でかためてあった。こめかみのあたりにちらほら見えている白髪と、タキシードの下の飾り帯《カマーバンド》でうまく隠しているちょっと出っ張ったお腹と、歪んだ黒い蝶ネクタイ。

リディアがそのネクタイをまっすぐになおした。暖炉の火が跳ねて音をたてている。わたしは咳払いをした。

「ここに来た理由をお話ししますね。ウィルとわたしがまた付き合いだしたことは、ご存じだと思いますけど――」

「ああ、ぼくたちはこれ以上ないほど喜んでいるんだ。ウイリアムには、きみのようなガールフレンドが必要だ。地に足を着けて生きるためにね」ハンセン地区検事長がそう言いながら、わたしにぎらついた笑みを向けた。いやらしい目で見られているのが、はっきりとわかる。コートを着たままでいて、ほんとうによかった。わたしはしっかりとコートの前を合わせて、息を吸った。さあ、爆弾を落とすわよ。

「とにかく、ウィルのことが心配なんです。最近の彼は変です。理由を考えてみたんですけど、たぶん……」この場面は練習ずみだった。バスルームに鍵をかけて、鏡を見ながら練習したのだ。目を涙で潤ませる技をマスターするのは、少しもむずかしくなかった。わたしの人生には、泣きたいことがかぞえきれないほどある。

「たぶん、何?」リディアがわたしの手をつかんでささやいた。「言ってちょうだい、アンセム。かまわないわ」

わたしは涙を拭い、必死で声を抑えようとしているふりをした。「ウィルは成績をあげたくて、変な薬を使ってるんだと思います。それで中毒になってるんです」打ちのめされているかのように言葉をつまらせ、それから青と緑のペイズリー柄のきれいなカーペットに目を落とした。

「ウィルが？　たしかなのか？　あの子は常にAをとっている。成績のことで悩む理由はないはずだ」ハンセン地区検事長が言った。

「そのとおりです。だからこそ残念でたまらないんです」わたしはため息をついた。「あんなもの、ウィルには必要ありません。でも、何日か前に彼が薬を買ってるのを見たんです。最近のウィルは、なんていうか……」

「ええ、最近のウィルは最悪だわ」リディアが言った。地区検事長とわたしに目を向けられて、彼女は肩をすくめた。「わかってるはずよ、ルパート。あの子は、ずっとわたしをきらっている。あなたがいないときのウィルは、まるで別人だわ。アンセムの言うとおりよ。最近の彼は……異常だわ。それに、こそこそしてる。いちだんと怒りっぽくなってるしね」

わたしはうなずいた。悲しそうなふりをしていたけど、内心では跳びあがりたいほど喜んでいた。リディアという味方がいたのだ。ウィルを厄介払いしたがっている人間が、もうひとりいたのだ。

「困ったことだわ」リディアはそう言ってため息をついたけど、炎に照らされた彼女の目は期待に躍っている。「ウィルの部屋に行って薬をさがす必要があるわね」

「リディア!」地区検事長が言った。「それはやりすぎだ。少なくとも、まず本人から話を聞くべきだ」

「ウィルはあなたに迷惑をかけたくないはずです。そのためなら、きっとなんでもします」わたしはおだやかな声で言った。「彼に必要なのは――」

「治療よ」そう言ったリディアは、その考えに舌なめずりをしていた。「ルパート、話し合いの余地なんかないわ。とにかく、その……なんていったらいいの、アンセム?」

わたしは答えたがっているふうに見えないよう気をつけて、肩をすくてみせた。「ドラッグ?」

「それよ」彼女がうなずいた。「そのドラッグを見つける必要があるわ」

リディアが廊下を歩きだすと、ハンセン地区検事長が渋々ながらあとにつづいた。わたしは少し距離をおいてついていき、ウィルの部屋の戸口に立って、猛烈ないきおいで捜索を進めるリディアの様子を見つめていた。彼の持ち物を次々と調べるそのやり方は、本物の捜査官みたいだった。

わたしは不安な思いで片方の足からもう片方の足にすばやく体重を移しながら、自分が言ったことがまちがいでありませんようにと祈っていた。もしまちがいだったら、わたしが破滅することになる。その場面を思うと息苦しくなってきた。帰ってきたウィルが、ひっかきまわされた部屋を見る。そこで彼は、わたしが何を言ったかを父親から聞かされ、ほんとうのことを話すよう迫られるのだ。証拠がなければ、どんなに訴えても無駄だ。ウィルは即刻、ＵＳＢに収めた動画をネットに流すにちがいない。

リディアが机の前を離れて、ソックスが入った抽斗のほうに移動した。そして、抽斗からメタル製の絆創膏の箱を引っぱりだした彼女は、眉を吊りあげて地区検事長に意味ありげな眼差しを向けた。

「開けてくれ、リディア」地区検事長がため息をついた。父親は短気だと、ウィルはいつも言っている。怒るとたいへんだという話だけど、まちがいであってほしいと祈りながらがっくりとタキシードの肩を落としている彼は、ただ疲れているようにしか見えなかった。リディアが箱を開けてなかをのぞいた。何も入っていなかった。

わたしはじりじりと部屋に入って、必死の思いであたりを見まわした。自分だったら、どこに隠すだろう？　ウィルはわたしの部屋にうまくカメラを隠した。だから、ドラッグはどこにあっても不思議ではない。それとも、どこにもないのだろうか？　壁にかかった額に目を走らせてみた。お気に入りの大統領の写真と、学生自治会のエクセレント認証。去年、ウィルが学校のミュージカル〈ザッツ・マイ・ギャル〉で――やり手の妻に精力的な政治家に仕立てあげられてしまう単純な男――サミー・スティルト役を演じたときの写真もあった。

嘘でしょう！　ウィルはこんなに真面目な人なわけ？　わたしは彼を誤解していたのかもしれない。

でもそのとき、ベッドの上の棚に視線が向いた。古い型のガムボールマシンと、ベビーシューズの形をしたブロンズ製の置物と、トロフィーが四つ、きちんとならべて置いてある。でも、トロフィーの向きがひとつだけずれていた。

変だと思った。ウィルは、ものすごく几帳面なのだ。

「リディア、アンセムの勘ちがいかもしれない」セーターが入った抽斗をかきまわしているリディアに、ハンセン地区検事長が言っている。わたしはその声を聞きながら、棚のほうに移動した。

小さな人間が演壇の前に立ってマイクに向かってしゃべっているところをかたどった金色のトロフィーで、そこには『ウイリアム・ハンセン、ジュニア・ディベート大会、第一位』と書かれていた。

近づいてきたリディアも、斜めになっているトロフィーに気づいたようだった。彼女が持ちあげると演壇の下の部分がはずれて、手のなかでトロフィーがふたつに分かれ、蛍光オレンジの錠剤がつまった小さなビニール袋が床に落ちた。

リディアは笑みを抑えようとして唇を尖らせている。彼女はわたしと同じくらい喜んでいるのかもしれない。

リディアがビニール袋を拾いあげ、二本の指ではさんで揺り動かした。「あらまあ！」興奮しているのは一目瞭然だ。彼女が地区検事長に鋭い目を向けた。「残念ね、あなた。でも、今ならまだウィルを救えるわ」

地区検事長が掌に錠剤をいくつか落とし、三人でそれを眺めた。そのオレンジ色の錠剤の両面に、黒い『Z』の文字がついている。ゼニシン。ダフィー・ドゥーリトルが中毒になっていたドラッグだ。「なんということだ」地区検事長がそうつぶやいて、床に置いてあったウィルのローファーを蹴飛ばした。その靴が、すごいいきおいで壁にあたった。「わたしが起訴する気になったら、ウィルは麻薬所持で刑務所行きだ」

「でも、あなたは起訴なんかしない」そう言いながら地区検事長の腕に置いたリディアのマニキュアを施した手は、すぐに振り払われてしまった。

「何本か電話をかけなくてはならない。あいつを殺してやる」地区検事長は険しい口調でそう言うと、部屋から出ていった。残されたリディアとわたしは、錠剤が入った小さな袋をしばらく見つめていた。


一時間後、ハンセン家のキッチンにグレーの制服姿の男がふたり立っていた。ウィーピー・バレー病院精神科のリハビリセンターからやってきた雑役係だ。みんなにお茶を注いでいるリディアは、まだカクテルドレスに裸足という格好のままで、頭には傾いたティアラが載っている。わたしはブーツを脱ぎ、不安な思いでカウンターの前のスツールに浅く腰かけていた。パパとママにはウィルの家にいると連絡を入れてある。もちろんふたりとも大喜びで、ゆっくりしてくるようにと言った。わたしがここにいる理由を知ったら、なんて言うだろう?

ルパート・ハンセン地区検事長はタキシードの上着を脱いで、カマーバンドとシャツ姿で行ったり来たりをくりかえしている。蝶ネクタイは、ずいぶん前に寝室のどこかに投げだしてきたみたいだ。彼はこの一時間のうちに、リンディ・ナイと何度も電話で話していた。どうやらリンディはハンセン家の弁護士でもあるらしい。わたしのスーパーチャージされた耳にとどいた話をつなぎあわせてみたところ、彼女がウィーピー・バレー病院に電話をかけたようだった。何十回も念を押す地区検事長に、「病院が秘密をもらす可能性は皆無です。ご子息が六十日間リハビリセンターに入院しても、人に知られる心配はありません」と、リンディが請け合っていた。

九時二十分、ついに玄関ドアが開く音がして、耳障りなベース音が聞こえてきた。ウィルのヘッドホンからもれだした音が、静かな玄関広間にひびきわたっているのだ。

不安の熱い波が胸に押しよせてくるのを感じながらも、わたしはブーツを履いてスツールから飛びおり、ハンセン夫妻と雑役係のあとにつづいて玄関へと向かった。怒鳴られる覚悟は必要だ。ウィルは殴りかかってくるかもしれないし、逃げだす可能性もある。それでも、今夜ここをあとにする前に、もうひとつしなければならないことがあった。

「どうしたの?」戸口にたたずんでいるわたしの耳に、そう尋ねるウィルの声が聞こえてきた。「いったいどういうこと?」

ウィルの視線は、三十センチほどに距離をつめて両脇に立った雑役係に向いていた。少なくとも二十キロ、雑役係のほうが体重がありそうだ。ウィルは、まだ何が起きたのか理解していない。それは目を見ればわかる。自分の王国にいる王子みたいな自信満々の目つきだ。その表情がわたしを見て変わった。

「アンセム」ウィルが目を細めてあとずさった。「いったい何をした?」

「アンセムはあなたを心配して来てくれたのよ」皺ひとつない頬に涙を流しながら、リディアが言った。「すべてを乗りこえたら、あなたはきっと彼女に感謝するわ」

「ぼくがいったい何を乗りこえるっていうんだ?」ウィルは声に恐怖の色をにじませてそう言うと、雑役係から離れて自分の部屋に向かおうとした。今までだまっていたハンセン地区検事長が、息子の肩に肉づきのいい手を置いた。

「ウイリアム、いそいで隠しにいく必要はない」表情のない冷たい声だった。

「隠すって何を?」振り向いたウィルの目は真っ赤で、鼻の穴がぴくぴくと動いていた。移動照明の明かりを浴びて、おでこが光っている。

「ドラッグだ」地区検事長が顔をしかめた。「おまえがわたしの金で買ったドラッグだ。わたしが街からドラッグを一掃するために働いて得た金で、おまえはドラッグを買った。なんとも皮肉な話じゃないか」

「何を言ってるのかさっぱりわからないよ」

「とぼけても無駄だ」ハンセン地区検事長がそう言いながら、雑役係のほうにウィルを思いきり突き飛ばした。父親が息子にするにしては、そのやり方は乱暴すぎた。カーペットの上に倒れたウィルが、大きく見開いた目をぎらつかせてわたしを見た。そして、起きあがった彼はわたしから父親へと視線を移した。

いっしゅん、彼のことがかわいそうになって胸が痛んだ。

「連れていってくれ」ハンセン地区検事長が言った。「おまえはウィーピー・バレー病院に入って、六十日間の解毒治療を受けることになっている。すっかり毒が抜けたあとで、この問題をどう処理するか話し合おう」

「病院になんか行かないよ」ウィルが悲鳴にも似た声で訴えた。「父さん、ぼくは健康だ。これ以上ないほど調子がいいんだ」

「おまえはまだわかっていないようだ。おまえのことは、すでに病院に委ねてある。選択の余地はない」地区検事長が言った。

ウィルの目がさらに大きくなった。「あれはぼくのものじゃない。アンセム、きみからも言ってくれ。みんなに真実を話してくれ。それとも、夜きみがどこに行っていたか、ここでばらしてやろうか?」

雑役係がじりじりとウィルに近づいていく。すぐにでも鍵のついた救急車に押しこんで、病院に運ぼうとしているのだ。

「真実なら、もう話したわ」ウィルに近づきながら、わたしは言った。「ウィル、あなたには助けが必要よ。妄想を抱くようになってるんですもの。それって薬の副作用なのよ」

わたしはウィルの頬に唇をよせて、その腰に両手をまわした。いっしゅん腕を振りほどかれるかと思ったけど、そのあと彼がわずかに身をよせてきた。わたしがほんとうに心配しているのだと、心のどこかで信じたがっているのかもしれない。「あなたのためなのよ、ウィル」

彼が顔をしかめて身を離した。その視線は依然として父親に向いている。「父さん、誓うよ。ぼくはほんとうに――」

「聞きたくない。おまえが言うことは二度と信じない」

ウィルの目が憎悪に輝いた。「こいつが仕組んだんだ！　アンセムがぼくを陥れようして、ドラッグを部屋に持ちこんだにちがいない！」

「そうは思えないわ」リディアが言った。「最近のあなたは異常だわ。中毒のせいよ。ひと晩じゅう起きていたりしてね。なぜもっと早く気づかなかったのか、不思議なくらいだわ」

わたしは涙を浮かべて地区検事長のほうを向き、声には出さずに「彼のポケットを調べて」と口を動かしてみせた。

地区検事長は、すぐに行動に出た。「ウイリアム、持っているものを置いていきなさい。これから行く場所では何も必要ない」彼がうなずくと、雑役係がウィルのポケットの中身を引っぱりだした。煙草の箱と、札入れと、鍵の束。そのキー・リングの真ん中に、わたしの運命をにぎるUSBが宝石のように隠れていた。

「やめてくれ！」もがいているウィルを、雑役係のふたりがドアの外に引きずりだそうとしている。なんとか逃れようと身をよじって抵抗しながら、彼が叫んだ。「アンセムが企んだことだ！　こいつが悪いんだ！」

「アンセムにかみつくのは見当ちがいだぞ、ウイリアム」地区検事長が言った。

「父さん！　こんなことはやめてくれ！　父さんは、まちがいを犯している！」叫びつづけるウィルの手を、雑役係がドア枠から引き離した。

「落ち着け」通りにつづく玄関前の小径を引きずられていくウィルのあとを歩きながら、地区検事長が絞りだすような声で言った。「自分の息子にキャリアをだいなしにされてたまるか。それに、この屋敷の屋根の下にドラッグ中毒者を住まわせるつもりはない」

「だけど、父さん、ぼくは中毒者なんかじゃないんだ！」両脇から腕をつかまれて身をよじりながら叫ぶウィルの声は、「抵抗はやめなさい」という雑役係の声にかきけされてしまった。

そんな騒ぎのおかげで、わたしがウィルのキー・リングをポケットにすべりこませても、気づく者はひとりもいなかった。

35

ウィルがウィーピー・バレー病院に入った次の日、最後のトレーニングをしようとフォードがメールを送ってきた。今回、彼が指定したのは、フロイド・シャーマン・フィールドという新しい場所だった。

このところロージィの仲間たちの居所を突きとめて縛りあげるのに忙しくて、フォードとの夜のトレーニングをさぼっていた。バレエの発表会が迫っていることを口実にしていたけど、〈デイリー・ジレンマ〉に『ザ・ホープの再来か？』という記事が載って以来、わたしはびくついている。先のない橋で立ちまわりを演じた夜のあと、正体を暴かれなかったのは、ただただラッキーだった。次は、そこまで運に恵まれないかもしれない。

わたしは『なぜジミーズ・コーナーじゃないの？』と返信した。

メールは返ってきたけど、答になっていなかった。『来ればわかる』

パソコンで何度か調べて、ようやく行き方がわかった。街の縁をかこむようにのびている工場地帯から、さらに一キロ半ほどのところだ。今夜サージは、チャリティー関係の催しに出かけるパパとママの運転手を務めることになっている。つまり、わたしは車なしで行かなければならないということだ。

特別な心臓を持ってはいても、目的地にたどりつくまでには走って四十五分ちかくかかった。着いてみると、そこは見捨てられた空港だった。百年くらい前、ベドラムがもっと小さな街だったころにつくられたものだ。滑走路には雑草がびっしりと生え、ターミナルは破壊されて砕けたセメントの残骸と化している。でも、格納庫はまだいくつか残っていて、その一棟からかすかに明かりがもれていた。なぜフォードがこの場所を選んだのか、まだわからなかった。それでも、とにかくそこに向かって歩きだした。

その格納庫はアルファベットのAの形をした巨大な建物で、壁はツタにおおわれ、古い窓ガラスの多くが割れていた。わたしはまだ息がととのわないまま、すごく大きな扉をくぐり抜けて格納庫に入り、ぬくもりを求めて冷たい手をしっかりと合わせた。撮影で使うようなクリーグ灯がふたつ、垂木にとめつけてある。その明かりが、フォードの背中を照らしていた。彼は表面を平らに削った幅の広い丸太の上に、ビールの空き缶をピラミッド形に積みあげているところだった。

「来たわよ」そう言ったわたしの声が、洞窟みたいな空間にひびきわたった。

最後のバズビールの空き缶をてっぺんに載せてピラミッドを完成させたフォードが、手を振って近づいてきた。

両手でわたしの腕をぴしゃりと叩いた彼の顔に、いつもの温かい笑みがひろがった。「迷わなかった?」

わたしはうなずきながらも、胃がきりきりするのを感じていた。射撃の練習の時間らしい。「こんなこと、ほんとうに必要だと思う?　できればやりたくない感じ」

「こんなことって?　空き缶をいくつか殺すこと?」フォードが肩をすくめた。「簡単だよ、グリーン。それに、きみは覚悟を決める必要がある」

「この前、人に拳銃を向けたときは凍りついてしまった。それでギャビンを死なせてしまったの」わたしはひび割れたコンクリートの床に目を落とした。そこに染みついた古いオイルの跡を見ていたら、年に一度、学校で受ける不安定度評価のインクブロット・テストを思い出した。先月、バング校長先生に評価を受けさせられていたら、ひどい結果が出ていたにちがいない。でもラッキーなことに、わたしが全教科でみんなに追いついたのを見て、校長先生は無理強いをやめてくれた。

「だからこそ練習するべきなんだ」フォードがおだやかな口調で言った。「きみにはすでに知ってるかぎりの戦い方を教えた。アンセム、きみは強い。日を追うごとに強くなっていくようだ。だけど、頭に銃口を押しあてられたらどうするか、その対処法を知っておくべきだよ」

全身に震えが走った。銃なんて大きらいだ。ベドラムがこんなふうになってしまったのは、銃のせいだ。この街では、お金さえあれば誰でも銃を手に入れられる。でも、そのベドラムにいるのだから、たぶんフォードの言うとおりなのだ。こっちが持ち歩いていなくても、拳銃を突きつけられる可能性はある。だったら、そのときにどうするか、知っておいたほうがいい。

「わかったわ」わたしはうなずきながら格納庫の真ん中に進むと、ピラミッドのほうを向いた。「ビールの缶をいくつか殺してあげる」

フォードが片膝をついてハイカットスニーカーからリボルバーを取りだした。色はグレープジュースを思わせる紫。まるで、艶消しプラスチックの玩具の車みたいな色だ。そのデザインを見て、ほんとうに玩具なのではないかと思った。

「偽物みたいだろう?」わたしの心を読んだかのようにフォードが言った。「ところが本物なんだ」

「でも、紫?」ちょっとからかうように、片方の眉を吊りあげてみせた。「すてきな趣味ね」

「借り物だよ」フォードが顔を赤くしてそう言いながら近づいてきた。「友達がおれに貸してもいいと思う拳銃は、これしかなかったということだ」

「友達?」フォードにはいろんな友達がいるみたいだけど、それについてわたしは何も知らないということに、今気がついた。彼がどこに住んでいるのかさえ、わたしは知らない。そう思うと、急にすごく変に思えてきた。

「フレッド。そいつの名前はフレッドっていうんだ。さあ、集中して。いいかい?」フォードがわたしにリボルバーを手わたした。そんなものは床に置いて、この場から立ち去ってしまいたかった。でも、気持ちを抑えて、その重さ（見た目以上に重かった）と、感触（側面はすべらかで、グリップに菱形のパターンが刻まれている）と、大きさ（ミス・ローチの真珠つきの拳銃よりは大きかったけど、カール・スモールの黒い拳銃よりは小さかった）に神経を集めた。急に掌が汗ばむのを感じて、まず左手を、それから右手を、ジーンズで拭った。

「よし」フォードがわたしのすぐうしろの、ちょっと右よりの位置に立った。「この小さなレバーを見て」彼がわたしの身体に両腕をまわして、グリップの上についている小さな弓形のレバーにふれた。「撃鉄だ。これを起こしてごらん」

そのとおりにすると、カキッと音がした。このところ、いやというほどこの音を聞いている。

「脚を開いてしっかりと立ち、両手で拳銃をかまえて人差し指を引き金にかける」

わたしは目にかかった髪を吹き飛ばすと、言われたとおりの姿勢をとった。まるで射撃の名手だ。フォードがうしろからわたしの手首を支えて、拳銃を少し上にあげた。

「片方の目をつぶって、開いている目の高さに拳銃をかまえるんだ。銃口のすぐ上に缶のひとつが見えるようにね。しっかり狙いが定まったら、衝撃にそなえて脚をふんばっておくこと。弾が発射されると、きみは反動でうしろに押されることになる」フォードの口調はおだやかで明確だった。耳のうしろで話す彼の息が首にかかって、むずむずする。わたしは身を硬くして、ほんの少し彼から離れた。あまりに近くにいるせいで、急にどきどきしてきた。それに、ここは静かすぎる。わたしは唇を引き結んで、集中するよう自分に言った。

「オーケー」わたしはそう言いながら、銃口の先の小さな出っ張りをピラミッドのてっぺんの缶にまっすぐ向けると、もう一センチ両膝を曲げて衝撃にそなえた。「準備はできたわ」

「絞るイメージで引き金を引くんだ。力が強すぎたり、動きが速すぎたりしてはいけない。反動で狙いがはずれてしまうからね。弾が発射されるまで、ゆっくりと絞るように引きつづける。まず腕を固定する。それから息を吸い、ゆっくりと吐きながら引き金を絞る」彼の言葉が耳のなかにひろがっていく。そのわかりやすい説明を聞いているうちに気持ちが落ち着いてきた。今わたしは、右目と手のなかのリボルバーと缶を結ぶ道だけに心を傾けていた。

鼻から息を吸うとシャンプーの香りがした。フォードはいつも清潔な匂いがする。

わたしは息を吐きながら引き金を絞った。耳が聞こえなくなるほどの爆音とともに、弾が放たれたのを全身に感じた。フォードの支えがなかったら、うしろ向きに倒れていたにちがいない。わたしはまっすぐに立ち、ハデスや小学校の実験室で聞いてすでにおなじみになっている耳鳴りを無視して、缶のピラミッドを見てみた。何も変わっていない。弾はピラミッドをかすりもしなかったようだ。

「よし」耳が変になっているにもかかわらず、フォードの声は聞こえた。「腕が動かないようにして、もう一度やってごらん。今度は命中する」

わたしは『BUZZ《バズ》』の『U』の文字に狙いを定めて、ひとつひとつの動作を初めからくりかえした。本気で集中すると、缶が大きく見えてきて背景がうしろに遠ざかっていった。耳同様、目も信じられないくらいよくなっているのかもしれない。何かをじっと見つめていると、ものすごくはっきり見えてくる。わたしは引き金を絞った。今回は腕をしっかり固定して、身体で反動を吸収するようにした。ピラミッドの頂点の缶が吹き飛んで煉瓦の壁にぶつかり、ぐしゃっとつぶれて床に落ちた。

「すごいぞ！」フォードが叫んだ。「もう一度やってごらん。この缶をすべて仕留めるんだ！」

あらためて狙いを定めた。今度の標的は、ピラミッドの上から二番目の列だ。わたしが撃った弾は、またも缶のひとつに命中した。そして、そのあとも次々と命中しつづけた。缶をひとつ仕留めるごとに、うまく拳銃に身をあずけられるようになって、反動でよろめくこともなくなった。弾がなくなると、フォードが弾の込め方のお手本を見せてくれた。わたしは彼のたこだらけの掌から先が尖った金色の銃弾をひとつひとつ取りあげて、教わったとおりにシリンダーに込めていった。

弾が入った箱が空になるまで、それを五回くりかえした。最後の五発か六発は、斜めにかまえて撃ったり、走りながら撃ったりして、一度はおもしろ半分に膝をあげてその下から撃ってみたりもした。その一発は缶に命中しなかったけど、わたしは大笑いしてフォードとハイタッチした。

「拳銃があろうとなかろうと、きみはもう戦う準備ができている」弾がすっかりなくなると、フォードが言った。そしてそのあと、おかしな目つきでわたしを見ながら、頭を傾けた。「とは言っても、準備がとのうまで待つ気はなかったようだがね」

「どういう意味？」そう訊きながらも、頬が熱くなるのを感じていた。

「とぼけるなよ、グリーン」ブーツの爪先で空薬莢を蹴飛ばしながら、彼が言った。「〈デイリー・ジレンマ〉は毎日読んでいる。この前、どえらい事件が大見出しつきで載ってたけど、あれはなんなんだ？『犯罪者を橋から吊して立ち去ったのは、自警団員だったのか？』とかなんとか書いてあったな」

「わたしの仕業だと思ってるわけ？」不満の声をあげてみた。「他の誰かかもしれないじゃない！」

腕組みをしたフォードが、眉を吊りあげた。ふたりが笑いだすまでに時間はかからなかった。

「すぐにわかったよ」フォードがにやりと笑って、おもしろそうにわたしを押した。「自警団員だってさ！」

「オーケー、いいわ」わたしはうしろに倒れないように、彼を押し返した。「もしかしたら、わたしかもね」

「ひとりのほうがやりやすかったんだろうね」フォードが真顔になって言った。「だけど、おそらく次は連中もきみの攻撃に備えている。できれば、力になりたいんだ」

わたしはどちらにもとれるように、肩をすくめてみせた。たいせつな人が傷つくのを見るのは、もう堪えられない。だから誰の助けも借りないことに決めたのだ。でも、それは言いたくなかった。フォードは鋼《はがね》のように強いけど、ふつうの人間だ。撃たれたらもちろん血を流すことになる。

「考えておいてくれ。さて、自警団員さん。銃弾があけた穴を見てみよう」彼がわたしの腕をつかんで部屋の中央に引っぱっていった。ふたつほど缶を拾いあげてみたけど、どちらもほぼ中心に穴があいていた。

『BUZZ』の『U』の真ん中だ。

「すごいな」フォードがつぶやきながら、缶を貫通した弾が穿《うが》ったふたつの穴をのぞいた。「彼がいたら、きみのことを知りたがっただろうな」

「彼って?」缶が積みあげてあった丸太の平らな面に、ふたつのイニシャルが彫られているのに気がついた。

「ザ・ホープだよ」

「彼がわたしのことを気に入るなんて、どうしてわかるの? もしかしたら、きらわれるかもしれないわ」

フォードが首を振った。「六歳のとき、おれは従兄に連れられて、ガキ仲間たちとよくここに来てたんだ。滑走路をオフロード・バイクで走って、ちょっとジャンプしたりなんかして遊んでた。そんな場にあの人がいたんだよ。すごく悲しげに見えたけど、力は半端じゃなかった。車だって頭の上に持ちあげられたんだからね。ああ、この目で見たんだ。彼はここでトレーニングしてた。黄麻《バーラップ》の布でつくったサンドバッグを、垂木からロープでぶらさげてね。粗末なものだったけど、ボクシングの練習には充分だ。自分がサンドバッグを叩くところをおれに見せて、ちょっとだけど打ち方まで教えてくれたんだ。それに、おれたちがさっきやったみたいにビールの缶を積みあげて、射撃の練習もしてたな。仲間がやってくることもあったし、そのうち女の子を連れてくるようにもなった。ドラム缶で焚き火をして、その明かりのなかでみんなで長いこと話し合いをしてたけど、内容はどうやって街を変えるかってことばかりだった」

わたしは耳を傾けながら、フォードの顔の筋肉が動くのを見つめていた。目はまわりに向いているけど、彼が見ているのは自分の内にある過去だ。わたしは彼の話を聞いているあいだじゅう、丸太に彫られたイニシャルをなんとなく指で撫でていた。『RF+TH』こんなところに自分たちのイニシャルを彫るくらい、ふたりは愛し合っていたのだ。わたしもギャビンとそんなことをしてみたかったと、いっしゅん思った。

「まだ子供だったから、ちゃんとはわかっていなかった。だけど、彼が姿を消したあと、ついに正体が暴かれて、ザ・ホープの写真がニュースに出たんだ。それを見て、おれにサンドバッグの叩き方を教えてくれた男とザ・ホープは同一人物だと気づいたわけだ」

「ザ・ホープは、ほんとうに存在したのね」わたしは彼にというより自分自身に、しみじみとつぶやいた。ギャビンも彼の存在を信じていたことはたしかだ。

「あたりまえじゃないか」フォードが鋭い声で言った。「この街は変わろうとしてたんだよ、グリーン。ザ・ホープが街の通りから凶悪きわまりない犯罪を一掃してくれたおかげで、みんながまた互いを信じるようになってたんだ。誰もが新しい政府のことを話しはじめていたし、どうすればみんなのためにいいか考えるようになっていた。サウスサイドの住民のことさえ、みんなが考えてたんだ。おぼえているだろう?」

「わたしが生まれる前のことだわ」

「おれはまだ小さかったが、よくおぼえてる」フォードがそう言いながら、わたしに顔を向けた。「そして今、同じことが起きている」

わたしはぽかんと彼を見つめた。

「きみがしていることが話題になってるんだよ、グリーン。この街のよくないサイクルを打ち壊すのに、きみはひと役買っている。彼がしたことと変わらないよ」フォードがそう言って顔を輝かせた。

わたしは首を振った。心をくじかれたような気分だった。今の瞬間まで、フォードだけはわたしの行動を理解してくれていると信じていた。どうしてこんなことをしているのか、わかってくれていると思っていた。「だけど、わたしはザ・ホープじゃないわ。彼とはぜんぜんちがう。これはギャビンのためにしてることなの。復讐なのよ」口をつぐんでフォードに鋭い目を向けると、バズビールの缶をつかんで力まかせに放り投げた。その缶が奥の壁に命中した。「わかってくれてると思ってた」

「今は、そういうつもりで行動してるのかもしれない」フォードが言った。「だけど、街で何が起きているかわかってるはずだ」

「たぶんね」そう答えたけど、ちゃんとはわかっていなかった。親しい誰かが死んでしまうと、人はベールを被っているような感じになる。だから、今は苦悩というベールをとおしてしか、ものが見えていなかった。街を救う話をやめてくれることを祈って、フォードから顔をそむけた。わたしさえいれば、この街はよくなるとでも思っているのだろうか？　わたしひとりで、ボスも含めたシンジケートのメンバーを一網打尽にできるとでも思っているのだろうか？　まるで救世主かヒーローだ。でも、わたしはそのどちらでもない。それに、みんなをその気にさせるつもりもない。

「あなたはザ・ホープにボクシングを教わったの？」話題を変えたくて、そう訊いてみた。「それでプロになったわけ？」

「本格的に教えてくれたのは叔父だ」目をそらして彼が答えた。「だけど、ザ・ホープへの憧れがあったことはたしかだな。いずれにしても、わざわざ聞いてもらうような話じゃないよ」

「どうして？」

「いやっていうほど妥協を強いられてきた」フォードが言葉を切り、缶をいくつか拾いあげて、飛行機のカビだらけになったシートの上に積みあげた。そこにはすでに缶のピラミッドができていた。「おれはシンジケートの幹部の男たちに望まれて、ボクシングの試合に出ていたんだ。金をもらって連中のために戦ってたわけだ。堪えられなくなるまでずっとね」

「シンジケートの男たちのために戦っていた？　どういう意味？」

フォードが天井に視線をさまよわせながら、ため息をついた。たぶん、話をつづけるべきかどうか考えているのだ。そして結局、つづけることに決めたらしい。「サウスサイドでは、ひと月かふた月に一度、ケージファイトが行われる。ケージ……つまり、金網を張ったなかで試合をするんだ。大イベントと言ってもいい。みんな派手に賭けるから、どっちが勝つかによってかなりの金が動くことになる。シンジケートの男がふたり、おれのスポンサーになってくれた。初めのうちはおもしろかったよ。おれはすごく強かったんだ」フォードが肩をすくめてみせた。謙虚な彼が言うのだから、そうとう強かったにちがいない。

「まだ、ほんの十六歳だった。両親はドラッグのやりすぎで亡くなっていて、おれは叔父と従妹たちと暮らしていた。おれも叔父も、ものすごく貧しかった。叔父は建設現場で働いてたんだけど、賃金なんて微々たるものだった。おれが戦えば、かなりの金になる。週にたった一度戦えば、みんなが食べられた。家賃だって払えたし、ちょっとは貯金だってできたんだ。

おれはすっかり夢中になった。最初は勝ちまくったよ。だけど……」フォードが言葉を切り、あとの話を呑みこんでしまおうとでもいうように、唇をぎゅっと引き結んだ。

「だけど？」フォードの前腕に手を置いたものの、視線を向けられていそいで引っこめた。

「そんなことが半年ほどつづいたあと、連中は気づいたんだ。おれの対戦相手に賭ければ、もっと儲かるはずだってね」

「あなたが負けるほうに賭けるっていうこと?」わけがわからなかった。「でも、その人たちはあなたのスポンサーだったんでしょう?　それって、ルール違反なんじゃないの?」

そのころのことを思いだしたにちがいない。身体に傷を負わされたかのように、彼が顔を歪めた。「そのとおり、ルール違反だ。連中は、おれの対戦相手に賭けた。しばらく本命でありつづけたあとだったから、おれが勝つほうに大金が賭けられていた。そんなときに、連中はおれに負けるよう指示を出して、大儲けをしたんだ」

「つまり、わざと負けたってこと?」話を理解しようとして尋ねた。

フォードがうなずいた。「連中のために十二回ほど負けてやった。いや、もっとだったかもしれない。おれは屈辱感を紛らわせるために大酒を飲むようになって、ドラッグにも手を出した。頼まれたわけじゃない。脅されてたんだ。負けなければ、家族を傷つけると言われた。おれに残された家族は、ほんの数名だ。叔父と小さな従妹たちがいるだけだ」

フォードが口をつぐんで缶を蹴った。ふたりとも、その缶が宙を飛んで床に落ちるのを見つめていた。

「だけど限界が来た。あまりに汚すぎる。そうだろう?　それである晩、怒りにまかせて若い対戦相手にいやというほどパンチを浴びせてやった。十四歳にもなっていない感じの男の子だった。ほんとうなら試合に出られる歳じゃなかったはずだ。おれは、その男の子に勝った。脳震盪を起こすほど叩きのめしてしまったんだ。おれのスポンサーは賭けに負けた。大負けだよ。それで殺してやると言われた」

「それでボクシングを辞めたわけ?」

「ああ。おれの顔を見たら連中はまちがいなくおれを殺す。だからそれ以来、目立たないように生きてきた。ただ待っているだけの毎日だった」

「待ってるって、何を？」

「さあね」フォードが肩をすくめながら近づいてきた。彼の声は、ささやき声とほとんど変わらないくらい小さかった。「実感できる何かをする機会かもしれない。ジャックスに食べ物やホルムアルデヒドをとどける仕事以上の何か。もっとでかいことだよ。おれよりましな誰かと、そういうことがしたいんだ」フォードがわたしを見つめている。その茶色い目に鋭さはなく、焦点が定まっていない感じで、いつものおどけた色もすっかり消えていた。彼の顔がゆっくりと、ほんとうにゆっくりと、近づいてくる。

わたしはフォードのほうに身を傾けていく自分を感じながら、目を閉じた。彼に抱かれて、スエットシャツごしに熱い腕を感じたかった。彼の清潔感ただようぬくもりに包まれて……。

わたしのケータイが鳴って魔法がとけた。メールがとどいたのだ。わたしはフォードから離れ、顔が燃えるほど熱くなっているのを感じながらケータイを取りだした。サージからだった。

『警察に押収されていた黄色いジープが返還されました。現在、北に向かってオリアンダー・ウェイを走行中』

オリアンダー・ウェイ。ギャビンが住んでいた通りだ。彼はあの通りから連れ去られたのだ。

「あの人たちのジープが動きだしたみたい」わたしはそう言って、さっと立ちあがった。顔はまだ火照っていたし、ものすごくどきどきしていたし、罪の意識が身体じゅうを駆けめぐっていた。死んでしまったとはいえ、ギャビンを裏切ったような気がしてならなかった。「見つけなくちゃ。ロージィが乗っていないか、たしかめる必要があるわ」

フォードがうなずいた。「今回はいっしょに行かせてもらうよ」

わたしは、ノーと言いたくて口を開いた。だめよ、危険だわ。あなたを危ない目に遭わせるわけにはいかない。でも、彼の顎の線が決意の固さを物語っている。拒否しても、なんとか方法を見つけてあとを追ってくるにちがいない。わたしはあきらめのため息をつき、彼にうなずいてみせた。

ジープがどこかにたどりついたらその場所をしらせてほしいと、サージにメールを送った。三十分ほどでそこに行くと、書いておいた。フォードとのあいだには、何も起こらなかったと心のなかでつぶやいた。そして、この先も何も起こらない。わたしの心臓はマシンだ。そう簡単に心は動かない。この件に関しては、これでとおすつもりだった。

36

弾の入っていない拳銃を持ってフロイド・シャーマン・フィールドをあとにしたふたりのあいだに、気まずい沈黙が流れていた。数キロにわたって人影はなく、空の低い位置に重そうな半月がぶらさがっている。プラスチックが燃えているような臭いと、高層ビルを取り壊しているような臭い。生い茂って腰の高さまでのびている茶色い草が、冷たい風に吹かれて激しく揺れていた。

遠くのほうで、地上をなめるように明かりが動いている。はるか南の空を低空飛行している何機かのヘリコプターから放たれるサーチライトが、雲を突き破って街を照らしているのだ。警察が何かをさがしているみたいだけど、珍しいことではなかった。「かなり距離がありそうだ」何分か歩いたあとでフォードが言った。「おれの車で行こう」

彼の車はシンダーブロックのくずれた塀のうしろにとまっていた。四角張ったハルシオン。少なくとも十年は乗っている感じで、マロン色の車体は煤みたいな埃にすっかりおおわれていた。かっこいいとは言いがたいラインと、幅広のレザーのシート。なんだか、おばあちゃまが運転しそうな車だ。

「あなたの車?」シンダーブロックのかけらを踏みしめて車に近づきながら訊いてみた。

「まあね」にやりと笑ってフォードが答えた。「どうしてそんなことを訊くんだい?」

「別に。ただ……」**車を持つ余裕があるなんて思ってもみなかったから。**「車を持ってるなんて聞いたことがなかったから」

「車なら何台も持ってる」フォードがそう言いながら助手席のドアを開けてくれた。ローズの香りがふわりとただよってきて、ふたりを包んだ。わたしが身をすべらせるようにしてシートに収まると、ドアを閉めた彼が小走りに車の前をまわって、いきおいよく運転席に乗りこんだ。バックミラーからぶらさがっている刺繍つきのフォトフレームに、にっこり笑っているふたりの小さな子供の写真が収まっている。「ただ、同じ車に長くは乗らない」

フォードがダッシュボードのステアリングコラムの下のあたりを開いて、片手で何かしている。ほとんど見えなかったけど、小さな声で漫然とハミングしながら、指で何かを探っているのはわかった。間もなく青い火花が飛んで、彼が手を離した。古いエンジンが息を吹き返してうなりをあげるのを聞いて、わたしは驚きの声をあげた。そして、そのあと自分の愚かさに呆れて、目をぐるりとまわした。フォードが自動車泥棒をしていることに、なぜ気づかなかったのだろう?

わたしは背もたれにかかっている糊のきいた古そうな布に頭をあずけると、ナビ役ができるように、ケータイの画面に街の地図を表示した。

フォードがギアをドライブに入れて車を出した。フロイド・シャーマン・フィールドが、どんどん遠ざかっていく。静まりかえった風景のなかで動いているのは、わたしたちの車のヘッドライトだけだった。この丘をくだりきったら、暗いごちゃごちゃした地域を走り抜け、ハイウェイに出ればいい。

車は街の南西の縁にのびる工場地帯に戻っていた。オリアンダー・ウェイは、そこから始まる長い通りで、ギャビンの部屋があったあたりはもっとずっと先になる。すぐに返信がとどくことを祈って、もう一度サージにメールを送ってみた。

一分後、返信がとどいた。

『ジープの現在地は、オリアンダー・ウェイとナイトシェード・アヴェニューの角にある倉庫前。たった今、駐車したところです』

わたしはすぐにメールを返した。

『ありがとう。帰りの足は確保したわ。あなたは休んでて』

最後の二ブロックはヘッドライトを消して走った。何よりも、わたしたちが来たことを敵に見られたくなかった。

「右に曲がって」わたしがそう言うと、フォードが車を右折させた。三十メートルほど先に、黄色いジープが斜めにとまっていた。色あせた日よけに『RID—EX』と書いてある倉庫の前だ。ジープのリアウインドウには、オレンジ色のステッカーがびっしりと貼られている。警察が押収品に貼るそのステッカーには、太文字で『ベドラム警察署』と記されていて、黒で書かれた大きな数字がならんでいた。

「縁石によせて車をとめて」わたしはささやいた。アドレナリンのせいで指が脈打っている。わたしは必死になって縦列駐車らしきものをためしているフォードの横で、射撃練習で弾を使い切ってしまわなければよかったと悔やんでいた。

ふたりは車をおりてすばやくドアを閉めると、寒々とした静けさのなかを、RID—EXの建物に向かってゆっくりと歩きはじめた。フォードが身をかがめ、ハイカットスニーカーのなかからリボルバーを取りだしてジーンズのうしろに入れた。でも、すぐに考えを変えたらしく、そのリボルバーをわたしに差しだした。

「あなたが持ってて」わたしは言った。「他にどうしようもなくなったとき、あなたならそれを使って相手を脅せる」

フォードがうなずいた。彼が緊張していることは、目を見ればわかる。「グリーン」彼がわたしの手首をつかんだ。唾を呑んだ彼の喉仏が大きく動くのが見えた。「おれを気づかう必要はない。いいね？　自分のことだけ心配していればいい。おれに何かあっても、とにかく……自分が無事でいることを考えろ」

わたしは苛立ちを抑えてうなずいた。やっぱりフォードを連れてくるべきではなかった。「あなたもよ」小声で言った。「ヒーローの真似なんか、まちがってもしないでね」でも、彼はそうするにちがいない。不意に気がついた。半分でもチャンスがあれば、フォードは今回もわたしの命を救う。自分が死んでも絶対に。

ふたりとも、もう何も言わなかった。裏口から入るべきだと判断したわたしは、頭を振り動かして彼に合図した。でも、裏にまわってみると、ふたつある戸口のドアにはしっかり鍵がかかっていた。フォードが指をなめてキー・リングを取りだし、不自然なほど厚みのある鍵を選んで鍵穴に差しこんだ。ドアはいっしゅんにして開いた。

わたしが先に入って暗闇に目を凝らし、誰もいないことをたしかめた。なかはメガマートによく似ていた。二メートル弱の距離をおいて、天井まで高さがあるメタル製の棚がずらりとならんでいて、そこに巨大な容器が収まっている。ただし、ここにある容器に入っているのはクッキングオイルやツナ缶ではなさそうだ。どの容器にも、髑髏と二本の骨を交差させたマークがついていて、『危険物。穴あけ厳禁。有毒』と書かれている。

部屋の反対側から、くぐもった声が聞こえている。わたしはフォードについてくるよう合図をすると、

『RATS《ネズミ》』と書かれたドラム缶がならぶ長い通路をたどって、倉庫の正面へと向かった。

声に近づくと足をとめ、ドラム缶の隙間から向こうをのぞいてみた。その瞬間、腕に鳥肌がたった。狭い受付で、年嵩の男がお金をかぞえている。使いこんだ机の上のランプの明かりのなかに、札束がふたつあるのが見えた。その横に、男が一枚ずつお札を置いていく。

「三百二十、三百四十、三百六十、三百八十――」ゆったりとした低い声だった。男の脇には赤いドラム缶がならんでいる。そこについているマークは、ネズミの輪郭を漫画化したもので、目の代わりにXの文字が描かれていた。ふたつのドラム缶のあいだの陰に、こちらを背にして女が立っている。その根元がのびた金色の髪には見おぼえがあった。近くにいるせいで、かんでいる風船ガムの匂いまでわかる。

彼女よ。わたしはフォードのほうを向いて声に出さずに言った。そして、隠れているよう彼に合図をすると、淀んだ空気を呑みこんだ。ここにいることを彼女に知らせる必要がある。わたしはランプが投じる仄かな明かりの輪のなかに足を踏み入れた。「こんばんは、ロージィ。ほんとうの名前は知らないけど、とりあえずそう呼ぶことにするわ」

「ふん、誰かと思えば……」彼女が振り向いて陰から出てきた。高く盛った髪に、顎までボタンをかけた革の黒いトレンチコート。その大きすぎる固そうな襟の折り返し部分が、真っ赤な唇を縁取るように立っている。

「スタヴロス、消えてくれない？」

人生に疲れた感じの守衛らしき男が、わたしに哀れみの目を向けた。切れた毛細血管が浮きでているせいで鼻は真っ赤に見えるし、背は丸まっている。わたしがだいじょうぶだと身振りでしらせると、男はうなずき、机の抽斗から茶色いお酒が入ったボトルを取りだした。「それじゃ、来週また」彼がロージィに言った。

「いいよ。さっさとどこかに寝に帰りな。あたしは一時間かそこら、この……友達と話す必要があるんだ」

スタヴロスはうなずき、足を引きずって出ていった。彼がかぞえていたお札は、そのまま机に載っている。ロージィがそれをすくいあげ、黒い革のハンドバッグに押しこんだ。バッグをぱちりと閉めた彼女が、わたしに笑みを向けた。

「友達を紹介してくれてもいいんじゃない？」彼女が言った。「ここそ近づいてくる足音は聞こえてたんだ。もうひとりいるはずだよ」

フォードが明かりの輪のなかに姿をあらわした。顔には冷淡そのものの表情が浮かんでいる。まるで、試合前のボクサーだ。「これが例の女なのかい？」ロージィの顔から目を離さずに、彼が訊いた。

「そうだよ、あたしがその極悪非道な女だよ」身体ごと振り向いた彼女の両腕が、ふわりと動いた。靴は二色使いのヒール。なんてお洒落なんだろう。

「この人よ」わたしは小さな声で言った。ギャビンは死んでしまったのに、彼女は生きている。急に頭のなかが怒りでいっぱいになって、目眩がしてきた。撃たれる前、わたしの目を見つめて首を振ったギャビンの顔が浮かんできた。怖くないふりをしようとしていたけど、きれいな目に恐怖の色がにじんでいた。彼はそんな目でわたしを見つめて、逃げろと訴えた。その直後、彼女が引きつった笑みを浮かべて、彼の心臓を撃ち抜いたのだ。

「この人がギャビンを殺したの」

ロージィが鼻を鳴らしながら前にのばした両手を組み合わせ、人差し指を突きだして拳銃の形をつくってみせた。「お嬢ちゃん、あんた、なんでもないことをドラマチックに仕立てる天才なんじゃない？」彼女はくっきりとアイラインを引いた目をフォードに向け、じろじろ眺めたあとでわたしに視線を戻した。

「あなたは理由もなしに彼を殺した。冷酷なんてものじゃないわ」そう言ったわたしの声は震えていた。

自分を抑えつづける自信はなかった。ほんとうに彼女を傷つけずにいられるだろうか？「そのツケを払ってもらうわ」

「なんてバカなんだろうね」彼女がため息をついた。「かわいそうになるよ。もういいからうちに帰りな、プリンセス。あんたは新しいボーイフレンドのことだけ考えてればいいんだよ。彼を見てごらん。かまってやってないんだろ？　迷子の子犬みたいな顔をしてるじゃないか」

わたしはロージィに飛びかかった。我慢なんてもうできない。金髪を引き抜いて、骨を折って、歯を叩き砕いてやりたかった。気がつくと、わたしは床に倒れた彼女にまたがって、顔面を殴りつけようと手を振りあげていた。でも、彼女は笑っていた。そして、次の瞬間、背中に何かを感じた。燃えるような鋭い痛みが走り、それが冷たい痺れに変わっていく。スタンガンにやられたのだ。

いっしゅん動けなかった。ロージィがわたしの下から逃れるには、それで充分だった。フォードが傍らにいて、わたしの様子を見ながら何か叫んでいる。でも耳が聞こえない。そうしているあいだにも、ロージィは通路を走ってどんどん遠ざかっていく。数秒後、身体が動くようになって耳も聞こえてきた。フォードが両手を髪に差し入れるようにして頭を支えてくれていた。わたしは彼を押しのけて、さっと立ちあがった。「追いかけなくちゃ」

フォードがうなずきながら、弾の入っていないリボルバーを取りだした。わたしは彼に左に行くよう合図して、右に走りだした。

薄暗さに目をしばたたきながら倉庫を駆け抜けていくあいだも、スーパーチャージされた耳がロージィの足音を聞きつけられるように息をつめていた。通路の真ん中あたりに来たとき、倉庫の向こうのほうで銃声がとどろいた。

わたしは足音をたてないように気をつけながら、平行にのびる毒物の棚のあいだを全速力で走った。空気が抜けるような音が聞こえてきたのはそのときだった。パニックの波が押しよせ、恐怖のせいで心臓の動きが速まった。缶のひとつに穴があいて、毒がもれだしたのだ。ここから出なくてはいけない。今すぐに。

また銃声が聞こえた。今度は、さっきよりも近かった。

天井を見あげると、何十ものドラム缶を載せたメタル製の荷台《パレット》がぶらさがっていた。誰かの呼吸の音が聞こえる。わたしはとにかく走った。両手を前にかかげていたけど、そんなものが盾になるはずがない。

積みあげたパイプのうしろにフォードがうずくまっていた。呼吸の主は彼だったのだ。どうやら怪我はしていない。彼が無言のまま、まっすぐ天井を指さした。毒物が入った重そうなドラム缶をいっぱいに載せたパレットを落とせということらしい。

また何発か銃弾が放たれ、巨大な倉庫のなかに銃声がとどろいた。耳が変になって、彼女の声がどこから聞こえているのかもわからなかった。

「出てきなよ、プリンセス」ロージィが怒鳴っている。「対決したいんだろう？　彼のために死にたいんだろう？　だったら、さっさと終わらせてやるよ」

フォードとわたしは、毒を吸わないように身を低くして息をつめていた。コンクリートの床を踏みしめるロージィのヒールの音が、どんどん近づいてくる。

わたしは壁の赤いレバーに目を向けた。そのレバーは、巻き杭《スプール》につながっている。頭上のパレットを天井からぶらさげているチェーンが、そのスプールに何重にも巻きつけてあるのだ。わたしはできるだけ音をたてないように気をつけながら、レバーに向かって走った。

ロージィは、二列先の棚のところまで迫っている。髑髏のマークがついたドラム缶の隙間に輝いて見えたのは、彼女の拳銃だ。

振り向いてみると、フォードはまだうずくまっていた。走って。わたしは唇を動かしてみせた。早く。わたしはまずレバーを指さし、そのあと天井で揺れているパレットを示した。

フォードは無表情のままうなずき、ちょっとためらったあと正面のドアに向かって走りだした。棚のあいだにロージィの身体が見えた。ふたりのあいだの距離は六メートル弱。さらに集中すると、息づかいが聞こえてきた。彼女は毒を吸って苦しそうにあえいでいる。「いいかげんに出てきなよ」彼女がうなるように言った。「さっさと片づけよう」

そうね。さっさと片づけよう。心のなかでそう言いながらも、心臓がものすごいいきおいで動いているのを感じていた。**あなたには、息をする資格なんかないわ。**

「ここよ」わたしはできるだけ壁に身をよせて、落ち着いた声で言った。振り向いたロージィが拳銃をかまえ、声を頼りに近づいてくる。わたしは全体重をかけて赤いレバーを押しさげた。スプールに巻きつけられたチェーンが、ほどけていく。「さようなら、ロージィ」

ロージィの頭上でパレットが揺れだした。息をとめていても、口のなかはエアゾールの毒気でいっぱいになっていた。彼女がわたしの前に立つと同時に、パレットが落ちて、そびえる棚に激突した。上を見た彼女の顔が凍りついている。何が起ころうとしているかに気づいたのだ。毒物が載った棚が、あっという間に内側にくずれだした。何百ものメタル製の容器が降ってきて、ロージィはその下敷きになってしまった。

その雪崩はものすごかった。ロージィに立ちあがるチャンスなどあるはずがない。

彼女の上にはドラム缶と容器が降りつづけているし、ピンクがかった殺鼠剤が音をたててそこらじゅうにもれだしている。そんななか、わたしは息をとめてその場を離れ、倉庫の縁をまわりこむように走りだした。

出口の手前まで来たとき、爆音がとどろいた。

そして、外に出てドアを閉めようとしたそのとき、また同じ音が聞こえた。ドラム缶が爆発したのだ。振り向くと、エアゾールの大きな赤い雲が浮かんでいた。雲の向こうに、ロージィのヒールが見えている。足首が変な向きに曲がっていて、薬剤がつまったドラム缶の重みで身体がつぶれていた。ロージィがあざやかな赤い雲に包まれるのを見て、苦いものがこみあげてきた。わたしはいっしゅんためらったあと、ぴしゃりとドアを閉めた。


十メートルほど走ったところで吐き気をおぼえて身をかがめると、胃液がこみあげてきて口のなかが酸っぱくなってきた。わたしはアスファルトの上に吐いた。数メートルのところに黄色いジープが見えている。視界は涙でぼやけ、全身が震えていた。

吐くものがなくなると、フォードに導かれるまま車に向かった。喉がひりひりするし、目も焼けつくように痛んでいる。彼が何も言わずに、わたしの腕をそっと自分の肩にまわして身体を支えてくれていた。わたしは彼が開けてくれたドアを抜けて、どさりと助手席に収まった。

フォードが運転席に乗りこんでも、ふたりは互いに目を向けることもなく、しばらくただ坐っていた。窓の外を、つぶれた煙草の箱やビニール袋や新聞紙が、渦を巻きながら飛んでいく。RID―EXの倉庫のほうを見ると、正面のふたつの窓が、吹きかかった化学薬品のせいで派手な赤と黄色に染まっていた。身体がさらに激しく震えだした。ロージィは毒を吸って、ドラム缶に押しつぶされて死のうとしている。人がそんな死に方をしていいはずがない。たとえロージィでも、それはひどすぎる。

「こんなことがしたかったんじゃないわ」そうささやいたわたしの口に涙が流れこんできた。「こんなことをするつもりなんて、ぜんぜんなかった」

「わかってる」フォードが、わたしの震える両手を包みこむようにつかんだ。「深呼吸してごらん。もう彼女はいない。終わったんだ。彼女が死んで、すべて終わったんだ」

遠くからパトカーのサイレンが聞こえてきた。「行こう」わたしはそう言って、ごくりと唾を呑み、彼の手から震える手を引き抜いた。「警察が来たときにここにいるわけにはいかないわ」

37

〈ジゼル〉の幕が開く夜の前日、レイクヴュー・ドライブに建つザラの家に行ってみた。わたしは身をかがめて前庭のシダレヤナギの下をくぐり抜けながら、この庭で過ごした夏のことを思っていた。日を浴びてまだらになったブルーストーンと、小枝でつくった妖精の家。ザラはそこにデイジーの花びらをまいていた。できるものならあのころに戻りたかった。あのころのふたりは、互いがいればそれでよかった。わたしたちは双子みたいで、ザラが好きなものはわたしも好きだったし、着ているものもふたり同じだったし、笑うポイントもいっしょだった。ふたりはひとつの脳をシェアしてるんじゃないかなんて、ザラのパパは冗談を言っていた。

でも、今はちがう。わたしは親指のささくれをかみながら、最近の自分がザラにどんな態度をとっていたかを思ってたじろいだ。誰よりもわたしを理解してくれているはずの女友達に、嘘をつきとおしてきたのだ。

わたしはゆっくりと玄関の前に進み、ニット帽を少し押しあげた。三月の末だというのに、春の気配はどこにも見られない。年々、冬が長くなっているような気がしてならなかった。わたしは振り返ってあたりに目を走らせ、誰にもつけられていないことをたしかめた。シンジケートのボスかメンバーが、仕返しに来るかもしれない。フォードが関わっていることを知ったら、彼をさがそうとする可能性もある。でも、今のところそんな気配はない。この一週間、何も起こっていなかった。だから、わたしは以前のように、おだやかな毎日を過ごしている。

ノックをしようと手をあげたけど、鍵はかかっていないような気がして、ためしにドアを開けてみた。やっぱり鍵はかかっていなかった。「ザラ?」大きな声で彼女を呼んだ。趣味のいいリビングルームに置かれた箱形の大きな振り子時計《グランドファーザークロック》が時を刻む音以外、何も聞こえない。わたしは懐かしいザラの家の香りを吸いこんだ。ピスタチオと、家具用のワックスと、パンと、庭の花の香りだ。

二階のドアが開く音がして、階段のてっぺんにザラがあらわれた。片方の手を手すりに置いている。

「ハーイ」彼女が言った。

「ハーイ」わたしは笑みを浮かべた。ザラはその場に立ったまま、ためらっているようだった。たぶん、下におりる価値があるだろうかと考えているのだ。「何日も前から、あなたをさがしてたの」

「ふーん」おばあちゃまの古い鏡に向かって髪をいじりながら、ザラが肩をすくめた。ベリーショートだった髪は、ボブと言ってもいいくらいまでのびているし、オレンジだった毛先はピンクになっている。小さいころ、ふたりはよくこの鏡の前に立って、言い伝えどおりのやり方でブラッディー・マリーの幽霊を呼びだそうとしていた。「忙しかったんだ」

わたしはためらいながらも足を進め、ブーツの先をカーペット敷きの階段に乗せた。下から二段目が軋むのはわかっていた。ポップコーンを食べながら何本も映画を見て遅く帰った夜は、二段目を踏まないように気をつけて、こっそり二階にあがったものだ。もう少し大人になると、それが映画ではなく学校のダンスやパーティに変わった。「すごく会いたかった」素直にそう言ったわたしの声は、ひびわれていた。

「ウィルとのことは終わったわ。それをあなたに伝えたかったの。ぜんぜん気にしてないかもしれないけど」

「気にしてるにきまってるでしょう」ザラが鋭い声で言った。「わたしはなんだって気にしてる。わたしのことを気にする暇がなかったのは、そっちのほうよ」

　ぐさっときたけど、ザラの言うとおりだ。わたしはうなずいた。「ほんとね、ひどい友達だったわ。でも、こんなのいやだわ。わたしは何もかも知りたい。あなたが何をしてるのか、すべて知りたいの。ずっとそうだった。今も同じよ」

「どうでもいいよ」ザラが言った。「まず、あなたが話して。あとのことは、それからだよ」でも、彼女の唇には笑みらしきものが浮かんでいた。「だけど、あなたがウィルをウィーピー・バレー病院に送りこんだって聞いたときには、すごいと思ったよ。それは認めなくちゃね」彼女が悪戯っぽい口調でつけくわえた。

「うん」わたしは階段をさらに数段のぼった。ふたりの他には誰もいないのに、軋む段は踏まなかった。

「おもしろがると思ってた」

「あいつは狂ってるよ」ザラが首を振った。「ほんとうにいやなやつだった。ドラッグに手を出す前からね。なんで、あなたがあんなやつと付き合ってたのか理解できないよ。魔法にかけられてたとしか思えない」

「わたしがバカだったの」

　思わず大きなため息が出た。やっとすべてがうまく行きだしたのだ。わたしを傷つける者はいなくなったし、ウィルは少なくともあと六週間は病院から出てこないし、あのUSBはわたしのベッドの下に隠してある。ロージィが死んで、わたしは殺人者になってしまったけど、彼女がいないほうが世の中はうまくいくのだと思えるようになってきた。あの倉庫から生きて出られるのは、どちらかひとりだった。そのひとりがわたしでよかったと、今は思っている。

「元気そうに見えるけど――」首をかしげてわたしの顔を見つめながら、ザラが言った。「元気なわけ？」

「たぶんね」しみじみと答えた。「こんなに元気なのは久しぶりだわ。かなりいい感じ。特に今は最高よ。わたしはここにいて、あなたに靴を投げつけられていないんですもの」

「靴を投げつけるなんて、そんなことするわけないじゃない」ザラが言った。「雑誌なら投げるかもしれないけどね」

「雑誌くらい、投げつけられてもしかたないね」

「うん、まあね。でも、腹を立てるのに疲れたよ。いらいらするとニキビができるしさ」

ザラがそう言うのを聞いてうれしかった。安堵のあまり目眩をおぼえたほどだ。倒れないように手すりをつかんだわたしの肋骨を、心臓が激しく叩いている。自分が何をしているのか、どういう人間になってしまったのか、ザラに話せない理由なら山ほどあると思っていた。でも今、ほんとうの理由がわかった。こうして元の自分に戻って彼女といると、こんなにほっとする。

わたしには、それが何より必要なのだ。

元の自分に戻って、ザラが昔から知っているアンセムでいられれば、夜なよなどんな人間になっていたか考えなくてすむ。暴力も、痛みも、サウスサイドで起きた恐ろしいことも、元の自分でいられるあいだはすべて忘れられる。昼間のわたしと夜のわたしがいっしょになってしまったら、自分が誰なのかもわからなくなってしまうにちがいない。

とにかく今は、ザラの友達でいたかった。

「連れていかれるときのウィルの顔を見せたかったわ」つらい出来事を思い出しているかのように、大袈裟に嘘のため息をついてみせた。

「くわしく聞かせて」ザラがスミレ色の目を見開いてそう言いながら、わたしの手首をつかんで、自分の部屋へと歩きだした。部屋に入ったら、彼女はたぶん窓を開けて煙草を吸う。そしてわたしは、ディベートのトロフィーからドラッグが出てきたことや、リディアの頭にティアラが載っかっていたことや、ウィーピー・バレー病院の雑役係のことや、車に乗せられる前にウィルが叫びだしたことなんかを話して聞かせる。いくらかでもザラにほんとうのことが話せる。

これが初めの一歩だ。

38

ジェルとワックスを使って、きっちりとシニヨンに結いあげた髪の両サイドに、可憐な白い花の頭飾りがふたつしっかりとめてある。舞台メイクは、大きなパフで粉をはたいて押さえこんだばかりだ。リボンとエプロンをあしらった村娘ジゼルのシナモン・トースト色の衣装はぴったりだし、足に合うよう工夫を凝らしたトゥシューズは、まるで第二の皮膚みたいにフィットしている。

最初の出番を待っているわたしは、六人のダンサーのいちばんうしろにならんでいた。肩をうしろにまわし、両腕を高くあげ、深呼吸をして最後にもう一度前屈をする。足首のリボンに頭がつきそうになったそのとき、ヴァイオリンが〈ジゼル〉の曲を奏ではじめた。わたしはまっすぐに身を起こして爪先で立ち、どっしりとした赤い緞帳があがりはじめると袖幕ごしに客席をのぞいてみた。延々とつづいているように見える座席はすっかりうまっていて、観客全員の目が舞台に向いている。ヴァイオリンの音色の下に、満員の観客の静かな期待が音となって聞こえてくるような気がした。

ついに幕があがった。もうバレエのことしか考えられない。心も身体も踊る準備ができていた。ステップはすべて、頭ではなく身体に刻まれている。八カウントのあと、最初のダンサーが舞台に飛びだしていった。わたしはマラ・ウッドのすぐあと、つまりレベル6の六人の最後に出ていくことになっている。前につめて舞台に近づいたわたしの目に、最前列のマークス市長の姿が映った。となりに坐っているやつれた顔の市長夫人は、髪をシナモンロールみたいに頭のてっぺんに結いあげている。そのうしろにいるのはザラと彼女の両親、アッシャーとメリンダのターク夫妻だ。うれしくなったわたしは、袖にいるダンサーの姿は客席から見えないということを忘れて、ザラに手を振りそうになった。

ザラの両親のとなりにパパとママがいる。パパが身を傾けてママの耳元で何か言うと、ママのあざやかな赤紫色の唇に硬い笑みが浮かんだ。ふたりは長いこと、この瞬間を──娘が〈ジゼル〉の主役を踊る日を──待っていた。わたしは長年のレッスンづけの日々を思った。ここに至るまでに、ダンサーとしての地味な努力を根気よくくりかえしてきたのだ。胸に手をあてると指が傷にふれた。傷跡はもうかすかにしか残っていない。ちょっとファンデーションを塗って粉をはたけば、それで隠せるくらいだ。

レベル6のダンサーたちが、計算された美しい動きで舞台にひろがっていく。わたしの出番まで数カウント。爪先立ちになったとたん緊張が消えた。胃がふわふわするような感じは、もうしない。何も考えずに筋肉に刻まれた記憶を頼りに踊ればいい。眩《まばゆ》い舞台の明かりをとおして、劇場の雰囲気がなんとなくつかめた。ベドラム・オペラハウスの座席は、最後列までびっしりうまっている。遠くのほうの観客は、無音の巨大なかたまりとしか感じられなかった。息をするエネルギーの壁だ。

わたしはレベル6の仲間に目を向けた。彼女たちに合わせるには、少し力を抜いて踊る必要がある。**高く跳びすぎないこと。速くまわりすぎないこと。**リハーサルのあいだじゅう、マントラのようにそうくりかえしていた。

心臓がすごいいきおいで動いている。まるでリードをぐいぐい引っぱる犬みたいに、**もっと速く**とわたしをけしかけている。わたしは踊りそのものになっていた。舞台の上では熱い恋に落ちる病弱な乙女、ジゼルだ。わたしは跳んだ。シャッセ、ピルエット、フェッテ・アン・ポアント。曲が身体のなかをとおりぬけるようにして、わたしと一体になっていく。客席から放たれているエネルギーを受けて、手足が思うままゴムのようにしなやかに動いた。

他のことはすっかり消えていた。ギャビンが殺されたことも、フォードのことも、拳銃のことも、戦いのことも、悲惨な最期を遂げたロージィのことも、もう頭になかったし、彼女の死から一週間経っても鼻について消えなくなっていたＲＩＤ—ＥＸの化学薬品の臭いも感じない。生きてることをこんなに強く感じたのは、ほんとうに久しぶりだった。

気がつくと第一幕の見せ場のソロが終わっていて、アルブレヒト役のパートナーとふたり、袖に引っこもうとしていた。照明は落ちていても客席はなんとなく見えた。そんななか、オーケストラシートの右側に張り出しているバルコニーのひとつに動きをみとめたわたしは、反射的に目を凝らした。そのバルコニーの六つある座席のうしろの壁にもたれて、誰かが立っている。立って観ている人なんて、他にはひとりもいない。

忍びこんだとしか思えなかった。わたしの死を望んでいる誰かかもしれない。でも、ちがった。立っている人物の頭が前に動いて、見おぼえのある茶色い目が暗がりのなかで光った。胃がきゅっとなり、いっしゅん身体が浮きあがったような気がした。心が彼のもとへと飛んでいく。彼がこちらに向かって親指を立ててみせ、指を二本口に入れて派手に口笛を鳴らした。

自分の顔に笑みがひろがるのがわかった。ベドラム・オペラハウスに忍びこむなんて、フォードはかわいすぎる。でも、すぐにそんな思いを振り払った。この気持ちには、いやというほどおぼえがある。まっすぐ面倒に結びつく感情だ。誰かをものすごく好きになってしまうと、その人を失ったとき、すべてを失うことになる。

ギャビンに対してそんな気持ちを抱くようになってすぐ、わたしは彼を奪われたのだ。あんなことは二度とごめんだ。また同じことが起きたら、もう生きてはいられない。

フォードは、ただのいいお友達よ。わたしは自分に言い聞かせた。それ以上には、絶対になりえない。

カーテンコールの舞台の上で、わたしは興奮がさめないまま胸を高鳴らせて荒い息をついていた。最後のお辞儀をしてすばやく袖に引っこんだわたしたちは、無事に踊りきったことを笑顔で喜びあった。みんな、客席にいたスカウトのことを話している。サディ・ロックウッドがわたしにささやいた。「あなた、すごくよかったわ。まちがいなく、ベドラム・バレエ団のスカウトの目にとまったわよ」

「へまをせずに踊りきれただけで、うれしいわ」肩をすくめてそう応えたけど、サディの言うとおりであってほしいと心のどこかで願っていた。ダンスでいっぱいの未来を思い描いてみた。たぶん、こわばった筋肉をエプソムソルト入りのお風呂でほぐす毎日になるだろう。痛む足と、常に流れている美しい音楽と、気まぐれな振り付け師。これまでずっと憧れてきたものばかりだ。

今また、そうしたものを望めるかもしれない。バレエ団に入れれば、これまでの恐ろしい出来事を忘れられるかもしれない。悪夢の記念品ともいうべきこの心臓があれば、まちがいなくすごいダンサーになれる。ただの殺人者に、こんな心臓は無用だ。

わたしは『アンセム・フリート』と書かれた楽屋に戻ると、今の舞台を頭のなかで再現しながら小さなクロゼットを開けた。壁に吊られた小さなキャビネットの上に、セロファンに包まれた真っ赤なバラの花束が載っていた。少なくとも二ダースはある。キャビネットの上面をうめつくすほどの大きな花束だった。手に取って香りを楽しみ、ちょっとまわして花のなかから小さな黒い封筒を取りだした。

『わたしたちのプリマへ
　愛をこめて！
　ママとパパより』

わたしは腰をおろしてトゥシューズのリボンをほどきはじめながら、ザラも彼女の両親もうちのパパとママも出席することになっている、ロビーでの打ち上げパーティのことや、思いがけず客席に姿を見せたフォードのことを考えていた。できれば、パーティが始まる前に彼に会って……。

でもそのとき、わたしの目が鏡に向いた。

鏡の真ん中にカードが貼ってある。美しい浮きだし文字がならぶその厚みのあるカードは、招待状のようだった。

『シンジケートの新メンバー歓迎会に
ボスがあなたをご招待いたします
とき　今夜、三月三十日
ところ　スマック・ストリート二二一二番地
シンジケートのメンバーにふさわしい服装でおこしください』

その招待状を示す矢印が、第二幕で使った暗い紫色の口紅で鏡に描かれていて、矢印の上にあのスローガンが書かれていた。

『われわれは立ちあがる』

ドアを開けて廊下をのぞいてみたけど、トゥシューズのリボンをほどいているコンスタンス以外、誰もいなかった。わたしはドアを閉めると鏡から招待状を引きはがし、あらためてそれを見つめた。急に手が震えてきた。

わたしの正体を知っている人間がいる。わたしが何をしたか知っている誰かが、この招待状を手に入れて、ここに貼っていったのだ。でも、それは誰なの？　わたしはその場に立ちつくしたまま、目をしばたたいた。われわれは立ちあがる。

口のなかが砂でいっぱいになったような気がする。ボス。つまりは首謀者だ。ロージィを動かしていた黒幕だ。

目眩の波にさらわれまいと目をつぶって闘っているうちに、バラの香りが鼻についてきた。とにかく、どうするか決めなくてはいけない。スマック・ストリートはウィルの家の近くだ。ノースサイドの環境のいい地域だ。シンジケートが、なぜそんな場所でパーティを開くのだろう？

わたしは鏡に向かってまばたきをした。精霊になったジゼルのメイクをした顔は真っ白で、くっきりと引いた黒いアイラインのまわりはぼやかして銀色になっている。右に頭を傾けてみると、精霊のアンセムも同じように頭を傾けた。その緑色の目が燃えるように輝いている。

この先、一生振り返りながら暮らすのがいやなら、ボスに刑務所に入ってもらう必要がある。

行きなさい。心の声がわたしに言った。行って、するべきことをするのよ。きっと簡単だわ。どこに行けば彼が見つかるか、わかっているんですもの。

わたしはゆっくりとトゥシューズのリボンをほどきおえると、疲れた足の硬くなった皮を爪切りで切った。そして精霊の衣装のシルバー・グレーのロマンティックチュチュを脱ぐと、黒いスエードのブーツを履き、オペラハウスのロビーでのパーティ用に持ってきたシンプルな黒いドレスを着た。

パパとママが楽屋に迎えにきたときには、メイクもほとんど落としおえていて、招待状は小さく折りたたんでブラのなかに入れてあった。

「プリマに！」オペラハウスのロビーでわたしを見おろしながら、パパが大声で言った。「そしてセブン・スワンズのみなさんに、乾杯！」

全員がグラスをかかげて言った。「乾杯！　乾杯！」

百人くらい集まっているにちがいない。ロビーは話し声であふれていた。オードブルや、小さなクレープや、ダックとマルメロをつめたパフペストリーや、キャビアを載せたミニ・トーストのトレイを持ったウエイターが、とおりすぎていく。「いらっしゃい、アンセム」ママが耳元で言った。「マークス市長にご挨拶しましょう」わたしはママにしたがって市長のまわりの人だかりのなかを歩きながら、マーサ・マークスに手を振った。そして、ママに引っぱられるまま、市長の前に立った。

「すばらしかった。実にすばらしかった」そう言って握手の手を差しだした市長の顔には、満面の笑みが浮かんでいた。市長は背が低くて、わたしよりほんの一、二センチ高いという程度だけど、頭がものすごく大きい。口ごもりながらお礼を言うわたしに向かって、十いくつものフラッシュがまたたき、いっしゅん青白い光しか見えなくなった。わたしは目が見えるようになるのを待ってママのほうを振り向き、食べるしぐさを見せて声に出さずに「行ってもいい？」と訊いてみた。まるでそれに答えるかのように、お腹が派手に鳴った。

「ワインをいただいてきてちょうだい」ママにそう言われたわたしは、うなずいてその場をあとにした。タキシード姿のウエイターが運んでいるトレイにシュリンプ・サテらしきものが載っているのを見て、あとを追うことにした。

シュリンプの串に手をのばした瞬間、誰かに抱きしめられた。その腕の感触にはおぼえがあった。「すごいじゃないか、グリーン」フォードが耳元でささやいた。

「ありがとう」そう言いながらも、ウエイターが行ってしまわないうちに、シュリンプの串を二本確保した。「言ってくれればチケットを取ったのに」

「おれたちは立ってるほうが好きなんだ。なっ、そうだろ？」フォードが横に顔を向けた。見ると、八歳くらいの女の子が彼にぴったりと身を寄せて立っていた。

「誰なの？」小さな声で訊いてみた。オリーブ色の肌に、ピンクに染まった頬。フォードを小さくしたみたいな女の子だった。でも、大きな目が茶色でなく青いところだけは、フォードとちがっている。太めの白いサッシュがついた赤いベルベットのドレスを着ている女の子の髪は、くるくるとカールして背中までとどいている。

「従妹のサムだ。きみの大ファンなんだよ」

わたしは片膝をついて握手の手を差しだした。「会えてうれしいわ、サム」

彼女の手は信じられないくらい小さくて、空気みたいに軽かった。声はすごく小さかったけど、スーパーチャージされた聴力のおかげではっきりと聞きとれた。「今まで見たなかで、あなたのバレエがいちばんすてきでした」

「ありがとう」わたしはほほえんだ。「あなたもきっとすばらしいダンサーなんでしょうね」

サムが首を振った。

「いつか見てもらえるかもしれないよ」フォードがそう言うと、彼女は真っ赤になった。

「いい考えね」胃がくすぐったいような、おなじみの感覚をおぼえながら、わたしは応えた。サムはうなずき、フォードのうしろに隠れてしまった。

「バレエなんて柄じゃないと思ってたんだが、すっかりファンになっちまったよ」立ちあがったわたしに彼が言った。「それにしても、ジゼルっていう娘はすごいな」

「そうね」わたしはにやりと笑った。三人はパーティのただなかに立っていた。ほんのちょっと沈黙が長すぎる。フォードとわたしは互いを見つめたまま、まばたきをした。彼といると、にやけてしまうし気持ちがふわふわする。そんなことを思ったら、なんだか落ち着かなくなってきた。

「ママにワインを持っていかなくちゃ」そう言いながらも、頬が温かくなるのを感じていた。「来てくれてありがとう」

「待って」フォードがわたしの腕に手を置いた。「サムをうちまで送っていくが、三十分あれば充分だ。あとで会おうよ。今夜、きみはすごい娘になった。そのお祝いをしたくないかい？」

したいわ。心のなかで答えていた。それこそが、今わたしがしたいことだった。でも、胸の傷に折りたたんだ招待状の角があたっている。終わっていない宿題を抱えているような気分だった。これを片づけてしまえば、朝靄のなかを歩きまわっているような感じも、たえず自分のなかにある怒りも、消えてくれるかもしれない。そしていつか、やりなおせるかもしれない。

わたしは首を振った。「そうできたらうれしいんだけど、今度にしましょう。もう、くたくたなの。このパーティが終わったら倒れちゃうかも」

一歩離れてサムに手を振ると、彼女が恥ずかしそうにほほえんだ。わたしはうしろ向きに歩きだした。今、この場を離れなければ、もう離れられなくなってしまう。ママのワインがあるほうを振り向く直前、フォードの目に妙な表情が浮かんでいることに気づいた。傷ついた表情にも見えたけど、疑いの色のようにも感じられる。嘘は見抜かれているのかもしれない。パーティが終わったら家に帰って眠るようなふりをしたけど、そんな芝居にだまされるには彼はわたしを知りすぎている。

歩きつづけなさい。わたしは自分に言った。人混みをぬって、一歩また一歩と足を進めていく。みんなが「おめでとう、プリマ」と声をかけてくれたけど、香水のかたまりにしか感じられなかった。もうすぐ、すべてが終わる。そうしたら、フォードとサムと連れだって遊びにいけるし、気になるボスのことも考えなくてすむようになる。ボスが街からいなくなれば、これ以上罪のない人間が殺されることもなくなる。わたしを殺す計画だって消えてくれるにちがいない。

39

パーティの終わりのどさくさに紛れて、オペラハウスから抜けだした。わたしはパパとママとまっすぐうちに帰るものと、ザラは思っている。そして、パパとママは「ザラと出かける」というわたしの言葉を信じて、市長といっしょにお酒を飲みにいくことに決めている。もちろんサージは、ふたりの運転手役を務めることになっていた。

どこか別のところにいるとみんなに思わせておいて、わたしはひとりパーティ会場をあとにした。コートを着てオペラハウスの階段をおりながら、ブラに入れておいた招待状を取りだした。

ノースサイドの明かりに照らされた清潔な通りをいそぐわたしは、ほとんど飛んでいるような感じだった。冷たい空気のせいで肺が痛かった。黒いブーツを履いた脚がものすごいいきおいで動き、前へ前へとずんずん進んでいく。その足先は、ほとんど歩道にふれてもいない。それでも、みんな振り返るだけで、誰も追ってはこなかった。走りながらパパとママのことを思った。セラフに乗りこんだふたりは、わたしの踊りがどんなにすばらしかったかサージに話しているにちがいない。それから、舞台をおりたわたしを心をこめてぎゅっと抱きしめてくれたザラのことや、サムを連れてうちに帰っていったフォードのことを考えた。

でもそのあと、残してきた人たちに心を傾けるのはやめて、今から対面しようとしている人物に――誰だか知らないけど、ボスと呼ばれるその人に――集中することにした。わたしからギャビンを奪った事件の黒幕だ。この復讐ゲームを終わらせる前に、最後のドミノを倒す必要がある。

スマック・ストリートは長い通りで、そこには広い敷地を持つ屋敷が建ちならんでいた。どの屋敷も高い防犯フェンスにかこまれていて、その向こうにセイヨウイボタの生け垣が見えている。そのきれいに刈りこまれた目隠し用の生け垣のせいで、敷地のなかは曲がりくねったドライブウェイ以外、何も見えない。

こんなところでシンジケートがパーティを開くなんてありえるだろうか？

わたしは通りのいちばん奥に位置する、スマック・ストリート二二一二番地の前で足をとめた。フェンスは他の屋敷のものより古そうで、メタル製の大きな門は車がとおれるように開いていた。門を飾っているオレンジ色のリボンの先に、同色の風船がひとつついている。わたしは屋敷内から聞こえてくる大きな音を意識しながら門を抜けると、両側にバラの鉢植えがならぶ砂利敷きの広いドライブウェイはとおらずに、敷地を取りかこむ生け垣ぞいに足を進めた。まだ暖かくなってもいないのに、ここの芝生は冬枯れの跡もなく青々としている。芝生を横切るのもやめたほうがいい。わたしは、ゆるやかな丘のてっぺんに建つ家のほうに目を向けてみた。白い石灰岩の外壁と、玄関を挟むように立っている二本の円柱。この細くて背の高い家は、ひと昔前、屋敷というものが今よりも小さかったころに建てられたものにちがいない。それでも、かなり大きな家だった。ベッドルームは、最低でも八部屋はありそうだ。不動産開発業者であるパパとママだったら、なんて呼ぶだろう？　ゴシック復古調？　それともプランテーション様式？　いずれにしても、かつては価値のある建築物だったはずだ。でも今は、壁面や屋根に取りつけられた二十ほどのパラボラアンテナのせいで、その趣がだいなしになっていた。

ドライブウェイの玄関に近いほうに、少なくとも四十台くらい車がとまっている。そのほとんどが、かっこいいスポーツカーだった。誰だか知らないけど、車の持ち主がお金持ちであることはたしかだ。

金色のものすごく大きな玄関ドアは閉まっていて、歯をむきだしてうなっているライオンのノッカーが見えている。ドアの向こうに、入ってくる人間をチェックする誰かが立っているかもしれないと考えたわたしは、もっといい入口をさがそうと、生け垣ぞいに家の裏にまわってフェンスにのぼってみた。S字形の贅沢なプールが見えた。その水底からオレンジとブルーのライトが放たれている。プールの向こうに位置する家は、窓も補強金具も現代風で、時代を感じさせる正面の風情とはまったく感じがちがっていた。窓ごしにパーティの様子がはっきりと見える。そこで踊っている人間の数は、どう見ても百人はいそうだった。

わたしはフェンスからおりて、パティオに向かって歩きだした。渦巻く煙草の煙の下で、それらしくドレスアップしたシンジケートの若いメンバーたちが、寒さをしのごうと笑ったり踊ったりしている。彼らが着ている黒のレザーは、たぶん手持ちの服のなかで最高にお洒落な一着なのだ。わたしは集団の外側にいる、同年代の男の子と女の子に近づいていった。

「あなたたちも新人なの?」わたしは訊いた。この寒さにもかかわらず、男の子はオレンジ色のサスペンダーつきパンツにTシャツ一枚という格好だった。『SYNDKID』とタトゥーを入れた腕に鳥肌が立っている。プールから放たれているオレンジとブルーのライトを浴びたその腕は、質の悪い病気を持っている人間のもののように見えた。小柄で黒髪の女の子はピーコートを着こんでいる。階段のいちばん下の段に立っていたその子が、よろけて芝生に落ちた。きっと酔っ払っているのだ。不思議なことに、ここにいる者たちは少しも怖くなかった。ただ、わたしとたいして歳がちがわないこの子たちが、詐欺師や殺人者のために命をかけて働こうとしているという事実が悲しかった。

「うーん、まあね」わたしにぶつかりそうになりながらそう答えた女の子が、コートの前を開いて拳銃を見せた。水鉄砲よりもほんの少し大きい程度の派手なピンクの拳銃だった。「さっきボスからもらったんだ。かわいいと思わない?」

わたしはうなずいて笑顔をつくった。拳銃を見ると、どうしても怯んでしまう。この屋敷には、何百という武器が隠されているにちがいない。わたしは冷たい手に息を吹きかけて、震えをとめようとした。

「ボスはどこ？　わたしも今夜、拳銃をもらうことになってるの」

「上にいる」彼女が答えた。「三階だよ。ねえ、あんたボスに会ったことある？」

わたしは首を振った。

「めちゃくちゃかっこいいよ」彼女がささやいた。「ほんと、かっこよすぎかも」

わたしは彼女にお礼を言うと、人混みをかきわけてパティオの階段をのぼり、ベース音がひびくパーティ会場に足を踏み入れた。

なかのつくりは、かなり贅沢だった。曲線から成る美しい器具がならぶ広々としたキッチンは、最新型の上をいっている。未来から輸入されたみたいなこのキッチンをママが見たら、死ぬほどほしがるにちがいない。壁とカウンターは白くてすべらかでぴかぴかだし、壁には光を放つタッチスクリーンがいくつも取りつけてある。

アイランドカウンターのまわりに人が集まっていた。そこがバーになっているみたいで、ぴちぴちの白いドレスにシルクハット姿の女の人がふたり、バーテンダー役を務めている。パーティ客が着ているのは、黒っぽい服ばかり。真っ白な部屋のなかで、そのコントラストは強烈だった。カウンターの上に腰かけている若い男の四人組が、壁から流れてくる大音量の音楽に合わせてなんとなく身体を揺らしている。

わたしは、ものすごい広さのリビングルームへと入っていった。踊っている人間の熱気で、部屋の温度があがっているみたいだ。高い天井からぶらさがっているクモの巣をかたどった小さな白いライトと、その明かりに照らされたサークル形の黒いソファ。黒い馬を横からクローズアップで撮った写真が何枚か壁に飾られているけど、どの馬の筋肉も砂丘みたいに盛りあがっている。そこらじゅうから聞こえてくる奇声と叫び声。どこを見ても人が汗まみれになって踊っていた。白いトーガ風のミニドレスを着たきれいな女の人が、部屋のまわりを歩いている。ベルト代わりのロープもヒールも金色で、彼女がかかげている金のトレイの上には小さな紙コップがならんでいた。

「インスタントラブはいかが?」近づいてきた彼女がそう言いながらトレイを揺すると、液体でも固体でもない紫の何かが紙コップのなかで震えた。

「いらないわ」わたしはそう答えて、リビングルームの奥にある階段へと向かった。どうやらインスタントラブは、人の気力を奪うらしい。十二人が階段上にだらりとなって、ヒステリックな笑い声をあげながら、落ちないように手すりをつかんでいた。そのなかの何人かは、立つことをあきらめたらしく身を横たえている。音楽がうるさかったけど、激しく打つ自分の心音は聞こえていた。三階に近づくにつれて、怖さが増していく。**罠だったらどうしよう?** ボスがわたしを始末するために、あんな小細工をさせたのかもしれない。

でも、わたしは足を動かすことを自分に強いて、階段をのぼりつづけた。ドアがならぶ三階の廊下は真っ暗だった。わたしはぎゅっと手をにぎりしめて廊下の先へと進んだ。奥の部屋のドアが少し開いていて、青い明かりがもれている。

近づいてみると、複数の女の笑い声が聞こえてきた。そこに男の声がくわわったのを訊いて、うなじの毛が逆立った。

ボスだ。ボスにちがいない。

わたしはなかをのぞいてみた。テレビ・スクリーンだらけの広い部屋だった。スクリーンには、街じゅうの監視カメラの映像が映しだされている。その数は三百くらい。大きなふたつの窓がある場所をのぞいて、壁にも天井にも二、三センチおきにずらりとスクリーンがならんでいた。そこに映っている人の動きのせいで、不気味な明かりが揺らめき、またたいている。

わたしはドアを少し押し開け、身をすべらせるようにして部屋に忍びこんだ。家具は目の前にある大きな机のみ。その机の向こうに、こちらを背にしてスクリーンを見ながら笑っている人間が四人いた。お尻が見えそうなほど短かいトーガドレスと、ヒールの靴。そんな格好の女たちが三人、椅子に坐っている男にべったりと身をよせている。

この男だ。この男が、シンジケートを動かしている怪物だ。この男が、わたしが愛したただひとりの人の命を奪ったのだ。

トーガドレスの女のひとりが振り向いた。わたしを見つけた彼女が別の女を肘でつつき、女たちは男から少し離れた。男の黒いスーツのジャケットが見えた。髪はくしゃくしゃで砂色。男はスクリーンに目を向けてしゃべりながら、手を振りまわしている。その長い指に見おぼえがあった。この指なら、自分の指と同じくらいよく知っている。

あまりのショックに吐き気がした。

振り向く前からわかっていた。あとずさったわたしは不意に目眩を感じ、オリエンタル絨毯の角につまずいてしまった。なんとか踏みとどまったものの、わたしのブーツの踵が床を打って大きな音をたてていた。

彼が椅子ごと振り向いた。息をするのも忘れるほどの信じがたい光景だった。

「アンセム」彼の目を輝かせた驚きの色は、いっしゅんのうちに気取った笑みの陰に隠れてしまった。

「偉大なる復讐者は、いつ顔を見せてくれるのだろうかと思っていたんだ。やっとあらわれたな」

わたしは首を振った。言葉など出てこない。

「わが家へようこそ、アンセム」気分が悪くて、恐ろしくて、しゃべることなどできなかった。荒れはてた本屋のなかでリボルバーをかかげていたロージィの姿と、血に染まったギャビンのシャツ。わたしの心は彼が撃たれた夜に見たものと、目の前の光景のあいだをめぐっていた。

ギャビンが生きている。

これまでわたしは、あのときのことを心のなかであらゆる角度から再現することに、多くの時間を費やしてきた。自分を責め、ロージィとその仲間たちの残虐さを呪いもした。おびただしい血が流れ、ギャビンの顔は真っ白に変わり、彼は確実に死にかけていた。わたしは彼を腕に抱き、息を引き取るのをこの目で見た。

それなのに、ここに彼がいる。タキシードに身を包んだ彼がいる。ほどいた黒い蝶ネクタイの端を糊のきいた襟からぶらさげて、彼がここにいる。

ここはボスの家だ。彼が坐っているのはボスの椅子だ。つまり、ボスはギャビンだったのだ。

わたしは身体じゅうが震えているのを感じながら、もう一歩あとずさった。

「しばらくふたりきりにしてくれ」女たちに彼が言った。「廊下の先のベッドルームで待っていてくれないか」

女たちはふざけてくすくす笑いながら、手を振って出ていった。**ベッドルームで待っていてくれないか。**胸に鋭い痛みが走った。

「驚いているようだね」いやらしい笑みを浮かべてギャビンが言った。そのあと立ちあがってドアのほうに歩きだした彼が、わたしのうしろでいっしゅん足をとめ、ペットにするように頭を軽く叩いた。わたしは飛びのいたもののショックが大きすぎて、彼がドアを閉めてロックするのを見ても何も反応できなかった。

ギャビンがふたたび近づいてくるのを見て、わたしはあとずさった。彼のタキシードのジャケットの内側で何かが光っている。リボルバーだ。彼の手が、何気なさそうにゆっくりと拳銃にのびていく。

「ギャビン？」首を振りながらわたしはささやいた。何かのまちがいにきまってるというバカげた思いに、まだしがみついていた。受け入れるには、この事実は残酷すぎる。嘘だった。何もかも嘘だった。ふたりが出逢った夜からずっとだまされていたのだ。

ギャビンの指がリボルバーのグリップをしっかりとにぎるのを見た瞬間、頬を流れていた熱い悔し涙が冷たくなった。ホルスターからリボルバーを引き抜いた彼の指が、引き金にかかっている。

「何もかも嘘だったのね」そう言ったわたしの声は震えていた。答はわかっていたけど、彼の口から聞く必要があった。それに時間を稼ぐ必要もある。

ギャビンが一歩わたしに近づいた。拳銃を持った手を、わずかに身体から遠ざけてかかげている。

「おとなしくしていれば、知らずにすんだんだ」彼が言った。「しかし、きみは派手に動きまわってくれた。まるでブーメランだ。放り捨てても戻ってくる。こんなことに首を突っこまずに、元の暮らしに戻って金持ちのお嬢ちゃんとして生きていればよかったものを、なぜそれができなかったんだ？」

調子のはずれたしわがれ声。わたしの記憶にある、照れくさそうな声とはぜんぜんちがっていた。サウスサイド訛りも強いし、トーンも低くてざらついている。

首を振って口を開いたけど、何を言ったらいいのかわからなかった。短剣で刺されたかのように、胸に鋭い痛みを感じていた。**金持ちのお嬢ちゃん**。**放り捨てても**——。

「お願い」やっとの思いでそう言ったわたしの声はかすれていた。この距離では撃ちそこなうはずがない。どんなにすばやく動いても助からない。「ギャビン、拳銃をおろして」

わたしはリボルバーから彼の顔に視線を移した。強く歯を食いしばっているのか、顎が震えている。

「ギャビン、というのがおれのほんとうの名前だなんて、思っていないだろうね？　きみも初めはアンセム・フラッドと名乗っていた」

「そうね、思ってないわ」わたしは小さな声で答えながら、机のほうに小さく一歩あとずさった。

「なぜわたしを選んだの？」時間稼ぎにそう訊きながらも、どうしたら拳銃を奪えるか考えていた。

「そのことなら、何度自分に問いかけたかしれない」リボルバーを振り動かした彼の呼吸が速くなっている。「きみたちは、みんな似たりよったりだ。気取っていて、自分は特別だと思っている。美しい雪の結晶か、傷つきやすい貴重な花だと思っているんだ。事実など見ようともしない。だから遊ばれても、まったく気づかない」

「そういう子なら他にもいるわ」わたしはリボルバーを見つめていた。話しながら手を振りまわしているせいで、狙いがそれている。もっとしゃべらせる必要がある。しゃべるのをやめたら、彼は撃つにちがいない。

「勘弁してくれよ。まだわからないのか？　ここまで話してもまだ？」語尾があがっているところから察するに、ほんとうに驚いているみたいだ。「完璧な詐欺だよ。おれもうまくなったもんだ。ここまで技を磨くには二年かかった。きみの前に十二人ためしたが、これまではなんの問題もなかった。やはり十三はラッキーナンバーにはなりえないようだ」

十二人。苦いものが喉にこみあげてきた。わたしは首を振りながらさらにあとずさった。

「だまって元の暮らしに戻ってバレエとポニーに熱中していればいいものを、きみにはそれができなかった。そして今、新聞が騒ぎだし、みんながきみの真似をしはじめた」

「わたしの真似を？」初耳だった。

「きみが自警団ごっこを始めて以来、シンジケートは二十六人のメンバーを失った。おれたちが何かしようものなら、すぐに警察が呼ばれる。誰も彼もがベドラムを愛するよき住人ぶって、街から悪を追放するつもりでいるんだ」

　悔しさと屈辱感と殺されるかもしれないという恐怖をおぼえながらも、どこかでほんの少し誇らしさを感じている自分がいた。

「きみは死にたいにちがいない」ギャビンが肩をすくめた。「そうでなければ、なぜシンジケートの新人歓迎パーティにやってくるんだ？　おれはいっさいきみに手を出さなかった。ロージィのことがあったあとでさえね。しかし、きみはおれの秘密を知ってしまった。さあ、どうするかな？」彼は冷たい目をして、唇の端にかすかな笑みを浮かべていた。カットグラスのような頬骨の下には、えくぼができている。

　口を開いたものの、何も言えなかった。遠くのほうから、近づいてくるパトカーのサイレンの音が聞こえてきた。わたしの楽屋の鏡に招待状を貼りつけた誰かが——つまり、わたしを信じ、シンジケートの動きをとめられると思いこんでいる誰かが——通報したのかもしれない。でも、ギャビンの耳にはまだ聞こえていない。今、すべてのドミノが倒れようとしている。わたしは部屋を見まわした。どのスクリーンにも、今の街の様子が映しだされていた。ギャビンのうしろにあるスクリーンのなかで、夜の外出にふさわしい格好をしたカップルをシンジケートのグループが取りかこんでいる。すでに女性のバッグを奪った彼らは、男性の身体を探って札入れをさがしているみたいだ。この男たちはギャビンに雇われているのだ。この男たちの稼ぎで、ギャビンはこの大きな屋敷を維持しているのだ。

「それで少しでも気分がよくなるなら聞かせてやろう——」ギャビンが撃鉄を起こした。「ベッドでのきみはかなりよかった」

　憎しみがわきあがってくるのを感じながらも、リボルバーから注意をそらさなかった。両手でしっかりとグリップをにぎりなおした彼が、茶色い目を片方つぶって、ブルーの斑点があるほうの目でわたしに狙いを定めている。

わたしは追いつめられた動物のように身をこわばらせた。動く準備はできている。彼に飛びかかる以外に望みはない。驚いた彼が撃つのも忘れて呆然としている隙に、その身体を組み伏せるのだ。わたしは息を吸うと、脚を突っ張って床を蹴ろうとした。でもそのとき、不意にギャビンのうしろの窓ガラスが割れて、壁一面のスクリーンが暗くなった。

消えずに残ったスクリーンの明かりで、窓から入ってくる人影が見えた。黒ずくめと言いたいところだけど、トレーニングパンツの脇に白いラインが入っている。

やめて、やめて、やめて。

突進するフォードの気配を感じて、ギャビンが振り向いた。そして次の瞬間、ふたりはもつれながら大きな机の上に倒れこんだ。仰向けになったギャビンをフォードが組み敷いている。

わたしは恐怖に凍りついたまま、揉み合うふたりを見つめていた。ギャビンがうしろにまわした左手を大きく振り動かした。銃声がひびきわたったのはそのすぐあとだった。その音は、肉と服のせいでいくぶんくぐもっていた。

フォードがギャビンの上でぐったりとなった。どちらも机の上から起きあがろうとしない。動いているのは、スクリーンのなかの人間たちだけ。フォードの身体はぴくりとも動かなかった。

40

銃声がとどろいたあとは、何も聞こえなくなった。まるで何度も見た悪夢のようだった。ふたりに駆けよろうとしているのに、思うように走れない。ぬかるみのなかを歩いているみたいな気分だった。

フォードを床に落として立ちあがったギャビンは、まだリボルバーをにぎっていた。「みんなヒーローになりたがっている」

「やめて」わたしはくりかえしそう言った。ギャビンが撃たれたときもそうだった。なんだか鏡を見ているような気がする。でも、ちがう。ギャビンは生きている。そして今、彼がフォードを撃ったのだ。わたしはフォードの傍らにひざまずいた。まだ意識はあるけど、いつ気を失っても不思議ではない。彼は両手でお腹を押さえていた。

その手をどけてスエットシャツをまくりあげたわたしは、フォードが悲鳴をあげるのを聞いてたじろいだ。清潔な白いTシャツの胸のすぐ下あたりに穴があいていて、そこから血がにじみだしていた。野球ボールほどの大きさだったその染みが、どんどんひろがっていく。

いっしゅんのうちに染みはソフトボールくらいの大きさになり、そのあとバレーボールくらいになった。

さっきまでかすかにしか聞こえなかったパトカーのサイレンの音が、今ははっきりと聞こえていた。その音はギャビンの耳にもとどいているみたいだ。わたしはふたたびフォードに目を向け、彼を抱きしめてその身体を前後に揺すった。ギャビンのときと同じだ。ただし、これはお芝居なんかじゃない。この血は本物だ。この血はものすごく温かい。あのときとはぜんぜんちがう。ギャビンの血は冷たかった。フォードの血は温かくてねばねばしていて、金臭い臭いもする。フォードの顔は真っ青で、目はあまりにも黒かった。彼が何か言おうとしているのを見て、わたしは耳をよせた。「戦え」

わたしは振り向いた。ギャビンがわたしの頭に銃口を向けて何か言っている。でも、パトカーのサイレンの音と自分の血管が脈打つ音のせいで、何も聞こえない。ギャビンの目には、はっきりと残虐さがあらわれていた。この表情に気づかなかったなんて、わたしはいったい何を見ていたのだろう？　**こんな人は知らない。**

ぼんやりと感じている恐怖に実態はなかった。まるで大気汚染注意報が出ている日に、ベドラム上空にかかる黄色い靄みたいだ。自分が身体から抜けだして別のところにいるような気がする。わたしは立ちあがって、彼の手からリボルバーを蹴り落とそうと身がまえた。サイレンの音は耳を聾するほどになっている。

音に怯んだのか、ギャビンがほんの少し銃口をさげた。「**建物を包囲した**」拡声器を使って怒鳴る声が、家の正面から聞こえてきた。「**手をあげて出てきなさい**」

ブレーキの音と、車のドアが閉まる音。機動隊は拡声器を使って怒鳴りつづけている。下の階でいっせいに窓が開き、パーティ客が外に飛びだしたのがわかった。血の臭いがただようギャビンのオフィスに、サイレンの音が渦巻いている。階段をのぼるブーツの音が聞こえてきた。

ギャビンがわたしを押しのけた。もう何も見えていないかのように、目からすべての表情が消えている。完璧な隠れ場所があるにちがいない。機動隊が三階にたどりつく前に、そこに逃げこもうとしているのだ。

廊下を走っていくギャビンにいっしゅん目を向けたあと、わたしはふたたびフォードの横にひざまずいた。壊れたアコーディオンみたいに、ぜいぜいいっている。

「やつを追え」フォードが一語一語を絞りだすように言った。「逃げられてしまう」

機動隊が階段をのぼってくる。家じゅうにフィアーガスが充満するまでに長くはかからない。もしかしたら、もっと悪いことが起こるかもしれない。それにフォードにはたぶん自動車泥棒の前科がある。警察は彼をシンジケートの一味だと考えるだろう。だから、他の者たちを逮捕するのを優先させたせいで彼が死んでしまっても、気にもとめないにちがいない。

わたしは首を振った。「ギャビンのことは忘れて」

つかのま見開かれたフォードの目から、表情が消えた。彼はすでに大量の血を失っている。

「つらいと思うけど我慢してね」わたしは彼の両腕を自分の肩にまわすと、その身体をおぶった。フォードはうなったけど、しっかりとわたしにしがみついている。「ちゃんとつかまっててよ、フォード」わたしは大きな声で言った。「死んだりしたら赦さないからね」

「しかし、きみに殺されちまうかもしれないな」そうつぶやいた彼の苦しげな吐息が、熱く耳にかかった。

「その調子よ。憎まれ口をきいてなさい」

わたしはいかにも上等そうなカーテンを手に巻きつけると、割れたガラスを窓枠からできるだけ取りのぞき、背中の彼にガラスが刺さらないよう気をつけながら窓をくぐりぬけた。下を見ると、でっぱりがあった。たぶんキッチンの屋根だ。わたしはフォードをしっかりつかんで、自分にできる唯一のことをした。そう、屋根に飛びおりたのだ。背から落ちたフォードが、痛みにうなり声をあげた。わたしはふたたび彼をおぶると、配水管を伝って下へとおりはじめた。

スエットシャツを染めていたフォードの血が、わたしのコートにまでにじんできているのがわかった。わたしが動くたびに、彼がくぐもったうなり声をあげている。

「だいじょうぶ、無事に逃げだしてみせる」青々とした芝生に着地したわたしは、そう言いながら彼を軽く投げあげるようにして高い位置におぶりなおした。フィアーガスの缶が投げられる音が聞こえた。家の外にいてさえ、その音は大きく不吉にひびいた。「もうちょっとよ、いい?」かなりの苦痛を感じているはずなのに、もうほとんど声をあげていない。意識を失いかけているのだと気づいて、わたしはパニックにおちいった。頭のなかで血がどくどくと鳴っている。

プールの横を抜けて茂みに飛びこみ、芝生へと向かうパトカーとすれちがいながら走りつづけた。ラッキーなことに、誰もわたしたちに気づかなかった。

フェンスに、フォードをおぶったままとおりぬけられるくらいの隙間ができていた。わたしは身をよじってその隙間を抜けると、となりの屋敷の庭を走り抜けて通りに出た。右に曲がって、さらに足を速める。でも、八十キロ以上あるフォードを背負っているのだから、思うほど速くは進めなかった。わたしはスーパーチャージされた耳をすまして、必死で音を探った。今はただひとつ、フォードの鼓動が聞きたかった。

41

フォードの体重が倍くらいあるように感じながら、わたしは通りを走りつづけた。喉は腫れて痛んでいるし、もう一秒も彼を支えていられないと思うほど腕も疲れている。それでもとにかく速く、もっと速くと、足を動かした。数分ごとに立ちどまって、体勢を変えなければならなかった。今も、おぶっていた彼を、煉瓦袋を運ぶように片方の肩に担ぎなおしたところだ。コートの背中が血だらけになっているのは見なくてもわかっている。足をとめて彼の呼吸に耳をすますと、ごぼごぼいう音が聞こえてきた。きっと自分の血に溺れそうになっているのだ。

わたしは、またフォードをおぶることにした。うなり声をあげた彼の不安定な呼吸が、どんどん遅くなっていく。「フォード!」わたしは叫んだ。「しっかりして! もう少しだから」

でも、彼は目を閉じている。もう意識はなさそうだ。わたしはあたりをぐるりと見まわして、いちばん近い病院をさがした。バクテリアや死がはびこっていないまともな病院は全部ノースサイドにあるし、そこに行くには非常線を突破しなければならない。ベドラム大学病院のガラス張りの台形の建物が、丘のてっぺんで輝いている。でも、フォードをおぶって、あのパトカーの列の向こうに行くなんて無理だ。次に近いのは、十五分ほどのところにある聖セイヴィア病院。ママはあの病院のことを体のいいモルグと呼んでいる。

すでにコートの袖にまでフォードの血がにじみだしている。早く決めて、そこに向かう必要がある。

「あとは縫うだけよ」黒い糸をくわえたまま、ジャックスが言った。「そのあとは待つだけ」

わたしは惨めな気分でうなずいた。「わかったわ」

ここに着いてすぐ、ジャックスがフォードの血だらけのシャツを切り裂いたり、指で彼の目を開いてみたりしているあいだ、わたしは傍らに立って彼の手をにぎっていた。そしてそのあとは、ジャックスに命じられるまま、スポンジや吸引チューブやメスを彼女に手わたした。今、わたしの横にあるテーブルの上に、血のついたガラスのボウルが載っている。そのなかに入っている先が金色のつぶれた弾が、フォードの左の肺にとどまっていたのだ。肺にたまった血のせいで、もう少しで溺れるところだった。

撃たれたのは心臓のすぐ下で、あと五センチ上だったら即死していたにちがいない。わたしは寒さに震えていた。血だらけになったコートとドレスは、とっくに脱いでいた。ジャックスに借りた手術衣を着ていたけど、そんなものでは少しも温かくならなかった。

「お願いよ」ジャックスが針に糸をとおすのを見ながら、わたしはささやいた。フォードの呼吸は安定しているし、もう苦しそうには見えない。腕に刺さった点滴の針から、彼の身体に一滴ずつ血が入っていく。それがどういう血液で、どこから調達してきたものなのかは、あえて尋ねなかった。とにかくこの輸血のおかげで、心臓に取りつけたモニターは安定した音を放っている。初めのうちの早打ちのスタッカートみたいな音とは大ちがいだ。でも、皮膚はまだ土色をしているし、肺に受けた損傷は一生治らないかもしれないし、肺のまわりの骨も砕けている。**損傷は一生治らない**。「目をさまして」

「彼は強いわ」ジャックスが上の空の口調で言った。傷に全神経を傾け、どう縫うかを考えているのだ。

「この状態で助かる人間がいるなら、フォードは助かる」

ジャックスが皮膚に針を刺す直前、フォードの瞼が震えて目が開いた。わたしにまっすぐ向けられたその茶色い目を見て、彼が死にかけてなどいないことを確信した。フォードは、しっかりと意識をたもっている。いっしゅんだったし力も弱かったけど、彼がわたしの手をにぎった。それを感じた瞬間、こらえていた涙がどっとあふれた。

「ごめんね」泣きながら言った。「あの夜、わたしを助けたりしなければよかったのよ。あれからわたしは、いろんなものをだいなしにして、人を傷つけてばかり――」

フォードが何か言おうとしていることに気づいて、口をつぐんだ。彼の声は、ものすごく小さかった。彼の顔に髪がかからないように気をつけながら、耳をよせてみた。「謝る必要はないよ」しわがれ声で彼が言った。「いいんだ、グリーン……おれはずっと待ってたんだ……」

目をさましたとき同様、あっという間に眠りこんでしまった。

「こんなものよ」ジャックスが言った。「しばらくは目をさましたり眠りこんだりのくりかえし」

わたしは彼女がフォードの傷を縫うのを見つめていた。引き締まったすべらかな皮膚の下で、針が動いている。ひと針ごとに、彼女のタトゥーが輝いて見えた。小さな赤いハートの真ん中に『Noa』と彫られている。

「ノアって誰なの？」糸を結んで、その上に白いガーゼをあてたジャックスに、思いきって訊いてみた。

彼女は口をすぼめただけで何も答えなかった。でも、しばらくすると目をあげてわたしを見つめ、大きく息を吸って言った。「ノアはわたしの娘だった」

それから彼女は言いなおした。「いいえ、ノアは今もわたしの娘よ。ただ、もういっしょに暮らしていないだけ」

「残念だわ」そうつぶやきながらも、ジャックスが堪え抜いてきたことを思って、また涙がこみあげてきた。「ノアに何があったの？」

「あの子は、生まれつき左心室が欠損していたの。あれは六歳のときだった」分厚いレンズのせいで大きく見えるジャックスの青い目が、わたしの目をまっすぐに見つめている。「あの子は死にかけていたの。どんな手術も治療も効果がみられなかった。医者はみんな超一流。大学の研究室のあらゆるコネを使ったの。でも、八人の外科医に時間の問題だって言われた。それで、自分でためしてみたわけ」ジャックスがかぶりを振ると、銀色の巻き髪がはずんだ。「結果は……失敗よ。あの子は手術台の上で息をひきとった。夫はわたしを訴えたわ。それで、研究室も免許も家族もすべて失ったの。いっぺんに全部ね。そして今……ここにいる」ジャックスは顔をしかめ、そのあとつらそうな笑みを浮かべた。

ジャックスを見つめながら、その恐ろしい出来事について考えているうちに、また頬に涙が流れてきた。「どうやって堪えてるの？　愛する人に死なれてしまって、毎日どうやって生きてるの？」

ジャックスがわたしを見てため息をついた。その唇の端に悲しそうな笑みが浮かんでいる。「わたしはあなたを助けることができた。そういうことが救いになってるの。こんな人間でも、人を助けられないわけじゃないわ。誰もが日々、危険にさらされている。助からない怪我人や病人だって、まわりじゅうにいるでしょう。でも、そういう人を助けられることも稀にある。だから、やっていけるのよ」

わたしは喉が締めつけられそうになりながら汚れた床に目を落とし、ジャックスはフォードの呼吸チューブをいじりはじめた。

それから一時間、ふたりはだまってフォードを見つめていた。でも、彼は目をさまさなかった。聞こえるのはフォードの浅い呼吸の音と、心電図モニターの音と、サルのミルドレッドが餌のお皿でケージを叩く音だけだった。

おれはずっと待ってたんだ……。

わたしは彼のやわらかな黒い髪を指で撫でた。

目をさまして、フォード。わたしはだめだけど、あなたはだいじょうぶ。彼にそう言いたかった。あなたの手は血に染まっていない。まだ幸せになるチャンスがあるわ。しょっぱい涙が口に流れこんできた。目をさまして教えてほしかった。いったいあなたは何を待ってたの?

42

「それで全部です」そう言うのは、もう二十回目だった。床に固定されたメタル製の机が目の前にあって、その向こうに警官がふたり坐っている。わたしは念のために、その警官たちの目をまっすぐに見つめた。人は嘘をつくとき目をそらす。今は警官に信じてもらう必要があった。「すべてお話ししました」少なくとも、話せることはすべて話した。でも、話せることなんてたいしてなかった。

取調室はものすごく寒かった。少しでも楽な姿勢をとろうと、硬いメタル製の椅子の上で体勢を変えてみた。でも、あんなことがあった夜のあとで、しかも朝の四時に、どんな姿勢をとったところで楽になるはずがない。

リンディ・ナイでも誰でもいいから、弁護士を呼んでもらうべきだということはわかっていた。でも、わたしがそう言うと警官が「スマック・ストリートでの事件について、ちょっと聞きたいだけだから」と応え、「弁護士を呼ぶとなると、ご両親にしらせないわけにはいきません」とつけくわえた。わたしは誰かに訴えられたわけではないらしい。それは、数時間前にフリート・タワーの外で待ち伏せしていた警官たちが保証してくれた。とりあえず、今のところは訴えられていない。

「もうくたくたです」わたしは言った。ここに来てどのくらい経っているのだろう？　二時間？　それとも三時間？　ロドリゲス巡査とマーロー刑事に六回も同じ話をした。そして、そのたびにもっとくわしく話すよう求められ、新しい訊き方で同じ質問をされた。でも、ふたりを責めることはできない。わたしの話は欠けているところが多すぎる。それはロドリゲス巡査もマーロー刑事もわかっているだろうし、わたしだってわかっている。マジックミラーの向こうで誰かが見ているなら、その人たちもわかっているにちがいない。それでも、サージが手伝ってくれていることも、犯罪者を捕まえては警察に通報していることも、ボスの家に行ったほんとうの理由も、話すつもりはなかった。わたしは殺人も含めて、逮捕されるような罪をいくつも犯している。それがどれだけ街のためになっていたとしても、罪は罪だ。

フォードのことは口が裂けても言いたくなかった。

メタル製の机の上に白黒写真が十枚載っている。ギャビンの屋敷の門に取りつけられた監視カメラの映像をプリントアウトしたものだ。街じゅうを監視していた彼は、自分の屋敷にも目を光らせていたらしい。その一枚にわたしが写っている。カメラにまっすぐ向いているその顔は、不安に歪んでいた。車やバイクでやってきた者たちの写真と、歩いて来た者たちの写真。そのなかにフォードが写っている一枚があった。スエットシャツのフードで顔が半分隠れているけど、まちがいなく彼だった。

訊かれるたびに「知っている人はひとりもいません」と答えているのに、ロドリゲス巡査とマーロー刑事はフォードの写真をさして、「ほんとうに知らないのか?」とくりかえし尋ねた。知らないふりをしている今、彼の写真に目が向くたびに、こみあげてくる悲しみの大きなかたまりを呑みこまなければならなかった。フードからのぞいている顔には、パニックの色がにじんでいる。全部わたしのせいだ。

そもそもなぜあの屋敷に行ったのかと何度も訊かれ、そのたびに肩をすくめて、魚みたいに口をぱくぱくさせていた。

でも、ギャビンのことなら話してもかまわないような気がしてきた。彼をかばう理由なんてどこにもない。だから、ギャビンと付き合っていたことを話して、彼が会いたいといって連絡してきたのだと言ってみた。別れたボーイフレンドを忘れられない愚かな女の子を演じたわけだけど、しばらくはほんとうにそんなふうだったのだから、少しもむずかしくなかった。

パーティに出かけていったらギャビンが拳銃を持ってそこにいたのだと、わたしは話した。みんなが彼をボスと呼んでいたと言うと、警官たちはうなずいた。警察はしばらく前から彼を追っていたみたいだ。わたしは屈辱を感じながらも、求められるまま、ギャビンにだまされた話を何度もした。でも、フォードのことや彼が撃たれたことは、口にしなかった。こんなことにフォードを巻きこんでしまったら、けっして自分を赦せなくなってしまう。彼の写真を見るときに、焦点を合わせないようにするのを忘れさえしなければ、泣かずにこの場を切り抜けられるだろう。

「いいことにしよう、ミス・フリート。いろいろあって、きみもきっと疲れている。しかし、最後にひとつはっきりさせておきたいことがある。きみは昨夜、通称ギャビン・シャープに会った。その前に彼に会ったのは、誘拐の芝居を打たれた夜だという話だが、それでまちがいないね?」

「まちがいありません」わたしは力のない小さな声で答えた。すごくたくさん嘘をついた。つくり話もしたし、事実を隠したりもした。自分の秘密を守るために、いくらかはほんとうのことも話した。それでも、話せないことのほうが多かった。「両親は誘拐犯の要求に応じたがりませんでした。どうせはったりだから無視するのがいちばんだって」

「つらかったでしょうね」ロドリゲス巡査が言った。グレーのスーツのボタンをきっちりとめているタイプの、背が高くて肩幅が広い三十代前半の女性だった。取り調べのあいだじゅう、彼女はうんざりしているようなふりをしていた。もしかしたら、わたしの話を信じていないのかもしれない。いずれにしても、自動販売機でコーラを買ってきてくれたマーロー刑事がやさしい警官を演じ、彼女が怖い警官役を引き受けていた。

わたしはふたりのうしろの鏡を見た。きっとマジックミラーだ。刑事もののテレビによく出てくるあれだ。鏡の向こうに二十人くらい警官がいて、こちらを見ているのかもしれない。だけど、誰もいない可能性もある。どっちなのかはわからない。とにかく、もううちに帰って眠りたかった。できるだけ長く何も考えずに過ごし、また家を抜けだしてフォードのところに行きたかった。意識があろうとなかろうと、彼のそばにいたかった。

「さっきも言ったとおり、つらくてたまりませんでした。ひどい親だと思いました。でも、結局は両親が正しかった。わたしはだまされていたんです」向こう側でパパとママが聞いていたらいいのにと思いながら、まっすぐ鏡に向かってそう言った。

「彼から連絡を受けて、きみはあの屋敷に出かけていった。ためらいはなかったのかな？　一度も行ったことのない場所なのに？　親御さんといっしょに車で出かけようとは思わなかった？」マーロー刑事のブルーがかった灰色の目が、わたしの目を見つめている。こんな感じのよさに気を許してはいけないとわかってはいても、この人は味方だと思わずにいられなかった。

「約束の時間に遅れたくなかったんです。彼に会えると思うと、うれしくてたまらなかった」わたしは声を硬くして答えた。またこんなことを言わされるなんて、屈辱的すぎる。この話ならさっきもした。「それに、両親に話したら、行かせてもらえないことはわかっていました。だいいち、ふたりとも別の用事があったんです」

「屋敷についたきみは、すべては嘘だったと彼に聞かされた。きみはそう言ったね？」マーロー刑事が眉をひそめて、**ひどいやつだ**と言わんばかりに、かすかに首を振ってみせた。

「はい」わたしは小さな声で返事をした。今でも思い出しただけで、五十枚のカミソリで胸を切りつけられるような気がする。この先も、ずっとこんなふうかもしれない。

「それで、あなたはどう思ったの？」ロドリゲス巡査が訊いた。「頭にきた？　わたしだったら、その男を殺してやりたいと思うでしょうね」

「なんだか不安定度評価を受けているみたいだわ」わたしは言った。「でも、答はイエスです。ええ、すごく落ちこみました。でも、暴力的なタイプじゃないから、殺してやりたいとは思いませんでした」

「もうひとつだけ訊かせてね、ミス・フリート。ギャビン・シャープと名乗っていた男は、あなたに拳銃を向けた。つまり、あなたはもう少しで殺されるところだったのよ。それなのに、警察が到着したとき、なぜその場から逃げてしまったの？　ギャビンが捕まればいいとは思わなかったの？」ロドリゲス巡査が片方の眉を吊りあげた。

心臓をつかまれたような気分になりながら、どうしたらこの質問をうまくかわせるか、必死で考えた。でも、答は見つからない。わたしは机の縁に両手をあて、掌の指に近い部分を冷たいメタルに押しつけた。時が刻々と過ぎていく。気がつくとわたしはフォードの写真を見つめて、目に涙をためていた。

「ミス・フリート？　なぜ、あの場所から立ち去ったのかしら？　わたしには理解できないわ」

「悲しかったんです。だから、ひとりになりたかった」頬が赤くなるのを感じながら、机を見つめて答えた。「すごく……動揺していたんです」

「あなたがいたという部屋には、血の跡が残っていた。誰の血かわからないとあなたは言い張っているけど、それを信じろっていうの？」

「信じろなんて言ってません。どうぞ好きなように考えてください。あのパーティには何百人もの人が集まっていた。たぶん、そのなかのひとりの血です。わたしがあの部屋を出たあと、誰かが撃たれたのかもしれない。とにかく、わたしは何も見ていません。だから、ほんとうに知らないんです」わたしは声をつまらせ、そのままだまりこんだ。顔や手についた血を拭うのを手伝ってくれて、帰るときにコートとセーターを貸してくれたジャックスに感謝しなければいけない。わたしが着ていたものは、コートもドレスも血だらけになっていた。

三人は無言のまま互いを見つめ合っていた。誰も何も言わなくなってから、もう何分も経っているような気がする。わたしはとつぜん、何がなんでもここから出たくなった。

時計をしていればよかったと思いながら、腕に目をやった。「わたしを訴える気がないなら、もう帰してください」

「いいだろう、ミス・フリート」マーロー刑事がそう言いながら、椅子をうしろにずらして立ちあがった。「ただし、やつの居所がわかるまでの二、三日間、警護のための見張りをつけさせてもらう」

「警護なんてしていただく必要ありません」わたしはきっぱりと言った。

「やつが戻ってきて、きみを傷つける可能性がある。なんといっても、きみはやつの顔を見ているんだからね。ひじょうに危険な男だ」

望むところだわ。わたしはそう思いながら、苛立ちを隠そうともせずにマーロー刑事を見た。**やってもらおうじゃないの。**

「わかりました」結局はそう言った。「でも、このことは誰にも言わないっていう約束は……守ってくださいますよね？」

「もちろん。名刺をわたしておこう。この前もわたしたが、なくしてしまった可能性もあるからね」名刺を差しだしたマーロー刑事がウインクした。ぞっとすると同時に、なぜか元気づけられたような気もしたけど、わたしは気づかないふりをした。

「よかった。ありがとうございます」わたしは眠りかけている脚で、ふらふらと立ちあがった。「ハデスって呼ばれてるモールを調べてください」そう言ったものの、たいして期待はしていなかった。警察が通称ギャビン・シャープを見つけられる可能性なんてないと思うけど、対戦のチャンスは与えてあげるべきだ。

「心配ないわ。警察は警察がするべき仕事をする」ロドリゲス巡査がわたしの肩に軽く手を載せ、目を見つめて言った。「だから、あなたもあなたがするべきことをして。いいわね？　危険な真似はしないこと。少し休んで何か思い出したら、しらせてちょうだい。そうしてもらえると、すごく助かるわ」

マーロー刑事がドアを開けて押さえていてくれた。わたしは取調室をあとに、コーヒーの香りがただようざわめきのなかに足を踏みだした。ティーンエイジャーのカップルが、機動隊員の格好をした四人の警官に、廊下を引きずられていくところだった。髪を緑に染めた女の子のほうは、目のまわりが殴られたあとのように黒い痣になっていて、着ている白いフェイクファーのコートは汚れていた。見まちがいなんかじゃない。機動隊員のふたりが顔を見合わせてにやりと笑ったのを、わたしはたしかに見た。**警察は警察がするべき仕事をする**とロドリゲス巡査は言った。ベドラムにおいて、それはどういう意味なのだろう？抗議の声をあげる者の顔を棍棒で殴ってだまらせること？　理由もなく人にフィアーガスを浴びせること？　これまで見てきたことを思うと、ブラックマーケットを一掃することや、ドラッグの取引を取り締まることや、この街を牛耳っている本物の犯罪者を捕まえることや、真面目に生きている住民の安全を守ることではなさそうだ。

わたしがするべきことは――。マーロー刑事とロドリゲス巡査に導かれるまま廊下を抜けてロビーへと向かいながら、わたしは思った。**何もかも忘れてしまうことだ。忘れるように頑張ることだ。**

走って帰るには疲れすぎていたから、タクシーを拾った。うちに着いたときには朝の五時になっていた。わたしはリリィがつくったブルーベリー・マフィンを四つ食べて、這うようにベッドに入り、眠りに落ちて悪夢を見た。夢のなかで、わたしは警官の制服を着たギャビンに手錠で取調室の机につながれ、かぞえきれないほどの罪で調べられていた。それを他人を見るような冷たい目で見ていたのは、パパとママとウィルとサージだった。

目をさますとまた眠る。それでも昼食の席には顔を出して、部屋で歴史の宿題をしているのだとパパとママに嘘をついた。

日が暮れるころには、完全に目がさめていた。フォードのそばに行きたかった。でも、フリート・タワーの正面玄関と裏口に覆面パトカーがとまっていて、出入りする人間全員に目を光らせている。通りを見おろしてみたけど、地上から脱出するのはやっぱり無理そうだ。警官たちが空を見あげる余裕もないくらい、通りを見張るのに夢中になっていてくれることを祈るばかりだ。

わたしは自分の部屋の窓を開けて狭いバルコニーに出ると、向きを変えて窓のすぐ上に突きだしているガーゴイルをつかみ、屋上に這いのぼる準備をした。怖くなって当然なのに、脚は震えてもいない。たぶん、悲しみと怒りが大きすぎて恐怖を感じる余裕もないのだ。でももしかしたら、もう死んでもかまわないと思っているのかもしれない。

ファサードの装飾になっている突きでた煉瓦に指をかけ、足を乗せ、風と戦いながら上へ上へと手を動かしていく。そうして一分もかからずに屋上にあがったわたしは、メタル製の尖塔の前にある鉄格子の上に坐った。

しばらく、そのまま街を見おろしていた。これが、わたしをだいなしにしてくれた街だ。毎日、みんなが荒らしている街だ。ギャビンが死んでしまったと思っていたあいだは、悲しくて悲しくてものすごく惨めな気分だった。でも、彼にいいように操られていたのだと知った今は、ただ……虚しかった。そして、その虚しさのなかでわたしは必死で祈っていた。どうぞフォードをお助けください。

灰色の夜を風がうなりながら吹き抜けていく。わたしは、不意にギャビンのことを思った。あんなふうにだまされるなんて、愚かにもほどがある。それに、わたしが無傷でいて、フォードが生死の境をさまよっているなんてまちがっている。涙がこみあげてきたけど、必死で抑えた。もうギャビンのことでは泣きたくない。涙を流す価値もない人間だ。

バカみたい。わたしはひとりつぶやいた。何もかもバカみたいだ。あれこれ探りまわったことも、危険を犯したことも、本屋や橋や学校で殺されかけたことも、フォードとのトレーニングも、ロージィのことも、みんな無駄だった。どれも初めはギャビンを救おうとして――そのあとは彼の復讐のために――したことだ。それがすべて彼の嘘で汚されてしまった。

それでも、まだわたしの心臓は動いている。この恐るべき心臓には、善悪の区別などつかないのだ。身体はすごく強くなった。腕には彫像みたいに筋肉がついているし、お腹だって引き締まっている。自分でも驚くほど高く跳べるし、地面にほとんどふれることなく飛ぶように走ることもできる。でも、精神的にはこれまでにないほどひどい状態だった。街の向こうに、レジーナの命を奪った湖が見えている。そのぽっかりと穴があいたように見える紫のディスクみたいな湖をのぞけば、今、この目に映っているものは苦痛と嘘の凸凹のかたまりでしかない。

この街に似合うのは、死人と魂を失った人間だけなのだ。

ついにわたしはごくりと唾を呑んで立ちあがり、ジャンプの準備をした。フリート・タワーのとなりのビルは、リーガル・アパートメントというコーポレート・ホテルだ。フリート・タワーは八十七階建てで、リーガル・アパートメントは六十階くらい。かなりの距離を跳ぶことになる。

冷たい風に髪が乱されて顔にかかってくる。そんななかで、わたしは腕を前後に振ったり膝の屈伸をしたりして、身体をほぐしていった。

そして何歩かうしろにさがって大きく息を吸いこむと、走りだした。動きをとめて考えたりはしなかった。いっしゅん後、わたしはフリート・タワーの縁からブルーグレーの忘却の空へと跳んでいた。激しい鼓動を感じながら薄暗い夜を突っ切って跳ぶわたしの頭のまわりで、フードがはためいている。リーガル・アパートメントの温室のガラス屋根が、どんどん迫ってくる。

わたしは、ものすごい恐怖と確固たる自信を交互に感じていた。頭は**死ぬかも、死ぬかも、死ぬかも**とリズミカルに言いつづけているけど、鼓動が死にはしないと請け合っている。

ありがたいことに、思っていたよりもずっと軽やかに両足で着地できた。爪先が外を向いた第一ポジションをとっている。でも、ガラスの屋根は見た目よりも傾斜がきつかった。前のめりになったわたしは、つるつるのガラスに倒れこんでしまった。もちこたえようとしたけど、勾配がきつすぎる。気がつくと、屋根の平らな部分へとすべりだしていた。

温室のなかにスーツ姿の男性が四人と、カクテルドレスを着てシャンパングラスを持った年嵩の女性がひとりいて、夜景を眺めていた。最初にわたしに気がついたのは、その女性だった。彼女が手で口をおおって、屋根をすべっていくわたしを指さした。わたしはガラスに掌を押しつけて、**失礼**と口を動かした。

このあとは、見張りの目のとどかないところまで、屋根から屋根へと跳びつづければいい。このブロックを離れたらスピードを落とさずに走って、フォードのところに行く。きっと彼は目をさましてくれる。絶対に目をさましてくれるはずだ。

43

ジャックスの研究室の近くにたどりついたときには、朝の五時二十四分になっていた。わたしは走るのをやめて、荒い息をつきながら歩道を歩きだした。

ドアを開ける暗証番号はジャックスから聞いていた。彼女のお気に入りの分子理論に関係ある数字を組み合わせたものらしい。ケージの前をとおっても、もう気味の悪さは感じなかった。ウサギ、ネズミ、サルのミルドレッド。ミルドレッドは革のような掌にひからびたニンジンを載せて、切り裂いた新聞紙に身を包むようにして眠っていた。**わたしもあなたたちと同じよ。**ケージに指をすべらせながら思った。実験材料だという点でも同じだし、わたしも見えないケージに閉じこめられている。わたしは深呼吸をして、フォードがいる部屋へと向かった。

ジャックスの車輪つきのスツールをフォードのそばにすべらせると、狭い部屋がさらに狭くなった。聞きなれた心電図モニターの音を無視して、フォードの呼吸に耳をすましてみる。肺がきれいになった今、その音はゆるやかで安定しているようだった。やわらかな黒髪に手を置いて、彼の様子をチェックした。頬がこけた分、不安になるほど頬骨が尖っているし、奥の小さな部屋からもれてくる蛍光灯の明かりのせいか、肌がやけに緑がかって見える。わたしはポケットからリップクリームを取りだすと、彼の鼻と口をおおっている酸素マスクをはずして、ひび割れた唇に塗った。

「あなたはリップクリームを使うタイプの男の子じゃないわ」指の下で彼の下唇が動いて、歯がのぞいて見えた。「それはわかってる」

「やめてほしいなら、目をさまして文句を言って」わたしは小さな声でつけたした。閉じた瞼の下で目が動いている。それは夢を見ているときの自然な反応なのだと、ジャックスが言っていた。

きつくなりすぎないように注意しながら、マスクを元に戻した。掌に感じる彼の髪は、とてもやわらかかった。わたしはその髪を撫でながら、だまってそこに坐っていた。

「警察は、まだ彼をさがしてるみたいよ」背後でドアが開く音が聞こえ、スリッパを履いたジャックスの足音が近づいてきた。「ギャビンのことよ。警察の無線を盗み聞きしたの。有力な手掛かりについて話していたわ」

「警察には彼を見つけられないわ」わたしは振り向いてジャックスを見た。くしゃくしゃに乱れた銀色の髪に、歪んだ眼鏡に、腫れて血走った寝起きの目。ベドラム大学のスエットシャツにブルーの手術着のズボンをはいている。「起こしちゃってごめんなさい」

「話し相手ができてうれしいわ。ほんとうよ」ジャックスがほほえんだ。「彼を追うつもり?」

わたしは首を振って肩をすくめた。もう関わりたくなかった。悪者を追いかける夜は終わったのだ。ギャビンのことを思うと、ただ虚しかった。その気持ちは、これまで感じていた罪の意識や苦痛よりも、ずっと深くて容赦ないものだった。偽物のボーイフレンドと恋に落ちた女の子は、あの夜、川で死んでしまった。フォードの傍らにこうして坐っているのは、まったく別の誰かだ。

「警察をよせつけないようにするためなら、あの人はなんだってするわ。頭がいいのよ」わたしは認めた。彼は怪物かもしれないけど、十三回も誘拐されて殺されるふりができる人間なんて滅多にいない。

「あなただって頭がいいわ」ジャックスがやさしい声で言った。

「ほんとうに頭がよかったら、彼をこんな目に遭わせずにすんだはずよ」わたしはフォードの胸が上下するのを見つめながら、ため息をついた。「あとどのくらいなの、ジャックス？　望みがなくなるまで、あとどのくらいなの？」

「アンセム」ジャックスが鋭い目でわたしを見た。「答はわかっているはずよ。わたしたちは、絶対に望みを捨てない」

わたしはうなずいた。瞼におおわれたフォードの目は、もう動いていなかった。どんな夢を見ているにしても、さっきとはちがう夢を見ているにちがいない。

44

翌日の夜十一時半、わたしは物理の宿題に取り組んでいた。でも、頭のなかは不安でいっぱいだった。最悪の状態だ。フォードが二度と目をさまさなかったらどうしよう？　ギャビンがわたしを殺しにきたらどうしよう？　ページの上で数字が泳いでいる。誰かが部屋のドアを開けたのは、そんなときだった。またパパかママが心配顔で率直な話をしにきたのだと思って、わたしは身がまえた。卒業のこと、バレエのこと、将来のこと。今のわたしには、意味のない話ばかりだ。パパとママがそれを知っていてくれればいいのにと思わずにいられなかった。

元気なふりをつづけるのも、パパとママが思っているとおりの娘役を演じるのも、もううんざりだ。でも今、戸口に立っているのは、パパでもママでもなかった。

「こんばんは、アンセム。今、いいですか？」サージが言った。

わたしはまばたきをして驚きの色を振り払いながらうなずき、机の前に坐ったまま、まっすぐに身を起こした。ふたりでこれだけのことをしてきたあとでさえ、サージが部屋を訪ねてきたことはなかった。

「もちろんよ。入って」わたしはそう言って立ちあがったものの、椅子をすすめるべきかどうか迷っていた。サージは堅苦しい人間だ。こんな時間なのに、太い首のまわりにきっちりとネクタイを締めているし、広い肩は黒いスーツのジャケットにきちんと包まれている。

部屋に入ったサージが、驚くほど静かにドアを閉めた。「電気がついているのが見えたんです。このところ、あまり眠っていないようですね」唇の端が下を向いている。

わたしは肩をすくめた。「前ほどたくさん眠る必要がないみたい」

サージが太い眉をひそめて、わたしに鋭い眼差しを向けた。何が起きているか、どちらも承知している。知らないふりをするのはやめましょうと言われているような気がした。サージはわたしのあとをつけているのではないかと、ぼんやり思った。フォードの様子を見にいっていることも、知っているのかもしれない。そう、もちろんだ。サージは何もかも知っている。

サージは壁一面の窓の前に立って街を見おろしていた。監視用のヘリコプターが何機も飛んでいて、サーチライトがあたりを照らしている。遠くの数カ所で、炎が揺らめいているのがかすかに見えていた。わたしは引きよせられるように彼のとなりに立った。記憶にあるかぎり、サージはずっと友達だったし、ずっとわたしを護っていてくれた。うるさく問いただしたり、あれこれ押しつけたりするパパやママとはぜんぜんちがう。そんな物静かな彼がそばにいてくれると、気持ちが落ち着いた。首と背中の凝りが、少しだけどほぐれたような気がする。

「想像しにくいかもしれませんが――」話しだしたサージの声は、スーパーチャージされた耳を持つわたしでさえ身をよせなければ聞こえないほど小さかった。「ベドラムが今よりもひどい状態におちいっていた時代があったんです」

わたしはうなずいた。「襲撃が始まったころは最悪だったんでしょうね。だって、それまでベドラムは、なんの問題もないすばらしい街だったんですもの。ふつうだったサウスサイドが、こんなふうに……荒れていくのを目の当たりにしたらどんな気がするかなんて、想像もできないわ」わたしは手を振り動かして、すぐ向こうに見えている崩壊した真っ暗な不法居住者の街を示した。

「暴動に次ぐ暴動。街のあちこちで、際限なく騒ぎが起きていました。みんなひどく腹を立てていたんです。毎晩、おおぜいの犯罪者が命を落とし、意味のない暴力が振るわれた。想像を絶する状態でした」サージが言った。「しかし、そんなときにザ・ホープがあらわれて、みんながふたたび信じるようになったんです。完全にあきらめていた者たちが、ベドラムを建てなおすことができると、どんな傷もいつかは癒えると、思うようになったんです」

「でも、彼は死んでしまった」わたしは目をぎょろりとさせたいのを我慢して、硬い声で言った。**癒えない傷もあるわ。**わたしはそう言いたかった。目に見える部分は治っていても、深いところでは癒えていない。

「そして十七年経った今、人々はまた信じはじめています」サージが目を輝かせてわたしを見つめた。

わたしは眉をひそめた。十七年。わたしの歳と同じだ。

何か言おうと口を開いたわたしの唇に、サージが指をあてた。そしてそのすぐあと、彼は踵を返してドアの前に立ち、ノブをつかんで言った。「あなたが始めたことを為し遂げる前に、元の状態に戻ってしまったら残念すぎます」

わたしが応える前に、サージは行ってしまった。ひとり部屋に残されたわたしは、ぽかんと口を開いたまま立っていた。訊きたいことならいくらでもあった。サージがほのめかしたことの重さを思うと、喉がつまりそうだった。

わたしが始めたわけじゃないわ。そう言いたかった。何もかもギャビンがしたことだ。彼はわたしからすべてを奪った。処女も、愛も、ママのネックレスも、人間の心臓も。

ただひとつ、命だけは奪わなかった。でも、彼がこの背中を狙っているなら、それも時間の問題だ。もうすぐどこかで不意打ちに遭うにちがいない。たとえわたしがそんな目に遭わなくても、この先、別の街でいったい何人の女の子が彼の餌食になるのだろう？　いったい何人の人生が、彼にだいなしにされてしまうのだろう？　わたしは、楽屋の鏡にパーティの招待状を貼りつけていった誰かのことを思った。その人は、わたしならばシンジケートのボスを倒せると、彼がこれ以上街を荒らすのを防げると、信じているのだ。

それからわたしは、眠りつづけているフォードのことを思った。

サージの言うとおりなのかもしれない。戦うしかないのかもしれない。

わたしは胃が渦を巻いているような気分になりながら、サージが出ていったドアを見つめていた。口数が少ない人間と言い合うのは、ほんとうにむずかしい。

「あなたの言うとおりだわ」翌日、セラフの助手席に身をすべらせながら、わたしは言った。サージの運転で学校に向かうところで、ラッキーなことに今朝はパパもママもいっしょではなかった。わたしがドアを閉めると、サージは無言のまま、生け垣に縁取られた環状のドライブウェイを抜けて通りへと車を出した。わたしの存在にさえ気づいていないかのような態度だ。「始めたことを為し遂げようと思うの」

サージがうなずいた。「すばらしい」

「それで？　どうすればいい？　どうやって彼を見つけるの？」

角を曲がってフォックスグローブコートからチャーチ・ロードに出ると、学校に向かって歩道を行くオリーブ・アンとクレメンタインが見えた。これまで以上に短くなっているチェックのスカートが、動きに合わせて揺れている。「こういうことに目を光らせている友人がいます」

わたしはシートの背にもたれて、かぶりを振った。「サージ、なぜわたしにこんなことをさせるの？」

「できるとわかっているからです。あなたには、他の誰にもできないことをやってのける準備ができている」

「どういうこと？」わたしは冗談を言ってみた。「ふつうとちがう生き物になりきるとか？」

「あなたなら、この街を住みやすい完璧な場所に戻せると言っているんです」サージが答えた。

わたしは目の前の横断歩道を見つめながらうなずいた。みすぼらしい身なりの抗議者グループが、『サウスサイドの誇りを守れ』とか『スタジアムではなく学校を』とか書かれたプラカードを持って行進している。背中に手づくりの翼をつけて静かに通りをわたっていくティーンエイジャーの女の子もいた。わたしよりも年上には見えないその女の子の手には、『立ちあがれ』と書かれたハート形のプラカードがにぎられていた。このグループの行き先に気づいたわたしの身体に震えが走った。この人たちは、パパとママのオフィスに向かっているのだ。あそこで抗議の声をあげたら、警察に放水砲かフィアーガスを浴びせられてしまう。

「スタジアムのことはどう思ってるの？」わたしはサージに訊いてみた。

でも、もう学校に着いていた。車をとめたサージが、手をのばして助手席側のドアを開けた。「連絡します。くれぐれも気をつけて」

彼がわたしの手をぎゅっとにぎった。そのあとしばらく、わたしはひとりぼっちじゃないような気分でいられた。

45

わたしは砂利を踏みしめながら急勾配の長いドライブウェイを歩いていた。この先の湖をのぞむ切り立った崖の上に、一軒の家が建っている。ここモラスブルッフスは、パパの会社がずっと前から開発を手掛けている高級住宅地だ。でも、プロジェクトの進行はここしばらく遅れていて、どの家も完成していない。もっとお金が必要らしい。そのことで、パパは二年前から文句を言っている。

わたしはドライブウェイの真ん中を避けて、カバノキの並木にそって歩いていた。ケータイはしまってある。画面の輝きが、家にいる者の目にとまったらたいへんだ。

サージの情報がまちがっていなければ、ギャビンはこの家に隠れているはずだった。モラス湖を眼下にのぞむ、静かな崖の上。身を隠すにはもってこいの場所だ。まわりには誰も住んでいない。人の気配がまったくしないことに気づいて、寒気がした。やってきたわたしに気づいたギャビンに撃たれても、銃声は誰にも聞こえない。

怖じ気づかないで。坂をのぼりきって平らな場所に出たわたしは、自分に言い聞かせた。車まわしの片側にガレージが、もう片側につくりかけの家があった。石積みの壁は完成しているけど、窓やドアはついていない。ガレージが三十センチくらい開いていて、見おぼえのあるバイクが見えていた。このバカげたバイクに乗った彼に夢中になった女の子が他にも十二人いたのだと思うと、顔をしかめずにはいられなかった。わたしは自分のことを、月並みなものに惹かれるような女の子ではないと思っていた。バイクに乗った男の子なんかよりも、もっとユニークな何かを求めているつもりだった。でも、結局はギャビンがだました他の女の子たちと同じだった。現実の人間ではなく、ファンタジーを求めていたのだ。

わたしはガレージの前を離れて、家のほうに向かった。

彼は拳銃を持っている。拳だろうと銃弾だろうと、彼が放ってくるものよりも速く動けばいいのよ。緊張のせいで身体がざわざわする。わたしは家の外壁にそって、できるだけそっと歩きつづけた。小枝を踏んだり草を揺るがせたりしたら、ここにいることを彼に知られてしまう。

家の横手につくりかけのテラスがあって、そこから家に入れるようになっていた。テラスの床板はまだ切りそろえていないし、転落を防ぐ手すりもついていない。崖の縁から下をのぞいてみると、崖下は水際にいたるまで、尖った黒い岩でおおわれていた。

わたしは深く息を吸ってテラスに跳び乗り、アーチ形の戸口を抜けて未完成のキッチンに足を踏み入れた。壁から突き出ている金属パイプは、たぶんオーブン用。そして、もう一本はシンク用だ。キャビネットもカウンターも取りつけられていないキッチンの床に段ボール箱がひとつ置いてあって、そのなかにビールが何本かとテイクアウトの容器が入っていた。

わたしは足音を忍ばせてアーチ形の戸口を抜けると、ダイニングルームになるはずの部屋を横切って、つくりかけのリビングルームへと入っていった。その部屋に彼がいた。

「やあ、アンセム」気《け》だるそうにそう言ったギャビンの顔には、歪んだ笑みが浮かんでいた。今は嘘だとわかるけど、かつてのわたしはこの笑顔に憧れていたのだ。タキシードのパンツに、白いVネックのアンダーシャツに、その上に着ている革ジャン。彼は何もない部屋の真ん中に置いた折りたたみ式の椅子に坐っていて、足下にはビール瓶がならんでいた。「きみが訪ねてきてくれるとはうれしいね。ビールでも飲むかい?」

「やめておくわ」胸のなかで怒りが渦巻いているのを感じながら、ほんの少し彼に近づいた。「動きが鈍くなっては困るもの」

わたしはギャビンに突進した。革ジャンの襟をつかんで彼を立たせると、椅子がうしろに吹っ飛んで壁にあたった。ふたりの顔は一センチと離れていない。どちらも荒い息をついていた。

「まだおれを愛しているんだろう、えっ?」彼があえぎながら言った。「しかし、記憶にあるよりもずいぶんと攻撃的だな」

「秘密を抱えているのは、あなただけじゃないわ」わたしはそう言うと、間髪を入れずに膝で急所を蹴りあげた。「これは十二人の女の子の仕返しよ」

床に倒れたギャビンが股間を押さえてうめいている。わたしは縛りあげるのに使えそうなものはないかと、部屋を見まわした。学校からまっすぐ来たせいで、何も用意してこなかったのだ。

でも、彼の回復は思ったよりも速かった。

とつぜん立ちあがったギャビンが、ふらつきながらキッチンへと入っていった。壁から突きだしている太い金属パイプのなかに手を突っこんで、何かを探っている。わたしがうしろに立つと同時に彼が振り向いた。その両手には、フォードを撃ったあのリボルバーがにぎられていた。

耳のなかで怒りがぱちぱちと音をたてている。わたしは宙に跳んで脚を振りあげ、驚いてぽかんと口を開いているギャビンの胸を思いきり蹴飛ばした。壁にあいた窓用の四角い穴を抜けて彼が吹っ飛んでいく。仰向けにテラスに倒れた彼の手から落ちた拳銃が、床をすべってテラスの縁ぎりぎりのところでとまった。あと何センチかで、崖下の湖に落ちるところだった。

「ボッドモッズか何かを射ってるのか?」息はあがっているけど、あきらめる気はなさそうだ。体勢を変えた彼の身体が、一メートルほどテラスの縁に近づいた。「そうやってロージィを殺したのか?　ドラッグの力を借りて？」

「動かないで」わたしは脚をひろげて立ち、ギャビンを見おろした。サウスサイド訛りも、からかうようにわたしを見る目つきも、もう気にならない。新しいほんとうの彼を見ても、もう何も感じなかった。彼への愛はすっかり消えている。「彼女はわたしに拳銃を向けた。あなたがしたようにね」

「ロージィは最高の指導者から学んだんだ」

「ひとつ訊きたいことがあるの」訊かないほうがいいとわかっていたけど、我慢できなかった。「あの壁画を描いたのは誰？」

ギャビンがテラスに仰向けになったまま、哀れむような笑みをわたしに向けた。「ロージィだ。彼女は才能のかたまりだった。それなのに、チェックのプリーツ・スカートをはいた小娘に殺されるとはね。悲劇だよ」

「最低よ」わたしはうなるように言った。「あなたたちは最低だわ」隠し撮りしたわたしの写真を見ながら、ロージィが何時間もかけて夢中で壁画を描いていたと思うと、たまらなかった。わたしはそんな気持ちを呑みこんで言った。「でも、これでおしまいよ」

「そうかな？」彼はまだテラスに仰向けになっている。「どうなるか見てみようじゃないか」

ギャビンがさっと立ちあがった。そして、ニコチンと汗の臭いが感じられるほど近づいてきたかと思うと、右の拳を突きだした。

でも、そのブローは空振りに終わった。そんな攻撃をかわすのは、銃弾をよけるよりずっと簡単だ。それから二、三度、ギャビンのパンチをかわし、そのあとで彼の側頭部に右フックを食らわせた。けっこう効いたはずなのに、彼にスカートをつかまれていたせいで、わたしもいっしょに倒れてしまった。両腕をうしろにねじあげられ、彼の身体の上をころがったと思った次の瞬間、組み敷かれていた。テラスの縁まで一メートル弱。

はるか下には、白波と漂流物がまとわりつく尖った岩がある。崖の高さは少なくとも十階分はあるだろう。テラスの床板のぎざぎざが腿に食いこんで、脚に血がしたたっているのがわかった。

わたしはつかまれている腕をなんとか引き抜いて、彼の革ジャンの襟をつかんだ。そして、それと同時に拳銃を崖下に蹴り落とした。あまりに距離がありすぎて、湖に落ちた音は聞こえてこなかった。

「いっしょに落ちるというのはどうかな?」歯を食いしばったまま、ギャビンが言った。

鼻がふれあうほど、ふたりの顔は接近していた。「いっ、いっ、いっしょに何かするなんて、ありえないわ」

ギャビンは思っていたよりも強かったし、上になっている分、有利だった。それを利用して、彼がわたしをテラスの縁へと引きずっていく。

わたしはだまってもがきながら、まっすぐに彼の目を見あげた。そして、彼を愛していたときにしていたように、表情をやわらげた。唇を一センチ動かして彼の口元を撫で、舌を入れる。彼が飲んでいたビールの味がした。ギャビンは驚きに身をこわばらせたものの、結局はキスを受け入れた。こういう男は、セックスと暴力が心のなかでもつれあっている。ほんとうに滑稽だ。

わたしは血が出るほど強く彼の唇をかんだ。ギャビンは悲鳴をあげ、わたしの腕を放して自分の口を押さえた。痛いところを押さえるのは自然な反応だ。わたしは、その隙に彼の下から這いだした。

口が血だらけになったギャビンが、怒り狂って飛びかかってくる。でも、両手を大きくひろげた彼の体当たりを食らう寸前、わたしは跳びのいて身をかわした。

ギャビンはとまろうとした。もう少しでテラスの床板をつかめそうだった。

でも、遅すぎたし、いきおいがつきすぎていた。

いっしゅん息ができなかった。彼が叫びながら、手足を振りまわして落ちていく。

わたしはテラスの縁に駆けよった。そして、ギャビンが岩の上に落ちるのを見た瞬間、全身が震えた。彼の骨は、衝撃のせいであっけなく砕けてしまったにちがいない。仰向けに倒れている彼の手足は不自然な角度に曲がっていて、その手足を青黒い波が洗っている。叫び声はとっくにやんでいたけど、目も口も叫びつづけているかのように開いていた。

胃から苦いものがこみあげてきた。口のなかにはギャビンの血の臭いが残っている。わたしは振り返って吐いた。苦くていやな味がする。しばらくは何も見えなかったし、動けなかったし、考えられなかった。数分後、わたしはもう一度、崖の下をのぞいてみた。

ギャビンは、まだ岩の上にいた。目を見開いて、空を迎えようとでもいうように大きく手をひろげている。下半身はすでに水に浸かっていて、脚と胴の上を緑の藻と白い泡がただよっていた。湖畔に目を向けてみたけど、漂流物を拾っている者も、キャンプをしているホームレスもいなかった。どこを見ても誰もいない。湖にもボートの一艘も浮かんでいなかった。

もうすぐギャビンは波にさらわれてしまう。そして、いつか誰かが死体を見つける。そうなったら、生活保護者用の墓石もないお墓にうめられるのかもしれない。わたしが彼のほんとうの名前を知ることは、けっしてないだろう。でも、湖に背を向けたときに気がついた。わたしは彼の正体を知っている。そう、彼は嘘つきで泥棒もする詐欺師だ。自分のルックスと、魅力と、ひどいことを平気でやってのける才能を武器に生きながら、自尊心をたもっていられた男だ。わたしは手をあげて首のまわりを探った。彼にもらったネックレスが、まだぶらさがっていた。わたしはそのハートのペンダントを引っぱって、細い金の鎖を引きちぎると、湖に向かって思いきり放り投げた。ネックレスはいっしゅんそよ風に乗って宙を舞い、落ちながらかすかな金色の光を放って視界から消えた。

興奮とショックのせいで、まだ震えていた。リビングルームに戻ったわたしは、ならんだビール瓶の横をとおりすぎたところで足をとめた。そして、そこにあったダッフルバッグを見つめているうちに、なかが見たくてたまらなくなってきた。

わたしはバッグを逆さに振るい、震える手で荷物の山を探っていった。きちんとたたまれたデザイナー・ジーンズが数本と、Tシャツが二枚と、煙草入れ。それに、帯がついた百ドル札の束が三つあった。これを持って、彼は逃走していたのだ。わたしは正座して、あえぎそうになるのを抑え、呼吸をととのえた。たたまれたジーンズから本の端が突きだしている。その本を手に取ってタイトルを見た。〈共謀　警察とギャングの知られざる歴史〉積まれたお金の上にリボルバーが載っている写真が、カバーになっている。

開いてみると、ほとんどのページの縁に鉛筆で短いメモが書きこまれていた。

番号、金額、名前。

そして最後のページを開いたわたしは、胃がひっくりかえりそうになった。

空白のページに表が書かれていて、線を引いたなかに名前や数字を記した活字体の小さな文字がならんでいた。そのひとつの欄のいちばん上に他よりも濃い鉛筆で『ザ・マネー』と書かれ、アンダーラインが引かれている。

同じ欄の下のほうには他にまじって『ローズ・T』『スミッティ・M』『ジェサ・S』『M&A・ルス』

『カール・Ｓ』『エメット・Ｃ』の名前もあった。その列にならんでいる名前は少なくとも三十くらい。そのあと、『ＢＰＤ』という欄があるのに気づいたわたしは、血が凍りそうになった。ＢＰＤ——ベドラム警察のことだ。この欄は一列ぎっしりうまっていた。少なくとも四十人はいる。マーロー刑事の名前もあった。彼の名前の横には『５０、０００』と書かれていた。

頭がくらくらした。ギャビンのジーンズやＴシャツはきれいにたたんで、すべてダッフルバッグに戻した。ただし、本だけは自分のポケットに入れた。

敷居をまたいで外に出たとき、それまで以上に手が震えていた。わたしはドライブウェイを歩きながら深く息を吸うと、頭のなかにひびいている悲鳴がやんでくれることを祈って、できるだけ呼吸をとめてみた。

路地に人影はなかった。気がつくと配水管を出入りするネズミに目を向けながら、ジャックスの研究室のドアを狂ったように叩いていた。暗証番号を打ちこもうとしてみたけど、手が震えていてできなかった。それに、番号をちゃんと思い出す自信もない。

数分後、やっと鍵があく音がした。ドアを開けたジャックスの手でなかに引き入れられた次の瞬間、息もできないほどぎゅっと抱きしめられていた。冷えた身体に伝わる彼女のぬくもりが心地よくて、わたしはその腕にすっかり身をあずけた。

「アンセム、聞こえた？」何歩かうしろにさがったジャックスが、わたしの肩をつかんで軽く揺すった。

わたしは首を振った。今しがた自分がしてきたことで頭がいっぱいになっていて、人の話を聞く余裕なんてなかった。

ジャックスがにやりと笑った。「彼が目をさましたの」

「フォードが?」

目を潤ませてジャックスがうなずいた。「三十分ほど前に目をさましたの。体温、血圧、脈拍、呼吸、すべて申し分なし。脳にも損傷はないみたい」

わたしは奥の部屋を目指して廊下を駆けだした。ベッドに身を起こしていたフォードが、満面に笑みを浮かべた。ジャックスのものにちがいないベドラム大学のスエットシャツを着て、スタイロフォームの容器に入ったインスタント・ヌードゥルを食べている。唇は相変わらず荒れていたものの、枯れかけた観葉植物みたいだった肌の色は、すっかり元に戻っていた。

「やあ」ヌードゥルをくわえたまま彼が手を振った。ちょっと酔っ払っているパーティのホストみたいな言い方だ。

「ハーイ」笑みを浮かべてゆっくりとストレッチャーに近づいていくうちに、なんだか急に恥ずかしくなってきた。

フォードが音をたてて残りのヌードゥルをすすり、容器を置いてにやっと笑った。「きみがここに運んでくれたって、ジャックスから聞いたよ」

わたしはうなずいた。

気づまりな沈黙がおりた。わたしはそれをうめようとして、どんなに彼に目をさましてほしいと思っていたか、自分ではなく彼が傷を負うことになってどんなに悪いと思っているか、しゃべりつづけた。

「何もかも、ほんとうにごめんね。わたしにもっと力があって――」

「たとえ何メートル離れたところにいても、弾丸をはじきとばせたらよかったのに?」フォードがわたしをさえぎって言った。

「そもそもわたしがあそこに行かなければ……」最後までは言えなかった。

かぶりを振ったフォードがかすかに笑みを浮かべると、髭だらけの頬がきゅっと引きあがった。「おれが勝手にきみのあとをつけていったんだ。それに、今こうしていられるのは、きみのおかげだよ。だから、おあいこってことにしよう」

わたしは惨めな気分でうなずいた。フォードが何を言ってくれても、さっき湖で起きたことは白紙に返せない。

「それで、警察はやつを捕まえたのかい？　あとを追ってるって、ジャックスから聞いたけど」

わたしは喉に砂がつまったような感覚をおぼえながら、汚れたリノリウムの床に目を落とした。

「グリーン」フォードが手をのばしてわたしの顎にふれ、上を向かせようとした。「どうした？」

「あの人は死んだわ」小さな声で答えた。「最初はロージィ。そして、今度はギャビン。わたしは殺人者になってしまった」わたしは激しく震えながら言葉を結んだ。フォードに引きよせられて、一分くらいその胸に抱かれていた。「あの人たちと同じだわ」

フォードがわたしをさらに強く抱きしめた。スエットシャツごしに、ゆっくりと動いている彼の心臓の音が聞こえてくる。「ちがう。きみは、この街がずっと待っていた人なんだ」待っていたと言ったとき、彼は声をつまらせた。フォードはわたしの手をつかんで親指で関節を撫でた。

おれはずっと待ってたんだ。あのときと同じ深みのあるぬくもりが、胸にひろがっていくのを感じた。ここでフォードが目をさますのを待って過ごした夜のことがよみがえってきた。何を言おうとしていたのか、ずっと訊きたいと思っていた。「きみは、おれがずっと待っていた人なんだ」

フォードにぎゅっと抱きしめられて、わたしのなかの粉々になったものが、またひとつになった。

フォードは、じきに元気になるだろうし、ギャビンはもういない。〈共謀　警察とギャングの知られざる歴史〉をじっくり読んで、ぼんやりと見えはじめている答をはっきりさせる以外に、することはなかった。

四ページ目に誰かがアンダーラインを引いていた。

『この場合、警察は腐ったエリートと下層階級の腐った犯罪者両方の助けとなる。こうした複雑な金と力の遣り取りによって利益を受けない人間――つまり、大都市の一般市民――は、怯えつづけることになるが、彼らにシステムを変える術はない』

本から目をあげたわたしの心のなかで怒りが燃えていた。**写真は撮るな。撮ったら逮捕するぞ。**棍棒に、フィアーガスに、マーロー刑事に、ザ・マネー。**彼らにシステムを変える術はない。**わたしは最後のページを開いて、ギャビンが書きこんだ表に目を落とした。じっと見つめているうちに、そこに書かれた名前が目の前を泳ぎはじめた。

キッチンからリリィの小さな歌声が聞こえてくる。感傷的な古い革命の歌だ。野菜を刻む音もする。夕食会に出すカナッペの準備をしているにちがいない。あしたの夜、パパとママがマークス市長とウィルの両親をうちに招いて、食事をすることになっている。来月になったら、ウィルはウィーピー・バレー病院から出てきてしまう。そうなったら、また彼の家を訪ねて、口を閉じているよう念を押す必要がありそうだ。

最近は、あまり眠っていない。新しい心臓に身体がなれたみたいで、一日二時間眠れば充分だ。それは、自宅で静養しているフォードと過ごす時間をつくるのに好都合だった。今では彼のおじさんのエイブや、そのふたりの娘、サムとシドニィとも仲良しになっている。昼間に彼を訪ねることも、たまにあった。フォードはメガマートから遠くない、地下のワンルームのアパートに住んでいる。まだベッドから離れられないようだけど、焦らずに回復を待つしかなさそうだ。

湖畔に死体があがったという記事が載っていないか、新聞は毎日欠かさずチェックしている。そして、そんな記事を三回見つけた。ふたりは若い女性で、もうひとりは年配の男性。パトロールが強化され、危険はなくなったと言われているにもかかわらず、モラス湖には死体がたくさん泳いでいるらしい。

廊下からパパの靴音が聞こえてきた。わたしはすばやく本を閉じて、ソファにならんだチンツ地のクッションの下に押しこんだ。パパがここにやってくるまでには、まだ少し余裕がありそうだ。そう思ったとたん、さっと立ちあがっていた。いったい何を期待しているのだろう？　たぶん、パパと話すことで気を紛らわし、安心したいのだ。廊下に出ると、全身黒ずくめのパパがいた。シャツやネクタイまで真っ黒だ。

「地味ね」笑顔をつくって軽い口調で言ってみた。以前の自分と同じように振る舞う必要がある。頑張り屋の卒業生総代候補で、パパにけっして心配をかけない娘のふりをするのだ。

「あいにく、葬儀に出席するんでね」鏡を見ながらネクタイをなおしていたパパが、わたしのほうを振り向いて心配そうに目をのぞきこんだ。あの失踪事件以来、パパはわたしの目に苦悩の色が浮かんでいないか、絶えずたしかめるようになっている。「バレエのレッスンに行かないのかい？」

「今日は日曜よ。だから、ゆっくりくつろいで筋肉を休めてるの。ねえ、誰のお葬式なの？」パパのジャケットにそばかすだらけの手をすべらせ、下襟についていた糸くずを払いながら訊いてみた。

「部下のひとりだ。まだ若かった」

「病気だったの？」また死人がひとり。わたしが振り向くと、そこに必ず死人があらわれるような気がする。フリート家が引きよせているのだろうか？　それとも、誰もが死に追われているのだろうか？

「はっきりは聞いていないが、強盗にやられたんじゃないかと思う。意味もなく殺されたんだろう。遺体が見つかったのは、事件の数日後だ」パパがため息をついた。「悲劇だね。この街は、いったいどうなってしまったんだ？　ママときみを連れて、この街を出ようかという気持ちになりかけている。エグザビアあたりでもいいし、もっと遠くでもいい。どこかの丘の上のバリケードに護られた地域に引っ越したいよ」

そのあとパパはだまりこんでしまった。わたしの胸のなかで怒りが燃えだした。**意味もなく殺された。**

「遺体はどこで見つかったの？」

わたしはパパを見つめた。顔には皺ひとつないし、背筋はまっすぐにのびているし、衝撃波音《ソニックブーム》を放ちそうなほどのカリスマ性が備わっている。「モラスブルッフスの建設中の家を見まわりにいって、それっきり……」パパが指をならし、それを強調するかのように少し間をおいてつづけた。「そのあと、湖で遺体が発見された。ひどい話だ」

「そうだったの」廊下が傾いたように感じ、壁をつかんでランプの固定具に焦点を合わせた。温かみのある明かりが、壁にかかった家族写真を照らしている。

目の前にかかっている一枚は、わたしが生まれる前に撮られたもので、パパとママと金色の髪が跳ねているレジーナが写っている。この写真を見るたびに、いつもいやな気持ちになる。カメラのほうに手をのばしているレジーナは、今にも大声で泣きだしそうだし、ママは右にある何かを見ているし、まっすぐカメラを見つめているパパは苛立たしげに鼻をふくらませて唇を引き結んでいる。

「犯人は誰だと思う？」パパが心配そうな目で見ていることに気がついて、なんとか言葉を絞りだした。

「そういうことは警察にまかせてある」パパが言った。「おそらくシンジケートの連中の仕業だろう。さあ、もうそんなことを考えるのはやめなさい。きみに話すべきではなかったね」

だまっていると、パパが身を傾けておでこにキスをしてくれた。「ものすごく愛しているよ。わかっているね？」

わたしはうなずき、パパのために頑張って唇に笑みを浮かべた。

一分後、立ち去っていくパパに力なく手を振っていた。パパが廊下の角を曲がってしまうと、わたしは冷たい壁におでこを押しつけた。目の前に黒い斑点がどっとあらわれた。排水溝に流れこむ水のように、様々な言葉が頭のなかを渦巻いている。

取り壊しではなく再生を。**わたしに感謝するべきだ。**スタジアムではなく学校を。**部下のひとりだ。**われわれは立ちあがる。**おそらくシンジケートの連中の仕業だろう。**警察本部長のお宅でお酒をいただくことになっているの。**マニー・マークスは犯罪に甘すぎる！**　モラスブルッフスの建設中の家を見まわりにいって、それっきり……。**ザ・マネー。**

パパが玄関ドアを閉める音を聞いて、わたしはキッチンへと向かった。心臓がどきどきして、おでこには汗が噴きだしている。しばらく戸口で足をとめて、リリィの手元を見つめていた。包丁が動くたびに、キャベツのスライスができていく。

「あら、アンセム」キッチンに足を踏み入れたわたしに、リリィが言った。「幽霊を見たような顔をしていますよ」

爆発寸前の時限爆弾のような気分だったけど、首を振ってほほえんでみせた。

「さがしものをしてるの」わたしはつぶやいた。

それから、パパのオフィスへとつづく細い階段の上に立った。電気をつける気にもなれなかった。わたしは手すりをつかむと、萎えそうな心を奮い立たせ、震える脚で暗闇のなかへとおりていった。

謝辞

この本を世に送りだすために力を貸してくださったみなさんに、心から感謝しています。

正真正銘の天才、サラ・シャンドラーは、わたしに若い読者向けの本の書き方を教え、ベドラムの街をつくりあげる機会を与えてくださいました。わたしがこの本をまちがいなく書けると信じてくれたジョシュ・バンクには、なんとお礼を言ったらいいのでしょう？　ケイティ・シュワルツがいなかったら、この本を書きはじめることはなかったと思います。かぎりなく忍耐強くてやさしくて陽気なジョエル・ホベイカは、鋭い指摘をやわらかなベルベットに包んで、わたしを導いてくださいました。すべての段階でたっぷり時間をかけて原稿に目をとおしてくださった、ケイティ・マギーとアイア・ヴィーダーとフィリス・デブランシェにも、お礼を述べたいと思います。

産休があけて仕事に復帰した、ハーパーティーン社の担当編集者であるサラ・ランデスは、わたしの生まれたての草稿に魔法をかけてくださいました。彼女には、わたしにさえ見えていなかったアンセムの物語の行方が見えていたようです。この本を信じて、この本にあるべき場所を与えてくださった、ハーパーのチームのみなさん全員に感謝しています。わたしのエージェントであるフェイ・ベンダーには、絶えず適切な助言と励ましの言葉をいただきました。あなたは人間の形をした抗鬱剤《ザナックス》だわ。

マイケル・カニンガム、ジョシュ・ヘンキン、ステイシー・デラズモ、スーザン・チョイ、メアリー・モリス、エレン・トレンパー、イレーヌ・ブルックス、それにブルックリン・カレッジのＭＦＡプログラムのみなさんは、初めのころからいつもわたしを元気づけてくださいました。それに、ワン・ストーリーのみなさん——特にマリエ・ヘレン・バーティーノ、ハンナ・ティンティ、マリベス・バッチャ、この新人を町に連れだしてくださってありがとう。

この十二年間、常にわたしを困難から救い、友達でいてくださったローレン・フラワーへの感謝の気持ちは、言葉ではあらわしきれません。あなたといっしょにこの旅ができて、ほんとうによかった。ライティング・グループ、イミテーティヴ・ファラシーズのみなさん、ありがとうございました。デイヴィッド・エリス、トム・グラタン、エリザベス・ハリス、アン・レイ、モハン・シッカ、あなた方の友情と客観性と寛大さは、この本を書く上で計り知れないほど貴重でした。出版のすべてに関して適切な助言を与えてくださったヘレン・フィリップスには特に感謝しています。未来のお医者さま、アダム・ブラウンは、複雑なキメラ心臓のテクノロジーについて教えてくださいました。悩みながらこの本を書いているわたしを応援しユニコーンを贈ってくれた、すばらしい隣人で友達でもあるアリソン・ディバース、ありがとう。

常に先を歩いてわたしを導いてくださるジェシア・ハンキンスには、とても感謝しています。デイヴィッド・アルファー、メアナス・ハムサエ、コナー・ハンキンス、タイス・ジョーンズ、ジュリア・ランダウ、ジェニー・リット、シャスタとエレミア・ロックウッド、チンク・シャッツ、ナオミ・シュルツ、みなさんの友情と支えがなかったらどうなっていたでしょう。

わたしが本と冒険を愛するようになったのは、両親であるアランとフィリスのカへーニ夫妻のおかげです。ふたりは、わたしが何を書いていようといつも励ましてくれました。そして、わたしに今の粘り強さと勇気とワインの知識を授けてくれたのは、姉妹のジニー・カへーニとコリー・カへーニでした。この本の執筆中、どの段階でも熱心だった、ニューヨークのケーキの達人でもあるアリエル・セガンにもお礼を述べたいと思います。

たいせつな友人でもある勇敢な義理の両親、アニエスとアイヴァン・サンダースにも、とても感謝しています。筋を組み立てる上でキーとなる助言とインスピレーションを与えてくださった、リジィとニール・ポストリィガッツ、ケン・ミスロック、ルフス・ミスロック、ありがとう。

わたしの愛する小さなエジィは、写真を撮りたくてこの本が出来上がるのを心待ちにしていてくれました。やった！　完成よ。さあ、踊りましょう。そして、そっと見守っていてくれたガビ、ありがとう。あなたはわたしの生涯の恋人です。十年前、あなたは公園のベンチに坐っていたわたしを見つけて、心を盗んでくれました。あの日からずっとあなたに夢中です。わたしの恋は破れていません。

アメリア・カヘーニ（Amelia Kahaney）

カリフォルニア州サンディエゴの、天候と大きな波に恵まれた
沿岸の町で生まれ育った。サーフィンは性に合わず、
青春小説や少女小説に読み耽った。
15歳でハワイ島に転居。詩を作り、サッカーチームに所属し、
活火山から流れ出る溶岩を眺めるのが好きだった。
カリフォルニア州立大学サンタクルーズ校に進み、
ヨーロッパ文学を専攻したのち、2001年に
大きなスーツケースと漠然とした計画と高い望みを抱いて
ニューヨーク・シティに移住。トラック運転手、映画撮影スタッフ、
受付、地雷撲滅運動家など仕事を転々とし、
住居も10回替わったあと、ブルックリン・カレッジで小説作法の勉強を始めた。
以後、ワークショップや大学でライティングの指導にあたりながら、創作に専念。
本作『秘密の心臓』でデビューを飾った。
現在、夫と６歳になる息子とブルックリンに在住。

法村里絵（のりむら・りえ）

女子美術短期大学卒。英米文学翻訳家。主な訳書に
ヒラリー・ウォー『この町の誰かが』『失踪当時の服装は』、
Ｓ・Ｊ・ボルトン『三つの秘文字』『毒の目覚め』『緋の収穫祭』、
リチャード・バック『フェレット物語』などがある。

The Brokenhearted

秘密《ひみつ》の心臓《しんぞう》 赤毛《あかげ》のアンセム・シリーズ Ⅰ

2016年1月19日 初版第1刷発行

著者 アメリア・カヘーニ
訳 者 法村里絵
発行者 田中久子
発行所 株式会社チャイコ
東京都港区南青山6-1-13-102（郵便番号107-0062）
電話(03)6427-4446
http://tchaiko.co.jp/
印刷所 錦明印刷株式会社
製本所 錦明印刷株式会社

ISBN978-4-9907661-2-2 C0097